A Amante da China

A Amante da China

Ian Buruma

Tradução
Flavia Souto Maior

EDITORA RECORD
RIO DE JANEIRO • SÃO PAULO

2011

CIP-Brasil. Catalogação-na-fonte
Sindicato Nacional dos Editores de Livros, RJ

B98a   Buruma, Ian, 1951-
          A amante da China / Ian Buruma; tradução de Flavia Souto Maior. — Rio de Janeiro: Record, 2011.

          Tradução de: The China lover
          ISBN 978-85-01-08795-9

          1. Romance inglês. I. Maior, Flavia Souto. II. Título.

10-3617.   CDD: 823
                           CDU: 821.111-3

Título original em inglês:
THE CHINA LOVER

Copyright © Ian Buruma, 2008

Todos os direitos reservados. Proibida a reprodução, no todo ou em parte, através de quaisquer meios. Os direitos morais do autor foram assegurados.

Editoração eletrônica: FA Editoração

Texto revisado segundo o novo Acordo Ortográfico da Língua Portuguesa.

Direitos exclusivos de publicação em língua portuguesa somente para o Brasil adquiridos pela
EDITORA RECORD LTDA.
Rua Argentina 171 — Rio de Janeiro, RJ — 20921-380 — Tel.: 2585-2000 que se reserva a propriedade literária desta tradução.

Impresso no Brasil

ISBN 978-85-01-08795-9

Seja um leitor preferencial Record.
Cadastre-se e receba informações sobre nossos lançamentos e nossas promoções.

EDITORA AFILIADA

Atendimento e venda direta ao leitor:
mdireto@record.com.br ou (21) 2585-2002.

Para Eri

PARTE I

1

OUVE UM TEMPO, difícil de imaginar hoje em dia, em que os japoneses apaixonaram-se pela China. Bem, nem todos os japoneses, é claro, apenas o suficiente para se falar em um boom chinês. Como muitas outras loucuras de meu país, o boom chinês foi algo efêmero: terminou tão rápido quanto começou. Mas foi espetacular enquanto durou. O boom atingiu o país no outono de 1940, bem quando nosso néscio exército estava preso em um atoleiro criado por seus próprios homens. Nanquim havia caído alguns anos antes. Nossos bombardeiros estavam atacando Chungking. Mas tudo sem propósito. Francamente, éramos como um atum tentando devorar uma baleia.

De volta a Tóquio, o úmido calor do verão prolongou-se de forma desagradável. Asakusa, normalmente tão cheio de vida, parecia exaurido, como se as pessoas não tivessem mais energia para se divertir. Grande parte do movimento havia se transferido mesmo para o oeste, para a região de Ginza, mas mesmo ali havia uma atmosfera soturna pairando no ar abafado: os cafés estavam meio vazios, os bares enfrentavam tempos difíceis, a comida nos restaurantes não era tão boa quanto antes. A alegria, de qualquer forma, se não estritamente proibida, era oficialmente desencorajada, considerada "antipatriótica".

Então veio esse absurdo boom chinês, como um arco-íris em um céu cinza-escuro. Filmes rodados na China de repente viraram moda. E todas as garotas queriam ficar parecidas com Ri Koran, estrela de cinema da Manchúria. Era possível vê-las passeando por Ginza com suas pernas curtas, como roliços e brancos rabanetes *daikon*, apertadas em vestidos de seda. Usavam cosméticos para fazer com que seus olhos parecessem mais puxados, mais exóticos, mais chineses. "Noites chinesas", sucesso de Ri Koran evocando o glamour decadente das noites de Xangai, tocava no rádio o dia todo. As garotas cantarolavam sua animada melodia, fechando os olhos em êxtase e movendo-se delicadamente, como flores tropicais. Um café chamado Noites Chinesas, em Sukiyabashi, empregava meninas parecidas com Ri Koran. Não que todas realmente se parecessem com ela. Seus dentes tortos e corpos atarracados denunciavam imediatamente que se tratavam de japonesas do interior. Mas lá estavam elas, enroladas em um pedaço de seda chamativa, com uma flor no cabelo. Aquilo era o suficiente. Os homens ficavam loucos por elas.

Talvez a monotonia do front doméstico tenha feito o continente asiático parecer sedutor em contraposição. E não era como se o boom fosse o primeiro desse tipo. Como eu disse, nós, japoneses, às vezes pegamos vírus coletivos, que causam febres temporárias por uma coisa ou outra. É possível achar que está em nosso sangue, mas talvez a verdadeira razão seja mais banal. Ouvir a música de Ri Koran permitia que as pessoas esquecessem, pelo menos por um pequeno instante, guerras, crises econômicas e soldados se arrastando pela lama de um terreno ensopado de sangue. Em vez de ser um lugar de sofrimentos mil, sugando-nos na direção de horrores cada vez piores, a China tornou-se um lugar de encanto, de prazeres promissores e incontáveis.

Parece uma coisa tão distante agora que contemplo os escombros de nossos sonhos tolos. O Noites Chinesas não existe mais. O Guinza está em ruínas. O Japão é um país em ruínas. Eu estou em ruínas. Seja como for, apenas um ano depois de ter surgido, o boom chinês terminou. Depois de Pearl Harbor, as pessoas só pensavam na vitória sobre os bárbaros anglo-americanos. Aquilo provou ser apenas mais um de nossos sonhos, uma miragem no deserto na direção da qual nós, um povo sedento, rastejávamos na vã esperança de matar nossa sede de um pouco de justiça e respeito.

Mas antes de prosseguir com a história, gostaria de explicar meu próprio amor pela China, que não era nem de longe como aquele superficial boom chinês de 1940. Para entender meus sentimentos, tenho que levá-lo de volta à década de 1920, para a vila onde nasci, perto de Aomori, um lugarzinho em uma província conservadora de um país pequeno, cujas pessoas tinham a visão tão limitada quanto a de sapos presos em um poço escuro. Para mim, a China, com seus espaços amplos, suas cidades lotadas de gente e seus 5 mil anos de civilização, sempre representou uma libertação do poço. Eu fui apenas um sapinho que escapou.

Onde cresci, amar a China não era visto exatamente com aprovação. Havia o velho Matsumoto-sensei, é claro, um homem magro em seu quimono azul desbotado e uns óculos de casco de tartaruga, cujo longo cabelo branco ondeava ao redor de seu pescoço enrugado como um emaranhado de teias de aranha. Mas a China que ele amava havia parado por volta do século XII. Ele vivia em um mundo de clássicos confucianos mofados, cuja sabedoria tentava transmitir a nós com pouco sucesso. Ainda posso imaginá-lo, com a cabeça quase tocando as páginas dos *Analetos*, um vago sorriso em seus lábios rachados, enquanto seguia os caracteres chineses com a longa unha marrom do dedo indicador direito, alheio aos risinhos de seus pupilos. Até hoje, quando ouço o nome de Koshi (Confúcio) ou Moshi (Mêncio), a imagem de Matsumoto-sensei volta à minha mente, com o cheiro de leite queimado do hálito de um velho.

Meu pai, Sato Yukichi, havia de fato estado na China, como soldado, em 1895. Mas havia animosidade entre ele e o país de seus ex-inimigos. Ele quase não mencionava a Guerra Sino-Japonesa. Eu até me perguntava se ele algum dia realmente soubera do que se tratava. Às vezes, quando bebia saquê demais, ele jogava a cabeça para trás e irrompia em uma marcha, levando a mão à frente da boca e imitando o som de um trompete. Ele então nos cansava com histórias do comandante Koga resgatando a bandeira imperial, ou algum outro feito heroico. Ou falávamos sobre o clima na Manchúria, que, como ele nunca cansava de dizer, era ainda mais frio do que nosso gélido país no inverno, tão frio que o mijo congelava como uma estalactite, da ponta de seu pênis até o solo coberto de gelo. Minha mãe sempre se retirava nesse momento e fazia muito barulho em seus afazeres na cozinha. Um dia, quando ainda era garoto, descobri uma caixa envernizada entre os livros de meu pai. Nela, havia algumas gravuras de cenas de batalhas famosas passadas em locais cobertos de neve. Como as imagens quase não haviam sido expostas à luz do dia, as cores ainda eram vivas e reais, da forma como foram impressas — vermelhos ardentes e amarelos cor de fogo; os azuis-escuros das noites de inverno. Os cavalos, com mantos quadriculados do pescoço ao tornozelo, estavam desenhados de forma tão vivaz que era quase possível senti-los tremendo na neve. Ainda consigo me lembrar dos títulos: *Batalha do capitão Asakawa, Banzai para o Japão: canção da vitória de Pyongyang.* E os chineses? Eles eram representados como criaturas amarelas subservientes, parecidas com ratos, com olhos esticados e rabo de porco, retorcendo-se de medo ou prostrados sob as botas de nossos triunfantes soldados. Os japoneses, esplêndidos em seus uniformes pretos, estilo prussiano, eram muito mais altos do que aqueles roedores chineses inanimados. Pareciam quase europeus. Aquilo não me pareceu particularmente estranho na época. Nem posso dizer que me encheu de orgulho. Eu não conseguia parar de me perguntar por que derrotar inimigos tão patéticos poderia ser apresentado como algo tão glorioso.

Essas imagens foram minha primeira visão de um mundo maior, muito distante de nossa vila perto de Aomori. Mas não foram elas que me fizeram sonhar em deixar aquele lugar. Acho, olhando agora para o passado, que tais sonhos eram alimentados por algo mais artístico. Sempre me considerei, no fundo, um artista, um homem de teatro. Isso começou muito cedo. Não que tivéssemos a oportunidade de visitar algo tão grandioso quanto um teatro kabuki. Para isso, era preciso ir até Aomori. Nossa vila era muito remota até para os atores mambembes, que ofereciam uma forma de drama mais desbocada, muito inferior. E mesmo se tivessem nos agraciado com sua presença temporária, meu pai nunca teria me deixado passar nem perto de tais espetáculos. Como professor da vila, ele se orgulhava de sua respeitabilidade. Um homem de conteúdo, em sua visão, não iria ver a atuação de qualquer um.

Onde cresci, o entretenimento consistia em um único homem, o inestimável Sr. Yamazaki Tetsuzo, vendedor de doces e apresentador de "teatro de papel". Em dias de festival, ele chegava em sua velha bicicleta Fuji, carregando um aparato de madeira parecido com um conjunto de gavetas portátil, que continha uma caixa de doces, uma tela de papel e uma pilha de desenhos, que ele passava na frente da tela, um por um, enquanto imitava as vozes dos personagens que apareciam nas imagens. Como nossa vila ficava enterrada sob uma grossa camada de neve durante o inverno, Yamazaki conseguia chegar até nós apenas na primavera e no verão. Sempre sabíamos que ele estava vindo tão logo escutávamos o som das claves de madeira que ele batia uma contra a outra para anunciar sua chegada. Antes do início do show, vendia doces. Aqueles que fossem sortudos o suficiente para ter dinheiro para comprá-los podiam se sentar bem em frente à tela. Eu não tinha tanta sorte. Meu pai, embora quase nunca tenha me proibido explicitamente de assistir ao teatro do vendedor de doces, certamente não aprovava que se gastasse dinheiro com aquilo. Além do mais, ele dizia que aqueles doces eram sujos. Talvez ele estivesse certo, mas o doce não era a principal atração.

O Sr. Yamazaki não era nada de mais. Homem magro, de óculos, com alguns fios de cabelos sebosos penteados para trás na cabeça brilhante. Apesar de contar a mesma história várias vezes, ele se permitia improvisar. Quando falava com a voz de falsete de uma bela mulher, quase se acreditava que o velho e magricela vendedor de doces, como num passe de mágica, tinha se transformado em uma beldade. E quando a bela virava um fantasma, que escapava no final da história como uma raposa malvada, sua personificação do animal trapaceiro nos fazia suar frio. Os efeitos sonoros eram tão importantes quanto as fantásticas ilustrações de corajosos garotos heróis e raposas demoníacas. Ele era especialmente bom para toques dramáticos como tempestades, o *clap-clap* de sandálias de madeira e o encontro das espadas dos samurais. Mas sua *pièce de resis-*

tance, mais popular entre nós, seus fãs mais devotos, que antecipávamos sua chegada como verdadeiros conhecedores de teatro, era o extraordinário peido barulhento, emitido por um lorde pomposo em uma história muito conhecida, chamada *A princesa-serpente*. Ele seguia continuamente, como um trombone humano, no que pareciam minutos ininterruptos, seu rosto ficando cada vez mais vermelho, as veias saltando em sua testa, como se prestes a explodir. Ficávamos histéricos, por mais que víssemos essa notável performance. Mas então, de repente, como um balão estourado, seu rosto voltava ao normal e ele interrompia o espetáculo mesmo estando a história longe do fim. Embalava seus desenhos, dobrava o palco improvisado, empilhando-o organizadamente sobre sua bicicleta Fuji. "Mais, mais!", gritávamos, sem êxito. Era preciso que fôssemos pacientes para esperar até a próxima vez em que ouvíssemos as claves de madeira anunciando sua chegada.

Desde então, vi muitas grandes performances, de artistas muito mais famosos do que aquele humilde vendedor de doces, mas as primeiras impressões são tão preciosas quanto ouro. Nada nunca se compararia à magia das produções do teatro de papel do Sr. Yamazaki. Eu me perdia em suas histórias, que pintavam um mundo muito mais atraente do que a triste vida cotidiana de nossa vila; e não apenas isso, como também, de algum modo, mais real. Da mesma forma que alguém pode sentir raiva de ter acordado de um sonho particularmente real, eu odiava quando as histórias do Sr. Yamazaki acabavam na metade. Ficava ávido pelo episódio seguinte, mesmo que já soubesse exatamente o que viria.

Não havia motivos para o Sr. Yamazaki prestar atenção especial em mim, um garotinho bajulador, contaminado pelo vírus do palco, que nunca havia comprado um doce sequer. Mas depois de muitos dias seguindo-o como um cachorrinho sem dono, oferecendo-me para polir sua bicicleta, pedindo que me adotasse como aprendiz (como se meu pai fosse deixar), ele finalmente dignou-se a falar comigo. Era uma tarde quente; ele se agachou por causa da poeira na margem da estrada, limpando a fronte com um lenço de algodão e tomando chá de cevada de uma garrafa térmica. Olhando-me através da fumaça do cigarro, ele me perguntou o que eu queria ser quando crescesse. Respondi que queria ser como ele, viajar por aí apresentando espetáculos teatrais. Implorei que fosse meu professor. O Sr. Yamazaki não riu nem debochou de mim, mas balançou lentamente a cabeça e disse que a vida de artista era difícil. Ele havia se tornado um porque não tivera escolha. Mas eu parecia ser um garotinho esperto. Poderia me dar bem na vida, melhor do que ele. E, além disso, ele não precisava de nenhum aprendiz. Eu devo ter deixado transparecer minha decepção, porque, como uma espécie de consolo, ele pegou sua caixa de doces, tirou lá de dentro um livro ilustrado e me deu de presente.

Foi um presente mais precioso do que o vendedor de doces poderia imaginar. Eu arriscaria até dizer que aquilo mudou minha vida. Pois foi o meu primeiro contato com *Suikoden* ou *Todos os homens são irmãos*, meu livro favorito de todos os tempos, minha bíblia, cujas histórias sobre espadachins chineses libertados no mundo durante o século XIV, como demônios, eu aprendi a recitar palavra por palavra. Eu podia contar a história de todos eles, todos os 108 heróis: Shishin, o guerreiro com os nove dragões tatuados nas costas; Roshi Ensei; Saijinki Kakusei; e assim por diante. Esses guerreiros imortais, combatendo nos pântanos da China central, eram tão distantes das criaturas amarelas retorcidas das gravuras de meu pai que pareciam de uma espécie totalmente diferente. Eram gigantes, não anões encolhidos. Tinham estilo, lutavam por honra e justiça, e eram livres. Talvez esse fosse o ponto principal, seu espírito de possibilidades ilimitadas. Os heróis do *Suikoden* só poderiam ter existido em um lugar grande como a China. Comparados a eles, os guerreiros japoneses eram camponeses com sonhos pequenos, limitados pelas fronteiras estreitas de nosso pequeno país insular.

Eu li o livro diversas vezes, até que o papel barato ficou tão fino que começou a se desfazer. Sozinho, no jardim de nossa casa, eu empunhava minha espada de bambu em batalhas imaginárias contra imperadores malvados, imitando poses que via nas figuras e me colocando no lugar de Shishin dos Nove Dragões ou de Chuva Oportuna, sombrio fora da lei com olhos de fênix. Nós, japoneses, prezamos a lealdade e a honra, mas copiamos essas virtudes dos antigos chineses. Ler *Todos os homens são irmãos* me fez pensar, mesmo quando criança, sobre o destino daquela grande nação. Como havia permitido que seu povo decaísse tanto? Eu sabia mais do que meu pai, que não sentia nada além de desprezo pelos "chinas". Então fiz a pergunta ao Sr. Yamazaki, que inclinou a cabeça e respirou fundo: "Não sei nada sobre essas questões difíceis", declarou ele, e me disse para estudar muito para que um dia eu soubesse as respostas para todas as minhas perguntas. Mas embora não tenha conseguido me esclarecer sobre o triste destino da China, ele abriu espaço para mim na primeira fila, bem abaixo da tela armada sobre sua bicicleta, mesmo que eu nunca tivesse comprado nenhum doce.

2

A PRIMEIRA VEZ que vi uma apresentação de Yamaguchi Yoshiko foi na grande cidade de Mukden, em outubro de 1933. Mukden, que chamávamos de Hoten, era a cidade mais movimentada e mais cosmopolita da Manchúria, ainda mais moderna que Tóquio em seus melhores dias, antes de nossa capital ser transformada em uma ruína latente pelos B-29 americanos.

Foram seus olhos que deixaram a impressão mais profunda. Eram excepcionalmente grandes para uma mulher oriental. Não parecia tipicamente japonesa nem tipicamente chinesa. Havia algo da Rota da Seda em seus traços, das caravanas e dos mercados de tempero de Samarkand. Ninguém adivinharia que ela era apenas uma japonesa comum, nascida na Manchúria.

Antes de nós — japoneses — chegarmos, a Manchúria era um lugar selvagem e aterrorizante, perigosamente localizado nas áreas de fronteira com a Rússia e a China, áreas essas que não pertenciam a ninguém. Outrora domínio dos grandes imperadores da dinastia Qing, a Manchúria passou por tempos difíceis depois que eles se mudaram para o sul de Pequim. Os senhores da guerra faziam o que queriam, saqueando os tesouros dessa vasta região, enquanto colocavam seus exércitos de bandidos uns contra os outros, causando sofrimento terrível às empobrecidas pessoas que tinham o azar de cruzar seu caminho. As mulheres eram levadas como escravas, e os homens eram mortos ou forçados a se aliar aos bandidos, que se propagavam pelas vilas como uma nuvem de gafanhotos. O povo pobre e sofrido da Manchúria não comeu nada além de amargura por centenas de anos. Algumas poucas almas corajosas que tentaram resistir acabaram penduradas de cabeça para baixo em árvores, com os intestinos esparramados, servindo como um terrível exemplo para outras pessoas que pudessem ter ideias semelhantes. No entanto, com o tempo a ordem foi restaurada, e na hora certa, quando o grande estado de Manchukuo foi fundado sob nossa tutela.

Manchukuo era um verdadeiro império asiático, governado pelo último descendente da dinastia Qing, o imperador Pu Yi. Mas era também um império cosmopolita, onde todas as etnias se misturavam e eram tratadas igualmente. Cada uma das cinco etnias principais — manchu, chinesa, japonesa, coreana e mongol — tinha sua cor representada na bandeira nacional: amarelo-mostarda com listras em vermelho, branco, preto e azul. E havia russos, em Harbin, Dairen e Mukden, e judeus, assim como outros estrangeiros de todos os cantos do mundo. Chegar ao porto de Dairen, no extremo sul da Manchúria, para mim foi como chegar a um grande e amplo mundo. Mesmo Tóquio parecia pequeno e provinciano em comparação. O cosmopolitismo estava no ar. Além da fuligem de carvão e do óleo de cozinha, era possível sentir a pungente mescla de repolho coreano em conserva, fumegantes pierogies russos, carneiro assado manchu, missoshiru japonês e bolinhos fritos de Pequim.

E as mulheres! As mulheres de Mukden eram as mais belas do norte de Xangai: as garotas chinesas, flexíveis e ágeis como enguias em seus justos vestidos *qipao*; as beldades japonesas em seus quimonos, empoleiradas como pássaros emplumados na ponta de seus riquixás indo para as casas de chá que existem atrás do Banco de Yokohama; as russas perfumadas e as damas europeias tomando chá no Smirnoff, usando chapéus com penas e casacos de pele. Realmente, Mukden era um paraíso para um jovem lobo à solta. Uma vez que eu era um homem jovem, sempre bem-vestido, não tinha motivos para reclamar de falta de atenção feminina.

Todo outono, desde o início da década de 1920, madame Ignatieva — que já havia cantado em *Madame Butterfly* em São Petersburgo para o tsar e para a tsarina — apresentava-se no salão de baile do hotel Yamato, um estabelecimento grande porém um tanto quanto sombrio, cujas pequenas torres e paredes ameadas tinham um ar mais de fortaleza do que de hotel. Madame Ignatieva e seu marido, um nobre russo-branco, haviam fugido dos comunistas em 1917 e viviam em Mukden desde então. O conde, sempre impecável com seu velho uniforme do Exército, adornado com a cruz de São Jorge, concedida a ele pessoalmente pelo tsar, administrava uma pensão perto da estação de trem.

O destaque do talento artístico de madame Ignatieva era a "Habanera", de *Carmen*. Ela também cantava árias de *Tosca* e *Madame Butterfly*, mas *Carmen* era considerada sua melhor peça pelos amantes da música. O salão estava lotado. Os candelabros de cristal lançavam uma luz brilhante sobre as cadeiras douradas e as medalhas fixadas em uma longa fileira de torsos uniformizados. Todos, de todas as partes de Mukden, estavam lá, e algumas pessoas haviam chegado especialmente de Shinkyo, capital de Manchukuo: o general Itagaki, do exército Kanto, nossa força de guarnição na China, sentou-se na frente com Hashimoto Toranosuke, principal sacerdote xintoísta de Manchukuo, e com o capitão Amakasu Masahiko, presidente da Associação de Amizade Japão-Manchukuo. Eu identifiquei o general Li, presidente do Banco de Shenyang, com sua aparência marcial devido ao bigode no estilo Kaiser Guilherme; e o Sr. Abraham Kaufman, líder da comunidade judaica, sentado na última fileira, tentando ficar fora do caminho de Konstantin Rodzaevsky, um grosseirão que estava sempre nos importunando para "eliminar" os judeus.

E ali, no centro das atenções, estava a esplêndida figura da própria madame Ignatieva, usando um vestido preto longo, com um xale de renda preta que se arrastava pelo chão. Ela sorriu ao caminhar até o centro do palco, com uma rosa vermelha na mão direita, o queixo erguido, reconhecendo os aplausos com pequenos acenos de cabeça para todos os lados, como um pombo soberbo. "Caminhar" não é o melhor verbo; ela ondulava, voluptuosamente, como fazem as mulheres grandes do Ocidente. E logo atrás dela estava sua pupila, uma doce e jovem japonesa usando um quimono violeta de mangas compridas com estampa de grous brancos. Ela parecia uma flor delicada, momentos antes do desabrochar, irradiando inocência infantil e ao mesmo tempo uma elegância exótica que normalmente não se vê em meninas japonesas. Talvez ela estivesse um pouco nervosa, pois logo quando madame Ignatieva estava prestes a assumir seu lugar no centro do palco, a menina pisou na ponta do longo xale preto, fazendo com que sua professora parasse repentinamente. Por um instante, o sorriso desapareceu do rosto de madame Ignatieva, mas ela se recuperou imediatamente e abriu a garganta para a "Habanera". Os olhos escuros da menina aumentaram como se suplicasse por nosso perdão, e seu rosto corou belamente.

Foram, como eu disse, aqueles grandes olhos que deixaram em mim uma impressão indelével. Embora não fossem bonitos no sentido convencional, e muito grandes para seu pequeno rosto, quase como olhos de peixe, eles ainda assim expressavam uma atraente vulnerabilidade. Não havia mais traços de nervosismo quando ela iniciou sua primeira música, depois da performance de madame Ignatieva. Eu me lembro de "Luar sobre o castelo em ruínas", uma canção japonesa que fez com que todos chorássemos; depois, "Ich Liebe Dich", de Beethoven, seguida por uma canção popular chinesa, depois uma música russa cujo título não lembro e finalmente uma charmosa interpretação da "Serenata", de Schubert. Ficou bem claro, mesmo em sua tenra idade, que Yoshiko não era como as cantoras provincianas capazes de transformar os shows do Japão em um tormento. Seu domínio das línguas e sua compreensão dos diferentes estilos nacionais eram extraordinários. Apenas o solo cosmopolita de Manchukuo poderia ter originado tal tesouro. Sei que é fácil dizer em uma visão retrospectiva, mas desde então eu já sabia que aquela Yoshiko, com apenas 13 anos, era de fato muito especial.

Yoshiko nasceu em 1920. Seu pai era o tipo de aventureiro que chamávamos de *tairiku ronin*, ou andarilho, um grande apreciador da China que perambulava pelas planícies da Manchúria em busca de fortuna. Infelizmente, tal feito permaneceu ilusório. Na maior parte do tempo, ele viveu precariamente ensinando a língua chinesa aos funcionários japoneses da Companhia Ferroviária Sul-Manchu. Sua vida era precária não por ser mal pago, mas porque tinha uma queda pelo jogo. Por um período, eu fui um de seus alunos. Antes de ser adotada por um general chinês, Yoshiko viveu uma vida típica de criança japonesa no continente, misturando-se livremente com crianças de outras raças, mesmo tendo recebido a educação rígida de uma perfeita jovem japonesa.

O ano de seu nascimento foi apenas uma década antes do nascimento de Manchukuo. Ou talvez devêssemos dizer que ela nasceu 11 anos antes da concepção de Manchukuo, que aconteceu com um estrondo em 13 de setembro de 1931, quando uma bomba explodiu nos trilhos do trem nas proximidades de Mukden. Na época, não ficou claro quem foram os responsáveis. Assumamos que Manchukuo tenha nascido de um romance passageiro entre a China e o Japão. Nosso exército Kanto rapidamente protegeu todas as cidades ao longo da estrada de ferro Sul-Manchu e o território era efetivamente nosso — exceto à noite, quando bandidos locais tornavam impossível uma passagem segura perto da ferrovia. Menos de um ano depois, o ex-reino manchu, que havia se deteriorado como uma velha mansão abandonada e virado refúgio dos piores vilões da China, tornou-se um estado moderno.

Mas eu sou um romântico, então prefiro uma data alternativa para o nascimento de Manchukuo. Ao amanhecer de 1º de março de 1934, Pu Yi, último descendente da dinastia Manchu, vestindo túnicas de seda amarelas de seus ancestrais imperiais, rezou para o Sol no jardim atrás de seu palácio em Shinkyo e renasceu oficialmente como imperador de Manchukuo. No momento em que voltou de sua conversa com o Sol, o novo estado havia se tornado um império. Obviamente, não pude participar dessa cerimônia, que teve que ser executada apenas por ele. Mas eu nunca esquecerei o olhar do imperador Pu Yi no fim daquele dia, vestindo seu magnífico uniforme de abotoadura dupla, com dragonas douradas caindo pelos ombros estreitos porém imponentes, e um capacete doura-do com penas de avestruz tingidas de vermelho. A banda tocou o hino de Manchukuo enquanto o imperador marchava em passos de ganso ao longo do tapete vermelho até chegar a seu trono, escoltado pelo príncipe Chichibu, três oficiais do exército Kanto e dez pajens manchus de um orfanato local. Suas calças eram muito compridas, seu rosto quase de-saparecia dentro do capacete emplumado e sua marcha de ganso fazia com que se parecesse um pouco com uma marionete. Francamente, a cerimônia não foi totalmente desprovida de humor. Ainda assim, havia um inconfundível senso de grandiosidade naquela ocasião. As pessoas precisavam de espetáculos para nutrir seus sonhos, dar a elas algo em que acreditar, estimular uma sensação de pertencimento. O povo chinês e manchu, desmoralizado por mais de cem anos de anarquia e domi-nação ocidental, precisava disso mais do que nunca. E — embora as pessoas tendam a esquecer isso agora — nós, japoneses, demos a elas algo maior do que elas mesmas, um grande e nobre objetivo pelo qual viver e morrer.

No geral, para aqueles que tinham grandes sonhos para a Ásia e para Manchukuo, era uma boa época para se viver. Com certeza foi o melhor dos tempos para mim, pessoalmente. Depois de anos pulando de em-prego em emprego — professor particular em Dairen, pesquisador na Companhia Ferroviária da Manchúria (quando estudei a língua chinesa) e consultor independente da Polícia Militar em Mukden sobre questões nativas —, finalmente estava estabelecido no emprego perfeito. Para di-zer a verdade, no Japão eu havia sido um fracasso. Fracassei como estu-dante de economia em Tóquio porque mal via a luz do sol. Passei minha vida nos cinemas de Ueno e Asakusa. Era para onde ia todo o meu di-nheiro. As paredes do meu pequeno quarto eram cobertas por pôsteres de meus astros favoritos, que eu roubava das salas de cinema locais. Eu adoraria ter trabalhado no cinema, mesmo como mero diretor assisten-te. Mas no Japão era preciso ter contatos, e eu não tinha nenhum. Quem era eu? Um sonhador de uma vila da província de Aomori.

Em Mukden, no entanto, sob a proteção do exército Kanto, eu, Sato Daisuke, consegui abrir meu próprio escritório: a Agência Sato de Serviços Especiais para a Cultura Neoasiática. Os serviços que eu oferecia eram um tanto quanto diversos e sujeitos a um certo grau de discrição. Digamos que meu ramo era o da informação, descobrindo coisas, algumas delas de delicada natureza política. Era necessário certo talento teatral. Para me misturar à cena local, precisei aprender a falar e me comportar como os locais. Felizmente, fui presenteado com um excelente ouvido. Os amigos costumavam brincar que eu era um papagaio humano. Quando estou com um gago, eu gaguejo; com alguém com forte sotaque de Kansai, falo como um comerciante de Osaka. Por esse motivo, aprendi chinês com relativa facilidade, surpreendendo outros japoneses. Para meus compatriotas, continuei sendo simplesmente Sato Daisuke, às vezes vestindo roupas ocidentais, às vezes quimonos japoneses, às vezes o uniforme do exército Kanto. Com os manchus e chineses, eu era Wang Tai, e escolhia as melhores roupas chinesas, feitas da mais fina seda pelo mais respeitável alfaiate de Xangai. A política era parte de meu trabalho, mas a cultura era o que eu realmente dominava; e de longe a tarefa mais prazerosa — e certamente a mais importante para mim — era encontrar talentos locais para emissoras de rádio e companhias de cinema de Manchukuo. Era assim que meus modestos dons encontravam sua perfeita aplicação.

O problema com o entretenimento japonês em Manchukuo não era a falta de dinheiro ou de boa vontade. Uma vez que os estúdios de cinema, assim como as emissoras de rádio, foram fundados pelo governo japonês, havia muita verba para gastar com os melhores equipamentos que o dinheiro pudesse comprar do Japão e também da Alemanha e até dos Estados Unidos. A Associação de Cinema da Manchúria tinha estúdios magníficos. E embora parte do dinheiro (e a maioria das atrizes nativas) estivesse preso nas mãos dos oficiais do exército Kanto, ainda sobrava muito para fazer filmes de primeira classe. A Companhia Radiodifusora de Mukden também estava totalmente atualizada, com os mais novos estúdios de gravação com isolamento acústico, alguns dos quais tinham espaço para uma orquestra sinfônica inteira. Artistas que vinham do Japão não acreditavam no que viam; nunca tinham visto nada como aquilo. As pessoas às vezes esquecem isso quando nos criticam pelo que aconteceu depois. Mas é fato que, em Manchukuo, nós arrastamos a Ásia para o mundo moderno. Essa iniciativa, tão frequentemente mal interpretada, certamente foi algo que ainda nos deixa orgulhosos.

Para elevar o moral da população nativa e fazê-los entender pelo que estávamos lutando, não ajuda apenas gritar os slogans usuais sobre a amizade entre japoneses e manchus. Nem podíamos esperar ter apelo junto aos nativos ao exibir filmes de japoneses pioneiros construindo escolas ou projetando pontes. Essas coisas os fariam chorar de tédio. E, francamente, quem pode culpá-los? Aquilo me entediava também. A mente manchu era, em todos os aspectos, muito sofisticada para nossa propaganda regular e, ao mesmo tempo, quase infantil em sua paixão pelo entretenimento cômico. Tínhamos que esclarecer e educar, naturalmente, mas também entreter. Queríamos fazer bons filmes; e não apenas bons, mas os melhores, superiores àqueles feitos em Tóquio, filmes que incorporassem o espírito da Nova Ásia. Isso não poderia ser feito sem grandes artistas nativos que cantassem e atuassem em chinês, entendessem nossa causa e também falassem japonês o suficiente para se comunicarem com os diretores e câmeras, que vinham de nossa terra natal. Encontrar essas pessoas era minha dor de cabeça, frequentemente aliviada, é verdade, pela companhia de algumas adoráveis atrizes manchus, cujos talentos eram estimados, embora nem sempre tivessem o que era exigido pela Companhia Radiodifusora de Mukden.

O homem encarregado de nossa propaganda em Manchukuo era um colega ímpar, muito influente, chamado Amakasu Masahiko, capitão do exército Kanto. Um mediador nato, que conhecia todas as pessoas poderosas de Tóquio, Xangai e Manchukuo, tanto as respeitáveis quanto as não tão respeitáveis, Amakasu era como uma aranha em uma teia gigante. Nada em Manchukuo lhe passava despercebido: o comércio de ópio passava por seu escritório, assim como outras iniciativas discretas necessárias para que o estado funcionasse de forma adequada e eficiente. Além de tudo, Amakasu combinava as tarefas de supervisionar a segurança do imperador Pu Yi e presidir várias instituições culturais e políticas, tais como a Orquestra Sinfônica de Shinkyo e a Associação Kyowakai, para promover harmonia racial e ordem social em Manchukuo.

Embora fosse uma figura de grande refinamento cultural, Amakasu tinha uma reputação um pouco apavorante. O quarto 202, sua suíte no hotel Yamato, em Shinkyo, era guardado dia e noite por soldados fortemente armados do exército Kanto. Mas Amakasu não era homem de deixar nada ao acaso. Ele sempre dormia com uma pistola ao lado, uma Mauser alemã C96 preta. Muitas pessoas ficariam felizes em vê-lo morto. E mesmo as que não desejavam sua morte tinham medo dele. O curioso é que ele não parecia nada imponente. Um homenzinho alinhado, com a cabeça raspada, mais ou menos em forma de amendoim, e óculos de casco de tartaruga, ele raramente sorria e quase nunca levantava a voz a um tom mais alto do que um sussurro. Parecia um contador, ou gerente de farmácia. Mas as aparências enganam. Havia bons motivos para temê-lo. Todos sabíamos que, no Japão, ele havia passado um tempo na prisão por matar um comunista, assim como sua esposa e seu jovem sobrinho. Amakasu era tenente do Kempeitai na época, nossa Polícia Militar, e estrangulou toda a família com as próprias mãos.

Eu diria tratar-se de um ser peculiar. Mas gostava dele. Compartilhávamos o amor pelas artes. Amakasu adorava música clássica, e era capaz de sentar-se em sua sala e ouvir sua vitrola por horas a fio. E, como eu, Amakasu era um grande leitor de *Todos os homens são irmãos*; tinha uma cópia sempre ao lado da cama, perto da Mauser C96. Às vezes discutíamos o mérito de vários heróis. Seu personagem favorito era Riki, também conhecido como Redemoinho Negro, o guerreiro beberrão que empunhava dois machados em batalha e que, para não viver na vergonha, preferiu cometer suicídio depois que seus companheiros de batalha foram derrotados. Como seu herói, Amakasu era leal a seus amigos e um sincero patriota. O que mais me fazia gostar dele, no entanto, não era seu patriotismo, do qual nunca duvidei, mas sua inesgotável cortesia com o povo nativo. Com frequência, quando autoridades japonesas falavam de "harmonia entre as cinco raças", estavam apenas repetindo palavras oficiais. Uma das grandes tragédias de Manchukuo era o fato de aqueles que mais alto proclamavam ideias raramente conseguirem colocá-las em prática. Mas não o capitão. Ele realmente falava sério. Isso eu posso dizer por experiência própria. Deixe-me relatar apenas um exemplo.

Grande parte dos negócios de Amakasu era tratada em seu quarto de hotel, mas de vez em quando ele ia a um restaurante japonês próximo, chamado Pavilhão do Lago Sul, local frequentado principalmente por oficiais do exército Kanto. Fui a uma festa lá no inverno de 1939. Foi uma noite amargamente fria. As ruas estavam congeladas. Mesmo a leve névoa que cobria a cidade parecia ter virado uma nuvem de alfinetes e agulhas. A lua cheia brilhava em meio à neblina como uma luz fluorescente.

Amakasu sentou-se no chão de tatame na cabeceira da longa mesa de jacarandá, com as costas retas, como se uma haste de ferro tivesse sido inserida em sua espinha. Usando um uniforme verde-oliva, ele observava silenciosamente através dos óculos redondos, tomando o uísque White Horse de sempre. Mal tocou na comida, mesmo quando seus convidados, incluindo um alto oficial do Kempeitai e um robusto coronel do exército Kanto, ficavam cada vez mais alegres por causa do saquê, servido a eles por várias atrizes da Companhia de Cinema da Manchúria, que compensavam as deficiências linguísticas sendo absolutamente charmosas. No entanto, Amakasu não estava com humor para eventos sociais. Algo o incomodava. Um resmungo ocasional era tudo o que escapava de sua boca quando alguém se dirigia diretamente a ele.

Em algum momento, um cirurgião chamado Ozaki, importante figura da Associação de Amizade Japão-Manchukuo, ergueu sua taça e propôs um brinde às relações harmoniosas entre as cinco raças. Um homem gordo, risonho e ruborizado, do tipo que faz a vida e a alma de qualquer festa, Ozaki era um chocante exemplo daqueles que falavam em harmonia sem sinceridade. De qualquer forma, Amakasu também ergueu seu copo, e Ozaki, que tinha uma voz surpreendentemente doce para um indivíduo tão grosseiro, iniciou uma canção militar, sacudindo seus curtos bracinhos para a frente e para trás, como uma tartaruga virada de barriga para cima, e os outros fizeram o mesmo. Mesmo não sabendo a letra, as atrizes animavam os homens sorrindo e acompanhando a música com palmas.

Ozaki então propôs uma corrida do ovo. Ficando de quatro, o que não era coisa fácil para um homem corpulento em seu estado ébrio, ele ordenou que uma das atrizes fizesse o mesmo. Quando ela hesitou em participar daquela brincadeira infantil de empurrar um ovo sobre o carpete, um tapa em seu traseiro coberto de seda, provocando muitas risadas por parte dos outros convidados, forçou-a a se abaixar. Um dos homens escorregou a mão sob a saia de MeiLing, a principal atriz de Manchukuo, e disse para ela completar seu copo de saquê. O clima de convivência rapidamente transformou-se em grosseria, com gritos para que se fizesse um concurso de "Miss Manchukuo". O oficial do Kempeitai ordenou que uma das mulheres equilibrasse uma garrafa de saquê na cabeça e então obrigou-a a beber de um copo no chão, como um gato. Quando ela não conseguiu impedir que a garrafa caísse de sua cabeça, o lascivo coronel exigiu um striptease.

Nunca esquecerei o que aconteceu depois. Amakasu, ainda sentado com as costas bem retas, enrijeceu-se ainda mais. Seu rosto ficou muito pálido, como a lua do lado de fora, e os olhos brilharam atrás dos óculos como se estivessem pegando fogo.

— Basta! — gritou ele com a voz rouca, como se tivesse uma dor de garganta permanente. — Basta! Atrizes não são gueixas, são artistas. — E, apontando para as garotas, ele continuou: — Exijo respeito com os artistas da Associação de Cinema da Manchúria, e por isso gostaria de me desculpar pelo comportamento de meus rudes compatriotas.

Embora no salão houvesse vários homens com patente superior à de Amakasu, suas palavras tiveram efeito instantâneo. Não era necessário que ele gritasse. O fato de ter falado por si só foi suficiente para impor obediência imediata. As atrizes abaixaram a cabeça e fixaram os olhos no chão. Ozaki percebeu que havia ultrapassado uma marca perigosa e permaneceu quieto pelo resto da noite. Os homens começaram a respeitar as moças manchus, e alguns chegaram a se oferecer para servir saquê a *elas*. Ainda me lembro claramente desse incidente por ter mostrado um outro lado desse temido e, de fato, malfalado homem que não recebeu a devida atenção. Amakasu pode ter estrangulado uma família de vermelhos, mas também era um cavalheiro japonês de grande sinceridade.

De qualquer forma, foi Amakasu que me pediu para encontrar uma cantora local que falasse japonês suficientemente bem para trabalhar conosco em um novo programa de rádio que se chamaria *Rapsódia de Manchukuo*.

— A independência e unidade de nosso estado não pode ser tomada como fato consumado — disse-me ele. — A educação por meio do entretenimento deveria ser nosso lema. Nossa mensagem deve ser doce, mesmo se nossos objetivos exigirem sacrifício, rigor e perseverança.

Esse era o modo como ele falava normalmente, quando falava: em sentenças curtas, como um homem que não tem tempo a perder.

Depois de muito refletir e de ter promovido alguns testes em meu escritório com algumas moças extremamente atraentes, que não ofereciam nada no que diz respeito a talento musical ou mesmo linguístico, embora fossem perfeitamente agradáveis, tive uma ideia tão óbvia que não pude entender como não havia pensado naquilo antes: a menina cantora do hotel Yamato. Seu chinês era fluente, e como ela era de fato japonesa, certamente seria capaz de falar em sua língua nativa. Em resumo, ela era exatamente o que procurávamos. A idade poderia ser o único problema, mas isso podia ser resolvido.

— Vá falar com os pais dela — disse Amakasu, cujos finos lábios retorceram-se na rara insinuação de um sorriso. — Estou certo de que poderemos chegar a um acordo bom para ambas as partes.

3

ODO HOMEM TEM suas fraquezas. A minha eram as mulheres jovens, especialmente mulheres chinesas, e mais especialmente ainda atrizes chinesas. Eu digo chinesas, mas poderia ter dito manchus. Nós, japoneses, gostávamos de fingir que a maioria das chinesas em Manchukuo eram manchus. Na verdade, havia poucas diferenças entre as duas raças. Chinesas ou manchus, eu adorava fazer amor com elas. Não tinham nada daquele pudor e dos gracejos adolescentes das mulheres japonesas. Sua atração erótica era como a poesia chinesa — refinada, romântica e evasiva. Há algo particularmente sedutor também no corpo, que combina com a mente chinesa quanto à sutileza e à finesse: as longas e elegantes pernas, o firme e arredondado traseiro, os seios perfeitos, nem muito pequenos, nem muito grandes. Enquanto a mulher ocidental é grande e bruta, como uma fruta muito madura, e a japonesa é pequena, sem forma e insípida como tofu frio, a chinesa é um banquete de sabores, picante, doce e ácida, amarga; é a melhor espécie de uma seleção natural que encontrou sua forma perfeita depois de mais de 5 mil anos de civilização. E o sentimento de ela ser minha, toda minha, proporcionava um prazer mais do que apenas sexual. Eu diria até que era espiritual.

O pai da Srta. Yamaguchi, Yamaguchi Fumio, tinha uma fraqueza diferente, que era, como mencionei anteriormente, o jogo. Olhando para ele, víamos um tipo inofensivo, delgado, com um par de óculos que o deixavam com aparência séria. Mas na verdade era um vagabundo. De vez em quando, visitava um bordel em Mukden, cheio de garotas manchus, mas não eram realmente de seu gosto; ele sempre estava me esperando, nervoso, tomando seu chá na recepção, muito antes de eu estar pronto para sair. Preferia mil vezes o *clic-clac* das pedras de mah jong, o ruído das cartas de baralho, ou mesmo o barulho dos grilos de briga — qualquer coisa que valesse uma aposta. O problema desse vício em particular era financeiro. Ele estava sempre devendo, e contava com tipos como o general Li, do Banco de Shenyang, para livrá-lo de encrencas.

Para ser franco, Li era um ex-senhor da guerra de Shantung, que viera para o nosso lado no início da década de 1930 e fora colocado na presidência do Banco de Shenyang como um símbolo de nossa amizade. O velho veterano tinha apreço pelas apostas chinesas e propôs uma troca justa. A família Yamaguchi teria um local para viver de graça na residência do general, se a Sra. Yamaguchi ensinasse à sua concubina maneiras europeias à mesa. Um acordo peculiar, talvez, mas Yamaguchi encontrou a companhia do general, com seu bigode estilo Kaiser Guilherme, seu Rolls-Royce azul-escuro e seu apreço por jogos de mah jong — que invariavelmente perdia, permitindo assim que Yamaguchi pagasse suas dívidas. Além disso, instruir sua segunda esposa na arte de comer ervilhas com garfo e faca, ou levantar o dedo mindinho ao tomar chá indiano, não era uma tarefa muito árdua para a Sra. Yamaguchi, uma mulher moderna e educada, com maneiras muito finas, adquiridas em uma escola católica de primeira categoria em Nagasaki.

A residência do general Li ficava no quarteirão diplomático de Mukden, uma área silenciosa com grandes mansões de tijolos em estilo europeu — barroco, renascentista, rococó e afins — à sombra de perfumados pés de damasco e acácias de doce fragrância. Muitos chineses abastados, simpáticos à nossa causa, viviam ali. Os nativos mais pobres habitavam a fortificada cidade chinesa, um local vivaz mas anti-higiênico, com becos escuros que fediam a carvão, alho e excremento humano. Os japoneses tendiam a se agrupar na região da avenida Heian, uma rua ampla que levava à estação principal, moderna e limpa, cercada por lojas de departamentos que podiam se comparar aos melhores estabelecimentos de Londres e Nova York. A casa do general Li, não muito longe dali, era uma estrutura moderna em estuque branco, com ampla entrada ladeada por um pórtico com colunas verde-limão.

A família Yamaguchi vivia em uma casa de tijolos vermelhos que costumava ser ocupada por uma das antigas concubinas do general. Antes de se mudarem para lá, eles haviam vivido em uma parte confortável porém menos romântica da cidade, em um tipo de casa limpa e modesta projetada para executivos japoneses de status médio. Embora Yoshiko tenha sido criada para ser uma próspera garota japonesa, seu pai assegurou que ela falasse bem o chinês padrão, uma coisa muito incomum de se fazer, mas ele era, acima de tudo, admirador de todas as coisas chinesas, e procurou transmitir isso à sua filha. Os outros japoneses nem sempre viam com bons olhos tal entusiasmo, portanto havia certa discrição, não apenas para proteger a pequena Yoshiko de provocações na escola, mas também o próprio Yamaguchi de considerações indesejadas por parte de nosso Kempeitai. Ele tinha a desculpa de ser professor de chinês, certamente, mas ainda era necessário ter cuidado para não pegar a "doença do preconceito", como costumavam dizer os japoneses em Manchukuo.

Não havia nada desse tipo na residência do general Li, e foi por isso que o Sr. Yamaguchi — mas não necessariamente sua esposa — ficou tão feliz em se mudar para lá. Ele poderia entregar-se a suas paixões chinesas o quanto quisesse. A rotina doméstica prosseguia como um relógio: duas vezes por semana, o general vinha da casa principal, perdia um jogo ou dois de mah jong para o Sr. Yamaguchi, tinha seus cachimbos de ópio preparados por Yoshiko e ia se deitar com sua concubina preferida — uma pequena mulher que vagava pela propriedade com os pés bem enfaixados, provavelmente aliviada por não ter mais que espetar ervilhas com seu garfo de prata.

De acordo com minhas informações, poucas pessoas visitavam a família Yamaguchi, mas havia uma jovem judia chamada Masha, colega de escola de Yoshiko, que aparecia regularmente. Foi ela, creio eu, que apresentou Yoshiko à sua professora de canto, madame Ignatieva. Como ela frequentava a mesma escola japonesa da amiga, seu japonês era fluente. Verifiquei os pais e não encontrei nenhuma negligência. Seu pai, dono de uma padaria próxima à estação de trem, era um membro leal da Associação de Amizade Japoneses-Judeus.

O general gostava tanto de Yoshiko que decidiu adotá-la como filha não oficial. Isso foi em 1934, mais ou menos na época da posse do imperador Pu Yi. A cerimônia é muito importante para os Manchus. Um cuidado particular é tomado com os rituais familiares. Dessa forma, ser adotado por uma família manchu deve ser considerado uma grande honra. Eu fiquei muito honrado por ser convidado para testemunhar a cerimônia na residência do general Li.

Ajoelhada em frente às placas ancestrais de Li, Yoshiko recebeu seu nome chinês, Li Xianglan, ou Ri Koran, em japonês, e foi oficialmente recebida em sua segunda família. Participaram da cerimônia seus pais, assim como o general, sua esposa e cinco concubinas, todas vestidas com esplêndidos robes manchus. A menina cumpriu sua parte de maneira bela. Primeiro fez uma reverência a seu novo pai manchu, depois às suas placas ancestrais, e agradeceu o general em chinês perfeito pela honra de carregar seu nome. A cerimônia foi seguida de um banquete do qual participaram todos os que moravam na residência, incluindo todas as concubinas do general, que riam com charme atrás de seus leques de marfim. Fiquei tentado a aprofundar minhas relações com uma ou duas, mas sabia bem que não devia chegar perto dos frutos proibidos. Foram servidos pelo menos cem pratos, incluindo, por estarmos no inverno, um soberbo ensopado de carne de cachorro, especialidade da cozinha manchu.

Por ser sua filha favorita, Yoshiko passava a maior parte de seu tempo livre nos cômodos do general. Como ele ficava irritado se ela não estivesse lá para servi-lo, ela corria para a mansão assim que chegava da escola, para preparar os cachimbos e assegurar que ele estivesse confortável. Ela não podia sair para fazer o dever de casa até que ele adormecesse, o que, depois de um cachimbo ou dois, normalmente ocorria com uma rapidez misericordiosa.

O Sr. Yamaguchi não ficou muito feliz com a sugestão de colocar sua filha em um programa de rádio.

— Somos uma família de respeito — protestou ele — e minha filha não é uma dançarina de cabaré.

O Sr. Yamaguchi nos serviu chá japonês e permaneceu em silêncio. Yoshiko olhou para cima, para meu rosto, com aqueles seus grandes olhos brilhantes, implorando para que eu a ajudasse a sair de seu dilema. Ela não era avessa a cantar, mas odiava chatear o pai. Perguntei à mãe o que ela achava.

— Bem — disse ela após hesitar um pouco —, Yoshiko gosta de cantar...

Eu acrescentei que seria "pelo bem de nosso país", pensando que uma dose de patriotismo poderia ajudar. Além disso, aquilo daria ao Sr. Yamaguchi um pouco da necessária proteção contra os oficiais intrometidos.

— Bem, sim, até pode ser, mas...

Continuou por algum tempo, até que a questão das dívidas de jogo foi cuidadosamente levantada e o assunto foi concluído à satisfação de todos, incluindo o general Li, que ficou animado em ter o nome de sua família associado às apresentações. Dali em diante, Yamaguchi Yoshiko apareceria no programa de rádio *Rapsódia de Manchukuo* como a jovem cantora manchu Li Xianglan, ou Ri Koran.

4

TIENTSIN NÃO PODERIA ser mais diferente de Mukden. Em primeiro lugar, ficava na China, e não em Manchukuo. Uma grande avenida atravessando as concessões estrangeiras como uma ferida aberta, símbolo da submissão da China aos poderes coloniais ocidentais. Ao sul do rio Baihe, ou rio Branco (na verdade, preto de sujeira, levando pedaços de fruta podre em sua corrente letárgica, assim como madeira flutuante, gatos e cães mortos e, às vezes, restos mortais humanos), estavam os americanos, britânicos, franceses e italianos. Russos e belgas ficavam do outro lado da avenida, que mudava de nome conforme passava pelas várias concessões estrangeiras, começando com Woodrow Wilson Boulevard e terminando como Via d'Italia, passando por Victoria Road e pela Rue de Paris.

Tientsin era uma cidade coberta de sorrisos, a maioria deles falsos. Os privilégios gozados pela raça branca nessas concessões eram como manchas negras na honra de todos os asiáticos. Eles faziam tudo o que queriam, e escapavam impunes até de assassinatos. Uma das mais respeitadas autoridades chinesas, o encarregado da alfândega de Tientsin, foi executado em um cinema por gângsteres contratados pelos britânicos. Como eu, ele amava cinema, e estava assistindo pacificamente a *Gunga Din* quando foi brutalmente morto a balas. Uma vez que os britânicos recusaram-se a entregar os assassinos contratados à polícia, e as questões alfandegárias eram tratadas por nós japoneses, não tivemos outra escolha senão bloquear as concessões. Durante esse breve período — até restaurarmos total soberania asiática alguns anos depois — pudemos nos sentir orgulhosos de nós mesmos.

Apesar de ofensas como essas, alguns japoneses desprezíveis desejavam ser como os europeus; faziam de tudo para serem convidados para o Clube Tientsin, onde era permitido que entrassem como "brancos honorários" se acompanhados por seus anfitriões britânicos. Pessoas como essas, em minha opinião, não eram apenas desprezíveis, mas absurdas. Pareciam macacos em ternos tropicais que mal lhes serviam. Era possível vê-los comendo bolos apetitosos no Kiesling Café, esperando chamar a atenção do cônsul britânico ou outro figurão de nariz empinado. O máximo que conseguiam era um grave caso de indigestão.

Quanto a mim, sempre achei que as roupas chinesas eram mais apropriadas ao meu físico asiático elegante. Muitos me tomavam por chinês, e isso me era conveniente. Na verdade, eu ficava lisonjeado, pois sempre preferi a companhia de asiáticos, que eram muito mais civilizados do que a gentalha ocidental que boiava, como lixo, na superfície da sociedade local. Tientsin, para mim, fedia muito a bajulação. Antes que conseguíssemos trazê-lo à realidade e lembrá-lo de seus deveres, o imperador Pu Yi também fazia parte desse mundo bajulador, esbanjando seu tempo na quadra de tênis e tomando chá com estrangeiros. Ele vivia em uma antiga mansão na avenida Asahi, onde podíamos observá-lo enquanto era adulado por diversos charlatães europeus. Era possível topar com ele até no Cinema Império, especialmente quando os filmes de Charlie Chaplin estavam em cartaz. Ele parecia profundamente hipnotizado pelo pequeno vagabundo americano. Eu nunca o vi rir, mas sua fascinação nunca desvanecia. Mesmo depois que o restauramos no trono em Manchukuo, o imperador Pu Yi tinha que se manter entretido em seu cinema particular, no velho Palácio do Sal, com os filmes de Chaplin. Ele os assistia até o fim, não importava quantas vezes já os tivesse visto, até que, finalmente, os filmes ficassem gastos e novas cópias fossem encomendadas em Xangai. Eu reconhecia, humildemente, um espírito de afinidade nele, mesmo que não compartilhássemos de sua paixão por Charlie Chaplin.

Havia um lugar em Tientsin onde eu podia escapar da atmosfera sufocante das concessões e esquecer das intrigas vis e das trapaças em geral que aconteciam ali. Tratava-se de um estabelecimento modesto atrás de um portão carmim, na periferia da Cidade Nativa, chamado Jardim Oriental. Eles me conheciam tão bem que todos os meus cachimbos estavam sempre preparados sem que eu precisasse dizer uma palavra. Tudo o que eu precisava era de uma xícara de chá verde e meu cachimbo, e partia para um mundo só meu. Esticado naquela sala tomada pelo cheiro de doces sonhos, eu quase esquecia o país destruído pela guerra com forte cheiro de sangue e excremento, sua pobreza e degradação, a submissão humilhante aos imperialistas opressores. Quando fechava os olhos, apenas deixava a mente ser levada, sem impor minha vontade, e o interior de meu cérebro se enchia de imagens de uma beleza incomparável. Eu via as paisagens chinesas da dinastia Song, com montanhas altas, rios correntes e barqueiros pescando na névoa do amanhecer. Eu via os telhados de Pequim, brilhando ao anoitecer de uma noite tardia de primavera, vermelhos e dourados e amarelos, e via as colinas azuis de Manchukuo, lá longe no horizonte. E via também minha amante, Joia Oriental, andando em minha direção, como em um filme, com um jardim de Hangzhou como pano de fundo. Ela acenava para que eu fosse com ela, enquanto as flautas de Pã de uma orquestra choravam na trilha sonora de minha mente.

Chamar Joia Oriental de bonita seria uma injustiça. Ela tinha uma aparência muito incomum para isso. Sua face pálida e arredondada, irradiando uma luz suave, combinava a beleza viçosa de um jovem garoto com a delicadeza dócil de uma jovem menina, como aquelas esculturas da dinastia Tang, de Kannon, deusa da misericórdia. Ela tinha o corpo de uma bela mulher, mas a atitude aristocrática de um jovem príncipe. Vivia em um bonito casarão na Concessão Japonesa, não muito longe do Jardim Chang. Ela também chamava-se Yoshiko, ou princesa

Yoshiko, para ser mais preciso. Mas para mim sempre foi Chin, de To Chin, ou Joia Oriental, e ela não me chamava de Sato, mas pelo meu nome chinês, Wang.

Seu japonês era tão fluente que muitas pessoas pensavam que era nativa de meu país. Mas, na verdade, Joia Oriental era filha do príncipe Su, décimo na linha do trono manchu. Infelizmente o príncipe morreu jovem, e Joia Oriental foi adotada por um japonês patrono da causa manchu, um honesto provinciano chamado Kawashima Naniwa. Renomeada Kawashima Yoshiko, cresceu no Japão, onde, aos tenros 17 anos, foi seduzida por seu padrasto de 59 anos, que declarou que ela, como princesa manchu, havia herdado grande benevolência, enquanto ele, descendente de um antigo clã samurai, era imbuído de coragem natural, portanto era seu dever no mundo gerar um filho da benevolência e da coragem. Felizmente, não nasceu criança alguma dessa união. Para promover a libertação da Mongólia, e talvez para evitar escândalos e fofocas, Yoshiko casou-se com um rechonchudo e jovem príncipe mongol, o qual detestava tanto que fugiu para Xangai, onde teve um caso amoroso com o major-general Tanaka, chefe de nosso Serviço Secreto.

Joia Oriental era particularmente útil para nós devido a sua relação próxima com o imperador Pu Yi e, mais particularmente, com uma de suas esposas, que lhe dera permissão para ficar em sua mansão em Tientsin e, mais tarde, em Shinkyo. Cansado, talvez, de ficar confinado no interior de seu palácio em Shinkyo, e impaciente para ocupar, mais uma vez, o trono do dragão que era seu por direito na Cidade Proibida de Pequim, o imperador às vezes se comportava como uma criança teimosa, recusando-se a comparecer a cerimônias ou receber convidados oficiais vindos de Tóquio. Eu podia entender seus sentimentos. As autoridades de Tóquio podiam ser uma companhia muito tediosa. No entanto, depois de uma visita de minha Joia Oriental, que sabia exatamente como dosar nossas necessidades com a quantidade certa de bajulação manchu, ele invariavelmente decidia se comportar à altura de seu posto. Eu, então, relatava ao capitão Amakasu na suíte 202.

Apesar disso, ver minha Joia como uma agente japonesa, ou mesmo como uma espiã, como ainda fazem algumas pessoas, é interpretá-la de forma completamente errada. Ela era leal a apenas uma causa, a restauração da dinastia Manchu. Por esse nobre objetivo, sacrificaria tudo com orgulho, até a própria vida. Longe de ser anti-China, ela era dedicada ao futuro de seu país, mas não sob o governo de Chiang Kai-shek e seu decadente grupo de servidores corruptos. Seu intento, assim como o meu, era restaurar à China sua antiga grandeza.

Joia Oriental raramente se levantava antes das 16 ou 17 horas. Sua primeira ação, antes de sair da cama, era tomar uma taça de champanhe e alimentar com um punhado de nozes os dois macacos de estimação que pulavam das cortinas amarelas de veludo para a sua cama. Esses rituais diários sempre aconteciam na presença de pelo menos duas ou três de suas jovens companheiras, a quem ela chamava de "crisântemos". Sua dependência em relação a elas era total. Sem suas "crisântemos", Joia Oriental nem sairia da cama. Depois de sua taça de champanhe, ela se retirava para o banheiro, cuidada por elas. Uma hora depois, ressurgia, cheirando a uma fragrância mais doce do que a de uma orquídea chinesa. Na maioria das noites, usava uma túnica masculina desenhada por ela mesma na cor cáqui ou preta, com um par de calças de montaria, um cinto grosso de couro marrom, um quepe com viseira e uma grande espada samurai. Em outras ocasiões, quando estava com um humor menos marcial, bastava um simples robe chinês masculino, preto, com um quepe de seda. Quando terminava de se arrumar, examinava-se ao espelho, fazendo poses apoiada na espada, como se posasse para uma fotografia oficial, às vezes com um macaco encarapitado no ombro.

Joia Oriental tinha outro hábito peculiar. Várias vezes durante a noite, ela se sentava, normalmente à vista de quem quer que estivesse lá para entretê-la — eu, suas "crisântemos" ou até um de seus cantores de ópera chinesa favoritos —, tirava as calças ou arregaçava o robe e enfiava uma agulha na coxa, alva como uma casca de ovo. Era um gesto de transgressão chocante, como se estivesse enfiando uma faca em uma bela obra de arte, e ao mesmo tempo de uma deliciosa sensualidade; o brilho de sua carne pálida, implorando para ser tocada e beijada, o penetrar da agulha de prata, as gotas vermelhas de sangue, como rubis sobre cetim branco. Minha paixão por ela era tal que estava em constante estado de desejo. Estava sedento de seu amor, um escravo de suas carícias. O simples fato de ouvir sua voz ao telefone invocava visões de prazer, de uma natureza que a discrição não me permite repetir nessas páginas. A exposição de sua coxa para as injeções que desejava aconteciam em uma sala privada, no restaurante que possuía perto da avenida Asahi, cujos funcionários eram seus ex-guarda-costas mongóis, ou em qualquer lugar em que ela sentisse estar entre amigos. Ela chamava a droga de "minha irmãzinha", a morfina sem a qual, uma vez me disse, certamente morreria.

Como compartilhávamos a paixão pela dança, íamos a suas casas noturnas preferidas na Rue de Paris, e depois, se tivéssemos vontade, a um antro de ópio, não o que eu costumava frequentar, mas um local menor nos arredores da Cidade Nativa. Ou íamos a um bordel nas primeiras horas da manhã na Rue Pétain, na Concessão Francesa, onde pagávamos o dono, um judeu lituano gordo, para deixar que olhássemos por um orifício enquanto garotas russas eram violentadas por oficiais japoneses, um espetáculo que Joia Oriental achava particularmente estimulante, especialmente se os homens fossem um pouco brutos em suas considerações amorosas. Ela ficava maravilhada com a beleza da pele russa.

— Tão branca — sussurrava em meu ouvido, enquanto apertava minha mão —, tão perfeitamente branca, como a neve siberiana.

Eu ficava menos impressionado com a brancura da pele russa do que com o fato de os oficiais permanecerem totalmente vestidos, exceto pelas pernas, expostas quando abaixavam as calças, como se estivessem no banheiro. Teriam vergonha de mostrar sua escura pele asiática, perguntava-me, até para uma prostituta russa?

Joia Oriental queria que suas noites durassem para sempre. As primeiras horas da manhã, quando a cidade ainda estava em profundo repouso e os únicos sons eram os rangidos das rodas dos carrinhos dos coletores de dejetos, tinham nela um efeito reanimador. Era o momento em que se sentia mais viva e permitia que eu fizesse amor com ela. Embora os macaquinhos fossem uma distração, fazer amor com Joia Oriental era diferente de possuir qualquer outra mulher — e eu já havia tido muitas delas. Ela era habilidosa em todas as artes eróticas, como era de se esperar de uma criatura tão mundana, mas não era isso que fazia o amor com ela ser tão peculiarmente excitante. Não sei bem como explicar, mas quando essa orgulhosa princesa manchu descartava seu uniforme militar, tirava as botas pretas e brilhantes, colocava de lado a espada e o quepe, era tão suave, tão dócil, tão vulnerável, tão feminina e, ainda assim, tão misteriosa. Não importava o quanto tentasse posar como a japonesa chamada Kawashima Yoshiko, quando eu fazia amor com Joia Oriental, sentia estar penetrando o corpo da China. Infelizmente, no entanto, o sentimento era tão fugaz quanto um raio de luz, pois quando terminávamos, era como se ela não estivesse mais lá, ficava fora de meu alcance, como a mulher-raposa de uma história de fantasmas. Eu a amava mais do que qualquer mulher que conheci antes ou depois dela. Mas, na verdade, nunca senti que a conhecesse de verdade.

Até um dia no final do outono de 1937. Fomos a uma solenidade na mansão do barão Mitaka, um velho e agradável nobre que representava nosso governo como cônsul-geral em Tientsin. Na verdade, não chegamos juntos, pois tínhamos que ser discretos. O imperador Pu Yi era um dos convidados, junto com os embaixadores de todas as grandes potências ocidentais. Joia Oriental e eu ficamos separados a maior parte do tempo, mas por coincidência ela estava do meu lado quando o barão recebeu um pergaminho de um membro de sua equipe, um jovem nervoso com mãos vermelhas. As muitas condecorações do barão cintilaram como estrelas em uma noite brilhante de inverno. Ele segurou o pergaminho com os braços esticados, como se fazia antigamente, e leu seu discurso sobre nossas intenções pacíficas na Ásia.

— Sua Alteza Imperial, o imperador japonês — começou ele, em posição de sentido, enquanto as palavras rolavam de sua boca —, cujas intenções benevolentes nunca foram questionadas, deseja nada menos do que a paz eterna e a prosperidade para todos que estão sob seu teto celestial...

Enquanto o barão falava com sotaque inglês pomposo, adquirido durante sua estada em Londres, eu tentava ler as expressões na face de nosso convidados. O imperador Pu Yi piscava os olhos sem denunciar qualquer emoção. Os diplomatas estrangeiros tentavam parecer superiores, como era de hábito na companhia de asiáticos, mas eu não podia ler mais nada em seus impenetráveis rostos ocidentais. Nosso amigos chineses, incluindo o chefe de gabinete do imperador Pu Yi e o diretor do Banco de Tientsin, balançaram a cabeça em sentido afirmativo quando o barão falou da "cultura comum das raças amarelas", de "nossas antigas tradições espirituais", "China, nossa grande professora", "espírito samurai"... "deusa do Sol"... "Paz...". Mas quando o barão já falava por 45 minutos, mesmo as atenções de nossos amigos mais próximos mostraram sinais de cansaço. "O gosto pelo trabalho duro e o senso natural de cooperação mútua nutridos por nossa civilização cultivadora de arroz", continuou o barão, e eu pude ver o embaixador britânico cochichando no ouvido de seu colega francês, rindo com seu presunçoso modo europeu; rindo de nós, sem dúvida, por não sermos "civilizados", arrisco dizer. O barão, no entanto, não dava sinais de estar chegando ao final. Tentei ver quanto restava em seu pergaminho. "Cinco mil anos de civilização... revigorada pela disciplina e pela energia jovial do Japão moderno... a Ásia ascenderá..."

Enquanto ouvia as palavras, senti uma mão tocar a minha levemente. Joia Oriental olhou em meus olhos com uma ternura que fez meu coração saltar.

— Você é um de nós — sussurrou.

Fiquei tão comovido que precisei me conter para não pegar sua mão e beijá-la.

— É claro que sou — sussurrei de volta. — Somos um só, você e eu.

— Sempre soube que você era diferente deles — disse com suavidade.

— Sim — respondi. — Sou seu, apenas seu.

— Um futuro glorioso para a Nova Ásia... — continuou o barão.

— Venha para o nosso lado — sussurrou Joia Oriental em meu ouvido.

— Eu já estou — disse. — Sempre estarei com você.

Ela fez um breve sinal com a cabeça e se virou.

— Um brinde à Sua Alteza Imperial...

5

M 1938, NÃO muito depois da queda de Nanquim, Joia Oriental me pediu para apresentá-la à sua xará, a outra Yoshiko, que na época já tinha um certo nome. A maioria dos japoneses na China sabia as músicas de Ri Koran de cabeça ("Ah, nossa Manchúria!", "Crisântemos e peônias", entre outras), mas ninguém sabia que ela também era estudante de uma escola chinesa em Tientsin. Seu pai, como sempre, havia se metido em uma complicação financeira (muito dinheiro no cavalo errado no Jóquei Clube de Mukden) e fora obrigado a deixar a filha aos cuidados de outro de seus amigos chineses. Seu novo pai substituto, o Sr. Pan, era um homem de negócios muito rico que havia estudado em Tóquio e era amigável conosco. Ele tinha muitas concubinas e um exército particular, e estava no topo da lista dos chineses pró-japoneses, de quem nossos inimigos gostariam de se livrar. Ele chamava Yoshiko de "filha" preferida, e tinha sua imagem pintada por um célebre artista japonês, como uma típica beldade chinesa com um vestido de seda.

Sempre que eu estava em Tientsin, ficava de olho em Yoshiko, como ainda a chamava, para ter certeza de que estava bem. Até lhe dava algum dinheiro de tempos em tempos, fingindo, para seu bem, que vinha de seu pai, que não estava em posição de sustentá-la de maneira alguma.

Pode-se dizer que eu era seu mentor oficial, mas olhava para ela mais como uma filha. Um dia, durante suas férias de verão, em um de nossos almoços regulares, ela abriu o coração comigo. Vestia-se de forma simples, usava o uniforme azul-claro da escola chinesa. Estava adorável, como sempre, com os olhos irradiando inocência jovial, enquanto franzia os lábios, pequenos e arredondados, para receber um bolinho doce de meus hashis. Mas eu podia ver nas mínimas expressões que algo a perturbava naquela ocasião. Normalmente falávamos em japonês, mas Yoshiko às vezes alternava para o chinês se não se lembrasse prontamente da palavra japonesa.

— Estou tão confusa, tio Sato — disse ela.

— Com o quê, minha querida?

— Ouço rumores na escola sobre as coisas ruins que nós, japoneses, fizemos aos chineses.

— Que coisas ruins, docinho?

— Dizem que estamos invadindo seu país e matando muitos patriotas chineses.

Tentei tranquilizá-la, explicando que não devia confiar em rumores. Havia tantos rumores, quase nenhum deles verdadeiro. Alguns, de fato, tinham fundamento. Mas como eu podia fazer essa encantadora menina entender que remédios dolorosos às vezes eram necessários para curar doenças graves? Então eu lhe disse, com toda a sinceridade, que estávamos na China para defender o povo chinês, que tínhamos o objetivo de libertar a Ásia. Mas, enquanto falava, percebi que essas palavras devem ter soado um tanto quanto vazias, como os slogans da Rádio Manchukuo. Ela não parecia totalmente convencida. Era difícil, disse, saber o que era verdade. Eu sentia muito por ela, pois realmente era difícil distinguir o que era verdadeiro e o que era falso na China. Mesmo eu, cuja atividade era descobrir a verdade, sentia como se estivesse caminhando na superfície de um lago congelado em uma noite sem luar.

— Eu amo a China — disse ela. — Nunca estive no Japão, mas minha mãe é chinesa e ela me repreende por ter um comportamento muito japonês. Ela me diz como me mover como chinesa, me batendo quando me curvo do modo japonês. E quando volto para Mukden, minha mãe me censura por não me comportar como uma perfeita menina japonesa. Por favor, tio Wang, me diga o que fazer.

Expliquei que ela era ambas, dessa vez com mais convicção. Ela era cria de Manchukuo. Estávamos vivendo o nascimento da Nova Ásia, disse. Um dia, em um mundo melhor sem preconceitos estúpidos — um mundo sem guerra e sem ganância ou imperialismo, um mundo pacífico no qual todas as raças seriam tratadas como iguais —, então, e apenas então, as pessoas a apreciariam por quem ela era.

No entanto, a pobrezinha ainda parecia confusa. Por que precisava esconder que era japonesa? Como podia explicar aos colegas de escola que seu pai adotivo chinês, a quem eles chamavam de traidor só porque tinha amigos japoneses, realmente era um homem bom e decente? Como ela deveria se comportar quando todos os outros saíssem para marchar em uma manifestação contra o Japão? Sua pureza de coração infantil me emocionou profundamente. Ao olhar para seus olhos escuros e cheios d'água, queria fazer algo para confortá-la, enxugar suas lágrimas e colocar sua mente para descansar. Mas como era possível que ela entendesse a sociedade adulta e suas complexidades políticas? Ela era, realmente, muito boa para esse mundo.

Eu então aconselhei que tivesse paciência. A história não pode ser feita da noite para o dia. A sabedoria chinesa nos diz para dar tempo ao tempo. As futuras gerações entenderiam nossas boas intenções. Tivemos que trabalhar juntos para superar os conflitos culturais. Mas naquele momento percebi que ela não poderia continuar na escola chinesa por muito tempo ou mesmo com sua família chinesa. Era muito perigoso. Poderia facilmente acabar sendo consumida pelas chamas antijaponesas espalhadas por agitadores.

E, além disso, eu não tinha a mínima certeza se gostava da ideia do encontro das duas Yoshikos. Minha jovem protegida parecia muito inocente em relação às coisas do mundo para ser exposta ao tipo de sofisticação particular de Joia Oriental. Ninguém era mais dedicado a Joia Oriental do que eu, mas ela era muito complicada. O encontro das duas poderia levar a todo tipo de mal-entendidos. Yoshiko sabia tão pouco, e Joia Oriental sabia tanto. Eu pressenti perigo, e então continuei adiando a apresentação prometida. Mas eu não podia observá-la dia e noite. Eu era seu mentor, não seu guarda-costas.

Suponho que fosse inevitável. Elas foram apresentadas pelo coronel Aizawa, adido militar, em uma festa no restaurante de Joia Oriental. Aparentemente, minha Joia, vestida naquela noite com um de seus robes chineses pretos, olhou Yoshiko de cima a baixo com aprovação, depois que foram apresentadas, e disse:

— Quer dizer que você é japonesa, afinal de contas. Profundamente encantadora. — Ela então pegou em seu braço e falou: — De agora em diante, quero que pense em mim como seu irmão mais velho.

Yoshiko começou a receber telefonemas quase diários, normalmente de uma das crisântemos, para se encontrar com Joia Oriental no restaurante ou em alguma casa noturna imprópria nas concessões estrangeiras. E a menina de 17 anos, certamente lisonjeada pela atenção dessa grande sedutora, tornou-se uma pupila adorável. Ela ganhou vários *qipaos* chineses de Joia Oriental, que amava vesti-la como se fosse uma boneca feita para entretenimento pessoal de seu "irmão". Eu ficava furioso, porque ainda me sentia responsável pela criança.

Uma noite, fechada e tempestuosa, vi-me em um dos lugares de que menos gostava, o salão de baile do hotel Astor House, onde os estrangeiros fingiam estar em Londres ou em Viena, dançando com seus trajes formais e olhando com desprezo para os poucos orientais que certamente deviam se sentir privilegiados por estar ali. Bem, eu não me sentia. Minha presença era totalmente profissional, relacionada a uma questão de negócios com o adido militar alemão. Foi quando as vi na pista de dança, em meio aos britânicos e suas esposas cobertas de pó de arroz, parecendo fantasmas de tão brancas, enquanto as luzes tremeluziam toda vez que um raio caía do céu lá fora. Joia Oriental, usando um uniforme militar, com um macaco no ombro, e minha cara pequena Yoshiko, vestindo um robe chinês, dançavam a valsa juntas. Rodopiavam e rodopiavam, olhando uma nos olhos da outra como duas jovens amantes, alheias aos estrangeiros, que davam risinhos maliciosos.

Eu decidi naquele lugar e naquele momento que aquela bobagem tinha que ser impedida. Eu tinha que levar Yoshiko de volta para Manchukuo, pelo menos para proteger sua pureza, que, por algum motivo que eu mal entendia, era mais preciosa para mim do que qualquer outra coisa.

6

SHINKYO, CAPITAL de Manchukuo, era tudo o que Tientsin não era. Construída do nada sobre fundações de uma pequena cidade mercantil manchu que os chineses costumavam chamar de Changchun, não tinha nada do glamour pseudo-ocidental de Tientsin ou Xangai, mas essa era exatamente sua virtude. Aonde quer que fossem, os ocidentais impunham sua própria arquitetura. Veja o Bund, em Xangai. Não passa de um cenário tentando parecer Londres ou Chicago. Shinkyo não era nada disso. Na verdade, era uma cidade anticolonial, uma metrópole contraocidental, a capital de um Estado asiático multirracial. E não havia nada de estranho nisso. Planejada pelos mais modernos arquitetos e engenheiros do Japão, Shinkyo era uma maravilha da precisão matemática. Suas avenidas retas eram distribuídas como raios de sol a partir da praça da Grande União, no centro da cidade, de onde se tinha uma visão perfeita dos quartéis-generais do exército Kanto, com seus tradicionais telhados japoneses, o prédio do Kempeitai e a sede da Polícia Municipal. De um lado da avenida da Grande União ficava o hotel Shinkyo Yamato e, do outro, o lago Sul, com os novíssimos estúdios da Associação de Cinema da Manchúria às suas margens. Shinkyo tinha as melhores entre as novas lojas de departamentos, hospitais de primeira linha e casas novas e espaçosas equipadas com descargas nos banheiros, que deixavam até os japoneses de Tóquio maravilhados com sua moderna eficiência. Shinkyo era perfeita, a cidade mais limpa do mundo. Sempre que uma pessoa fosse pega jogando detritos na rua ou cuspindo, era presa. Pode parecer um pouco coercitivo, e confesso que muitas vezes eu sentia falta da vivacidade de Mukden, mas a civilização só pode vir como resultado da educação, e a educação compassiva raramente é eficiente. Eu tinha orgulho de Shinkyo. Tínhamos conquistado algo único ali, o início de uma moderna Renascença Asiática.

Mas a civilização é frágil, e havia muitos obstáculos a serem vencidos antes que tal Renascença fosse completa. Edifícios modernos cobertos com telhados chineses, japoneses ou mongóis não eram o suficiente. A língua, por exemplo, continuou sendo uma séria barreira no caminho da unidade asiática. Eu falava chinês, mas nenhum dos diretores japoneses, operadores de câmera, diretores de arte ou roteiristas da Companhia de Cinema da Manchúria sabia o idioma. Como todos os atores e atrizes eram nativos que falavam, até então, muito pouco japonês, a questão estava se provando uma dificuldade. Algumas coisas, como a calistenia no início de cada dia, conduzida pelo próprio Amakasu em sua posição de chefe do estúdio, não exigia habilidades linguísticas. Mas Amakasu queria que a equipe nativa fosse instruída por especialistas japoneses na arte da atuação para o cinema. Aquilo estava sendo uma tarefa árdua.

Endo Saburo, um dos especialistas mais experientes que trabalharam nos estúdios de Shynkio, havia sido um artista famoso no Japão. Treinado como ator de kabuki, ainda jovem trocou o gênero pelo teatro de estilo ocidental, onde virou sensação na década de 1910 com ousadas inovações, como interpretar Hamlet enquanto andava de bicicleta no palco. Seu papel mais celebrado no cinema foi o de general Ulysses S. Grant, com quem ele ficou tão parecido que alguns achavam que ele tinha que ser pelo menos metade estrangeiro. No entanto, cansado de papéis de estrangeiro com perucas e grandes narizes de cera, Endo foi convencido a ir para Manchukuo para estabelecer um novo, e unicamente asiático, estilo de atuação.

O problema é que ninguém tinha uma ideia muito clara de como deveria ser esse estilo, exceto — possivelmente — o próprio Endo. Mas como ele iria transmiti-lo aos atores manchus, que nem ao menos falavam japonês? Nossos intérpretes não estavam à altura da tarefa. Um dia, eu estava no estúdio e Endo havia reunido todo o elenco de um novo filme para uma aula de atuação para o cinema. Ele usava vários roteiros japoneses modernos como material de ensino. Como os alunos não entendiam o que dizia, ele atuava, usando todas as habilidades de seu treinamento em kabuki: raiva, tristeza, amor, e assim por diante, enquanto o intérprete dava o melhor de si para explicar. Endo fazia papéis femininos e masculinos, o que demonstrou com brilhantismo. Infelizmente, porém, o intérprete não conseguia acompanhar o ritmo, de forma que as palavras traduzidas não mais se referiam à imitação do ator. Violentas palavras de raiva vinham traduzidas quando o mestre estava piscando do modo como fazem as jovens apaixonadas, o que provocou o riso dos manchus — e o meu também, para dizer a verdade, mas eu tinha de tentar me controlar, uma vez que era melhor não deixar uma pessoa tão ilustre constrangida. Nossa resposta rude ao seu talento artístico o deixou com uma raiva que, embora fosse totalmente genuína, foi confundida de forma infeliz por seu público como parte de sua atuação, enquanto o intérprete, tendo finalizado a cena anterior, parafraseava palavras de amor carinhoso.

E foi por esse motivo, depois de uma pequena maquinação da minha boa pessoa, que minha pequena Yoshiko reuniu-se em uma fria noite de outono, na estação norte de Shynkio, com Amakasu, cercado de seus guarda-costas e com a banda militar do exército Kanto tocando as melodias que ela tornou famosas no rádio, com a bandeira amarela, vermelha, azul, branca e preta de Manchukuo tremulando com orgulho na brisa da noite. Amakasu fez um discurso no local, dizendo que os asiáticos haviam provado sua coragem em termos de poder militar e econômico. Agora era hora, como afirmou ele, de mostrar a "potência artística asiática". Uma escolha estranha de palavras, pensei, mesmo concordando inteiramente com o sentimento.

De nosso ponto de vista, Yoshiko era perfeita: uma nativa que teria apelo aos nativos, e ainda assim era uma de nós. Além disso, ela já havia provado seu mérito no rádio. O esquema, pensado cuidadosamente por Amakasu, era que Yoshiko recebesse um salário mensal de 250 ienes, cerca de quatro vezes mais do que seus colegas manchus, mas ela se tornaria a maior estrela da Ásia. Foi preparada uma suíte para ela no hotel Shinkyo Yamato, no mesmo andar do quarto 202 de Amakasu. Todas as manhãs, um chofer a pegaria para levá-la ao estúdio, a apenas dez minutos de distância. Uma acompanhante japonesa também foi contratada para cuidar de todas as suas necessidades. Mas tudo isso dependia de uma condição, que não podia ser descumprida sob circunstância alguma: sua nacionalidade japonesa era segredo de Estado. Daquele momento em diante, Yamaguchi Yoshiko deveria ser chamada apenas de Ri Koran, ou Li Xianglan, Orquídea Perfumada da Manchúria.

Convencer Yoshiko a seguir nosso plano foi um pouco mais complicado do que o previsto. Eu já tinha dito em Tientsin que ela seria muito bem paga. O dinheiro não a impressionou. Insisti mencionando seu pobre pai, correndo o risco de estar sendo grosseiro. Ela poderia ajudá-lo a pagar suas dívidas. Mas aquilo só fez com que aquela criança de coração mole chorasse. Ela estava decidida a ser jornalista, disse-me com uma firmeza que me surpreendeu em alguém tão jovem.

— Quero escrever a verdade e lutar contra todos os preconceitos estúpidos deste mundo. Se pelo menos os japoneses e chineses se entendessem melhor, não seriam mais inimigos.

Afirmei a ela que não éramos inimigos.

— Mas estamos em guerra — disse ela.

— Não é uma guerra — respondi. — Algumas pessoas estão tentando nos impedir de ajudar a China. Não querem que consigamos libertar a China.

Ela me perguntou por que aquelas pessoas desejavam nosso fracasso. Tentei explicar, mas ela caiu em um silêncio triste. Claramente, minhas palavras não estavam tendo muito efeito.

— Então ele era uma dessas pessoas? — perguntou de repente, com uma pontinha de raiva infantil.

— Quem era uma dessas pessoas? Que tipo de pessoas?

— Uma noite, quando não conseguia dormir, ouvi pessoas gritando do lado de fora de nossa casa em Mukden. Olhei pela janela e vi um homem chinês amarrado a uma árvore. — Nesse ponto, a pobre menina começou a chorar. — Eles estavam batendo nele com varas. Soldados japoneses estava batendo nele com varas. Havia sangue por todo o seu corpo. Ele gritava. Eu me escondi sob os lençóis e chorei até pegar no sono. Na manhã seguinte, tentei não olhar pela janela, com medo do que poderia ver. Mas olhei mesmo assim, e ele não estava lá. Pensei que pudesse ter sonhado tudo aquilo, que havia sido apenas um pesadelo. Queria acreditar nisso. Mas quando saí, notei que havia sangue sob a árvore.

— Ela começou a chorar novamente, seus ombros levantavam.

Tentei acalmá-la. Ela desviou.

— Aquele homem... eu o conhecia. Sr. Cheng. Ele havia sido nosso caseiro. Sempre foi gentil comigo. Quando perguntei ao meu pai o que havia acontecido, ele não me disse nada. Quando insisti, disse que havia coisas que eu não entendia.

Eu não sabia o que dizer. Não deveria ser permitido que crianças fossem expostas a tais cenas. Então parei de tentar explicar política a ela. Em vez disso, tentei um caminho diferente. Disse que ela estava certa. Ela realmente tinha um importante papel a desempenhar estimulando o entendimento mútuo. Era exatamente o que a Associação de Cinema da Manchúria estava tentando fazer. Queríamos dar aos chineses uma impressão favorável do Japão e aos japoneses uma impressão favorável da China. Amizade e paz eram os objetivos dos filmes que produziríamos. E ela, Ri Koran, era a única pessoa no mundo que poderia fazê-lo, que poderia transpor o abismo do entendimento mútuo. Ela deveria pensar em si mesma não apenas como uma atriz, mas como uma embaixadora da paz. Seria famosa, disse eu, não apenas em Manchukuo, mas no Japão e em toda a China, e também no resto da Ásia, por ser uma pacificadora.

Eu podia ver que minhas palavras estavam surtindo algum efeito.

— Verdade? — perguntou ela, olhando para mim com uma inocência que tocou meu coração.

— Verdade — confirmei. E, além do mais, eu estava falando sério.

É sempre fácil ser crítico quando olhamos para o passado, mas deve-se pensar nesse fato dentro do contexto da época em que vivíamos. Sem dúvida, havia muitos japoneses maus na China. Havíamos cometido erros e causado muitas inconveniências ao povo chinês. Mas isso é inevitável em tempos de mudança histórica. Curar uma civilização antiga de suas doenças é uma empreitada dura, muita vezes confusa. A principal coisa que devemos ter em mente é que nossos ideais eram legítimos. Nosso princípios eram corretos. E se não agirmos de acordo com os princípios corretos, o cinismo domina, e a vida não vale mais a pena ser vivida. Se não tivéssemos seguido nossos ideais, não teríamos sido melhores do que os egocêntricos imperialistas ocidentais. Então, fiquei orgulhoso em desempenhar meu humilde papel no lançamento da carreira de Ri Koran.

Eu queria poder dizer o contrário, mas o filme de estreia de Ri, chamado *Expresso lua de mel*, não foi um sucesso. Uma refilmagem trivial de uma comédia japonesa, traduzida para um chinês estranho, dirigida por um homem que não conseguia falar com os atores em sua própria língua, evidentemente acabaria em fracasso. Não era um filme muito divertido, não importava o quanto o diretor, o Sr. Makino, gritasse pedindo que os atores enfatizassem o humor. "Graça!", gritava ele no pouco de chinês que conhecia. "Atuem com graça, atuem com graça!"

Os manchus não viram graça, e Ri ficou desesperada. Nunca mais faria outro filme, chorava, batendo o pequeno pé. O diretor havia agido como um completo idiota, dizendo que ela não era boa na frente de todos os seus colegas. Que ela nunca havia desejado ser atriz. Etc., etc., etc.

Eu não testemunhei a cena, mas o fracasso comercial de *Expresso lua de mel* perturbou tanto Amakasu que ele entrou em uma de suas periódicas fúrias alcoólicas. Quebrando a garrafa de uísque na mesa do Pavilhão do lago Sul, ele ficou enfurecido com Makino, com os roteiristas, com os operadores de câmera e com os produtores. Enquanto a equipe japonesa ouvia em silêncio, de cabeça baixa, Amakasu quase destruiu a sala, socando as telas de papel, estragando a mesa de jacarandá e pisando no vidro quebrado sobre o tatame. Ele gritou sobre "sabotagens" e "vermelhos" que estavam tentando acabar com a política japonesa e "desapontar o povo de Manchukuo".

Aquele teria sido o fim da carreira de Ri no cinema se não fosse por um daqueles efeitos imprevistos que frequentemente mudam o mundo de formas que nunca poderíamos esperar. Em uma das cenas principais, na plataforma de uma estação de trem em Shinkyo, Ri, como a jovem amante que duvida da devoção de seu noivo, canta uma música intitulada "Se apenas". Não é uma grande canção, ela já fez apresentações muito melhores. A melodia é açucarada como um doce pegajoso. Assim como a letra: "Se apenas você me amasse, se apenas fosse verdade, se apenas você pudesse sonhar meu sonho..."

A imaginação popular é tão inconstante quanto misteriosa. Mas a canção de Ri conseguiu chegar ao povo de forma grandiosa, proclamando o boom chinês. "Se apenas", cantada em chinês e em japonês, tornou-se um sucesso surpreendente, primeiro entre os japoneses em Manchukuo, depois no Japão. Talvez a voz de Ri tivesse o tom exótico das terras distantes. Possivelmente, era uma diversão leve em tempos de ansiedade. Qualquer que fosse a razão, espalhou-se como um incêndio florestal — ou melhor, uma enchente, dados os litros e litros de lágrimas que gerou — em cafés, salões de dança, nos diversos shows de Asakusa, realmente em qualquer lugar onde se falasse japonês, de Harbin a Hokkaido. Ri Koran estava lançada como estrela.

7

ASSIM QUE a reputação de exótica cantora manchu de Ri Koran começou a se espalhar no Japão, um ator, do alto de sua fama, abriu a porta de seu Packard em frente a um estúdio no sul de Tóquio e caminhou lentamente na direção de seu camarim. Talvez estivesse ensaiando suas falas, ou talvez tivesse outras coisas na cabeça, já que havia acabado de ir para uma nova companhia de cinema, mas Hasegawa não viu se aproximar o criminoso que, rápido como um raio, cortou sua face esquerda com uma navalha. Foi como se um vândalo tivesse enfiado uma faca em uma grande obra de arte. Hasegawa Kazuo, ex-ator de papéis femininos no teatro kabuki, era famoso por sua grande beleza, tanto como mulher nos palcos quanto como jovem protagonista romântico no cinema. Agora seu célebre perfil estaria marcado para sempre, cortesia dos chefes de seu antigo estúdio, que não aceitavam de forma gentil os atos de deslealdade, especialmente entre seus astros mais lucrativos.

Na verdade, porém, o incidente transformou Hasegawa em um astro ainda maior. Acrescentou um elemento de bravata masculina à sua imagem (assim como ao seu rosto, que era de certa forma muito delicado), e as mulheres se empolgaram com sua vulnerabilidade. Apesar disso, sempre que podia, tentava apresentar apenas seu perfil direito às câmeras. E quando não podia, uma grossa camada de maquiagem era aplicada para cobrir a cicatriz, que ia do canto de sua boca até o lóbulo da orelha.

Estou mencionando essa história porque Amakasu teve a brilhante ideia de trazer Hasegawa Kazuo a Manchukuo para contracenar com Ri Koran em uma coprodução nipo-manchu. A união romântica do mais famoso, mais bonito e mais arrojado ator japonês com a mais bela e mais exótica estrela de Manchukuo faria maravilhas por nossa causa. Foi um dos planos mais inspirados de Amakasu, um par feito do paraíso. Mas como todos os planos, os resultados não foram nem diretos, nem previsíveis.

A história de seu primeiro trabalho conjunto era um melodrama simples, intitulado *Canção da orquídea branca*. Ele (Hasegawa) é um jovem engenheiro japonês construindo uma extensão da estrada de ferro Sul-Manchu. Ela (Ri) é mongol, estudante de música em Mukden. Eles se apaixonam, mas o herói deveria se casar com a filha de seu chefe em Tóquio. Devido a seu infeliz compromisso, ele diz à garota mongol que seu amor é impossível. Ela volta para sua família de bandidos antijaponeses e ameaça explodir sua preciosa ferrovia. Percebendo que o amor não podia ser negado, ele volta para ela e declara seus verdadeiros sentimentos. Ela se derrete em seus braços. A ferrovia é preservada e nossos povos são unidos.

Alguns podem achar que se trata de propaganda barata. Era isso, propaganda, mas não era barata, pois era em nome de uma boa e progressista causa. Todos nós queríamos construir um mundo melhor do que aquele em que vivíamos, onde milhões de asiáticos inocentes e trabalhadores eram arruinados pela brutal concorrência do capitalismo anglo-americano. Americanos fazem filmes pra mostrar *seu* modo de vida da melhor forma possível. Por que não devíamos fazer o mesmo? Além disso, com que frequência vemos filmes de Hollywood celebrando o amor entre pessoas de raças diferentes? Em seu entretenimento branco, pessoas negras só aparecem como empregados ou palhaços. No que diz respeito a isso, estávamos bem à frente deles.

Enquanto esse filme estava em produção, notei algo estranho em Ri. É como se ela tivesse esquecido sobre sua resistência anterior a ser uma estrela de cinema. Ela se divertia com isso agora, como uma criança que, de repente, se vê como a garota mais popular da escola. Eu diria até que ela estava se viciando nas gratificações da vida de pequena diva: suíte de hotel, carro com chofer, explosão de flashes de magnésio cada vez que aparecia em público. Mas na presença do grande Hasegawa, ainda parecia intimidada. Ela o seguia como um cachorrinho, implorando para que ele a ensinasse a ser uma atriz melhor. Ele a irritava dizendo que uma mulher chinesa nunca entenderia os modos de um japonês. Ela primeiro teria de se tornar japonesa, disse ele, para depois poder atuar como uma.

Grande parte de *Canção da orquídea branca* foi filmada em locações, nas redondezas de uma vila perto da estrada de ferro Sul-Manchu. A segurança, feita por soldados do exército Kanto, precisava ser firme devido à atividade de bandidos naquela área. Várias vezes, as tomadas eram interrompidas por tiros, e tínhamos de fugir para nos abrigarmos em um celeiro de tijolos. Era durante esses momentos de ociosidade forçada que Hasegawa ensinava a Ri a arte da sedução feminina. Ri não desgrudava os olhos enquanto Hasegawa se transformava em uma beldade japonesa tradicional. Ele mostrou a ela como olhar de forma faceira com o canto dos olhos e revelar, apenas por um instante, a nuca, inclinando sutilmente a cabeça. Sob a luz baça de nosso parco local de refúgio, o suave e arredondado rosto do ator adquiria uma delicada feminilidade um tanto quanto misteriosa. Todos olhávamos em silêncio enquanto ele movia as mãos, os olhos e o pescoço como uma bela cortesã. O sex appeal dos estrangeiros, ele a instruiu, era franco e direto, enquanto os modos japoneses eram sempre indiretos, apenas insinuando a sensualidade, sem exibi-la. Ri imitava repetidamente os gestos femininos do mestre, os olhares, os passinhos, como um homem praticando tacadas de golfe, até que sentisse que havia conseguido fazê-los direito. Hasegawa apenas sorria, como um pai indulgente, repetindo que ela primeiro teria de virar japonesa para depois poder dominar totalmente sua arte.

8

Ão MUITO DEPOIS do sucesso de "Se apenas", Amakasu decidiu fundar um fã-clube de Ri Koran. Ele, capitão Amakasu, seria o presidente dessa ilustre associação, cujos membros incluíam industriais, burocratas e generais do exército Kanto. O fã-clube realmente desempenhou um importante papel na trágica história de Manchukuo, portanto devo relatar minhas poucas experiências relativas a ele.

Uma vez por mês, os membros se encontravam em uma sala de jantar particular no hotel Yamato para discutir questões de Estado e ouvir gravações das canções de Ri. Ainda posso ver a sala, cheia de pesadas cadeiras de madeira arrumadas em volta de uma longa mesa de carvalho sob um lustre de latão. Chifres de veado ficavam pendurados nas entradas, dando ao local um ar vagamente germânico. O papel de parede de seda bege era decorado com orquídeas. Amakasu estava bebendo seu uísque White Horse de sempre. Eu reconheci a maioria das pessoas que estavam ali. Quem não reconheceria? Todos conheciam aqueles homens na época. Eram alguns de nossos principais líderes, incluindo o coronel Yoshioka, conselheiro do imperador Pu Yi, e Kishi Nobusuke, ministro da Indústria. Kishi não era exatamente bonito. Seu terno era frouxo como uma bandeira em dia de ventania, e seu pescoço fino fazia o colarinho da camisa parecer muito maior do que seu verdadeiro tamanho. Os dentes projetavam-se para fora e os olhos eram esbugalhados. Mas eram os olhos de um homem arguto, e continham uma ponta de ameaça. Amakasu dizia frequentemente que Kishi iria longe, talvez um dia chegasse a primeiro-ministro. Kishi mostrava suas gengivas vermelhas quando Amakasu falava desse jeito, mas nunca fez nenhuma tentativa de contradizê-lo. Yoshioka era uma figura igualmente desagradável. Conhecido como "Vespa" devido a seu tipo físico, conseguia parecer ainda mais magro com o cinto marrom muito apertado ao redor da cintura, e ria muito sem demonstrar qualquer evidência de humor. Seu rosto era marcado por um nariz proeminente, com narinas largas como buracos negros, que ficavam ainda maiores quando bajulava alguém mais poderoso ou se divertia com os infortúnios de alguém menos poderoso.

Eu não conhecia um dos homens da sala. Vestindo um terno azul, que acentuava seu rosto estreito e cheio de marcas, ele parecia desinteressante, exceto por um par de meias de seda transparentes, que revelavam tornozelos extremamente finos, saindo de um par de brilhantes sapatos pretos laqueados. Só mais tarde percebi quem ele era: Muramatsu Seiji, chefe da gangue Muramatsu, grupo muito temido, com braços em várias cidades da Manchúria. Arrumar problemas com ele era como uma pena de morte, com o diferencial de que a vítima nunca sabia quando seria a sua hora. Às vezes, a execução vinha muito depois que o pobre coitado já havia esquecido o que fizera de errado. Muramatsu não era muito visto em público e passava a maior parte do tempo no norte, em Harbin.

Fizeram-me algumas perguntas sobre o estado da cultura e se nossa mensagem estava chegando ao povo nativo. Tentei ser o mais positivo possível, mas disse que precisávamos de mais tempo. Vários planos estratégicos do exército Kanto foram discutidos, incluindo, para minha surpresa, um plano para assassinar Charlie Chaplin. Evidentemente, o plano existia havia algum tempo, pois todos os homens estavam familiarizados com ele. O objetivo era desmoralizar o povo americano matando um de seus ídolos favoritos. Infelizmente, desmoralizaria também Sua Majestade, o imperador Pu Yi. Mas Amakasu, que tinha um interesse especial nesse projeto, achou que isso podia ser resolvido. Certos obstáculos práticos foram mencionados. O fato de Chaplin não visitar o Japão desde 1932 e de não parecer inclinado a fazê-lo novamente tão cedo foi um deles. Então Kishi — acho que foi ele —, lançando um rápido olhar sobre mim, mudou de assunto com um leve pigarro. Eu deveria ter percebido que ser cuidadoso nunca é demais em Manchukuo.

Kishi fez os cálculos de quanto dinheiro seria preciso para manter o exército em Manchukuo e explicou que recursos extras seriam de absoluta necessidade. O coronel Yoshioka, especialista em questões internas, acrescentou que manchus e chineses eram raças excitáveis, que demandavam doses regulares de ópio para se acalmar. Fornecer a droga a eles tinha vários benefícios. Além de manter os nativos quietos, seria a receita imprescindível para nossos soldados. O problema era que os gângsteres chineses em Harbin estavam tentando entrar na jogada. Dizia-se que um empresário judeu também estava envolvido. Sua fraqueza era o amor por seu filho único, um artista. Talvez alguma pressão pudesse ser aplicada por meio do filho. Os olhares estavam todos voltados para Muramatsu, que fez um sinal positivo quase imperceptível e sussurrou com voz suave e baixa, como um cão a quem foi atirado um osso. Uma vez que não havia empregados na reunião, para evitar fofocas desnecessárias, o próprio Amakasu se levantou para trocar o disco na vitrola. Não lembro o que mais foi discutido, mas tenho uma lembrança nítida da doce voz de Ri cantando "Chuva de primavera em Mukden", que ouvíamos em silêncio. Aquela era outra demonstração de que Amakasu era mais do que um autocrata. Ele pegou seu lenço, tirou os óculos e secou uma lágrima do olho.

9

O PRÓXIMO FILME com o par Ri e Hasegawa, chamado *Noites chinesas*, foi uma obra de arte indiscutível que surgiu dos estúdios da Associação de Cinema da Manchúria. Mas, para ela, quase se tornou uma tragédia pessoal.

Ri faz o papel de uma ousada garota chinesa chamada Ki Ran, cuja vila foi destruída pelo Exército Imperial japonês. Hasegawa é Hase-san, capitão de um navio japonês em Xangai, que a recolhe da rua, esperando salvá-la da privação. Ela é tratada com a típica hospitalidade japonesa pelo capitão e seus amigos em uma pensão de Xangai, mas Ki Ran não consegue esquecer que os soldados japoneses mataram seus pais. Quando a dona da pensão lhe oferece uma xícara de chá, ela o derruba com um golpe. É quando acontece a cena que fez com que Ri se tornasse uma figura detestada na China: Hase-san dá um tapa na cara de Ki Ran — um momento chocante, mas intensamente comovente, pois mostra o coração de um homem apaixonado. O tapa de Hase-san é realmente um sinal de sua bondade. Ki Ran entende seus verdadeiros sentimentos e cai em seus braços.

Para os japoneses, a cena fez muito sentido. Mas não somos todos iguais neste nosso grande mundo. Ri havia tentado alertar o diretor de que esse episódio poderia ser mal interpretado na China. Infelizmente, o diretor, recém-chegado de Tóquio, não a ouviu. No final, Ri estava certa, é claro. Esse encontro romântico, que levou todos os japoneses às lágrimas, teve o efeito oposto nos chineses, que interpretaram tudo de forma equivocada e consideraram o tapa como um golpe em seu orgulho. Eles não entendiam que nós, japoneses, às vezes usávamos força contra mulheres e crianças para mostrar que nos importávamos com elas. Ri não foi perdoada. Daquele momento em diante, ela se tornou notória como a atriz que colaborou com um insulto deliberado à raça chinesa.

Noites chinesas, no entanto, é realmente um filme de infinitas riquezas. Cada vez que vejo essa obra-prima, noto mais um belo detalhe que não havia percebido antes. "O tapa" é seguido pela viagem de lua de mel de Hase-san e Ki Ran a Suzhou. A China nunca pareceu tão encantadora; Suzhou é uma visão do paraíso, com seus canais deslumbrantes, as pontes antigas e os clássicos jardins chineses. É aqui, nesse paraíso, digno de uma pintura, que a união sino-japonesa é consumada. Então algo surpreendente acontece. Aqueles que têm olho para essas coisas notarão que a garota chinesa não só começa a falar japonês, mas faz os movimentos faceiros da tradicional mulher japonesa, os olhares de esguelha, a inclinação da cabeça; como Hasegawa lhe havia ensinado. Nessa cena de amor, tão cheia de ternura, Ri Koran é a mais pura fusão de tudo o que há de melhor nas raças chinesa e japonesa.

Mas esse não é o último dos muitos momentos inesquecíveis do filme. O tio de Ki Ran é o líder dos bandidos antijaponeses que planejam um ataque ao navio de Hase-san. Quando, um dia, o navio não volta para Xangai, Ki Ran sabe que o marido foi morto pelos homens de seu tio. Em uma cena de beleza incomparável, ela volta para Suzhou para se afogar no rio onde passou a lua de mel. Sussurrando as palavras de um poema japonês que seu marido havia lhe ensinado, ela caminha na água e submerge lentamente; seu vestido chinês de seda flutua na superfície, a melodia de "Noites chinesas" toca suavemente ao fundo. Nunca consigo segurar as lágrimas nesse ponto, e elas não param de correr até muito depois do fim do filme.

Mas, pelo menos uma vez, o diretor deu ouvidos a um bom conselho. Embora Ki Ran morra por seu amor na versão japonesa de *Noites chine-*

sas, um final diferente foi idealizado especialmente para o público chinês. Em vez de encontrar a morte prematuramente ao entrar no rio, Ki Ran ouve seu nome sendo chamado repetidamente. É ele! Ele sobreviveu. Na última cena, o homem mais bonito do Japão e a mulher mais bonita da China sentam-se lado a lado em um barco, flutuando na direção de uma nova alvorada. Ele tira um cigarro do estojo e ela, em um momento de grande delicadeza feminina, acende-o para ele.

Não é simplesmente a história que torna o filme tão tocante. A mágica do cinema normalmente não está no enredo, mas na química entre os protagonistas, que é transmitida pelos olhos. A câmera detecta algo que não se vê a olho nu. Eu poderia chamar de algo mágico — não é de se estranhar que os povos primitivos falassem de mau-olhado. Tanto Hasegawa quanto Ri ficavam mais bonitos um na presença do outro; e por meio de algum processo misterioso, a câmera consegue capturar essa beleza. Mais do que qualquer outra coisa, foi *Noites chinesas* que fez com que os japoneses se apaixonassem pela China. E isso se deu em grande parte devido à pureza da performance de Ri Koran. Seus olhos são como piscinas de luz, cheios de uma refinada melancolia, como se ela enfrentasse sua morte trágica.

A gravação de *Noites chinesas* teve seus momentos de perigo. Suzhou não era problema, pois havíamos protegido a cidade um ano antes, mas chegar até lá era outra questão. Em um fim de tarde, enquanto atravessávamos as planícies setentrionais em um trem que seguia para o sul, Ri exclamou repentinamente:

— Vejam essas flores vermelhas! São lindas.

Entediados com o cenário monótono do norte da China, todos olhamos pela janela. À primeira vista, achei que era o pôr do sol que deixava tudo com um brilho vermelho vivo. Mas ao passo que o trem diminuía a velocidade pudemos distinguir pessoas caídas em todos os lugares, como bonecos quebrados. Algumas estavam reunidas em pequenos grupos ou sentadas sozinhas, muitas estavam esparramadas no chão e outras ainda corriam, carregando trouxas brancas manchadas de vermelho. Devia haver centenas de homens espalhados pelo local, vestidos com trapos ensanguentados e uniformes marrons. O trem parou com um solavanco, como se tivesse quebrado. Notei que Ri se afastava da janela.

Berravam-se ordens. As portas se abriram com um ruído metálico. Um homem ferido — o primeiro de muitos — passou por nossa janela. Tudo o que eu podia ver em seu rosto cheio de bandagens era a boca, bem aberta como se estivesse prestes a gritar. Hasegawa, em um ataque de raiva, puxou a cortina de nossa cabine, mas não conseguiu fechá-la totalmente. O barulho de homens gritando e gemendo ficava cada vez mais alto. Alguns uivavam de dor, outros imploravam por água. Uma voz áspera disse para se calarem. Vi um homem que havia perdido a perna e os dois braços. Outro se debatia de maneira incontrolável, como um peixe. Um jovem médico estava tentando estancar uma ferida aberta pressionando um trapo branco contra o peito de um soldado, cujo sangue continuava esvaindo-se pelo pano. A mão de alguém que passava em uma maca deixou uma mancha vermelha em nossa janela. O cheiro era inacreditável: carne apodrecendo, excremento e pés imundos. Um dos soldados, olhando fixamente para nossa cabine, de repente ganhou energia e apontou para Hasegawa. Outros fizeram o mesmo, pressionando suas faces enegrecidas contra o vidro. Finalmente, depois de puxar freneticamente a cortina, Hasegawa conseguiu fechá-la, tirando-os de nossa vista.

Um oficial abriu a porta e sentou-se sem cerimônia. Ele tirou o quepe e enfiou os dedos embaixo do colarinho para limpar o suor do pescoço. Havia manchas de sangue em suas botas e calças, como as de um açougueiro. Perguntei-lhe o que havia acontecido. Ele me olhou com suspeita.

— Bandidos chinas — disse ele, mostrando os dentes tortos e escuros. — Tive de esvaziar a vila toda. Do jeito que esses selvagens lutam... até um garoto de três anos de idade é capaz de cometer assassinato. São eles ou nós.

Ri parecia impressionada. "Esvaziar?" Como ela estava vestindo roupas chinesas, o oficial voltou-se para nós, indignado:

— Que diabos essa vadia china está fazendo aqui?

Hasegawa se apresentou e explicou educadamente que se tratava de Ri Koran, a estrela de cinema.

— Ah — respondeu o oficial. — "Chuva de primavera em Mukden". Bem, eu nunca... — disse ele, coçando a nuca, sacudindo a cabeça para cima e para baixo na direção de Hasegawa. — Veja só! Hasegawa Kazuo! Ri Koran! Veja só! — Talvez Hasegawa-san pudesse dizer algumas palavras para os soldados e Ri pudesse cantar uma música: — Isso alegraria os rapazes.

Mais uma vez a porta para o corredor foi aberta e outro oficial foi empurrado para dentro por um enfermeiro. Ele era jovem e bonito, mas parecia incapaz de falar. O enfermeiro apontou para sua cabeça e disse:

— Ele nem sabe quem é.

Tentamos fazê-lo falar perguntando seu nome e de onde era. Tudo o que conseguíamos era um olhar em branco.

— Sua mãe deve estar sentindo sua falta — disse Hasegawa, pensando que aquilo poderia provocar uma resposta.

Pareceu ter surtido algum efeito. A boca do jovem começou a se mexer.

— M-Ã-E — resmungou lentamente. — M-ã-e... m-ã-e... m-ã-e.

Mas foi tudo o que disse, a mesma palavra, repetida sucessivamente. Seus olhos estavam arregalados, mas parecia que ele não via nada.

Já estava escuro quando o trem começou a se movimentar. Após cerca de 1 quilômetro, tivemos de fazer mais uma parada. Vários homens desceram do trem.

— Bem — disse o oficial —, por hoje é só. É melhor nos acomodarmos.

Guardas assumiram suas posições na lateral do trem. O cheiro do lado de dentro ainda era insuportável. Abrimos a janela, mas o ar de fim de outono estava muito gelado, então Ri pediu que a fechássemos.

— Por que diabos não podemos continuar? — perguntou Hasegawa, que não estava acostumado a ser interrompido.

— Bandidos — disse o oficial, que tirou um frasco de saquê da túnica, tomou um gole e o escorregou novamente para o bolso.

— Então que tal uma música? — insistiu o oficial.

Ri disse a ele que seria impossível. No meio da noite, sem um palco, um microfone ou qualquer luz.

— Nossa, como você fala bem japonês — disse ele, e assobiou educadamente por entre os dentes.

Logo todas as luzes foram desligadas dentro das cabines e ficamos no escuro, ouvindo apenas o som dos gemidos e da tosse dos homens e, de vez em quando, um grito assustador. Era impossível dormir. Vários oficiais vinham com tochas e pediam autógrafos. Um deles insistiu que Ri deveria cantar. Aquilo os confortaria, faria com que se lembrassem de casa e que chegassem ao fim da noite. Ele lhe traria uma tocha, que ela poderia usar para iluminar o rosto. Hasegawa a instruiu que deveria sempre pensar em seus fãs. Finalmente, ela levantou os ombros e cedeu.

Mas era mais fácil falar do que fazer, pois havia corpos por todo o corredor, e alguns mal estavam vivos. Eu segui Ri pelo trem para protegê-la. Íamos pisando em braços e pernas, enquanto ela cantava, obtendo lamentos suaves e um xingamento eventual. No início, quase não se podia ouvi-la. Os sons do sofrimento, os corpos e a escuridão eram enervantes. Mas quando ela abriu caminho, de cabine em cabine, com sua face iluminada pela tocha sendo o único ponto visível de todo o trem, algo mágico aconteceu: sua voz ganhou força e os gemidos pararam. Era como se um anjo tivesse pisado naquele lugar infernal. "Noite chinesas, ah, noites chinesas... o lixo flutuando corrente acima, o navio dos sonhos, noites chinesas, noites de nossos sonhos..." Depois, "Se apenas", e os homens cantavam suavemente junto com ela, um coro fantasmagórico, no escuro: "Se apenas você me amasse, se apenas fosse verdade..." E então, o som inesquecível de centenas de homens feitos chorando.

10

ÃO HOUVE nada errado com a primeira parte de nossa viagem a Tóquio. Ri, Meng Hua, segunda maior estrela de Manchukuo, e eu embarcamos no trem na estação de Shinkyo, onde a equipe dos estúdios da Manchúria promoveu uma maravilhosa despedida. Todos os atores e atrizes estavam lá, assim como a equipe técnica, vestindo uniformes e balançando pequenas bandeiras do Japão e de Manchukuo, gritando palavras de encorajamento, enquanto uma banda tocava canções de despedida. No meio do pátio da estação, Amakasu subiu em um pódio de madeira enfeitado com as cores de Manchukuo e fez um discurso com sua voz rouca, difícil de escutar sobre os ruídos do assobio do vapor e das pessoas cantando. Eu lembro que ele mencionou seu grande orgulho pessoal por estar enviando as melhores flores de Manchukuo à nossa terra imperial como as "embaixadoras da amizade".

Ri estava tão empolgada com a perspectiva de visitar seu país ancestral pela primeira vez que quase não conseguiu ficar sentada no caminho para Pusan. O trem não era tão confortável quanto o prateado Expresso da Ásia, e era consideravelmente mais lento, mas a menos que tivesse de parar por causa de nevascas ou ataques de bandidos, não se atrasava. Tentei dormir um pouco depois que passamos por Ando e cruzamos o rio Yalu, congelado, na península coreana. Estava escuro do lado de fora. Tudo o que víamos em Ando eram algumas luzes tremeluzentes ao longe. O apito do trem soava solitário, como um fantasma errante. Mas

Ri estava bem acordada, com os olhos brilhando, na expectativa. Ela não parava de falar sobre o teatro Nichigeki, onde se apresentaria em um espetáculo de gala celebrando a amizade entre Japão e Manchukuo, das paisagens de Tóquio, e dos vários espetáculos que seriam apresentados por figuras famosas dos mundos literário e cinematográfico, as quais ela havia conhecido quando passaram por Manchukuo. Ela me perguntou sobre os cafés e restaurantes da moda, onde as pessoas mais elegantes eram vistas. Uma nova palavra entrou em seu vocabulário: "conhecível". Sempre que eu mencionava algum nome célebre, sua pergunta era: "Ele é conhecível?" Mesmo sendo ela própria uma estrela de cinema, e já conhecendo muitos japoneses famosos, Ri ainda era como uma criança superempolgada às vésperas do aniversário. Eu não voltava a Tóquio fazia vários anos, e certamente não conhecia todas as pessoas "conhecíveis". Tentei responder às suas dúvidas da melhor forma possível, mas ela não me dava ouvidos. Sua mente já havia chegado em nosso destino mesmo antes de alcançarmos Pusan.

Amakasu, apesar do discurso vibrante na estação de Shinkyo, na verdade não fora a favor da viagem. Ele tinha uma visão paternal em relação a suas atrizes e suas vidas pessoais eram uma preocupação constante. Considerava o mundo artístico na metrópole algo perigosamente frívolo e ruim para nossa moral. Uma complicação extra era o fato de o show de gala de Nichigeki ter sido organizado pela Companhia de Entretenimento Paz Oriental, e não pela Associação de Cinema da Manchúria. A Paz Oriental era apoiada pelo Ministério das Relações Exteriores do Japão, que Amakasu menosprezava como brando e untuoso. Mas mesmo o exército Kanto não podia fazer nada nesse caso. Amakasu alertou-me que eu seria considerado responsável se acontecesse com as atrizes algo que pudesse refletir de forma nociva na reputação superior da Associação de Cinema da Manchúria.

Foi impossível dormir, mesmo na segunda noite de nossa viagem a bordo do barco que seguia de Pusan para Shimonoseki. Meng Hua, uma típica beldade do norte, alta e radiante, com uma encantadora mancha sobre o joelho esquerdo, dividia uma cabine com Ri. Eu não teria me importado de me divertir um pouco com ela, mas negócios são negócios. Eu não podia arriscar ter nenhum problema durante a viagem. Como Yoshiko, ela nunca havia estado no Japão antes, mas a expectativa a havia colocado em um estado mais de apreensão que de entusiasmo, portanto se retirou para a cabine sozinha, enquanto Ri não parava de falar em uma mistura feroz de japonês e chinês, determinada a estar acordada ao primeiro sinal de ilhas japonesas. Quando finalmente amanheceu, estávamos envolvidos por uma densa neblina. O apito do navio gemia como um animal ferido. Ri pressionou o rosto contra a janela, tentando olhar através do denso caldo cinzento. Nada. Mesmo assim, pontualmente às 7h30, uma voz de mulher anunciou pelo alto-falante do navio que estávamos nos aproximando de nossa "adorada pátria". A voz continuou: "Se olharem a estibordo, verão o porto de Shimonoseki, renomeado assim no ano de 1904; antes, era conhecido como Akamagasaki, local famoso por suas belezas naturais e que remete à nossa gloriosa história nacional, o onde se deu a famosa batalha entre Heike e Genji em 1185..." E continuou desse modo, enquanto todos os rostos se viravam para boreste, onde a densa neblina ainda era tudo o que se podia ver. Nosso hino nacional foi tocado pelo alto-falante, e todos, incluindo chineses e coreanos, prestaram atenção.

Só depois que o navio ancorou pudemos distinguir os contornos da cidade, um horrível amontoado de depósitos, guindastes e armazéns, nada parecido com a introdução glamorosa que Ri esperava. A polícia marítima subiu em nosso navio com um ar de imensa importância. Uma grossa corda preta foi amarrada no saguão principal, perto do passadiço, e um homenzinho gorducho com bigode de Charlie Chaplin sentou-se a uma mesa, com um assistente postado atrás de sua cadeira, cuja função era umedecer os carimbos antes de entregá-los ao funcionário bigodudo, que os pressionava sobre nossos documentos após cuidadoso e prolongado exame. Como eu odiava a impertinência de meu compatriota! Cidadãos japoneses recebiam ordens para fazer fila na frente da corda e os estrangeiros, para ficar atrás. Ri foi a primeira a correr para a fila. Eu pude ver um olhar de perplexidade no rosto de Meng Hua. Foi a primeira vez que ela se deu conta de que Ri era japonesa, e não apenas mestiça, como já se suspeitava entre os membros nativos da equipe dos Estúdios da Manchúria.

No devido tempo, o passaporte de Ri foi carimbado. Ela se voltou para Meng Hua e disse-lhe, em chinês, que a esperaria na sala da alfândega. Mas o funcionário ficou em dúvida e mandou que ela voltasse. Inspecionando-a com um olhar de indignação, ele gritou:

— Você não é japonesa?

Ri fez que sim com a cabeça e olhou para o chão.

— Então o que está fazendo com essa ridícula roupa chinesa? Deveria se envergonhar, falando nessa língua china. Não percebe que somos cidadãos de primeira classe?

Tentei intervir dizendo ao funcionário, da forma mais discreta possível, que ela era uma famosa estrela de cinema a caminho de Tóquio para celebrar a amizade entre Manchukuo e o Japão. Ele não ficou nem um pouco impressionado, e disse para eu não me meter. A discrição claramente não estava funcionando, então o informei de minha afiliação ao exército Kanto e mencionei o nome de Amakasu. O pobre coitado logo se recompôs e seus beiços se enrolaram em um horrível sorriso forçado.

— Por favor — disse ele —, eu não percebi... Bem-vindos ao seu país, bem-vindos.

No entanto, não havia nada que eu pudesse fazer para agilizar o processo para Meng Hua, e passaram-se muitas horas até que pudéssemos nos sentar na apertada cabine de nosso trem para o Oriente. A neblina havia se dissipado, mas o céu ainda estava sujo com nuvens escuras, como panos cinza e molhados, jogando um clima sombrio sobre a nossa jornada de retorno. O ar cheirava a roupas úmidas e picles de raiz-forte. Poucas palavras eram ditas em nossa cabine. Meng Hua ainda estava incomodada pelas horas de interrogatório que teve que enfrentar, e confusa com o status de Ri. Mas ela era muito discreta para perguntar. Então olhamos pela janela em silêncio absoluto por uma sucessão de cidades provincianas cheias de pequenas e prosaicas casas de madeira, construí-das de forma compacta, como se ficassem reunidas por medo do mundo exterior. A opressão pegajosa que me impeliu a partir para o continente chinês voltou instantaneamente. Eu já estava com saudades dos espaços abertos de minhas adoradas China e Manchúria. Aquele não era um país para um homem que prezasse sua liberdade.

11

MEU LUGAR preferido em Tóquio fica em uma região que eu frequentava desde que vim à capital para estudar. Trata-se de uma área quase sem marcas do glamour moderno. Na verdade, tinha poucos atrativos. Muitos japoneses evitavam o local devido à sua reputação insalubre. Dizem que é assombrada por fantasmas. Minha caminhada noturna normalmente começa no antigo terreno de execução em Senju, guardado pela estátua de Jizo, patrono das almas que sofrem no inferno. Aqui, ele é conhecido como "Jizo pescoço cortado", porque foi ali que milhares de pessoas literalmente perderam a cabeça. Ossos antigos ainda são encontrados nesse escuro e esquecido canto da cidade. Nezumi Kozo, ladrão lendário, foi enterrado aqui. Assim como Yoshida Shoin, sábio e revolucionário samurai, que acreditava que só poderíamos impedir que os ocidentais invadissem o Japão se estudássemos seus costumes. Aprisionado em uma jaula pelos homens do Xogum após tentar embarcar em um navio americano em 1854, mestre Shoin escreveu as linhas imortais: "Quando um herói não realiza seu objetivo, seus atos são considerados iguais aos de um vilão ou ladrão." Ele foi decapitado em 1859 por sua lealdade ao imperador em oposição a Hogun. De todas as nossas figuras históricas, ele era a que eu mais admirava.

Depois de prestar minhas homenagens ao mestre Shoin e a outros, atualmente esquecidos por nosso volúveis compatriotas, ando ao longo do canal Sanya em direção a Yoshiwara, antiga área de prostituição de Edo. Agora é um local miseravelmente negligenciado, com horríveis prédios em estilo ocidental que parecem tão frágeis e provisórios quanto cenários de um estúdio de cinema. Foi-se o estilo refinado dos homens do prazer de Edo, que sabiam como galantear as cortesãs com sua inteligência e perspicácia. Foi-se também a mais plebeia, mas ainda impetuosa, farra dos anos 1920.

No inverno de 1940, muitos dos teatros que ofereciam espetáculos de dança já haviam sido fechados, assim como a maioria das casas de prostituição em Yoshikawa. As poucas que ainda estavam abertas tinham uma aparência tão lastimável que deveriam ter sido fechadas também. Ainda assim, para minha surpresa, descobri que o estabelecimento que eu costumava visitar em minha época de estudante, um bordel que apresentava uma popular garota maquiada para se parecer com Clara Bow (o dono, homem grosseiro com cara de sabujo, era fã de cinema), ainda estava lá. Uma vez que os filmes de Hollywood agora eram oficialmente desdenhados como decadentes, o lugar havia mudado a decoração para algo mais oriental, com uma fachada de estuque feita para parecer uma mansão chinesa. Um dos cafetões, rapaz jovem e magro com marcas de acne, puxou meu braço e sussurrou em meu ouvido:

— Mestre, é isso que você é aqui. Temos uma garota que é a cópia perfeita de Ri Koran.

Meu primeiro instinto foi quebrar a cara dele. Mas pensei melhor e fui embora com um sentimento de profunda repulsa.

12

RECEIO NÃO PODER me gabar de ter sido um acompanhante muito bom para nossas embaixadoras da amizade. Meng Hua estava de mau humor e só saiu do hotel Imperial para compromissos oficiais. E Ri estava sendo acompanhada pela cidade pelo filho do ministro das Relações Exteriores, o que me deixou tranquilo — pelo menos até perceber que as atenções dele iam além das regras de hospitalidade exigidas. Ri não parecia se preocupar. Talvez ainda fosse muito ingênua para entender suas verdadeiras intenções. Ela parecia lisonjeada pela recepção que teve em nossa capital imperial, encontrando aquele famoso escritor, ou aquele célebre ator, todos totalmente "conhecíveis" para ela agora. Havia até sido apresentada ao próprio ministro das Relações Exteriores, homem com reputação de grosseiro, o qual ela declarou ser, na linguagem teatral que estava começando a adquirir, "um doce". Eu me coloquei em uma posição estranha, pois odiava reprová-la. A querida criança, disfarçada de mulher do mundo, não teria me ouvido.

Nas entrevistas para a imprensa japonesa, no entanto, Ri desempenhava seu papel com perfeição. Lindamente paramentada em vestidos chineses de seda, ela respondia a uma série de perguntas vazias em japonês impecável (naturalmente), o que gerou um grande número de comentários favoráveis. O que ela achava do Japão? Quem era seu astro de cinema japonês preferido? Ela já havia comido peixe cru? O que achava das banheiras japonesas, e das camas, e dos hashis? Não eram difíceis de usar, quando se está acostumado aos longos pauzinhos chineses? Ela respondia a tudo, dizendo aos repórteres aquilo que queriam ouvir, incluindo o fato de que hashis japoneses podiam ser mais curtos, mas tinham um formato muito mais bonito.

Apenas um jornal, felizmente de pequena circulação, ousou sugerir que Ri, na verdade, podia não ser manchu. O artigo foi ignorado pela grande imprensa, para meu imenso alívio, pois Amakasu teria ficado furioso se o rumor se alastrasse. Mas existiam ameaças mais perigosas à reputação de Ri do que aquela reportagem. Uma manhã, fui abordado no hotel por um jovem obsequioso da Companhia de Entretenimento Paz Oriental. Depois de muitas reverências e de secar a fronte com um lenço branco, o jovem chegou ao ponto, de forma nem um pouco delicada. O presidente da companhia, Sr. Nagai, notório por seu apetite por mulheres jovens, estava interessado em conhecer Ri Koran um pouco mais intimamente. Ele me entregou um cartão com o nome de um conhecido hotel de Tóquio e o número de um quarto escrito no verso.

Mesmo eu, com minha conhecida fraqueza pelo sexo feminino, fiquei chocado pela rispidez dessa abordagem. Todas as minhas relações com mulheres eram baseadas na premissa de prazer mútuo. E, modéstia à parte, eu sei como satisfazê-las. As mulheres sempre foram livres para recusar. Para dizer a verdade, prezo muito a liberdade das mulheres. Sou, de fato, um feminista à minha maneira. Nagai estava tratando Ri como uma prostituta comum. Ri, que, apesar de suas criancices eventuais, era a personificação de tudo o que era bom e puro. Então mandei o jovem lacaio embora, instruindo-o a agradecer seu chefe pelo gentil convite, mas para transmitir o recado de que Ri Koran, infelizmente, estava indisposta. Como sabia que aquele não seria o fim do caso, também pedi uma reunião pessoal.

O escritório de Nagai em Marunouchi era grande e confortável, com painéis de madeira nas paredes, cadeiras de couro, uma lareira aberta e uma grande mesa vazia. Um cheiro de fumaça de cigarro pairava no ar. Nagai era um homem baixo, apertado em um terno de abotoadura dupla e aparência cara. Seu cabelo tingido de preto brilhava à luz de um grande lustre, sob cujos ramos de metal polido bailavam querubins e anjos tocando trombetas. Nagai sentou-se atrás de sua mesa, mexendo o amplo traseiro no macio assento de couro, acendeu um cigarro e me perguntou com o tom familiar reservado para crianças e inferiores no âmbito social o que eu queria tratar com ele.

— É sobre Ri Koran — disse eu.

— Sim?

— O senhor sabe que ela vem de uma boa família japonesa?

— Não me diga.

— Não podemos arriscar que haja algum escândalo.

— Não estou certo do que você está querendo dizer com isso, mas o que quer que seja, acho que não gostei. Se não fosse por mim, ela seria apenas mais uma estrelinha. Vou torná-la famosa no mundo todo.

Eu sabia que aquilo não era estritamente verdade, mas deixei passar. Disse, da forma mais educada que consegui, que tinha instruções rígidas do próprio capitão Amakasu de que as atividades de Ri Koran no Japão deveriam ser de natureza unicamente profissional.

Nagai corou. Eu podia sentir o cheiro de sua colônia cara. Fiquei satisfeito quando vi pequenas gotas de suor surgirem em sua fronte.

— Muito bem, fico com a outra garota. A manchu.

Fiquei novamente surpreso com a total vulgaridade do homem e estava prestes a inventar uma desculpa para proteger Meng Hua, mas ele havia recuperado um pouco de sua compostura e umedeceu o cigarro com a língua.

— Ou você quer que eu informe a imprensa, depois do show, é claro, que fomos todos enganados e que agora sabemos de seu mentor pessoal, Sato Daisuke, que a Srta. Ri Koran tem se apresentado com identidade falsa?

Achei difícil acreditar que Nagai correria tamanho risco apenas para satisfazer seus ímpetos sexuais. Ele devia estar blefando. Mas eu não podia arriscar que algo desse errado. Meu dever primordial era garantir que Ri estivesse a salvo dessa besta predatória. Se a Companhia de Entretenimento Paz Oriental tinha força, a Companhia de Cinema da Manchúria também tinha seus recursos. Nosso homem em Tóquio, velho amigo de Amakasu, da época em que ele era da polícia, tinha conexões com gângsteres. Ele era grosseiro, mas eficiente. Quando expliquei o problema, ele primeiro ameaçou "eliminar" Nagai. Como não era algo prático, disse que protegeria Ri com seus guardas, mas que Meng teria que se cuidar sozinha.

A princípio, Meng não entendeu. Por que ela tinha de entreter o chefe da companhia? Eu lhe expliquei que ele era uma figura muito poderosa em Tóquio. Sua boa vontade era vital ao sucesso da turnê. Talvez houvesse um futuro papel para ela em um grande filme japonês. Eu estava falando muito rápido e me sentia um canalha. Ela havia passado tempo suficiente perto de japoneses poderosos em Manchukuo para suspeitar o que lhe seria exigido. Mas ela nem falava japonês direito, ela disse. Quando percebeu que não haveria saída, começou a bater em meu peito e gritar em seu dialeto do norte, antes de irromper no choro. Tentei consolá-la, acariciando suas costas, dizendo que coisas maiores do que filmes estavam em jogo, que às vezes um sacrifício tinha de ser feito por uma boa causa, que certas coisas na vida estavam além de nosso controle, que se ela concordasse em encontrar o Sr. Nagai apenas aquela vez, seria recompensada em Shinkyo, que eu nunca esqueceria sua coragem e devoção. Esse foi um dos momentos mais difíceis de minha carreira. Nem eu nem ela nunca mais mencionamos esse incidente infeliz.

13

O SHOW DE GALA do Nichigeki foi um triunfo. A data foi providencial, pois caiu em 11 de fevereiro, aniversário de 2.600 anos da fundação de nossa nação pelo imperador Jinmu. O imperador Pu Yi veio a Tóquio especialmente para a ocasião. Apesar do tempo frio, milhares de pessoas enfileiraram-se na frente do Palácio Imperial para reverenciar nossos imperadores — e talvez dar uma olhada também no imperador Pu Yi, sobre quem havia muita coisa escrita nos jornais. Mal sabiam eles o que eu sabia: que o imperador de Manchukuo passava a maior parte de seu tempo fumando ópio e assistindo a filmes de Charlie Chaplin. Essa era apenas uma das vantagens de estar no ramo da informação. Eu sabia de coisas que as pessoas normais não podiam imaginar nem em um milhão de anos.

As cenas ao redor do palácio, no entanto, não eram nada se comparadas ao que estava acontecendo perto do teatro Nichigeki. As pessoas ficaram do lado de fora a noite toda, enroladas em casacos e cobertores, esperando a bilheteria abrir. Por volta das 9 horas, havia três filas dando a volta no prédio. Às 10, já eram cinco. E na hora em que o espetáculo começava, às 11, sete filas de pessoas amontoadas no frio congelante cercavam o teatro. Não havia um centímetro de espaço para se mexer. O show quase não começou, pois Ri e seus guarda-costas não conseguiam passar pelas filas, que eram como uma muralha de pessoas. Policiais tiveram de ser chamados para ajudar os guardas a abrirem caminho com cassetetes e empurrar a pobre Ri, que estava escondendo o rosto sob a gola do casaco de pele, para a entrada do palco.

O show foi magnífico. Sabia que podíamos contar com Meng Hua. Ela era uma manchu forte, capaz de cantar como um anjo. Os aplausos foram generosos. Houve até gritos de "Manchukuo Banzai!". Mas não importava quão bem Meng Hua cantasse, Ri era a estrela principal. Era ela que todos haviam ido ver. Metade da cortina tinha as cores de Manchukuo e a outra metade mostrava os raios vermelhos de nosso sol nascente. No alto, em letras douradas, estavam os dizeres: *Harmonia entre as cinco raças e paz no Oriente*. Quando a cortina se abriu, o palco estava escuro, com exceção de um pequeno ponto que iluminava Ri, vestida em panos chineses, exatamente igual à famosa cena na rua no início de *Noites chinesas*. Ela praguejou em chinês, e quanto mais praguejava, mais o público gostava. A luz diminuiu, o teatro ficou no escuro. Ninguém sabia o que esperar. Suavemente, a melodia de "Noites chinesas" começou a encher a sala. Algumas pessoas aplaudiram antecipadamente. A música foi aumentando. Um foco de luz revelou uma figura solitária, dessa vez vestida com um brilhante vestido chinês dourado, o rosto escondido atrás de um grande leque com as cores de Manchukuo. O leque saiu, e Ri, com um sorriso capaz de derreter um iceberg, cantou sua famosa canção.

O público ficou enlouquecido. Eu nunca tinha ouvido algo assim. As pessoas assobiavam, gritavam, batiam os pés e até dançavam sobre as cadeiras. O frenesi foi tamanho que a equipe de segurança do Nichigeki entrou em pânico e correu para o salão, dando ordens para que as pessoas se sentassem. Algumas levaram tapas na cara ou chutes. Garotas desmaiavam de entusiasmo, e estudantes briguentos eram arrastados para fora. A música apenas continuou: "Riacho de Suzhou", "Ah, nossa Manchúria!". Ri, sozinha sob os holofotes, com a banda abafando todos os outros sons, não tinha ideia do que havia provocado. Nunca vou esquecer o cheiro ácido de urina e suor que tomou conta do salão vazio depois do fim do espetáculo.

Não soubemos na hora, mas cenas ainda mais tumultuosas ocorreram do lado de fora. Apenas duas filas daquelas sete e meia que circundavam o teatro conseguiram passar pela porta, e as pessoas que ficaram de fora, após terem sofrido por horas no frio, não aceitaram de bom grado sua exclusão. Os japoneses são uma raça obediente e não têm tendência a causar tumultos, especialmente em uma época em que os militares mantinham um controle tão rígido, mas a decepção em perder Ri Koran no auge do boom chinês era demais para aguentar. O que se seguiu foi a única baderna que ocorreu no Japão entre os anos 1940 e a nossa derrota. A imprensa foi instruída a ignorar, mas a notícia se espalhou mesmo assim: os grandes carros pretos dos funcionários, estacionados do lado de fora do prédio do jornal *Asahi*, foram apedrejados e tiveram os vidros quebrados. A polícia montada entrou no meio da multidão com seus cavalos. Uma jovem com corte de cabelo igual ao de Ri Koran foi esmagada pelo casco de um cavalo. Um policial foi linchado e mal conseguia respirar quando reforços finalmente chegaram na forma de policiais auxiliares, que atacaram os jovens fãs desordeiros com grande ferocidade. Quando saímos, à noite, homens em uniformes azuisescuros lavavam as ruas, fazendo com que jatos de água fria e escura chegassem a nossos pés enquanto entrávamos nos carros que nos esperavam do lado de fora do teatro.

= 14 =

O ANO DE 1941 foi magnífico, mas não começou de modo promissor. Eu tinha alugado um apartamento no hotel Broadway Mansions, em Xangai, uma cidade mais propícia à tarefa de penetrar nos círculos artísticos da China do que minha velha Manchukuo. Sempre gostei de Xangai, apesar do cheiro rançoso de imperialismo ocidental. Dava-me uma satisfação peculiar passar pelo consulado britânico, do outro lado do riacho, com seu imenso gramado que era mantido liso como uma mesa de bilhar por grupos de nativos puxando com dificuldade um cilindro de ferro, tudo para que os ingleses pudessem jogar seu críquete. Na primavera, eu escutava o som de arrogantes vozes inglesas erguendo xícaras de chá e dizia para mim mesmo: "Agora é a sua vez." Eles haviam controlado os asiáticos por tempo demais. Dessa vez, estávamos no comando. Eles tinham de se curvar a nós, até mesmo ao mais baixo policial japonês, se quisessem ir a qualquer lugar fora de sua pobre concessão.

No entanto, estou adiantando-me na história. Réveillon de 1941. Depois de entregar a caixinha de ano-novo ao porteiro do Broadway Mansions, fui para o meu quarto me trocar para uma noite pela qual eu vinha esperando a semana toda. Bai Yu, jovem atriz em formação, seria minha convidada na estreia de um novo filme no cinema Cathay. Ela era encantadora, com um sorriso atrevido e pernas como as da chinesas, longas, firmes e esguias, que me deixavam louco. Seus jovens seios apontavam para cima altivamente, chamando atenção. O traseiro aveludado implorava para ser acariciado por um homem experiente.

Por isso, eu tinha de exibir a melhor aparência possível. Após um bom banho de banheira, pensando em todas as coisas que eu faria com aquela pequena audaciosa, abri meu armário. E ali, para meu terror, havia uma cena de total devastação. Todas as minhas peças de vestuário — meus robes chineses de seda, os quimonos de verão, os uniformes do exército Kanto, meu terno branco de raiom feito por C. C. Lau, o melhor alfaiate de Xangai, minhas camisas Charvet, até minhas gravatas italianas — haviam sido cortadas em retalhos. Tiras de linho, lã e seda estavam espalhadas por todo o chão, como se um animal selvagem tivesse atacado meu armário. Que tipo de maníaco poderia ter feito isso? Eu procurei alguma pista, mas não encontrei nada. Acendi a luz do banheiro para jogar um pouco de água fria no rosto, e então vi — como não tinha visto antes? Poderosos, um pouco masculinos, mas extremamente elegantes caracteres chineses borrados com batom no espelho do banheiro: "Não podem haver duas Yoshikos em sua vida. Você escolheu a errada."

Eu estava mais do que acostumado com explosões de raiva femininas. Garotas chinesas, principalmente, eram dadas a fúrias tempestuosas. Eu já tinha visto de tudo: choro, gritos, xingamentos, fuga com meu dinheiro. Mas essa era a primeira vez que todo o meu guarda-roupa era vítima de uma fúria de ciúmes. O mais irritante foi que esse ato de perversa destruição foi baseado em uma completa fantasia. Eu posso ter espalhando minhas afeições de forma liberal às vezes, tendo prazer onde pudesse encontrá-lo. Afinal de contas, eu era um homem. Mas não conseguia me sentir culpado por algo que não tinha feito. E essa era a mulher que me conhecia melhor do que todas, incluindo minha mãe. Como pode ter errado tanto em seu julgamento? Eu só podia culpar a loucura do amor verdadeiro.

15

EM MARÇO, COMO DE COSTUME, Shinkyo estava congelante. Montes de neve impediam até o Expresso da Ásia de chegar no horário. E isso, posso afirmar, era algo muito raro. Tão raro que essa pequena história teve um final triste. O maquinista do trem assumiu pessoalmente a responsabilidade por nosso atraso e se jogou na frente do trem expresso que vinha de Dairen. Pelo menos, ele recebeu a recompensa póstuma de uma menção honrosa nos jornais do dia seguinte. Talvez esse acidente tenha me afetado mais profundamente do que pensava, mas minha mente não descansava.

Amakasu havia me chamado a Shinkyo para uma reunião. Normalmente, eu ficaria feliz em visitar os Estúdios da Manchúria e me atualizar sobre os comentários mais recentes. Mas dessa vez senti algo particularmente opressor no ar invernal. Comparadas a Xangai, as largas avenidas da capital de Manchukuo pareciam desertas. Era como se apenas os policiais e os soldados se aventurassem a sair no frio, vagando pela noite em grupos, bêbados. Os nativos ficavam em suas casas nas periferias da cidade.

Era a segunda vez que eu participava de uma reunião do fã-clube de Ri Koran. Na ocasião, havia mais pessoas na grande e superaquecida sala no hotel Yamato. Os membros usuais, incluindo Kishi e Yoshioka, estavam lá, esfregando as mãos perto da lareira em grandes e macias cadeiras de couro, mas havia também um alto oficial do Kempeitai, que não reconheci.

Não sou, por regra, admirador de nossos policiais militares. Todos vivíamos com medo deles, mesmo estando no exército Kanto. Esse jovem, chamado Toda, aparentava ser particularmente presunçoso, puxando a dobra da calça e batendo as botas de couro marrom com um olhar que transmitia impaciência e uma autossatisfação sem limites.

Eu sabia que havia sido chamado por algum motivo, mas os cavalheiros não se apressaram para chegar ao ponto. Kishi falou sobre as usuais e monótonas questões do Estado: a necessidade de medidas mais duras para elevar a produção em nossas fábricas e minas, de ser linha-dura com o banditismo, e assim por diante. Perguntaram ao coronel Yoshioka como estava o imperador. Muito bem, disse ele, rindo sem nenhuma razão aparente. Exceto pelo fato de que Sua Majestade estava demonstrando anseios infelizes de deixar sua residência. Ele estava entediado. Suas esposas eram fonte constante de irritação. E ele não conseguia assistir muito bem aos filmes de Charlie Chaplin o dia todo. Abençoada seja a papoula, disse Yoshioka, pois Sua Majestade sempre podia ser acalmado depois de um cachimbo ou dois.

— Cortesia do governo manchu? — perguntou Kishi, mostrando os dentes proeminentes em um riso que mais parecia um rangido.

As narinas de Yoshioka alargaram-se de forma alarmante.

Amakasu levantou-se de sua cadeira para mudar o disco e ofereceu-me uma bebida. Olhando para seu próprio copo de uísque, disse que precisava tocar num assunto constrangedor. Todos os olhares estavam sobre mim. Eu me preparei.

— Chegou a nós a informação de que você tem um caso com Ri Koran — disse ele.

Eu comecei a protestar, mas ele levantou a mão.

— Não é necessário — disse ele —, não é necessário. Sabemos que você não faria algo tão estúpido. A informação vem de uma fonte não confiável. De uma mulher, na verdade, que está nos dando muito trabalho, uma mulher com quem, acredito eu, você tem relações íntimas.

Fiquei espantado que minha Joia Oriental tivesse ido tão longe para me prejudicar. Destruir minhas roupas era uma coisa, mas isso poderia ter me arruinado. O oficial do Kempeitai, que falava com um sotaque provinciano de Kansai, começou a me passar um sermão. Suas mãos haviam passado das calças para a fivela do cinto, como se para checar se ela ainda estava lá. Ele estufou o peito como um pombo. Não conseguia tolerar aquele homem. Mas não havia nada que eu pudesse fazer. Tinha que ouvir aquele garoto dizendo que meus romances com as atrizes nativas estavam baixando o nível de nossa missão na Ásia. Todo homem tinha direito a um pouco de diversão, declarou, mas casos íntimos eram outra questão. Nós, japoneses, temos de ser vistos como seres superiores a esse tipo de bestialidade. Tínhamos responsabilidades, afinal de contas. Não estávamos ali por prazer, mas para oferecer liderança e disciplina. O tempo todo, a doce voz de Ri estava cantando ao fundo. "Noites chinesas, noites de nossos sonhos..."

Para meu alívio, Amakasu mudou de assunto. Mas o alívio foi apenas temporário. Kawashima Yoshiko, disse Amakasu, está se tornando um problema para nós, uma verdadeira ameaça, na verdade. Além das mentiras sobre Ri Koran, ela vem causando outros tipos de transtorno. Parece que ela vem tagarelando sobre política de uma maneira inconveniente, abrindo a boca sobre nós, japoneses, estarmos forçando os chineses a usarem ópio e coisas desse tipo. Ela até abordou alguns japoneses idealistas iludidos com a ideia de começar uma festa a favor da independência chinesa. Tratava-se de um momento muito delicado para nossa missão na Ásia, e era óbvio que precisávamos pôr um fim àquele tipo de coisa.

— Precisaremos nos livrar dela — disse o oficial do Kempeitai, que havia voltado sua atenção para as pontas brilhantes das botas, virando-as para um lado e para o outro. — E como você a conhece melhor do que ninguém — continuou —, e para compensar por seu comportamento infeliz, foi escolhido para cuidar do problema. — Um risinho desagradável iluminou seu rosto. — Afinal de contas, você tem um assunto a tratar com ela agora. Então não deve ser tão difícil dar o troco, não é?

Eu olhei para Amakasu, que se recusou a corresponder ao meu olhar. Kishi e Yoshioka conversavam sobre outra coisa. Eu fiquei perturbado. Uma recusa estava fora de questão. Ainda assim, a ideia de assassinar alguém que eu amava tanto, mesmo que ela tenha tentado me fazer mal, era inconcebível. Quando os assuntos oficiais foram concluídos, os membros do fã-clube de Ri Koran decidiram ter alguma satisfação. Mais bebidas foram pedidas e os homens cantaram uma canção celebrando as belezas de Suzhou. Um pouco depois da meia-noite, Amakasu, corado e bêbado, regia com hashis enquanto o restante de nós, sentados à longa mesa de jantar, cantávamos "O arrulhar do pombo". Foi uma das noites mais desagradáveis da minha vida. Eu não era bobo. Podia ver a hipocrisia ao meu redor. Joia Oriental falava a verdade sobre nosso comércio de ópio. Mas ela não conseguiu ver o quadro mais amplo. Eu ainda acreditava em nossa missão, apesar de homens como Kishi ou o oficial do Kempeitai. Mesmo quando eu usava roupas chinesas, ainda era japonês. Eu amava a China, talvez mais do que amava o Japão, mas sabia que meu país oferecia a única esperança para uma Ásia melhor. Mesmo se não concordasse com algumas políticas japonesas ou com os insignificantes oficiais encarregados de executá-las, meu dever era claro.

Ainda assim, não podia fazer aquilo. Faltava-me coragem moral para matar uma mulher que eu amava. Eu nem tinha coragem de pagar outra pessoa para fazer o serviço. Então não fiz nada. De volta a Xangai, cancelei todas as minhas obrigações sociais e negligenciei meus deveres profissionais. Por três dias e três noites eu saí de nosso sórdido mundo e fiquei estendido em uma confortável cama em um canto obscuro da Concessão Francesa, tentando focar o olhar em uma esguia menina chinesa, com olhos melancólicos, cozinhando o bolo preto e pegajoso dos meus sonhos sobre uma brilhante chama azul, antes de colocá-la, com os dedos experientes, na cavidade de meu cachimbo, para me levar à doce terra do esquecimento.

= 16 =

Havia um homem em Pequim, um vigarista nato. Já havíamos feito negócios antes, e eu não me importava com ele. Um gângster insignificante na década de 1920, Taneguchi Yoshio subira na vida dez anos antes, como chefe autoindicado do Partido Fascista japonês, e até havia conseguido encontrar-se com Mussolini em Roma. Sua fotografia, radiante como um estudante em seu uniforme preto, apertando a mão do Duce, foi impressa em todos os jornais japoneses. Ele era inescrupuloso, ganancioso, bruto com as mulheres locais, o tipo de japonês que eu desprezava. Mas conhecia o modo de agir na China. Se alguém precisasse contrabandear antiguidades, diamantes ou armas, Taneguchi era o homem certo. Se alguém precisasse ser eliminado, rapidamente e sem barulho, Taneguchi cuidaria do assunto. Se reuniões secretas entre pessoas que não podiam ser vistas juntas tivessem que ser arranjadas, Taneguchi conseguia. Existiam até rumores de que ele, Taneguchi, seria o homem de ligação entre o exército japonês e Chiang Kai-shek, nosso arqui-inimigo. Taneguchi, em resumo, conhecia tudo e todos, incluindo Joia Oriental, que já havia sido sua amante. Eu tinha motivos para acreditar que ele ainda a via com alguma afeição e estava esperando que ele conseguisse resolver meu dilema. Eu sabia do risco de confidenciar o caso àquele homem e achava humilhante pedir-lhe favores, mas naquele terrível momento de minha vida, não sabia mais a quem recorrer. O local onde Taneguchi ficava, no centro de Pequim, em uma rua estreita entre

Wang Fu Jing e a Cidade Proibida, era guardado por russos-brancos. Por algum motivo, ele confiava neles. Eu acredito que ele falava um pouco de russo. Fui conduzido a seu escritório por um jovem japonês que tinha duas pistolas embaixo do braço. Taneguchi, vestindo terno azul e uma gravata com uma grande e brilhante pérola sobre a camisa branca, estava ao telefone.

Ele era um homem baixo, com lábios grossos e olhos pequenos, que tendiam a desaparecer completamente depois que tomava alguns drinques. Sua pequena estatura era acentuada pelo fato de parecer que ele não tinha pescoço. Sua cara redonda e rosada surgia direto dos ombros estreitos, como uma cabeça de tartaruga. Quase não falava ao telefone, apenas resmungava. Toda a conversa consistia em resmungos. Atrás de sua mesa, na parede, havia uma moldura dourada em volta de uma caligrafia com ousadas e vistosas pinceladas masculinas. Eram os caracteres chineses para sinceridade, lealdade e benevolência. Na parede oposta, atrás de minha cadeira, como se estivesse prestes a saltar em meu pescoço, havia uma cabeça de tigre empalhada.

Agradeci Taneguchi educadamente pelo encontro. Ele disse ao jovem com as pistolas para nos trazer duas xícaras de chá verde. O homem seguiu para a cozinha usando um par de chinelos de lã azul-clara. Depois de contar minha história a Taneguchi, ele inclinou a cabeça e disse, mais para ele mesmo do que para mim, e sem nenhuma ponta de afeição:

— Essa daí é uma encrenqueira.

Tudo o que eu estava pedindo era que ele a tirasse do país. Um sorriso atravessado enrugou-se em seu rosto gordo.

— Então ela está atrapalhando sua vida amorosa?

Não, eu disse, não era essa a questão. Ele dispensou minha objeção abanando a mão direita, que parecia surpreendentemente delicada para alguém tão pesado.

— Bem — disse ele —, ainda podemos precisar dela algum dia.

Ele não podia prometer nada, mas mencionou um lugar em Kyushu onde ela podia se esconder. Isso lhe daria algum tempo. Ele tinha amigos

Eles a protegeriam, pelo menos por um tempo. Eu ficaria devendo a ele para sempre, disse eu.

— Sim, vai ficar devendo — respondeu, avaliando-me como um camponês perspicaz em um mercado do interior.

Assim que voltei ao hotel, preparei um banho quente e fiquei imerso por um bom tempo, como se estivesse coberto de lama.

17

POR CAUSA DA GUERRA, a periferia de Xangai fora reduzida a escombros. Da janela do trem, parecia um enorme depósito. Mas a resiliência humana é uma coisa extraordinária. Os chineses estava acostumados a viver com a catástrofe. Com bocados de palha, pedaços de ferro amassado, tijolos e o que quer que tenha sobrado daquela que já foi uma área densamente povoada, as pessoas haviam confeccionado casas. Fileiras e fileiras de cabanas de palha de pouca altura, apoiadas no desnível de um canal fedorento, cheio de todos os tipos de lixo que humanos e animais podem produzir: excrementos, cachorros mortos, trapos sangrentos e latas cheias de lixo tóxico de uma indústria química das redondezas. Mesmo de um trem em movimento, eu podia ver os enormes ratos, assim como cães vira-latas fuçando na sujeira. Famílias que cozinhavam seus restos de comida expulsavam os ratos apenas quando eles perturbavam as crianças, e, às vezes, nem com isso se incomodavam. Algumas pessoas se vestiam com jornais velhos. Crianças corriam ao longo dos trilhos com nada além de um pouco de palha amarrada nos pés enegrecidos. Elas tinham sorte de ter ambos os pés. Algumas pessoas arrastavam-se apressadamente, dando impulso para a frente com os braços, como caranguejos. Quando paramos por um instante perto da estação ferroviária do norte, notei, para minha surpresa, uma jovem vestida com um casaco de pele, arranhando minha janela, implorando por comida. Pelo menos *pensei* que fosse pele, até que olhei de perto e percebi que ela estava nua, por baixo de uma cortina emaranhada do próprio cabelo. Não deve ter sobrevivido por muito tempo, e provavelmente está mais feliz morta do que viva.

Mas essa é a China, onde a vida sempre continua, como o rio Amarelo, de forma implacável, diminuindo o ritmo aqui e ali, quase ao ponto da estagnação, apenas para correr adiante em explosões de atividade violenta. As cenas de miséria que eu vi do trem me deixaram melancólico, pois me deram uma sensação de grande desgaste. Tentar mudar a China parecia tão fútil quanto tentar tirar um navio de sua rota com as próprias mãos. Qualquer tentativa estaria condenada ao fracasso. Essa é a grandeza da China e a terrível carga de 5 mil anos de história. A China expõe a fragilidade de todas as aspirações humanas, incluindo nossa própria missão de construir uma nova Ásia. Eu não tinha prazer nesses pensamentos. Queria desesperadamente que fôssemos bem-sucedidos. O caos e o derramamento de sangue seriam nosso único legado se fracassássemos.

Nossa polícia havia, pelo menos, restaurado a ordem no centro de Xangai, reduzindo o crime, tornando-o seguro para que as pessoas realizassem suas rotinas diárias. Filmes ainda estreavam no Grand. Havia bailes a noite toda no hotel Park. As pessoas ainda apostavam dinheiro nas corridas. Não importava o que acontecesse no mundo, o espírito hedonista de Xangai era irrepreensível.

Meu principal guia e companheiro em Xangai era um homem oposto a Taneguchi em todos os sentidos. Kawamura Keizo, chefe da Companhia Asiática de Cinema, era um homem culto, que falava muitas línguas, incluindo alemão e francês fluentes, e era respeitado pelos chineses. A Companhia Asiática era propriedade japonesa, mas especializada em filmes locais de alta qualidade, feitos pelos melhores diretores chineses. Era, sob vários aspectos, o que a Companhia de Cinema da Manchúria deveria ter sido. Filmes feitos por asiáticos para asiáticos, que realmente tinham apelo ao púbico local. Eles tinham a leveza que tanto faltava aos filmes carregados em propaganda promovidos por Amakasu, que, não surpreendentemente, não gostava nem um pouco de Kawamura. De todos os japoneses que conheci naqueles anos, Kawamura foi o que chegou mais perto do entendimento da mente chinesa.

Um sujeito alto e bonito, com cabelos ondulados e gosto por bons ternos ingleses, Kawamura conhecia intimamente todos os prazeres que a cidade tinha a oferecer. Rapidamente entediado com questões oficiais, ele me ligava à tarde para nos encontrarmos na torre Grande Mundo e relaxarmos um pouco.

A Grande Mundo, na rua Yangjingbang, era um espaço gigante de prazer. Na parte de baixo da torre, havia um cinema com espaço para mil pessoas. Prostitutas bonitas vestindo *qipaos* com fendas até embaixo dos braços ficavam no lobby desde a manhã até a noite. Começamos no primeiro andar, deliciando-nos com bolinhos xangaienses, começando lentamente nossa ascensão ao "paraíso", como os locais chamavam a cúpula, provando os deleites de cada andar: banhos de vapor aromático no primeiro; massagem nos pés e limpeza de ouvidos no segundo; acrobatas, equilibristas e músicos no terceiro; *peepshows* de garotas nuas e performances teatrais de natureza indelicada, acompanhadas por deliciosas massas de Suzhou no quarto; delicados estímulos realizados por jovens experientes, vários jogos de azar e uma loja especializada em "produtos de borracha" no quinto; e assim por diante, até o alto, onde beldades chinesas ofereciam todos os prazeres imagináveis, enquanto uma orquestra tocava melodias de filmes, incluindo — agrada-me recordar — algumas das canções de Ri Koran. Chineses que visitavam esse palácio de deleites, incapazes de resistir à tentação de gastar todo o seu dinheiro em garotas ou jogos de azar, às vezes pulavam do "paraíso" direto para as fervilhantes ruas abaixo. Locais chamavam os degraus que levavam a uma plataforma de madeira que se sobressaía no alto da torre de "a escadaria para o paraíso".

Embora Kawamura tivesse feito filmes com a maioria das grandes estrelas chinesas, seu grande desejo era atrair Ri para trabalhar em seus estúdios em Xangai. Ele queria torná-la tão popular na China quanto era no Japão. Naturalmente, Amakasu relutava muito em deixá-la ir, mesmo que para apenas um filme. Em um ímpeto de imperdoável precipitação, concordei em ver o que podia fazer por meu amigo, para mudar a mente de Amakasu.

Quando o inverno deu uma trégua, em abril, Ri chegou em Xangai, vinda do Japão, onde havia gravado cenas de um novo filme intitulado *Noites de Suzhou*. Encontramo-nos em meu restaurante favorito, na estrada Hankow, onde almoçamos enguia frita e caranguejo chinês. Notei que ela não parava de se inclinar para coçar as pernas.

— Ah, isso — disse quando perguntei-lhe o que era — é um pequeno souvenir da terra natal.

Eles haviam filmado uma cena em um laguinho perto de Tóquio que lembrava de leve os lagos de Suzhou. O diretor era conhecido como um chefe exigente. A pobre Ri havia passado horas no lago, com água até a cintura, esperando para rodar a cena e fora atacada por sanguessugas. Ela também tinha outra novidade, muito mais espantosa. Havia se encontrado com a outra Yoshiko, minha Joia. Quando ouvi aquilo, foi como se um bloco de gelo escorregasse por minha espinha.

Hospedada em um hotel em Kyushu, Ri recebeu um telefonema: "Seu irmão mais velho precisa vê-la." Preocupada com o tom de voz de Joia, ela concordou em encontrá-la de uma vez. Joia apareceu vestindo um quimono masculino. Parecendo agitada, tirou da bolsa e entregou-lhe um calhamaço de papéis amarrados com seda, escrito com sua caligrafia.

— Por favor, leia — disse ela. — Essa é minha vida. Só você me entende. Então deve representar o papel principal. Esse deve ser seu próximo filme.

Ri ficou tão surpresa que não tinha ideia do que dizer. Ela nunca havia visto Joia Oriental daquele jeito, contorcendo-se de ansiedade.

— Por favor — disse ela —, eu lhe imploro. Você precisa fazer isso. É minha última chance.

Antes que Ri pudesse devolver o manuscrito, Joia se foi. Ouvindo o relato, agradeci a Taneguchi silenciosamente. Pelo menos Joia Oriental estava a salvo, por ora. A questão era que, apesar do que ela havia feito, ainda a amava. O filme, é claro, nunca foi feito. Ri entregou-me rapidamente o manuscrito, como se estivesse queimando suas mãos. E eu o joguei em minha lareira. Foi um ato de amor, não de traição. Pois eu podia imaginar o destino de Joia Oriental se aquelas páginas caíssem nas mãos erradas.

As festas de Kawamura eram lendárias em Xangai. Ele vivia em uma casa grande e confortável no final da avenida Joffre, decorada em estilo europeu. Muitas pessoas passaram por aqueles cômodos, incluindo Marlene Dietrich — com quem havia rumores de ter tido um caso, mesmo quando Josef von Sternberg, seu amante judeu, estava hospedado na mesma casa. Kawamura admirava Sternberg. Ele apontou para a cadeira em seu estúdio onde o grande diretor havia se sentado. Antes de se sentar naquela consagrada cadeira, Kawamura poliu com apreço a superfície de couro brilhante com o lenço.

— O mestre — murmurou, como um padre dizendo uma reza.

Kawamura me convidou para uma festa quando Ri estava na cidade, e pareceu-me uma boa oportunidade para apresentá-los. A sala de estar já estava cheia de chineses quando chegamos. Zhang Shequan, chefe dos Estúdios Ming Xing, estava lá com sua mais nova amante, uma jovem atrevida chamada Jiang Qing, que mais tarde juntou-se aos comunistas nas cavernas de Yanan. Bu Wancang, o famoso diretor, estava falando com Ding Ling, a romancista. E Xu Yen, o dramaturgo que havia sido advertido por nossos censores em muitas ocasiões, estava em um canto, rindo com as piadas de Zhao Dan. Zhao, cercado por um grupo de admiradores, fez uma imitação de um típico oficial do Exército japonês, gritando ordens em uma língua ridicularizada. Quem riu mais foi Kawamura. Mas notei como as risadas morreram nos lábios de todos quando eu me aproximei com Ri. Lembranças da "cena do tapa" ainda não haviam se apagado. Foi muito estranho, não porque eu me senti constrangido pela imitação maliciosa, mas por causa de Ri. A política sempre a deixou confusa e ela não lidava bem com rejeição.

As pessoas estavam reclamando abertamente do modo embusteiro dos censores japoneses e das diversas restrições sobre a vida na cidade sob o seu controle. Nada disso intimidava Kawamura enquanto circulava pela sala, sorrindo para os convidados, assegurando-se que todos estivessem confortáveis. Pareceu-me que ele, na verdade, estava encorajando esse tipo de conversa. Eu já havia ouvido chineses falando assim antes, é claro, e não podia evitar concordar com algumas das reclamações, mas não achava aconselhável expor Ri a esse tipo de coisa. Ela já havia sofrido o suficiente quando estudava em Pequim. Além disso, podia ser comprometida. Decidi que devíamos ir embora, apesar das ofertas de mais champanhe de Kawamura e das garantias de que "estávamos entre amigos". Quando insisti, ele se inclinou perto de mim, com um leve odor de álcool e cigarro em seu hálito, e disse:

— Meu caro amigo, nosso povo não tem ideia de quanto nós japoneses somos odiados aqui. É tudo culpa nossa, você sabe.

Fiquei surpreso com o cinismo de Kawamura. Não que ele estivesse totalmente errado. Mas eu ainda acreditava em nossos ideais. Sem fé no que é certo, a vida fica tão sem sentido como uma festa permanente. Então, arrastei Ri para longe de Zhao Dan e Zhang Shequan, que pareciam ter superado suas reservas e estavam se amontoando ao redor dela em um canto, como dois gatos esperando para pular sobre sua presa. Ela estava gostando tanto da atenção, pobre criança. Para seu próprio bem, eu coloquei um fim naquilo.

Nunca disse nada a Amakasu sobre a festa ou sobre o comportamento de Kawamura, porque ele era um bom homem, que se preocupava genuinamente com a China. Toda cesta de pêssegos contém alguns podres, e são esses poucos que estragam todo o resto. Assim era na China. Sentia isso intensamente sempre que via um grupo de oficiais do Kempeitai entrarem com insolência em uma loja chinesa e pegarem o que quisessem sem pagar. Sentia isso todas as vezes que cruzava a ponte Waibaidu em direção ao Broadway Mansions e via os nativos sendo forçados a ficar em longas filas por horas e horas em dias de inverno glacial, na chuva, ou no calor infernal do verão, apenas para serem espancados por mínimas infrações de regras que eles mal entendiam. Quando um velho recebia um tapa na cara na frente da própria família por não se curvar o suficiente a um de nossos soldados, os chineses não diziam nada, mas eu podia ver o ódio em seu olhos. Vi um menino pequeno sendo açoitado por dois soldados porque tentou esconder uma batata-doce, apenas uma, para matar sua fome. Ele era apenas um menino, não tinha mais do que 5 anos. Alguns civis japoneses apressaram-se pela ponte, fingindo não ver nada. Eu podia escutar os lastimáveis gritos da mãe do garoto, mas não fiz nada, pois também me apressei para chegar ao outro lado.

Era em momentos como esse que eu tentava pensar nos bons japoneses que amavam a China tão encarecidamente como eu. Homens como Kawamura, cujos filmes eram a estrutura de uma nova civilização asiática. Ou o pai de Ri, o velho apostador, cujo coração ainda estava no lugar certo, apesar do vício. Ou mesmo Amakasu, que podia ter ferro correndo nas veias, mas de cuja dedicação à Nova Ásia nunca duvidei. E, é claro, a própria Ri, cuja confiança na humanidade ainda animava meu coração. Ela não sabia disso, mas, em momentos de desespero, pensar nela me dava coragem para continuar. Essa jovem japonesa que vivia e atuava com um nome chinês tinha um coração puro. Ela restaurou minha fé no Japão e em nossa missão na Ásia. Mas o amor tem que ser recíproco se quiser dar frutos. Precisávamos muito da confiança de nossos amigos chineses. E aqui tenho que dizer que Kawamura estava certo. A confiança deles era constantemente abalada pela estupidez de nosso povo.

Apesar disso, por um breve e bem-aventurado tempo, pensei que tudo daria certo no final. Na manhã de 8 de dezembro de 1941, quando desci para tomar café da manhã, notei imediatamente que havia algo no ar. Um executivo japonês que vivia no Broadway Mansions me perguntou se eu sabia das notícias. Alguém pediu à recepcionista chinesa que aumentasse o volume do rádio. Era um boletim especial em nossa estação de transmissão militar, repetido a cada 15 minutos. Até o locutor parecia empolgado. Ainda consigo me lembrar das palavras exatas: "Esta manhã, nosso Exército e nossa Marinha Imperial iniciaram um ataque no Pacífico ocidental. A partir de hoje, estamos em guerra com os Estados Unidos e com a Grã-Bretanha." Eu não podia acreditar no que estava ouvindo. Mas havia mais: "Nosso Exército Imperial destruiu cinco encouraçados, três destróieres e três cruzadores. Não foi relatada nenhuma baixa de nosso lado..."

Por cima do som do rádio, pude escutar uma alta explosão vinda da direção do Bund. Certamente, era muito cedo para fogos de artifício. Corri para fora bem a tempo de ver uma canhoneira britânica explodir em chamas. Era uma típica manhã movimentada em Xangai, mas para mim era como se as nuvens invernais que escureceram nossos corações por tanto tempo tivessem sido afastadas por calorosos raios de sol. O arrogante homem branco havia recebido um soco na cara afinal. Estávamos combatendo a guerra que devíamos estar combatendo desde o início. Eu sabia que não seria fácil, mas tive a certeza de que a vitória seria nossa no final, porque lutávamos por justiça e liberdade, enquanto os imperialistas estavam apenas defendendo seus interesses egoístas, como ladrões invadindo um continente que não era deles. Não nos curvaríamos mais às suas ameaças em causa própria. Esse era o momento que marcaria o fim da dominação branca na Ásia, e era bom estar vivo para ver isso. A posteriori, pode-se dizer que devíamos ter sido mais precavidos. Mas esse não é o ponto. Não era uma questão de pura estratégia. Fizemos a coisa certa. Foi por isso que ficamos felizes em 8 de dezembro de 1941, data que sempre será gloriosa em nossa história.

Você tinha que ter visto a cara dos europeus quando os chutamos de seu Clube Xangai. Não podiam acreditar no que estava acontecendo com eles. Era como se o mundo tivesse virado de cabeça para baixo. O famoso Long Bar não seria mais fechado a asiáticos. Não teríamos mais de suportar placas em território asiático proibindo "cães e chineses". Xangai agora pertencia a nós. Segurei minhas lágrimas quando vi a bandeira britânica descer e a nossa ser hasteada sobre o Banco de Hong Kong e Xangai. Que cena esplêndida! Que momento glorioso! Mais tarde, naquela noite, quando os fogos de artifício iluminaram o céu desde o telhado do hotel Cathay, vibrei como um louco. O Bund estava cheio de chineses. Talvez ainda estivessem traumatizados com todos os combates e incertos do que os aguardava no futuro. Alguns até pareciam temerosos. Eu me aproximei de um grupo de homens que usavam longas roupas de inverno e disse para não terem medo. Aquilo não eram bombas, e sim uma celebração. Mesmo que fossem muito tímidos para compartilhar minha alegria, eu sabia que um dia entenderiam que aquele era o momento de sua libertação.

18

O JANTAR ANUAL celebrando a amizade entre o Japão e o povo judeu no hotel Moderne, em Harbin, sempre acontecia em março. Ninguém sabe por quê. Mas tornou-se uma tradição. No ano de 1942, caiu em 8 de março. Nunca liguei muito para Harbin, com suas igrejas ortodoxas russas, suas carruagens e seus mendigos. Harbin era um local traiçoeiro. Sentíamo-nos espionados. O grego de um olho só, à espreita no lobby do hotel Moderne, era um espião, embora não estivesse claro para quem ele espionava. Esse era o problema de Harbin, nunca se sabia quem eram seus amigos. Os bolcheviques tinham espiões por todo lado, assim como os chineses vermelhos e os rebeldes de Chiang Kai-shek. Nós tínhamos nossos próprios espiões, é claro. Mas não éramos muito bons nisso. Para ser eficiente, um espião precisa ser capaz de se misturar, falar mais do que uma língua, ser onipresente e invisível. Os judeus são espiões por natureza. Nós, japoneses, destacamo-nos em companhia estrangeira.

Mas não éramos estúpidos. É claro que sabíamos que os judeus eram donos dos maiores bancos do mundo, que tinham se infiltrado no governo britânico e que controlavam Washington como seu próprio show de fantoches. Não era coincidência o fato de Roosevelt ser judeu e de Rothschild ser seu banqueiro. Também tínhamos consciência de que ninguém de fora podia penetrar as redes judaicas internacionais. Mas atacá-los com violência era tão inútil quanto acabar com teias de aranha; com a mesma velocidade em que se destrói uma, outra é construída. Não, diferente dos alemães, nós japoneses tínhamos sagacidade para entender que devíamos manter os judeus do nosso lado.

O hotel Moderne era de um judeu russo chamado Ellinger. O antigo dono, outro judeu, havia enlouquecido. Um de seus filhos havia sido levado, provavelmente por bolcheviques russos. Isso era tão comum em Harbin quanto tempestades de neve no inverno. Mesmo depois do estabelecimento de Manchukuo, o sequestro era aceito como parte inevitável da vida. Jogadores de golfe não colocavam o pé nos campos sem guardas armados. Todo restaurante que quisesse atrair uma classe decente de pessoas tinha guardas. Não se podia entrar na Ópera de Harbin, ou em um parque público, sem vários homens armados para proteção. A maioria dos chineses ricos tinha seu próprio exército particular. As vítimas de sequestro frequentemente eram judeus ricos, porque normalmente eram muito mesquinhos para pagar por sua própria proteção e, além disso, os russos odiavam judeus. De qualquer modo, Ellinger era um homem muito rico e influente, dono de vários teatros na cidade. A música era sua paixão, especialmente a música dos grandes compositores alemães. No decorrer do meu trabalho, fiquei bem próximo de Ellinger, mesmo sabendo que nunca poderia confiar totalmente nele.

Ellinger tinha uma fraqueza: seu filho, cantor de ópera educado em Paris, a quem ele estimava acima de tudo no mundo. O garoto, chamado Max, era um belo tenor, com olhos melancólicos e nariz adunco, típico da raça. Ele usava um monóculo, que muitas vezes pulava de seu olho quando ficava empolgado. Orelhas grandes, rosadas e sensíveis eram outra de suas características proeminentes.

Na ocasião de nosso jantar anual de amizade, Max estava na cidade para visitar o pai. Max também tinha uma fraqueza: garotas, especialmente russas e altas. Seu pai indulgente tolerava aquilo. Um rapaz jovem deve ter seus prazeres. Mas o velho estava preocupado com o descuido do filho. Max ficava nas ruas à noite sem guarda-costas, festejando em casas noturnas e afins, como se estivesse em Paris. Muitas vezes eu dava com pai e filho no meio de uma terrível briga. Eles gritavam tanto que nem mesmo a ópera que tocava na vitrola podia abafar o barulho.

Como o garoto não ouvia o pai, Ellinger, doente de preocupação, pediu-me que conversasse com ele. Por mais que eu gostasse de meu amigo, podia passar sem aquela tarefa. Não estava disposto a gostar de Max. Até onde eu sabia, ele era um rapaz mimado, que falava chinês pior do que o pai. Mas Ellinger implorou para que eu falasse com ele, de forma que, contra minha vontade, concordei.

Dizem que as primeiras impressões geralmente estão certas. Talvez eu não seja bom em julgar caráter, porque minha experiência diz o contrário. Assim que conheci Max, percebi que ele era uma alma doce e gentil, que vivia para sua música. As garotas eram um hobby, um escape, e seu comportamento não podia ser descrito como rebelde. Ele apenas gostava de observá-las, andando nuas nos bordéis, fazendo amor com outros homens. Ele observava, boquiaberto, ganindo suavemente como um jovem cão. "Meu pai se preocupa demais comigo", disse-me, quando tivemos nosso primeiro tête-à-tête. Ele sorriu:

— Pais judeus. Eles sempre se preocupam demais.

— Mas ele está certo em se preocupar — disse eu. — Você precisa tomar cuidado. Esta cidade é perigosa.

— Por que alguém iria querer me fazer mal? — respondeu.

— Seu pai é um homem muito rico — afirmei. — Apenas seja cuidadoso. Não saia sem um guarda.

— E quanto a você? — perguntou.

— Eu não preciso de um guarda.

— Não, quero dizer, por que você não sai comigo?

A melhor forma de fazer amizade com um homem é visitar um bordel com ele. Devemos ter visitado pelo menos uma dúzia, Max e eu. Ele observava e observava, por buracos na parede providenciados por homens com um gosto como o dele, enquanto eu cuidava de minha parte. Bordéis russos, chineses e, em uma ocasião, até um estabelecimento com judias mais velhas, que tinham reputação de serem as amantes mais quentes da cidade. Embora preferisse asiáticas, um homem precisa de mudanças na dieta de vez em quando. Max não ficou tão entusiasmado nesse local, no entanto. Acho que se sentiu constrangido.

Ele me falou de sua mãe, que havia morrido quando ele ainda era criança. Levava uma foto dela em um medalhão no pescoço. Uma vez tirou para me mostrar. Um rosto pequeno e redondo, com o sorriso doce de Max. Disse-me mais: sobre sua música, e sua vida em Paris, e sua solidão. Era minha vez de me sentir constrangido. Normalmente não gosto de ouvir confissões de um homem. Apesar disso, Max me emocionou. Senti uma ternura que nunca havia sentido antes por um homem, especialmente um homem branco. Eu nunca havia conhecido um ocidental como ele antes. Na verdade, nunca havia conhecido ninguém como ele. Ele era tão gentil com as palavras, quase gentil demais para o ambiente turbulento de Harbin. E então o adotei, por assim dizer, como meu protegido.

Na ocasião do jantar de celebração da amizade entre japoneses e judeus, Ellinger encheu-se de orgulho paternal ao apresentar seu filho a vários dignitários japoneses. Entre eles estava Kobayashi Tetsu, presidente do Banco de Yokohama; Honda Chozo, assessor do prefeito de Harbin; e Nakamura Shunji, chefe do Kempeitai. Também notei entre os convidados japoneses a cara esburacada de Muramatsu Seiji, chefe da gangue Muramatsu, que eu havia encontrado apenas uma vez, em minha primeira reunião no fã-clube de Ri Koran, em Shinkyo. Seu rosto não demonstrou conhecer-me quando fiz uma saudação educada em sua direção. Eu já não havia gostado dele da primeira vez. Gostei ainda menos então. Um sujeito sinistro.

Embora os alimentos estivessem se tornando escassos em 1943, Ellinger havia conseguido encontrar um excelente caviar russo, uma carne soberba e bons vinhos franceses para acompanhar. O salão de banquete estava decorado com elegância, com bandeiras com a estrela de Davi ligadas por amor fraternal às cores do Japão e de Manchukuo. Foram feitos discursos e brindes à nossa profunda e duradoura amizade.

O banqueiro, Kobayashi, falou eloquentemente sobre as coisas que compartilhávamos: nossas culturas ancestrais, o amor pelo trabalho e a triste necessidade de ambos os nossos povos lutarem pela sobrevivência em um mundo hostil. Ellinger então se levantou para agradecer os japoneses por protegerem os judeus em uma época de grandes perigos. E para coroar a noite, Max concordou em cantar para nós. A primeira música foi em russo. Depois, partes da *Winterreise*, de Schubert, e, finalmente, como surpresa, "Chuva de primavera em Mukden", de Ri Koran, que levou todos nós às lágrimas. Até Muramatsu, homem pouco expansivo, aplaudiu vigorosamente.

No entanto, por mais esplêndido que fosse, o banquete de Ellinger não era motivo suficiente para me manter em Harbin. Havia outra razão para minha visita prolongada. Na primavera, o último filme de Ri tinha previsão de ser rodado ali. Era um trabalho pouco comum, intitulado *Meu rouxinol*, produzido pela Companhia de Cinema da Manchúria apesar das reservas de Amakasu sobre o projeto. O plano de fundo desse filme é complicado e requer alguma explicação.

Ri estava bastante encantada com o homem que planejou o filme, um ex-crítico de cinema de Tóquio chamado Hotta Nobuo. Eu me culpava por esse caso infeliz, pois os havia apresentado. Ri se impressionava facilmente com intelectuais livrescos com o dom da palavra e ideais que soavam bem. Hotta era desse tipo: um sujeito magro de cabelos compridos que escreveu ensaios floreados sobre "arte popular" e "cultura proletária". Era um daqueles russófilos que se encontravam nos cafés de Ginza, lendo romances difíceis e citando teorias soviéticas sobre o cinema. Esse tipo de bobagem impressionava profundamente Ri, que achava tudo muito profundo. E Hotta também era levado por Ri. Aparentemente, quando cumpriu pena em uma prisão japonesa por espalhar propaganda antipatriótica, ouviu Ri cantando "Noites chinesas" no rádio, o que o ajudou a suportar seu martírio. Era assim que ele relacionava sua experiência a Ri.

Na verdade, Hotta exagerava em seu sofrimento. O que realmente aconteceu foi muito menos heroico. Ele foi preso pela Polícia do Pensamento, isso é verdade. Tendo recusado, a princípio, a renunciar a suas posições marxistas, ele passou algum tempo na solitária, e acabou caindo na real. Eu nunca fui marxista, mas achava impossível confiar nesses jovens mimados que renunciavam a suas opiniões após alguns dias de comida ruim e banhos frios. Para dizer a verdade, ele foi um pouco espancado. O que era de se esperar? Mas parecia orgulhoso demais ao mostrar a cicatriz em seu rosto, como se fosse algum tipo de herói da resistência. Alguém deve estar se perguntando como um homem como esse acabou produzindo filmes em Manchukuo. Mas Amakasu gostava de idealistas, mesmo aqueles com passado vermelho. Ele era estranho nesse ponto. Ou talvez fosse mais esperto do que muitos pensavam. Empregar esses canalhas era a melhor forma de controlá-los. Então ele ofereceu a Hotta um emprego de produtor na Companhia de cinema da Manchúria, em Shinkyo.

De uma forma um tanto quanto miraculosa, Hotta havia conseguido convencer Amakasu a apoiar um musical quase todo em russo. Ri fazia o papel de uma garota japonesa adotada por um cantor de ópera russo. Então, ela precisava aprender a falar russo, cantar em russo e agir como uma jovem russa. Seu modelo, disse-me ela, era Masha, sua amiga judia de Mukden. Apesar de minhas dúvidas em relação ao projeto, fiquei fascinado pela forma como ela adquiriu os modos de uma típica garota russa, praticando em frente ao espelho em seu quarto no hotel Moderne: como servir chá usando um samovar, como cumprimentar seu padrasto russo, como andar, falar, dançar e dormir exatamente como uma russa. Era um espetáculo extraordinário e um pouco nauseante para mim. Sua habilidade e dedicação eram admiráveis, no entanto, ainda que não o fosse a finalidade para a qual seriam usadas.

Shimizu Toru, diretor do filme, era outro indivíduo ardiloso com um passado vermelho. Ele estava emprestado de um estúdio de cinema de Tóquio. Suspeitei de ardileza assim que vi o homem. Então, quando Amakasu me pediu para ficar de olho nele, assim como em Hotta, não hesitei. Não se tratava de espionar, mas de evitar que Ri se metesse em confusão. Ela era muito ingênua e propensa a cair na conversa de homens astutos e bem-educados.

A história de *Meu rouxinol* se passa na década de 1920, quando senhores da guerra chineses e bolcheviques russos investiam furiosamente na Manchúria. A garota japonesa perde os pais em um ataque de bandidos chineses e é salva em Harbin por um cantor de ópera russo. Ele se recusa a voltar a cantar depois que sua performance é interrompida por sabotadores bolcheviques, mas ensina sua filha adotiva. Quando os mesmos bandidos chineses que tiraram a menina de seus pais ameaçam tomar Harbin, os refugiados russos ficam aterrorizados. Mas tudo acaba bem no final, quando o exército japonês restaura a ordem em 1931 e oferece proteção aos pobres refugiados russos. O padrasto da menina finalmente concorda em cantar "Mefistófeles" em uma apresentação de *Fausto*, mas fica fatalmente doente e desmorona no palco. Essa seria uma forma de terminar o triste melodrama. Mas havia outra virada. Eles ficavam sabendo que o verdadeiro pai da menina havia sobrevivido. Quando ele sabe que sua filha está a salvo em Harbin, permite que ela cuide de seu padrasto doente até que ele finalmente morre em uma angustiante cena final, idealizada para espremer como um limão os canais lacrimais do público.

A vida no set era agitada desde o início e as relações rapidamente viravam uma guerra de humores. Como Helena no antigo mito grego, Ri tornou-se objeto de combates masculinos. Shimizu não suportava perdê-la de vista, especialmente quando Hotta estava perto. Mas Ri não resistia às atenções de um famoso ator japonês que chegara de Tóquio para interpretar o papel de seu pai. E o barítono russo da Companhia de Ópera de Harbin, Dimitri-Alguma-Coisa, que interpretava o padrasto, estava tão encantado que uivava de raiva sempre que Ri saía para jantar com um de seus admiradores japoneses. Ela era tão confiante, tão ávida por aprender com esses homens os quais ela consultava de forma tão insensata, que era uma presa fácil para as intenções bestiais deles.

E havia Max: pobre e tolo Max. Foi minha culpa. Eu nunca devia tê-lo apresentado a Ri. Mas achei que ele gostaria de ver como um filme é feito.

Ele havia demonstrado interesse, dizia que amava filmes. Era apenas um amor adolescente, sem dúvida, e ele era muito tímido para qualquer relação física, mas não se afastava, seguindo Ri pelo set, insistindo em levá-la para jantar, ligando para ela no hotel, até que dei um fim naquilo. Receio ter ficado bravo com ele e dito em termos incertos que ele não deveria chegar perto de Ri nunca mais. Ele ficou branco como um fantasma e disse suavemente: "Você era meu amigo." Então, virou-se e desapareceu. Parei de ouvir notícias sobre ele, o que fez com me sentisse mal. Mas o que podia fazer? Queria protegê-lo, mas meu principal dever era proteger Ri.

Era por isso que devia observar atentamente Hotta e Shimizu. Isso envolveu muitas noites de bebedeira pesada no bar do Moderne. Ouvi muitos choramingos apaixonados e reclamações chorosas sobre a dificuldade de se fazer bons filmes em tempos conturbados. Mas eles eram muito espertos para revelar qualquer pensamento realmente perigoso. Apenas uma vez Hotta escorregou, e foi depois de uma monumental quantidade de bebida. Ele havia caído no sono, batendo com a cabeça na mesa. Justo quando estava pronto para subir para meu quarto, ele levantou a cabeça, virou os olhos injetados para mim e murmurou:

— Você sabe, Sato... Vamos perder essa guerra. Isso é certo. Vamos perder porque somos apenas um pobre e pequeno país insular, e a América é tão grande e poderosa. Mas mesmo que percamos, quero mostrar ao mundo que somos capazes de fazer um musical tão bom quanto os deles. Não, será melhor, melhor que os de Hollywood. Pelo menos teremos conseguido isso. Esse será o melhor musical de todos...

19

M DIA, SENTADO sozinho em meu hotel enquanto a equipe gravava uma externa, ouvi alguém chamando — ou melhor, gritando — meu nome e batendo à porta. Era Ellinger, agitadíssimo e proferindo sons selvagens. Consegui fazer com que se sentasse e dei-lhe um copo d'água. Ele finalmente conseguiu gaguejar algo em seu pouco japonês.

— Eles o sequestraram! — E caiu de joelhos, chorando como uma mulher.

Fiquei confuso no início. Sequestraram quem? Por quê? Onde? Não podia evitar de sentir desprezo pela falta de compostura de Ellinger. Esse é o outro lado dos judeus: retire a capa protetora do dinheiro e encontrará uma pilha miserável de humanidade chorosa.

Mas eu fiquei também chocado quando percebi que ele estava falando de Max. Eu devia ter tomado conta do garoto. Ele confiava tanto nas pessoas. Talvez eu tenha sido muito duro com ele. Mas, é claro, parte da culpa era do próprio Ellinger. Ele havia saído por aí vangloriando-se de seu precioso Max, de seu talento como cantor, sua bela aparência, seu sucesso em Paris... Ele havia infringido a regra de ouro de Harbin: nunca chame atenção.

Perguntei a Ellinger se alguém havia pedido resgate. Não, ele não sabia de nada ainda. Ele havia tomado conhecimento de alguma ameaça em particular? Negou com a cabeça. Decidi falar com o grego de um olho só, que estava parado em seu lugar de sempre no lobby, olhando um jornal sem qualquer interesse em seu conteúdo. Era um infeliz todo curvado, as pessoas sentiam-se sujas só de falar com ele. Disse não saber de nada, não ter visto nada e não ter ouvido nada. Estava apenas cuidando de sua vida, tomando seu café. Tudo o que ele podia oferecer era uma dica para que checássemos os jornais russos.

— Se forem russos, vão declarar seu preço nos classificados pessoais — disse ele.

Ellinger mal podia suportar tocar, quanto menos ler esses "trapos antissemitas". De qualquer forma, não havia nada nos jornais naquele dia.

Na tarde seguinte, quando Ellinger já estava reduzido a ruínas, recebi um recado para ir ver o capitão Nakamura na sede do Kempeitai no Bolshoi Prospect. O prédio, conhecido pelos locais como "Casa do Diabo", costumava ser um banco russo. Havia uma grande porta de aço atrás de uma fileira de grandes colunas. Em dias silenciosos, alegava-se, era possível escutar gritos vindos das celas do porão, que ficavam escondidas das ruas por grossas barras de ferro. O escritório de Nakamura ficava depois de um lance de escadas de mármore, no primeiro andar. Fora um mapa de Manchukuo, a sala não tinha decoração alguma. Homem de rosto redondo, com mãos roliças e rosadas e bigode escovinha acima da pequena boca, que mais parecia uma cicatriz, Nakamura não se importou em se levantar quando cheguei. Para minha surpresa, vi Muramatsu sentado em uma confortável cadeira.

— Vocês se conhecem? — perguntou Nakamura.

Eu disse que já havíamos nos encontrado. Muramatsu virou seu pálido e marcado rosto para mim e não disse nada.

Nakamura falou o tempo todo, com seu sotaque vulgar de Hiroshima. Combater os imperialistas americanos, disse ele, estava fazendo um rombo em nossos recursos econômicos, e a tensão era sentida também em Manchukuo. Para financiar nossa necessária presença e manter a iniciativa da guerra, precisávamos de cada centavo que pudéssemos conseguir. Os judeus, cujas vidas protegíamos a custo de muita inconveniência, relutavam em nos ajudar, então ficou decidido que deveríamos, como ele colocou, "tirar algumas moedas da árvore de dinheiro dos judeus". Orgulhoso do seu jeito com as palavras, ele revelou uma fileira perfeita de dentes de ouro, que refletiam a luz de sua luminária de mesa. Eu devia ter notado, continuou ele, o infeliz desaparecimento do filho de Ellinger. Ouvindo suas palavras, senti um arrepio repentino. O suor começou a escorrer de meu pescoço. Eu não havia prestado atenção àquilo na época. Era apenas uma daquelas coisas que a gente ouve, o tipo de conversa dura com a qual se acostuma em Manchukuo. Mas agora aquilo voltava para mim com uma clareza aterrorizante: o fã-clube de Ri Koran. O coronel Yoshioka e Muramatsu, as meias de seda transparentes, o filho artista de um judeu de Harbin.

— Ele está nas mãos de nossos amigos russos — continuou Nakamura. — Eles sabem como tratar os judeus ricos. — Uma língua acinzentada bateu de leve no bigodinho, enquanto ele olhava para Muramatsu. Depois, novamente para mim. — Você é amigo de Ellinger, e observamos que esteve saindo com o garoto pela cidade. — Fiquei enjoado, e apenas podia esperar que não estivesse transparecendo. — Logo será exigido um resgate. Seria de interesse seu, e também nosso, que convencesse o judeu a abrir a mão. E dessa vez, não escorregue.

Apesar de seu sorriso, percebi que se tratava de uma ameaça séria. Meu fracasso em me livrar de Joia Oriental não havia passado despercebido. Detestei o tom arrogante daquele homem horrível, mas não tive escolha. Era a única forma de tirar Max do perigo. Mesmo com o apoio de Amakasu, eu tinha as forças do Kempeitai e do crime organizado contra mim. Mais tarde, descobri que o homem que informou nossa polícia militar sobre os passos de Max Ellinger fora ninguém menos do que o grego de um olho só. Eu teria ficado feliz em estrangulá-lo, mas seria muito imprudente naquelas circunstâncias.

Então, quando um ou dois dias depois uma notícia apareceu no *Nash Put*, jornal fascista russo, exigindo 50 mil dólares pela libertação de Max, eu disse a meu amigo que ele deveria pagar imediatamente. Ellinger, no entanto, não me ouvia.

— Como ousam! — gritava. — Por que eu, um humilde homem de negócios que nunca fez mal a uma mosca, devo ir à falência por esses gângsteres? É um ultraje! Um ultraje!

Concordei, é claro, mas tentei convencê-lo de que não tinha escolha. Não dei nenhum detalhe, mas insinuei que sabia quem ele estava enfrentando. Mas Max é cidadão francês, gritou Ellinger; ele iria ao consulado francês. Eu disse que ele podia piorar as coisas. Ainda assim, o velho não cedia. Dois dias depois, chegou um pacote ao hotel Moderne. Dentro, enrolado em um pedaço de papel rasgado do *Nash Put*, havia um dedo, avermelhado, como uma pequena salsicha.

Em meio a toda a comoção, eu ainda tinha que ficar de olho em Ri, cuja relação com Hotta se tornava desconfortavelmente próxima. Repetidamente, ela falava que Hotta-san isso, Hotta-san aquilo, como ele era inteligente, quanta coisa ele sabia, como ele entendia bem seus sentimentos. Ela repetia, de seu jeito infantil, as visões políticas de Hotta sobre o capitalismo americano e o proletariado asiático. Essas conversas normalmente aconteciam no café Victoria, na avenida Kitaskaya, onde ela se enchia de doces russos, lambendo o creme dos dedos enquanto me contava sobre o Plano Quinquenal, assim como seus problemas com os homens. Shimizu era tão gentil com ela, disse. Só tinha que aceitar seus convites para jantar. No entanto, ao mesmo tempo, Abe Shin, o ator que interpretava seu pai japonês, era tão suave e atento, e prometeu-lhe tudo o que quisesse se ela voltasse com ele para Tóquio. Ela balançou a cabeça, enquanto ajustava a gola de pele ao redor do pescoço, como um pequeno passarinho.

— Ah, os homens — suspirou. — Tento dar a eles o que querem, mas depois eles se tornam tão... tão...

Eu observei e não disse nada, enquanto ela limpava um pouco de creme do lábio superior.

Enquanto Ellinger estava isolado em seus aposentos, sem querer falar com ninguém, a equipe do filme havia tomado parte do hotel. A suíte nupcial principal havia sido transformada no apartamento do barítono russo e de sua filha japonesa. Shimizu estava dirigindo uma distinta atriz russa chamada Anna Bronsky por meio de um intérprete, um sujeito com aparência vergonhosa, que escrevia às pressas em um caderninho quando achava que ninguém estava olhando. Só Deus sabe a quem ele estava se reportando. Atrás do diretor, sentou-se Nakamura, visitante frequente do set. A cena se passava durante um ataque de bandidos chineses. "Oh!", gritou a mulher russa. "Somos apenas refugiados indefesos, sem proteção. Onde estão os japoneses?" O barítono, parecendo furioso, tocou em seu ombro e disse que tudo ficaria bem. Ri agarrou o braço de seu padrasto e lamentou-se. Sua facilidade para chorar era fonte de constante admiração. Em um momento, ela estava alegre, rindo com um dos atores. Então, assim que o diretor dizia "Gravando!", seu rosto enrugava-se em uma aparência de profundo desamparo e as lágrimas começavam a fluir. "Papa", gritou, "Papa!", enquanto o barítono a abraçava, um pouco forte demais. Lágrimas brotaram até dos olhos de porco de Nakamura. Ele, também, era um dos fãs ardentes de Ri.

— Corta! — bradou o diretor, com o rosto vermelho de raiva. — Diga a ele para não segurar Ri desse jeito — gritou para o intérprete.

— Mas eu sou o pai dela — exaltou-se Dimitri, imagem da inocência.

— Não me importa — gritou Shimizu. — Isso não acontece no Japão, Dimitri.

— Mas eu sou russo.

Shimizu, gritando:

— Mas ela é japonesa!

Dimitri saiu do set batendo os pés, o intérprete correndo atrás dele com seu caderninho preto. Vozes russas, uma suplicante, outra petulante, podiam ser ouvidas do outro lado da parede. A pobre Ri estava soluçando no ombro de Hotta, como se ele pudesse intervir nos contratempos dos russos. Sei que devia ter prestado mais atenção a todos esses dramas, mas minha cabeça estava em outro lugar, em Max, na teimosia de Ellinger, que se recusava a fazer o que era necessário para seu filho ser solto. Nem queria imaginar o que eles podiam fazer com o garoto.

Naquele momento, um chinês da recepção tentou entrar na sala, mas foi barrado por nossos seguranças japoneses. Aparentemente, ele estava procurando por mim. Por causa disso, levou um tapa na cara. Não tinha ideia do que estava acontecendo. Mas, no final, um recado me foi passado. Ellinger pedia, finalmente, que eu fosse até seu quarto. A princípio, não consegui fazê-lo sair do escuro. Apenas ouvi uma sucessão de lamentos, como os de um animal ferido.

— O que aconteceu? — perguntei, tentando encontrar o interruptor de luz.

Seus olhos estavam vermelhos de tanto chorar. Ele ergueu os braços, como se suplicasse a seu Deus hebreu. Olhei ao redor do quarto e, sobre a mesa, havia um bilhete com um pedaço de papel manchado de vermelho. Dentro, muito bem embrulhada, estava uma grande orelha, murcha como as pétalas de uma rosa morta.

— Diga ao judeu que se ele pagar metade do resgate, pode ver seu precioso filho. — Nakamura desviou o olhar enquanto falava sentado em sua mesa e cuidava das unhas com uma pequena lixa prateada. — A segunda metade, depois que ele for solto.

Ele estava claramente descontente com minha falta de habilidade em persuadir Ellinger. Mas senti uma onda de esperança. Pelo menos Max ainda estava vivo. Eu disse que faria o possível. Nakamura me dispensou com um grunhido.

— Falarei com os russos assim que ele abrir a mão. Então você vai com Ellinger. E sob nenhuma circunstância pense em dizer meu nome.

Ellinger, depois de muitas tentativas de persuasão, finalmente se deu conta de que nunca mais veria seu filho se não entregasse o dinheiro. Fomos levados de carro pelo que pareceu mais de uma hora. Era noite, então não podia descobrir aonde estávamos indo, exceto que nosso destino era longe do centro da cidade. Ellinger tremia sob um grosso casaco de inverno. O motorista era chinês. Um russo armado, com hálito de alho e vodca, sentou ao seu lado no banco da frente. Paramos em uma casa comum, tipo de local reservado para burocratas japoneses de status intermediário, com um modesto jardim frontal, coberto por uma camada de neve endurecida. Outro russo rapidamente nos fez entrar. Cinco homens estavam sentados ao redor de uma mesa, ouvindo uma gravação de canções sentimentais russas. Três pareciam russos e dois eram japoneses do pior tipo, brutamontes tatuados que faziam qualquer um se envergonhar de seu país. Várias garrafas vazias de vodca estavam sobre a mesa. Uma estava quebrada na metade, com as pontas afiadas apontadas para nós. Não havia sinal de Max. Um dos japoneses estava palitando os dentes.

— Vamos ver o dinheiro — disse o japonês, que tinha uma imagem grosseira da deusa da misericórdia entalhada no braço.

Disse a ele que primeiro seria necessário ver Max, como nos haviam prometido.

— Quem é você? — perguntou, em japonês, um dos russos — O advogado do judeu?

Aquilo provocou risos entre os outros homens, como se fosse uma piada.

— Tragam o garoto — disse o outro japonês, um selvagem esquisito com sobrancelhas tatuadas na testa.

O russo se levantou lentamente da cadeira e saiu da sala. Ellinger mal podia se conter. Depois de alguns minutos, a porta se abriu e o russo apareceu, arrastando uma figura humana por uma corda. Uma única lâmpada que iluminava a mesa fez com que fosse difícil enxergar mais do que sombras, uma vez que os homens estavam parados no escuro. Ellinger quis correr na direção do filho, mas os russos o mandaram sentar.

O japonês com as sobrancelhas falsas pegou a lâmpada e iluminou o rosto do prisioneiro. Era impossível dizer se era Max. Seus olhos estavam escondidos sob uma massa inchada de tecido carnudo, sua pele era uma colcha de retalhos em amarelo e azul, e sua boca, uma grande ferida com uma crosta de sangue coagulado. Incapaz de ficar em pé sozinho, sua cabeça era segurada pelo cabelo. Reconheci os cachos negros e uma casca escura onde deveria estar sua orelha direita. Talvez ele estivesse tentando nos dizer algo, mas tudo o que ouvíamos era um gemido agudo. Bolhas saíam do que parecia uma boca desdentada.

— Receio que ele não conseguirá mais gorjear — disse o japonês com a deusa da misericórdia no braço.

Os homens riram. Um dos russos apontou para um belo jarro de vidro em uma mesinha de canto. Nele, um purpúreo pedaço de carne boiava de forma obscena.

— Ele viu um pouco mais do que deveria. Agora pague se quiser tê-lo de volta.

Virei-me para meu amigo, que abriu bem a boca e soltou um uivo, e continuou uivando cada vez mais alto, até que parou e desmoronou, inconsciente. Foi o último som que fez na vida, pobre Ellinger. Ele nunca recobrou a consciência, o que provavelmente foi melhor, pois Max também não sobreviveu por muito tempo. Seu cadáver foi encontrado em um depósito de lixo perto do rio, meio comido por cães vira-latas. Não houve obituários. O cônsul francês protestou. A polícia japonesa lamentou o aumento dos crimes violentos e disse que havia feito de tudo para salvar o jovem cantor parisiense. Quando voltei a ver Nakamura, ele balançou sua mão gorducha com desdém:

— Não havia nada a fazer. Você sabe como eles são, esses russos bárbaros. Sempre vão longe demais. Nós japoneses nunca entenderemos o ódio que têm pelos judeus. Uma diferença de cultura, sabe.

Não suportava mais ficar perto do set de filmagens. Odiava toda aquela empreitada. Mas era meu dever estar lá. Então eu observava sem captar nada. Tudo o que eu via em minha cabeça era a massa sangrenta que um dia foi Max. Mas o que eu podia ter feito? Ellinger não devia ter feito tanto alarde.

A última cena se passava em um quarto de hospital, recriado nas cozinhas do hotel Moderne, onde o padrasto russo estava morrendo, com a filha adotiva a seu lado. "É hora de voltar para seu pai verdadeiro", murmurou. "O Japão é um belo país, um grande país, o país dos deuses. Você deve retornar para sua própria pátria." Ri desfez-se em lágrimas, chorando: "Papa... Papa... Papa!" Shimizu, tomado pela emoção, secou os olhos com a manga do casaco. Dimitri, quando tudo terminou, pegou a jovem nos braços. Ri deu um pequeno giro e sorriu, orgulhosa de sua performance.

A festa de encerramento foi feita no salão de baile do hotel. Eu não estava com humor festivo. O hotel tinha o cheiro da morte. Mas Ri, o diretor, Hotta e o elenco russo estavam empolgados com as perspectivas do musical. As rivalidades pareciam ter sumido, todos cantavam músicas japonesas e russas. Dimitri cantou uma ária de *Fausto*, e Ri fez uma versão de "Meu rouxinol" em russo, e depois cantou "Ah, nossa Manchúria!". Foram feitos discursos sobre solidariedade internacional e uma nova ordem mundial, e Ri expressou suas esperanças de que todos pudéssemos viver em paz.

O filme nunca foi exibido. Os censores de nosso governo decidiram que um musical russo, totalmente sem espírito de luta, não era adequado para distribuição em uma época em que nosso império lutava pela sobrevivência. Como colocaram os censores no documento oficial: "A ênfase na felicidade individual vai contra os regulamentos de tempos de guerra estabelecidos por nosso governo imperial". Achei aquilo profundamente estúpido, mas não fiquei totalmente descontente com a decisão. Ri nunca deveria ter perdido seu tempo com aquele filme miserável. Quanto aos outros envolvidos no desastre, odiava quase todos eles.

= 20 =

POR VOLTA DE 1943, muitos de nós começamos a perceber que nosso império poderia não sobreviver por muito mais tempo, embora fosse perigoso expressar tal opinião em público. Xangai estava mais pobre do que nunca, com mendigos em todas as ruas. Corpos de pessoas que haviam morrido congeladas eram levados todas as manhãs. Às vezes, demorava dias até que os cadáveres desaparecessem, o que não importava tanto em dezembro, mas de março em diante as ruas ficavam insuportáveis. Mesmo a velha Concessão Francesa parecia uma favela, com milhares de ratos alimentando-se do lixo. As lojas estavam ficando sem suprimentos. Cada vez mais, teatros fechavam suas portas. Alívio sexual rápido, em pé contra a parede, no banco de trás de um táxi, em uma cadeira de barbearia, sempre pôde ser conseguido por alguns dólares em Xangai. Agora, estava disponível por uma casca de pão, e não apenas com chinesas pobres. Podia-se possuir uma mulher de qualquer raça por uma ninharia. E devo confessar que possuí muitas. A carne é fraca, e aquelas pobres garotas precisavam ganhar a vida. Eu ainda tenho minha seleção de estrelinhas iniciantes, então, de certa forma, meus lapsos nas ruas eram uma forma de caridade.

Ri estava de volta à cidade. Dirigimos até uma pista estreita no final da estrada Weihaiwei. Havia um bar que eu conhecia, onde a comida ainda era passável e podia-se conversar sem chamar atenções indesejadas. O dono do estabelecimento era um sujeito chamado Velho Zhou, protegido pela Gangue Verde. Conhecíamo-nos havia muito tempo. No bar do Velho Zhou eu me sentia seguro e ele frequentemente me dava dicas úteis. Tomei meu conhaque de sempre. Ri bebeu um suco de frutas. De uma sala privativa, à esquerda do bar, podíamos ouvir o estalo das pedras de mah jong e as narinas de Ri rapidamente captaram a fumaça doce da misericordiosa papoula. Ela fez uma careta. Tanto havia acontecido nos últimos dez anos. Mas em vez de inspirar boas vibrações, nossas lembranças compartilhadas deixaram Ri melancólica. Algo a estava perturbando. Eu não sondei, mas esperei que ela confiasse em mim. Como nunca foi de guardar seus sentimentos para si mesma, não tive que esperar muito.

— Tio Wang — disse —, talvez seja hora de desistir de tudo.

Perguntei o que ela queria dizer. Desistir?

— Estou cansada de mentir — falou.

— Mentir sobre o quê? — Uma lágrima escorreu por seu rosto. Ela olhava para mim como se eu fosse o único homem do mundo capaz de ajudá-la. Esperei pacientemente até que ela continuasse. As pedras de mah jong ainda faziam *clic-clac* ao fundo.

— Por que devo fingir ser chinesa? — perguntou. — Por que devo continuar com essa farsa? Apenas para agradar Amakasu e o exército japonês? Sei que me amam no Japão. Mas ninguém confia em mim na China. Não pense que não noto como meus colegas chineses abaixam a voz assim que me veem chegando. Eles acham que sou algum tipo de espiã. É insuportável, tio Wang. Quero ser eu mesma novamente.

Disse-lhe que ela *era* ela mesma. Ri Koran era parte de quem ela era. Ser uma grande atriz *era* ser ela mesma.

Aos soluços, com a delicada mão sobre meu joelho, ela me contou sobre como era obrigada a comparecer a terríveis jantares com os oficiais do exército Kanto, que a censuravam por suas relações com os chineses, ou, como colocavam, por "dançar com chinas". Um oficial até a havia acusado de ser uma espiã de Chiang Kai-shek.

— Imagine — disse ela. — Nem meu próprio povo confia em mim. O que significa a amizade entre as nações se não se pode fazer amigos?

Eu concordava com ela, é claro. Existiam muitas pessoas estúpidas no mundo, e um grande número delas parecia estar na China. Disse-lhe para ser paciente. As coisas ficariam bem. Mas nem eu mesmo estava convencido.

— Não aguento mais — chorou. — Quero confessar tudo, dizer ao meu público que sou japonesa e sair da Associação de Cinema da Manchúria. É o único jeito, tio Wang, o único jeito. Convocarei uma coletiva de imprensa, e então poderei ser eu novamente, simplesmente Yamaguchi Yoshiko.

Dei um tapinha em seu braço. Havia mais em jogo aqui do que os sentimentos de uma jovem inocente. O fim de Ri Koran seria um desastre para nosso esforço de guerra. Então disse-lhe que não decepcionasse seus fãs, todas as pessoas que pagavam com dinheiro suado para vê-la se apresentar, os milhões de asiáticos que acreditavam nela. Imagine as consequências se eles soubessem que ela os estava enganando. Era tarde demais para voltar atrás. Ela tinha de continuar. Sem ela, que esperança tínhamos de conseguir algo de bom com nossa missão na Ásia? Não, não, não, disse ela, batendo o pé no chão com tanta força que interrompeu o jogo de mah jong. Temi estarmos chamando uma atenção indesejada. Não, ela repetia, estava cansada de ser uma falsa estrela manchu. Ela iria a Shinkyo, falaria com Amakasu e pediria demissão. Hotta a ajudaria. Ela sempre soube o que era melhor para si.

Foi como se ela tivesse enfiado uma faca em meu peito. Disse a ela que Hotta era um homem perigoso, um elemento subversivo. Ela tirou a mão do meu joelho. Era a primeira vez que a via tão zangada, e comigo, seu confiável conselheiro.

— E quanto a você? — sussurrou.

O que tinha eu?

— Não sabe que é um homem marcado? Que eles não confiam mais em você também? Sempre me perguntam coisas sobre você, desde aquela história de Yoshiko...

Eu não queria continuar com aquela discussão, talvez porque estivesse chocado por ela saber tanta coisa ou talvez porque ela estivesse certa e eu não quisesse enfrentar a verdade. Então eu voltei para o assunto da carreira de Ri. Eu tinha uma ideia, disse. E, devo confessar, era uma ideia boa. Por que ela não ficava ali, em Xangai, verdadeiro centro do cinema chinês? Por que não fazia parte de um estúdio xangaiense e virava uma autêntica estrela de cinema chinesa, e não uma impostora? Eu poderia falar com meu amigo Kawamura. Ele a escalaria para seus filmes. Na verdade, ele até já havia falado sobre isso. E ninguém o acusava de produzir filmes com ideologia implícita. Seria bem diferente de trabalhar em Manchukuo ou no Japão. Ri Koran, ou melhor, Li Xianglan, seria famosa em toda a China como uma estrela patriótica. Xangai estaria a seus pés.

Aos poucos, os soluços de Ri cessaram. Seus grandes olhos se iluminaram do jeito que sempre adorei, tão cheios de esperança e de bondade.

— Quero me encontrar novamente com o Sr. Kawamura — disse ela, repentinamente determinada.

E eu assegurei que ela o faria.

— Quando, quando?

Respondi que poderia providenciar facilmente. Ela pareceu preocupada. Mas e o contrato com a Companhia de Cinema da Manchúria? E Amakasu? Eu disse que iria a Shinkyo e resolveria aquilo pessoalmente.

— Obrigada, tio Wang, obrigada. Eu sabia que podia contar com você. Você é o único que entende meus sentimentos. É o único.

Naquele instante, apesar de todos os meus problemas, senti algo parecido com a felicidade perfeita.

Dizer que Amakasu ficou furioso seria pouco. Ele ficou mais bêbado do que eu jamais havia visto. As copeiras do Pavilhão do Lago Sul fugiram aterrorizadas quando ele virou a mesa, mandando comida e bebida direto para o chão de tatame. Cambaleando pela sala como uma fera desvairada, ele socou as paredes com os punhos e destruiu todas as peças de louça que viu pela frente.

— Vou matar aquele Kawamura desgraçado — gritou —, e vou cuidar de você também!

Mas, apesar de todas as queixas, Amakasu sabia que estava derrotado. O governo em Tóquio já havia aprovado a produção de um filme para comemorar o centésimo aniversário da Guerra do Ópio. A Companhia de Cinema Asiático iria produzi-lo e a escalação de Ri Koran tinha o apoio do próprio general Tojo. Um filme sobre a Guerra do Ópio ajudaria a convencer os chineses de que estávamos juntos na mesma batalha pela sobrevivência contra a raça branca. Além disso, não havia admirador maior de Ri Koran do que o general Tojo. Ele até falava em fundar um fã-clube de Ri Koran em Tóquio para rivalizar com o de Shinkyo. Tojo nunca gostara mesmo de Amakasu. E não havia nada que Amakasu ou o exército Kanto pudessem fazer para reverter sua decisão.

A fúria de Amakasu o havia deixado exausto. Ele revelou um lado de sua personalidade que eu não conhecia. Com lágrimas nos olhos, ele começou a choramingar, como se estivesse alheio à minha presença na sala.

— Como ela pôde? Depois de tudo o que fiz por ela! Os jovens não entendem mais o conceito de lealdade?

Eu disse a ele, da melhor forma que pude, que não era uma questão de traição, mas uma forma de fazer com que nosso sonho para Ri Koran sobrevivesse. Ela precisava ir para um palco maior. Não sei se minhas palavras tiveram algum efeito, mas ele foi ao chão, suspirando de frustração:

— Mas o palco dela é aqui, aqui em Manchukuo. Estamos construindo a Nova Ásia, bem aqui, em Shinkyo, esse é o grande palco.

Deixei-o estendido no chão de tatame. Não havia mais nada para ser dito. Ainda podia ouvir seus gemidos em meus ouvidos quando saí do Pavilhão do Lago Sul no ar frio da manhã. Senti pena dele. Seu coração era sincero, mas não percebia que havia um mundo maior lá fora. No final, ele também era um sapo em um poço. Não conseguia ver que Ri Koran era maior do que todos nós e que seria lembrada por muito tempo depois que Amakasu ou eu fôssemos levados pela longa noite escura.

21

TALVEZ EU DEVESSE ter imaginado que isso aconteceria, mas ninguém espera, eu acho. A forte batida na porta quando menos se esperava, homens em roupas civis vasculhando as coisas, derrubando livros no chão, destroçando os móveis, confiscando cartas, enquanto eu ficava ali parado, sem poder fazer nada. Depois de tudo terminado, fui enfiado em um carro sem placa, com o motor ligado. Eu deveria ter ficado aterrorizado. Na verdade, absurdamente, só pensava nas flores frescas que eu tinha colocado na sala, e em Mei Fan, uma adorável atriz iniciante de Dairen, com um firme e pequeno traseiro. Ela iria pensar que eu desistira do jantar que havíamos combinado. Eu, que nunca havia desmarcado com uma bela mulher em toda a minha vida.

Minha cela, dividida com dois outros japoneses, pelo menos era mantida um pouco mais limpa do que as celas dos nativos ou estrangeiros. Nossa ração diária de mingau aguado era servida em cumbucas de lata, em vez de jogadas nas celas para divertir os guardas, que se revezavam para assistir ao espetáculo de nativos desesperados lambendo bocados de sopa do chão sujo. Mesmo não estando sozinhos, não era permitido que falássemos, e éramos forçados a ficar o dia todo sentados sobre nossas canelas, os pés tocando o traseiro. Nunca soube quem eram meus companheiros de cela. Pessoas envolvidas com o mercado negro, talvez, ou algum tipo de subversivos.

O interrogatório veio quase como um alívio, não fosse pela estupidez dos interrogadores. Nada é pior do que a dor física extrema. Eu havia visto com meus próprios olhos o que os homens de nossa força especial da polícia podiam fazer com as pessoas. Se as vítimas chegassem a sobreviver, suas vidas não valeriam mais a pena serem vividas. Eu estava nas mãos da divisão agressiva da Força Especial da Polícia. Meu investigador era um brutamontes bem-apessoado, com o cabelo lambido para trás, tipo de homem que, em circunstâncias diferentes, teria sido dono de um bordel de sucesso. Eu temia o pior, mas na verdade, fora os frequentes tapas ou socos na cara, não fui agredido fisicamente, pelo menos não a princípio. Mais do que tudo, meus interrogatórios eram inacreditavelmente tediosos.

Imagine ficar preso com uma pessoa incrivelmente chata em uma cabine de trem, não por uma hora ou duas, mas por dias a fio, um idiota que chateia sem parar, o tempo todo, e tem total poder sobre você, durante cada segundo do dia e da noite. Eu tinha que escutar esse retardado, esse cafetão pretensioso, passando sermão sobre patriotismo e moral. Seu principal objetivo era me fazer confessar coisas que eu nunca podia ter feito. Ser acusado de "comportamento decadente", "contrário à ética militar" era uma coisa. Eu não via problema em escrever uma confissão nesse sentido. Mas não podia confessar "espionagem para o inimigo" ou "conspiração para destruir a missão de nosso estado nacional". Sempre que eu pedia provas de minhas atividades de espionagem, levava um tapa e me diziam que eu deveria saber os detalhes daquilo melhor do que qualquer um. Esse jogo, para o qual não havia conclusão, seguia-se por horas e horas.

De vez em quando ele se levantava, ia até onde eu estava, amarrado a uma cadeira, e gritava em meu ouvido:

— De que lado você está? Você é japonês ou china? Que merda pensa que é? Seu maldito espião china! Seu maldito fantoche dos fétidos chinas! Seu drogado e cafetão degenerado! Você é um escândalo para a raça japonesa. Como podemos combater uma guerra com pervertidos como você?

— Sou japonês e estou lutando pela unidade da Ásia — respondi.

Seu punho atingiu minha boca já inchada. Escorria sangue pelo meu queixo.

— Cale a boca — gritou. — Cale essa boca! — E me acertou novamente. Fora o espancamento, a gritaria constante tornou-se insuportável:
— Unidade da Ásia! Essas são palavras pomposas. Você é um mentiroso, um maldito mentiroso!

Eu ainda tinha força suficiente para contradizê-lo:

— Não são mentiras, é nossa missão imperial. Você está contradizendo as ordens de Sua Majestade Imperial. — Outro golpe em minha cabeça.

— Maldito mentiroso. Maldito espião china! Ou você é japonês, ou está do lado deles. Confesse que está do lado deles!

Quando o brutamontes se cansou de tentar arrancar uma confissão, ele foi substituído por outro homem, um tipo com cara de professor e óculos, que fumava um cigarro após o outro. Ele tinha pés grandes e usava enormes sapatos marrons, com grossas solas de borracha que faziam um chiado quando se levantava. Dessa vez não houve gritaria. Ele dizia pouco e esperava que eu falasse, acertando-me apenas quando eu estava prestes a perder a consciência. Quando se está amarrado a uma cadeira por um dia e uma noite, sem dormir, com uma lâmpada acesa na cara, em algum momento sua mente se recusa a obedecer. Primeiro vem uma vontade de chorar. Depois, a visão começa a lhe pregar peças; não se sabe mais o que é real. E a pessoa começa a se sentir humilhada porque não está mais no controle das funções de seu corpo e, finalmente, reduz-se a ruínas, não sabe mais onde está. Apenas a dor parece real.

Desejei dormir do mesmo jeito que um homem morto de sede deseja uma gota d'água. Eu faria de tudo, até escrever uma confissão, dizer a eles tudo o que queriam, apenas para poder fechar os olhos sem ser acordado por um tapa na cara. Alguns minutos de descanso era tudo o que eu queria. O professor me entregou um pedaço de papel e uma caneta. Minha mão estava tremendo tanto que eu mal podia escrever. Mas consegui registrar que era decadente, que havia confraternizado com nossos inimigos e deixado vazar segredos. Devolvi o papel, desesperado para fechar os olhos. O professor não se apressou, alisando o papel da mesma maneira fastidiosa que funcionários de estação de trem, ajustando os óculos, movendo os lábios para ler minhas palavras. Lentamente, devolveu-me a folha.

— Não é bom tentar nos enganar. Não somos estúpidos. Posso ver que está apenas escrevendo palavras para nos agradar. Queremos mais convicção. Você precisa acreditar no que confessa. Mesmo que não acredite, receio que teremos de prosseguir com o interrogatório.

Eu quis gritar, mas não tinha mais forças nem para isso.

Fui acordado — após várias horas, ou talvez menos, não sei — em minha cela, por um balde cheio de água fria e fétida, e obrigado a me sentar de forma ereta e refletir sobre os meus crimes. A água congelou rapidamente sobre o chão de madeira e o frio extremo foi a única coisa que me impediu de cair imediatamente no sono de novo; isso e os guardas sempre vigilantes que me batiam com vara de bambu até quando eu apenas me movia. Tentei meditar, como se fosse um monge em vez de um prisioneiro, mas minha mente era um redemoinho de imagens incoerentes e, às vezes, aterrorizantes. Eu não conseguia pensar direito. Achava que estava ouvindo vozes de pessoas conhecidas, algumas delas chamando meu nome, dizendo-me para confessar. Eu podia ouvir gritos, mas não sabia se estavam apenas na minha cabeça.

Não sei quando foi, ou quanto tempo fazia que eu estava preso, mas foi depois que eu já havia escrito muitos rascunhos de minha confissão — todos recusados por serem "insinceros" — que eu pensei ter ouvido Ri, cantando em chinês, algo sobre vender doces, "com gosto doce, tão doce". Talvez eu tivesse enlouquecido e estivesse imaginando coisas, mas não me importava mais — era a coisa mais bonita que já havia ouvido, a voz da minha própria deusa da misericórdia. Apenas depois eu percebi que, na verdade, havia sido sua música tocando no rádio, em algum lugar da prisão. Chamava-se "A garota dos doces", de seu último filme *Guerra do ópio*. Enquanto estava preso, essa música a deixou famosa em toda a China, bem como eu havia previsto. Não percebíamos na época, mas todos a conheciam, de Cantão a Harbin, nas áreas de ocupação japonesa assim como nas fortalezas vermelhas e nas províncias sob o controle nacionalista. Chinag Kai-shek deve tê-la ouvido, assim como Mao Tsé-tung. Ela penetrava até as paredes das celas do porão dos quartéis-generais da força especial da polícia em Shinkyo. Eu acho que talvez a doce voz de Ri era a única coisa que evitava que eu ficasse louco.

Mas eu sabia que não aguentaria por muito mais tempo. Um dia — ou noite, não tenho ideia — fui arrastado para fora de minha cela para o que pensei ser outra sessão com o professor ou o brutamontes. Fui empurrado para uma sala de interrogatório. As salas eram mais ou menos iguais, mas essa era diferente. Eu nunca havia estado lá antes. Parecia mais um escritório, com imagens das bandeiras de Manchukuo e do Japão emolduradas na parede. Ainda mais surpreendente foi a xícara de chá de cevada que me foi entregue, e que eu bebi tão rápido que tive um ataque de soluços. Tentei focar os olhos no homem sentado do outro lado da mesa. Ele tinha um rosto familiar: os olhos pequenos, os lábios grossos, o pescoço curto e enrugado.

— Eu disse que nos encontraríamos novamente, meu amigo — exclamou com um risinho seco —, mas esperava que fosse em circunstâncias mais confortáveis. — Ele riu alto, como se tivesse contado uma piada boa.

Aquela voz, aquela risada. Então algo deu um estalo em minha mente: era Taneguchi! Ainda sorrindo:

— Uma boa ação nunca passa impune. Você não sabia?

Fiquei estupefato. O que ele estava fazendo ali? Meus soluços me fizeram sentir ainda mais vulnerável e ligeiramente ridículo.

— Você devia ter matado nossa pequena Yoshiko quando ainda tinha chance. Agora ela fez alguns amigos poderosos em Tóquio.

Minha cabeça não estava funcionando direito. Por um momento, achei que ele estava falando de Ri. Por que eu deveria tê-la matado? Quem eram esses amigos poderosos?

— Receio que ela tenha recaído em seu velho erro, nossa pequena Yoshiko. Ela o denunciou aos amigos como um espião chinês. Desculpe por dizer, mas isso era justo o que seus inimigos em Shinkyo queriam ouvir.

Aos poucos, foi ficando claro. Eu havia sido traído pelo espírito vingativo de uma princesa manchu. Mas quem eram meus inimigos?

Taneguchi pediu mais chá.

— Quer algo para comer? — perguntou-me solicitamente, como se estivéssemos em um agradável restaurante.

Antes que eu tivesse chance de responder, ele pediu que o guarda nos trouxesse um prato de pãezinhos cozidos no vapor. Estava confuso com aquele tratamento. Fiquei feliz por não ser estapeado, para variar, mas nem um pouco seguro com o bom humor de Taneguchi.

Ele observava enquanto eu devorava o pão. O dele ficou intocado sobre o prato. Eu estava morrendo de vontade de pegá-lo. Ele deve ter notado, mas apenas deixou o pãozinho lá.

— Agora vamos falar de negócios — disse. — Tenho certeza de que você concorda comigo que nossa força especial da polícia está fazendo um trabalho esplêndido protegendo nossa missão imperial de espiões e traidores. Mas não ficaria surpreso se estivesse pronto para tirar uma folga de sua hospitalidade. Uma mudança de dieta, um toque de ar fresco. Estou errado?

Ele parecia estar se divertindo. Ainda de olho no pãozinho que estava no prato, um tesouro negligentemente abandonado, esperei que ele chegasse ao ponto.

— Agora, você tem sorte de ainda ter alguns amigos em Shinkyo. Eles me instruíram a lhe fazer uma pequena proposta, que beneficiaria a todos nós. Nossos amigos ficaram muito irritados com as atividades do Sr. Kawamura em Xangai. Nem preciso dizer do que se trata. Basta dizer que nossa sagrada missão seria muito melhor sem ele. Infelizmente, ele é cuidadoso e bem protegido. Então precisamos de alguém em quem ele confie, de preferência um amigo, para fazer o que é necessário. Nossos amigos não se importam como vai fazer, contanto que o trabalho seja feito. Essa é sua chance, sua única chance, de compensar pelos erros dos passado.

Tentei dizer algo, mas ele levantou a mão.

— Não preciso de uma resposta agora. Pense bem. Mas o que quer que decida, não tem volta.

Pode não haver nada pior do que dor física, mas as palavras de Taneguchi foram um golpe muito maior do que um punho na cara. Ele era um homem diabólico. Foi ele, e não Kawamura, quem traiu nossa missão na Ásia. Era por causa de pessoas como ele que os chineses nos odiavam. Eu poderia perdoar Joia Oriental. Ela não deve ter ficado sabendo que eu salvei sua vida. Eu mesmo não sabia como ela havia sido tirada de Manchukuo. Taneguchi não deve ter deixado rastros. Mas Joia Oriental era desorientada, não má. A vingança da princesa manchu era terrível, mas perdoável. Taneguchi era um demônio.

Fui mais bem tratado nos dias que se seguiram. Deram-me sorgo para comer e um cobertor, para que eu não congelasse. Fui transferido para uma cela melhor, junto com outro prisioneiro, um japonês magro com lábios arroxeados, em quem obviamente eu não podia confiar. Devem tê-lo plantado como armadilha para pegar qualquer indiscrição minha. Mesmo que ele não falasse muito, eu estava alerta. Havia cicatrizes vermelhas em seu rosto pálido, mas elas deviam estar ali só para me enganar. Sua reserva também podia ser parte de uma estratégia para diminuir minhas suspeitas. Agora era impossível dormir. Eu sempre acordava suando frio. A única forma de salvar minha vida era matando um amigo, mas mesmo que eu conseguisse, de que valeria minha vida?

A doce voz de Ri estava tocando mais uma vez, em algum lugar da prisão, no andar acima do nosso, dessa vez em um volume mais alto. Eu ouvia as palavras: "Eu sou a garota dos doces, a garota dos doces... meus confeitos são tão doces. Por favor, experimente um de meus doces antes de dormir." A música parou e começou novamente. Alguém ficava tocando a mesma música. Aquilo continuou por cerca de uma hora repetidamente, até que mesmo eu fiquei cansado de ouvir sua doce voz cantando a mesma canção. Havia também barulhos de passos, como se as pessoas estivessem dançando. Será que eu estava ouvindo coisas? Será que minha mente ainda estava instável? Olhei para meu companheiro de cela. Ele deu de ombros e suspirou:

— Alguém está recebendo o tratamento completo. Pobre miserável. Ainda não consigo ouvir aquela música sem passar mal.

Decidi concordar com a proposta de Taneguchi. Qualquer coisa para sair daquele lugar infernal. Eu pensaria no que fazer quando saísse dali, quando estivesse respirando um pouco de ar puro, pensando mais claramente. Poderia me disfarçar de chinês e fugir para as zonas desocupadas. Meu chinês era bom o suficiente para sobreviver, pensei. Taneguchi ficou feliz com minha decisão. Ele sabia que eu cairia na real. Eu tinha feito a coisa certa, disse, sorrindo como se apenas desejasse o melhor para mim.

22

DEPOIS QUE FUI SOLTO, Amakasu organizou um jantar para Taneguchi no Pavilhão do Lago Sul. Para dizer a verdade, não sabia mais se ele era meu amigo ou meu inimigo. Eu tentaria descobrir. Todos os frequentadores assíduos do fã-clube de Ri Koran estavam lá, mas o nome dela não foi mencionado uma única vez. Ela não existia mais para Amakasu, que estava bebendo muito — uísque, cerveja e saquê. Fizeram piadas sobre minha perda de peso e fui encorajado a comer mais. Amakasu levantou-se cambaleante, usando a mesa como apoio, e propôs um brinde à nossa vitória final. Seus olhos estavam injetados e sem foco. Taneguchi amarrou um lenço na cabeça e fez uma contradança, enquanto os outros cantavam e batiam nos copos de saquê com os hashis. Eu fingia estar bêbado e cantava junto, rezando para a noite terminar.

Kishi, cuja estrela política subiu ainda mais rápido do que Amakasu havia previsto, nunca perdia uma reunião do fã-clube de Ri Koran, mesmo agora que era ministro na capital imperial e não podia mais passar muito tempo em Manchukuo. O clube era um lugar onde ele podia relaxar entre amigos. Com os olhos salientes como se tivesse febre, ele falou sem parar sobre os últimos confrontos com a raça branca. Talvez tivéssemos até de lutar contra os alemães, disse, pois a força do sangue se provaria mais forte do que qualquer aliança temporária. Tínhamos sorte por estarmos vivos durante aquele momento histórico, pois o destino do mundo estava em nossas mãos. Amakasu concordou com a cabeça, derrubando uísque na mesa quando tentou alcançar seu copo. Depois de reconhecer Amakasu, Kishi retomou seu discurso. Seria uma luta dura, disse ele, mas nós, japoneses, prevaleceríamos devido ao nosso espírito de combate superior. Vejam os corajosos de Tóquio. Grande parte da cidade foi destruída em uma noite pelos covardes bombardeiros americanos. Mas o povo japonês desistiria?

— Nunca — gritou Amakasu.

— Lutaremos até o fim — disse Kishi, com o olhar ensandecido.

— Até o fim — todos concordamos, e ficamos de pé para dar três vivas à Sua Majestade Imperial.

Amakasu começou a cantar uma música que eu não ouvia desde os tempos de escola primária: "Se você está contente, bata palmas..." E todos batíamos. "Se você está contente, cante uma canção..." Fechei meus olhos e fingi ter caído no sono. Mas uma espetada de um hashi do meu lado me fez acordar instantaneamente. Eu estava olhando para o rosto avermelhado de Taneguchi:

— Não tire o corpo fora dessa vez, Sato, meu amigo. E não tente escapar, pois encontraremos você. E quando o encontrarmos, vai se arrepender de ainda estar vivo. — Ele deu um tapinha em meu ombro e sorriu. — Anime-se, meu amigo. A vida não é tão ruim. Afinal, você estará fazendo sua parte pela nossa vitória e pela futura glória da Ásia.

Logo depois disso, graças aos céus, a festa terminou.

23

ÃO PENSEI que fosse possível, mas Xangai parecia ainda mais arrasada do que da última vez que a vira. Os americanos haviam bombardeado Honkew, onde os judeus europeus havia encontrado refúgio sob nossa proteção. O teto do cinema Broadway, na avenida Wayside, havia sido destruído. Pôsteres rasgados de filmes estavam espalhados pela rua. E havia um buraco aberto, cheio de lixo encharcado, onde antes era a padaria Siegfried. Sacos de areia e cercas metálicas rodeavam o hotel Cathay e outros prédios no Bund. Mesmo o Broadway Mansions parecia uma fortaleza militar, mais do que um prédio de apartamentos. Fiquei aliviado ao saber que Kawamura estava em Pequim a trabalho. Pelo menos isso me daria algum tempo. Fiquei menos feliz quando soube que Ri se mudara para seu apartamento na avenida Ferry. Não que suspeitasse de algo desagradável. Kawamura era um cavalheiro. Mas a última coisa que eu queria era que a força especial da polícia também ficasse em sua cola.

O calor estava difícil de aguentar, mesmo para o verão de Xangai. Logo que saí do prédio, tive vontade de voltar para tomar banho e trocar de roupa. Mas até para conseguir uma barra de sabão decente eram necessários contatos especiais. Um vapor fétido pairava sobre o canal de Suzhou. O cheiro de morte e decadência era tão forte que impregnava as roupas. Liguei para alguns de meus amigos chineses, mas não consegui contatar nenhum deles. Estavam fora da cidade, ou ocupados, ou deram alguma outra desculpa. Até meu velho amigo Zhang Songren, editor do *Novos Horizontes*, que sempre me recebera com uma refeição chinesa no hotel Park, deixou um recado dizendo que estava indisposto e que não podia se encontrar comigo. O bar do velho Zhou, meu refúgio de sempre na antiga Concessão Francesa, estava fechado. Disseram que o dono havia voltado para sua cidade em Shandong.

O Bom Amigo, na estrada Yuyuen, ainda estava aberto. Participei de uma festa lá, da última amante do "conde" Takami, uma princesa indiana, segundo ele. As pessoas diziam todo tipo de coisa em Xangai. Os boatos eram que ela, na verdade, trabalhava em um bar para homens em Bombaim e fora escolhida uma noite por um mercador inglês, bêbado, que ficou tão encantado com seu charme que se casou com ela ali mesmo. Ele a levou para Xangai, onde, depois de seis meses de vida conjugal, ela se juntou a um aristocrata russo que tinha uma casa de apostas na avenida Jessfield. "Conde" Takami, cujo título era tão falso quanto sua namorada, era um velho patife havaiano que ganhou dinheiro vendendo drogas de qualidade duvidosa aos chineses.

As pessoas dançavam ao som de música negra americana, proibida no Japão, mas tocada nas estações de rádio de língua inglesa para deixar os americanos com saudades de casa, uma das ideias absurdas inventadas por nosso setor de propaganda. Takami, vestindo um terno branco, estava se sacudindo na pista de dança com sua "princesa" indiana. Talvez fosse o ópio ou a vodca contrabandeada, ou muitas noites nas casas noturnas das terras de ninguém, mas ela estava medonha. Seu rosto estava inchado e com manchas cinza. Acenei para ela, que olhou em minha direção, agitando a mão no ritmo da música, sem parecer me ver.

O som estava intoleravelmente alto. Nunca entendi esse amor dos americanos pelos tambores. Os negros são tratados como selvagens, e ainda assim os brancos dançam ao som de suas músicas. O capitão Pick, especialista russo em questões judaicas, tinha batom espalhado por toda a boca e o queixo, e estava usando um vestido de baile feminino. Seu olhos brilhavam, como se estivesse em transe. Notei o mesmo olhar vidrado no rosto de outras pessoas na festa. Quatro dos cinco militares japoneses haviam tirado as jaquetas e estavam sentados ao redor de uma mesa com algumas garotas russas. Um dos soldados tinha no cinto um grosso maço do que parecia dinheiro russo antigo. A garota que estava em seu colo gritava e jogava a cabeça para trás enquanto um dos companheiros do rapaz puxava a parte de cima de seu vestido e derramava bebida em seus seios nus, como se regasse um canteiro de flores. Tentei falar com Takami, mas não consegui ouvir uma palavra sensata dele.

— Amendoins quentes! — gritou. — Amendoins quentes!

Eu não tinha ideia do que ele estava falando, e acho que ele também não.

As notícias pioravam a cada dia. Mesmo que as pessoas não tivessem permissão para escutar as emissoras inimigas, todos o faziam, e notei uma mudança nos chineses, que não se encolhiam mais de medo como cachorros prestes a apanhar quando viam um japonês de uniforme. Eles sabiam que nosso jogo havia terminado. Eu podia entender os sentimentos deles. Quem pode culpá-los? Eu me sentiria da mesma forma se fosse chinês. Às vezes desejava ser, mas era japonês, e não podia fazer nada a respeito disso. O sangue nativo, assim como as linhas da mão, não pode ser falsificado. Os chineses haviam sofrido por muito tempo. Era hora de fazer as pazes. Para começar, nunca deveríamos ter entrado em guerra com a China. Foi nosso grande erro histórico. Se tivéssemos feito um trabalho melhor para convencer os chineses de que estávamos do lado deles, ainda poderíamos ter salvo parte de nossos sonhos em comum; mas nossos líderes militares achavam que sabiam mais. Haviam decidido lutar até o último homem, mulher ou criança. E nós japoneses sempre fomos ruins para nos explicar, acho que faz parte de ser um sapo em um poço. Kawamura estava certo. Os chineses nos odiavam e a culpa era nossa.

O que posso dizer sobre o dia 6 de agosto? Matar todas aquelas pessoas inocentes de Hiroshima, que não tinham nada a ver com a guerra, foi o pior e mais desumano ato já cometido pelo homem. Não foi uma batalha, e sim um massacre, como se os japoneses não fossem mais do que ratos. O piloto americano nunca nem viu suas vítimas. Apenas uma nação sem raízes e sem um pingo de humanidade poderia ter cometido tal atrocidade. Nossos soldados fizeram muitas coisas ruins durante a guerra, mas nunca algo nem próximo de ser tão baixo como aquilo.

Naquela terrível noite de 6 de agosto, Ri fez um show no teatro Grand. *Uma fantasia musical* era o título do espetáculo. Seria sua última apresentação, embora ainda não soubéssemos. O salão estava cheio, principalmente de chineses que haviam ido ver a estrela de *Guerra do ópio*. Mesmo os chineses mais patrióticos haviam perdoado Ri por seu passado em Manchukuo. Para eles, agora ela era apenas a Garota dos Doces.

A visão de Ri, parecendo tão pequena e vulnerável no foco de luz prateada, vestindo um belo *qipao* com estampa de flores de lótus, era como uma poção mágica que nos fazia esquecer, por uma ou duas horas, os horrores que aconteciam do lado de fora. A Orquestra Sinfônica de Xangai, um grupo heterogêneo formado por russos, judeus, alemães e chineses, nunca tocou tão bem. Ri cantou uma seleção de músicas chinesas: "Doces são as orquídeas", "O jardim perfumado" e "Luar sobre o lago". Os aplausos pareciam trovões. Para a segunda parte do show, Ri usou um vestido de noite vermelho e cantou jazz, balançando o traseiro como uma negra. Não sei como ela escapou impune. Aquilo era claramente "música inimiga", que nunca teria passado por nossos censores. Acho que era um bom sinal de que o fim de nossos sonhos estava próximo.

Ri trocou de roupa mais uma vez para a terceira e última parte do show. Quando as cortinas vermelhas de veludo se abriram, ela apareceu usando um vestido chinês de uma seda azul cintilante com estampa de pássaros prateados. Ela cantou uma música de *A viúva alegre*. Houve uma pausa, enquanto o condutor preparava a orquestra para o segundo número. Estava quente sob as luzes. Pequenas gotas de transpiração eram claramente visíveis na testa de Ri, apesar da grossa camada de maquiagem. Ela havia cantado as primeiras notas da música seguinte quando se ouviu o som de um alarme de bombardeio. Talvez ela não tenha conseguido escutar devido ao barulho da orquestra, porque continuou cantando. Os bombardeiros americanos deviam estar sobrevoando nossas cabeças, pois o barulho era alto como o de uma tempestade. A multidão estava feliz, mesmo com a possibilidade de que fôssemos todos mortos. Dessa vez, Ri parou, assustada com o barulho. Funcionários do teatro correram para o salão, pedindo que fôssemos para o abrigo antiaéreo.

Para acalmar os nervos depois do ataque, eu e ela tomamos um drinque em seu camarim. Falamos baixo, em japonês. Insisti que ela deixasse a cidade. Não podíamos prever o que os americanos poderiam fazer quando chegassem a Xangai. Nenhuma mulher japonesa estaria segura. Disse para ela se juntar a seus pais no norte. Ainda havia tempo o bastante para sair por Manchukuo. Eu a acompanharia, se ela desejasse. Mas dessa vez ela se recusou totalmente a ouvir meu conselho. Havia feito de tudo pelos pais, disse. Quase todos os centavos que ganhara haviam ido para seu incorrigível pai. Ela esperaria em Xangai até que Kawamura voltasse. Ele a protegeria. Eu disse para não contar com isso. Os americanos certamente o prenderiam. Mas nada do que eu dizia a fazia mudar de ideia. Sua expressão era decidida.

— Vou ficar aqui — disse, alternando para o chinês. — Eu pertenço a este lugar. Não viu como o público me adorou esta noite? Este é meu lar.

Ainda escorrem lágrimas de meus olhos quando penso nela, tão só e desamparada naquele camarim abafado, cheirando a maquiagem e suor. O cômodo ficava escuro quando a eletricidade falhava. Senti que ela estava escapando, estava fora do meu alcance. Por causa da guerra e das circunstâncias de nossa origem, um vão que eu não conseguia mais transpor havia se aberto entre nós. Eu não era chinês, nem nascido na China. Mas tampouco havia algo me esperando no Japão. Também eu ficaria na China, mas não em Xangai ou Pequim. Voltaria para a Manchúria, onde começaram minhas aventuras. Confessaria o fracasso de minha missão a Amakasu. Duvidava que algo pudesse acontecer comigo. O que eles podiam fazer? Me matar? Me colocar na prisão novamente? Era tarde demais para isso. Sabia que tudo estava acabado para nós japoneses tão logo o desajeitado agente enviado por Taneguchi para me espionar desapareceu, provavelmente para estar fora de perigo quando os americanos chegassem. Não, eu me colocaria à mercê de meus amigos chineses. Eu nunca havia feito nada para prejudicar os chineses. Sempre estivera do lado deles. Sabia que entenderiam meus sentimentos.

Agora percebo que ambos éramos tolos sonhadores, Ri e eu. O que meus amigos chineses poderiam ter feito por mim? Levava algum tempo para aquilo entrar em nossos corações, mesmo que soubéssemos em nossa mente. Estávamos derrotados. E aqueles que haviam sido nossos amigos estavam cercados pelos vitoriosos, ou então cuidavam para não ser notados. Nenhum deles queria se envolver comigo. E Ri — pobre, doce e inocente Ri — realizou seu desejo. Ela se tornou chinesa e compartilhou do destino deles. Assim que os americanos tomaram Xangai, os nacionalistas chineses a acusaram de traição. Como a outra Yoshiko, que foi ainda mais tola do que nós, voltando à China nos últimos dias da guerra, esperando juntar-se aos partidários, ela aguardava seu julgamento — e a inevitável execução — em uma cela de Xangai.

Cheguei a Shinkyo exausto, depois de não sei quantas horas em um trem sujeito a constantes atrasos. "Movimentação de tropas" era a explicação usual dos funcionários da ferrovia. Em Shinkyo, vi o que era a tal movimentação de tropas. Cada vagão do Expresso da Ásia estava cheio de militares japoneses de alta patente e seus saques; um compartimento cheio de laca chinesa, outro com pinturas valiosas, mais um com ouro e sacos de arroz ou caixas cheias de porcelanas preciosas. Homens que reconheci como oficiais do Kempeitai estavam festejando com saquê e comida dentro do trem, enquanto um coronel do exército Kanto, parecendo muito perturbado, fechava as cortinas de sua cabine para não ver o tumulto da plataforma. Civis japoneses com pacotes amarrados nas costas brigavam para chegar perto do trem, com a vã esperança de conseguir embarcar. Soldados rasos os mantinham afastados usando os rifles como porretes. Vi crianças japonesas sendo pisoteadas, enquanto os pais se defendiam dos soldados. Um alto-falante anunciou em japonês que não sairiam mais trens para Dairen, devido à necessária movimentação de tropas. A mensagem foi repetida várias vezes, até que o Expresso da Ásia lentamente deixou a estação soltando uma nuvem de vapor. Alguns civis, em um ímpeto de raiva, atacaram os soldados, mas foram derrubados por eles e deixados sangrando na plataforma. A maioria apenas circulava pela estação, imobilizada pelo pânico, sem saber para onde ir.

Andei até o hotel Yamato apenas para saber do recepcionista — o velho Che, que eu conhecia havia anos — que não tinha mais vagas. O lobby estava cheio de baús esperando para serem levados para o Japão. Ozaki, o cirurgião, homem que eu sempre detestei, estava tentando freneticamente arrumar transporte para ele e sua família. Gritava com outro japonês, algum tipo de burocrata, que ele, Ozaki, como presidente da Associação de Amizade Japão-Manchukuo, deveria ser o primeiro da fila. No entanto, os dois ficaram em silêncio quando um coronel do Exército Kanto empurrou-os para trás e deu ordens para que um soldado colocasse sua bagagem no carro reivindicado por Ozaki. Este, com o rosto quase escarlate de raiva, bradou em protesto. O coronel virou-se e rugiu:

— Não ouse falar assim com um oficial do Exército Imperial japonês, seu desgraçado insolente!

Decidi que era hora de ir embora.

O estúdio de filmagens, onde eu poderia encontrar alguma cara amigável, parecia ser minha melhor aposta. O boulevard da Grande União estava lotado de civis japoneses carregando seus pertences em carrinhos de mão ou nas costas, como uma correnteza indo em direção à estação. Era inútil dizer àquelas pessoas que não havia mais trens, pelo menos não para elas. Quem acreditaria em mim? Mesmo uma tentativa desesperada é melhor do que nenhuma. Buzinadas furiosas vinham da direção dos quartéis-generais do Exército. A multidão se dispersou para abrir caminho para um comboio de caminhões militares e carros pretos que seguiam na direção da estação. Várias pessoas quase foram atropeladas e o comboio nos deixou sufocados por uma nuvem de poeira. Um idoso apontou o punho para os soldados e gritou que eles eram a desgraça de nosso país. Eu sabia disso muito antes do inconveniente desfecho de nossa presença na China.

Minhas roupas, que usava desde que deixei Xangai, estavam cheias de sujeira e suor. Eu queria muito tomar um banho. O estúdio, um lugar que costumava ser cheio de efervescência, com coadjuvantes caracterizados correndo para uma ou outra gravação, parecia ter sido abandonado. Um ou dois funcionários nervosos apressavam-se pelo corredor com malas contendo sabe-se lá o quê. Eu não vi nenhum conhecido e estava prestes a encontrar um lugar para deitar e descansar um pouco, quando uma voz familiar chamou meu nome:

— Veja só se não é o Sato, voltando para pousar no antigo ninho.

Amakasu, muito bem alinhado em seu uniforme verde, parecia positivamente amigável. Eu quase nunca o via sorrindo, e certamente não esperava que sorrisse nessa amarga hora. Era como se nada tivesse acontecido entre nós.

— Que tal irmos para o lago para uma pescaria, hã?

Ele colocou a mão nas minhas costas e me conduziu para fora. Eu fiquei tão surpreso que o segui, obediente como uma criança. O lago Sul parecia pacífico ao sol da tarde, como uma pintura chinesa, com garças batendo nos bambus e água chegando lentamente à margem. Amakasu olhava afetuosamente para os telhados em estilo neoasiático que se sobressaíam depois das árvores do Parque do Lago Sul e disse:

— Olhe, Sato, para o sol brilhando sobre nossa bela cidade, radiante como o destino de nossa grande terra.

Eu não tinha certeza do que ele estava falando.

— Ambos amamos este país, não é, Sato? Fábricas, minas, estradas de ferro foram criações de Kishi, e também grandes projetos, vitais para a sobrevivência de nosso império, sem dúvida. No entanto, nosso trabalho foi diferente, não foi, Sato? Mas não menos importante. Não mesmo. Gosto de pensar que nossa contribuição foi colocar um sorriso no rosto das pessoas de Manchukuo. E sabe de uma coisa, Sato? Mesmo quando nós japoneses desaparecermos desta grande terra, aqueles sorrisos continuarão como testemunha de meu trabalho.

Ele sentiu um puxão em sua vara de pescar e gentilmente tirou um gordo peixe da água. Era uma bela carpa branca, com manchas vermelhas brilhando à luz do sol. Amakasu virou para mim com o olhar de um garotinho orgulhoso, alegre e inocente.

Cheguei a vê-lo mais uma vez, muito brevemente, na tarde do dia seguinte. Não sei por que eu ainda estava andando pelo estúdio deserto. Mas não tinha outro lugar para ir e encontrava algum conforto em revisitar minhas memórias. Enquanto passeava pelos estúdios de gravação vazios, reconheci partes de antigos cenários dos filmes de Ri: o interior de um trem de *Expresso lua de mel*, a fachada de um templo budista de *Noites de Suzhou*. E pensei em todos os grandes filmes e no trabalho que foi aplicado neles por japoneses, chineses, manchus. Não há nada mais maravilhoso do que pessoas trabalhando juntas para criar algo belo. Aqui, pelo menos, nos estúdios da Companhia de Cinema da Manchúria, não fazíamos distinção de raça ou nacionalidade; o talento era o que contava. Eu chorei enquanto passava, uma última vez, pela porta do Estúdio 3, e fui para o corredor que levava à sala de Amakasu. Talvez ele tenha ouvido meus passos. O homem saiu de sua sala sorrindo e estendeu-me a mão como um ocidental. Fiquei surpreso em vê-lo usando o uniforme completo da Associação Kyowakai, com os caracteres para "harmonia entre as cinco raças" presos na lapela. Era o tipo de coisa que ele usaria apenas em compromissos oficiais. Eu achava o uniforme ridículo. Ele apertou minha mão e disse:

— Passamos bons tempos em Manchukuo, não é, Sato?

Depois disso, voltou para sua sala e fechou a porta cuidadosamente. Segundos depois, ouvi um alto disparo, que ecoou pelo corredor. Com o tiro ainda ressoando em meu ouvido, bati na porta de Amakasu, gritando seu nome. Não sei por que fiz isso. Era absurdo, agora vejo. De qualquer forma, a porta estava trancada. Quando finalmente consegui arrombá-la, vi-o caído sobre a mesa, sangue pingando no tapete persa. Desejava ter tido a coragem de seguir seu exemplo.

Em vez disso, corri para encontrar ajuda. Mas onde? As delegacias de polícia estavam abandonadas, e os hospitais estavam muito atarefados lidando com os refugiados japoneses que acampavam em cada sala, aterrorizados com o que esperava por eles. Em todos os lugares a que ia, escutava histórias horríveis de bandidos chineses estuprando japonesas e levando as crianças como escravos. Então, voltei para enterrar Amakasu sozinho, nos jardins do estúdio que ele havia construído. Era o mínimo que eu podia fazer por aquele homem, por vezes mal interpretado, a quem a história certamente trataria com mais gentileza do que fizeram alguns de seus contemporâneos.

Um golpe de sorte me salvou de ter de dividir o chão do hospital com uma massa de refugiados sujos e histéricos. Quando voltava do estúdio, encontrei Liu, velho amigo manchu. Ele havia trabalhado como intérprete na Companhia Radiodifusora de Manchukuo, primeiro em Mukden, depois em Shinkyo. Nossa amizade vinha desde os velhos tempos do programa *Rapsódia de Manchukuo*. Diferentemente de todos os outros, ele ainda valorizava nossa amizade e se ofereceu para me hospedar por alguns dias. Não tenho como descobrir o que aconteceu com ele depois, mas desejo pagar tributo a seu espírito de bondade e coragem.

Liu era um homem instruído, que havia estudado literatura em Pequim antes da guerra. Livros eram sua única paixão. Sua pequena casa em Shinkyo, não muito longe da avenida da Grande União, parecia uma livraria, com altas pilhas de livros em todos os cômodos. Não havia nada na literatura japonesa ou chinesa que ele não tivesse lido. Com certeza, ele havia lido muito mais coisas do que eu. Mas compartilhávamos uma paixão por *Todos os homens são irmãos*. Então, passamos os dias seguintes recitando nossas histórias preferidas. Liu em chinês e eu em japonês. Seu herói favorito era Wu Song, o herói ébrio, que se vinga da morte do irmão. Minha preferência era por Soko, o grande líder com olhos de fênix.

— Mas ele traiu seus homens no final — disse Liu, gentilmente zombando de mim com sua risada. — Ele se juntou às forças do governo — continuou, com aparente indignação.

Eu defendi meu herói, alegando que aquilo era parte de sua estratégia. Soko estava sempre do lado da justiça. E prosseguíamos, argumentando de um lado e do outro, bebendo até o último gole de vinho de arroz de Liu. Éramos como irmãos naquele pequeno apartamento cheio de histórias. Por alguns dias, em meio à desordem, senti como se estivesse em casa.

Talvez tenha sido no quarto dia de minha estada na casa de Liu, ou possivelmente no quinto — não importa —, quando, por volta do meio-dia, escutamos uma tremenda confusão na rua. Vinha da avenida da Grande União, o som era de gritos e de uma banda de música. Liu ficou pálido e me disse para ficar lá dentro e tomar mais uma bebida. Mas eu não consegui conter minha curiosidade. Juntei-me à multidão que corria para a rua principal. Caminhões do Exército estavam parados aleatoriamente no meio da avenida perto da entrada da Mitsukoshi, uma loja de departamentos, que havia sido abandonada quando os japoneses fugiram. Ficou imediatamente claro que os caminhões não eram nossos. Eles tinham estrelas vermelhas na lateral. Grandes homens estrangeiros vestindo uniformes militares desalinhados corriam para dentro e para fora das lojas carregando o máximo que conseguiam: vestidos femininos, luminárias de mesa, relógios, sapatos, cortinas, utensílios de metal, cadeiras, garrafas de saquê, tudo o que chamasse sua atenção. Vi um homem com quatro relógios de bolso pendurados no pescoço, e outro com um pássaro empalhado na cabeça, como um chapéu feminino. Os soldados não estavam marchando, e sim vagando pela avenida, olhando para as lojas — muitas pareciam ter sido atingidas por um furacão — e para as mulheres, imaginando qual delas pegar primeiro. Mais caminhões chegaram da direção do lago Sul. Os soldados, claramente embriagados, pareciam loucos. Estavam gritando como feras e vestidos com roupas muito estranhas. Havia homens usando robes chineses tradicionais, e quimonos femininos japoneses, e chapéus de feltro. Dois soldados estavam lutando esgrima, um com uma espada chinesa e o outro com um rifle falso. Um outro, cambaleante, estava usando um chapéu de imperador chinês e um vestido feminino de seda.

Levei um tempo para entender esse espetáculo insano. Mas depois compreendi. Eles haviam saqueado os estúdios de cinema e estavam enlouquecidos com nossas fantasias e objetos. Um daqueles vestidos chineses deve ter sido usado por Ri Koran. Pensei na pobre Ri, esperando por seu cruel destino em uma cela em Xangai; em Amakasu, enterrado no solo duro da Manchúria; e em Joia Oriental, presa para sempre entre seu país nativo e seu país adotivo. Nossos soldados covardes haviam nos deixado à mercê desses selvagens. Os bárbaros haviam saqueado nossos sonhos.

PARTE 2

= 1 =

NAQUELA ÉPOCA — verão de 1946 —, todos sabíamos as regras: NCCFL — "Não Confraternizar Com Funcionários Locais". As penas para a violação dessas regras eram severas. Se alguém fosse pego muitas vezes em um restaurante, bar, cinema ou teatro em zona proibida, aquilo significaria uma passagem só de ida para casa, e em "casa" era o último lugar onde eu queria estar. Ainda aconteciam confraternizações, é claro. A maioria dos oficiais tinha uma "garota de quimono" escondida para sua própria diversão. Não que eu fosse particularmente interessado nesse tipo de coisa, mas qualquer homem podia pegar uma garota atrás da estação de Yurakucho e conseguir o que quisesse com ela no parque Hibiya por um maço de Camel. No entanto, o mesmo homem seria punido por assistir a um espetáculo no teatro kabuki, que ficava na zona proibida; e só Deus — ou o general MacArthur — sabia o motivo.

O bom era que os homens da Polícia Militar dos Estados Unidos eram mais como turistas modernos, apáticos e limitados. Vigiavam alguns lugares como abutres, principalmente perto da área de Ginza, mas ficavam afastados de partes menos conhecidas de Tóquio, os bairros pobres bombardeados, perto do rio Sumida, onde surgiram mercados de rua, bazares, casas de burlesco e cinemas assim que a guerra acabou. Esses eram os lugares ilícitos que eu frequentava, onde a aventura me chamava a cada esquina, no terreno de cada santuário violado, ao longo de cada canal fétido e cheio de lixo, em cada sala de cinema quando as luzes diminuíam. Ueno já era conhecido desde a época de Hokusai por seus bordéis masculinos. Alguns deles atendiam aos atores de kabuki. Outros, dizia-se, eram frequentados por amantes de jovens monges. Para mim, o parque próximo ao lago, forrado de ninfeias, era o cenário perfeito para muitos encontros inesperados.

O verão, quando as cigarras passam raspando pelo calor fumegante, é minha estação preferida em Tóquio. É quando os japoneses parecem mais naturais, mais eles mesmos. Naqueles primeiros e menos moderados dias depois da guerra, operários fortes saíam dos banhos públicos logo após se lavarem, muitas vezes usando nada além de seus *fundoshis* brancos, primorosamente amarrados ao redor do quadril, deixando muito pouco espaço para a imaginação. Tóquio, minha Tóquio, a Tóquio das pessoas comuns, em agosto era um banquete de curvas doces e peles macias, mostradas não para se exibir, mas inocentemente, sem consciência. Eu ficava ali vendo o mundo passar, como um observador invisível nos Jardins do Éden, hipnotizado pelo que via, mesmo que aquele jardim ainda fosse uma paisagem em ruínas que ia até o monte Fuji, cujo cone branco hoje não se vê mais, mas ainda aparecia naquela época, majestosamente, sobre a terra queimada. Eu não era literalmente invisível, é claro, mas, como estrangeiro, era ignorado. Os japoneses nunca veem o que escolhem não ver. Então fingiam que eu não estava ali. E era assim mesmo que eu gostava.

Esse sentimento era mais agudo quando eu entrava em um dos cinemas — estritamente em zona proibida, é claro, mas mesmo o policial militar de olhos mais agudos nunca teria a imaginação de bisbilhotar no Asakusa Rokko, ou no Ueno Nikkatsu. Tóquio, naquele tempo, era cheio de salas de cinema; havia quase tantas delas quanto havia banhos públicos. Algumas sobreviveram aos bombardeios e mantiveram parte do brilho pré-guerra, como velhas prostitutas com grossas camadas de maquiagem, craquelada nos cantos. Muitas outras eram rudimentares e pareciam frágeis como cenários de filmes. Havia cinemas em porões de lojas de departamentos destruídas, amontoados ao redor de estações de trem, e escondidos no fundo de vielas obscuras, difíceis até de encontrar por acaso. As pessoas eram simplesmente loucas por cinema. Dia e noite, era possível ver filas de japoneses esperando pela sessão seguinte. Era como se a água estivesse contaminada com algum tipo de febre de filmes. Toda a nação procurava fugir para um mundo de sonhos em celuloide.

Assim, naquelas noites quentes de Tóquio, eu entrava em uma daquelas salas de cinema lotadas e me juntava à multidão que exalava um suor com cheiro de arroz e óleo de camélia, corpos contra corpos, meus olhos fixos na tela em êxtase enquanto cena após cena, todas incompreensíveis, exigia-se minha total atenção. Tentava entender os dramas familiares que mostravam enteadas sofredoras e veteranos de guerra afogando as lembranças na bebida. Mesmo não compreendendo grande parte das histórias, as emoções que passavam pelo público, como raios vindos da tela, afetavam-me profundamente. Eu chorava com os homens e mulheres à minha volta, muito parecidos com os homens e mulheres da tela. Os japoneses não queriam ver estrelas de cinema vivendo uma vida mais glamourosa do que a deles; não, eles iam para ver vidas de pessoas exatamente como eles. Em vez de pensar em sua própria desgraça, choravam pelas desventuras de personagens imaginários, o sofrimento resgatado pela arte. Por mais estranho que possa parecer, era nesses cinemas, cercado por pessoas cuja língua ainda era um mistério para mim, que eu me sentia totalmente em casa.

2

NÃO QUE A ideia de lar significasse muito para mim. Por que, afinal, onde era meu lar? Bowling Green, Ohio, é o lugar onde tive a infelicidade de nascer, em uma pequena e suburbana casa branca perto da Route 6, no meio do caminho entre Napoleon e Venice. Minha querida mãe, Florence, havia crescido em um subúrbio de Chicago e eu achava que ela se sentia aprisionada em Bowling Green, e ainda mais em seu casamento com meu pai, Richard Vanoven, que odiava todas as coisas que ela amava, como ouvir músicas no rádio e ler livros. Deram-me o nome de Sidney em homenagem ao irmão mais velho de meu pai, morto na França durante a guerra. Se havia uma coisa que eu não suportava era ser chamado de "Sid", mas era assim que me chamavam, infelizmente, até eu ter idade o suficiente para afirmar meu direito de ser chamado pelo meu nome; e ainda assim o terrível "Sid" surgia com uma regularidade frustrante.

Ainda posso ouvir o tique-taque de nosso relógio de parede suíço (sim, ele tinha um cuco que anunciava as horas com um irritante som mecânico) e o farfalhar do jornal do meu pai como os únicos ruídos que quebravam o pesado silêncio em nossa sala de estar. Mamãe ficava doida para ligar o rádio e escutar uma de suas bandas favoritas, Ted Weems, no *Johnson's Wax Show*, ou Paul Whiteman; ou seu preferido, Ben Bernie e seu violino mágico. (A música clássica ainda não havia chegado a Bowling Green, sinto informar.) Mas ela sabia que a mera tentativa de chegar perto do rádio seria interrompida por um grito de ordem para "deixar aquele maldito troço barulhento desligado".

Desde quando consigo me lembrar, soube que algum erro terrível havia sido cometido e que eu não pertencia àquele lugar. Também não estava claro a que lugar eu pertencia. Mas em meus sonhos de menino, inspirados pelos livros sobre Aladim ou Peter Pan, eu estava sempre voando para alguma Terra do Nunca o mais distante possível de Bowling Green, Ohio. Muitas vezes imaginava que poderia ser um dos personagens daquelas histórias — o próprio Aladim, é claro, mas também ficaria perfeitamente feliz em ser um dos piratas que serviam ao Capitão Gancho. Na verdade, teria até preferido, pois eu adorava secretamente o Capitão Gancho. Invejava o Aladim por seu turbante enfeitado com joias e sua lâmpada mágica. A ideia de invocar aventuras miraculosas apenas esfregando uma lâmpada era maravilhosa demais para colocar em palavras. E havia algo sobre o mundo de conto de fadas de Aladim, de mercados árabes e gênios e minaretes, que tinha um profundo e misterioso poder de atração.

Quando fiquei mais velho, viajar ficticiamente como Aladim ou Peter Pan não funcionava mais com uma fuga viável, e a vida começou a ficar cada vez mais intolerável. Eu mal falava com meu pai, mas o que achava mais difícil de entender era a paciência estoica de minha mãe. A única vez que a vi realmente feliz, quase como se tivesse rejuvenescido dez anos ao esfregar uma lâmpada mágica, foi durante uma visita à Feira Mundial de Chicago com sua irmã, minha tia Betsy. Eu devia ter 8 ou 9 anos na época. Foi como se Deus tivesse aberto um baú do tesouro e jogado seu conteúdo às margens do lago Michigan, só para nós: uma vila marroquina, com xeques de turbantes e nômades errantes em longos robes coloridos; um pavilhão japonês, com sete gueixas executando uma cerimônia misteriosa com um bule de chá; um salão italiano com o formato de um avião moderno; uma cervejaria alemã de verdade, com homens usando shorts de couro. Minha mãe nunca havia chegado perto de álcool em casa, pois meu pai não aprovava. Ainda assim, lá estavam elas, mamãe e tia Betsy, levando enormes canecas até a boca, rindo como garotinhas. Perguntei à minha mãe por que não podíamos ficar ali para sempre, se não na Feira Mundial, pelo menos em Chicago, com tia Betsy. Ela riu. E seu pai?, disse. Bem, o que tem ele?, respondi.

Eu não teria sobrevivido à infância em Bowling Green, Ohio, se não fosse por duas coisas: minha tia Tess e o cinema Luxor. Tia Tess era a irmã mais velha de meu pai. Ainda consigo me lembrar de sua sala: as paredes marrons, em vez do branco monótono de sempre; a reprodução de uma pintura de Renoir, pendurada na saleta da frente, com pessoas dançando em um salão de Paris; os antigos tapetes persas, as paisagens chinesas em seda e todos os outros souvenirs das viagens do tio Frank. Sua sala era como uma caverna cheia de estranhos deleites, onde era possível se esconder da feiura do mundo lá fora. Eu só conhecia tio Frank por histórias. Tinha 3 anos quando ele morreu em um acidente de carro na Route 7, a caminho de Lima. Mas minha tia me mostrava fotos dele em vários lugares exóticos que visitava para se encontrar com os fornecedores de sua empresa de chás, que parou de prosperar no final da década de 1920 e faliu com a crise de Wall Street. Muito mais tarde, em um momento de indiscrição da parte de minha mãe, soube que ele havia bebido quando seu carro capotou na estrada para Lima.

Aqueles álbuns de fotos, com capas de couro verde-escuro, eram uma fonte infinita de sonhos. Não importava quão frequentemente eu observasse as imagens em sépia do tio Frank posando em frente a um templo chinês ou de uma casa de chá em Assam, a mágica nunca acabava. Eu amolava tia Tess com perguntas sobre as encantadoras paisagens. O que ela não sabia, inventava, e eu não me importava nem um pouco. Inventávamos histórias para poder viver. De vez em quando, essas lembranças meio ficcionais pareciam afligi-la. Ela parava de falar e acariciava meu cabelo em silêncio, repetindo o meu nome suavemente: "Sid, Sid, ah, querido, ah querido..." Sentindo que havia algo errado, mas sem saber o que era, eu perguntava se ela estava com fome. Confortava-me com seu perfume francês, que ficava em minhas roupas para desgosto de meu pai, que reclamava que eu "fedia a prostíbulo" sempre que voltava da casa de sua irmã mais velha. Eu não tinha ideia do que era um prostíbulo, mas a condenação de meu pai fazia com que parecesse uma coisa muito atraente. Eu associava aquilo à vila marroquina da Feira Mundial de Chicago. Soava agradavelmente estrangeiro, como a comida da casa de Frankie, meu melhor amigo da escola. Seus pais eram italianos. Eles comiam alho, o que enojava meu pai tanto quanto o perfume francês de tia Tess.

O Luxor era um dos dois cinemas de Bowling Green. Ficava localizado na esquina da Wooster com a Main Street. Quando eu era pequeno, minha mãe ou tia Tess me levavam ao outro cinema, o Rialto, mais acima na Main Street, onde eu vi Harold Lloyd pendurado naquele grande relógio e Dolores Del Rio dançando com Gene Raymond no Brasil. Mas o Luxor era mais glamouroso, com um relevo de dançarinas egípcias em bronze no lobby. A conexão entre o Egito e o cinema ainda me escapa, mas aquilo parecia certo na época. Assim que o luminoso órgão Wurlitzer do Sr. Ray Cohn era recolhido e o título do primeiro filme aparecia (um filme era bom, mas uma sessão dupla era o paraíso), eu entrava na vida de Clark Gable, Norma Shearer, Lewis Stone. Ainda consigo me lembrar daquele tapa na cara de Norma que transformou Clark em um astro. E *Grand Hotel*. As palavras de abertura: "Grand Hotel. Sempre o mesmo. Pessoas vêm, pessoas vão. Nada nunca acontece." Bem, nada exceto roubo de joias, estreias de filmes e casos de amor condenados! As vidas imaginárias de John Barrymore e Greta Garbo significavam muito mais para mim do que minha banal existência. Eu passava horas imaginando que era o barão Felix von Gaigern ou Peter Standish. Qualquer trocado que recebesse de meu pai, que sempre os dava de má vontade como se fossem suas últimas economias, era gasto no cinema. Minha mãe sabia, mas nunca contei ao meu pai. Quando eu era obrigado a comprar-lhe um presente de aniversário, ela me dava alguns dólares escondido. Eu sempre comprava uma gravata nova. Nunca o vi usando nenhuma delas.

O Luxor também foi o lugar onde tive meu primeiro encontro erótico. Nunca conheci o homem que me deu o primeiro gosto de prazer adulto. Nem consigo lembrar precisamente como ele era, mas me lembro do momento com muita clareza. Eu havia ido sozinho ao cinema, hábito que mantive por toda a vida. Era *O pimpinela escarlate*, com Leslie Howard e Merle Oberon. Eles vinham velejando da França e assim que avistaram os penhascos brancos de Dover, senti uma mão esfregando minha coxa direita. Eu ainda usava shorts. A mão era quente. Fiquei surpreso, mas não fiz nada para impedir a invasão repentina, pensando que podia ser um acidente. A mão, agora mais confiante, foi subindo, sentindo minha coxa como se quisesse testar sua firmeza. Quando o objetivo desejado foi alcançado, senti algo completamente novo para mim. Instintivamente, abri as pernas e deixei mais espaço. Ouvi a respiração do homem ao meu lado e olhei para ele de esguelha. Era apenas um homem de meia-idade, de terno, exalando um leve cheiro de brilhantina. Seus olhos estavam fixos na tela. Merle Oberon disse as famosas palavras: "Inglaterra, final-mente!" A mão relaxou e saiu de lá tão rapidamente quanto chegara, al-guns minutos antes. Nunca vi o homem novamente. Nem tive nenhuma outra experiência similar no Luxor. Embora não tenha exatamente per-dido a virgindade, foi o início de algo que se tornaria a parte principal de minha vida, a perseguição do prazer no encontro com estranhos.

3

SEMPRE PENSO naquela viagem de ônibus para Los Angeles no verão de 1944 como minha primeira Grande Fuga. Recém-saído da escola secundária mas muito jovem para o serviço militar, não tinha ideia do que queria fazer, mas de uma coisa tinha certeza: o que quer que fosse, não seria em Bowling Green, Ohio. Meu pai estava tão aborrecido comigo que tinha até parado de me chamar de "maldito maricas". Minha mãe parecia permanentemente preocupada desde o dia em que me encontrou fazendo caras e bocas no espelho enquanto dizia as famosas palavras de Marlene: "Foi preciso mais de um homem para eu mudar meu nome para Lily Xangai." Passar o verão servindo refrigerantes na drogaria do Lou não era uma opção, até onde eu sei. Minha vida sexual estava toda em minha própria cabeça, deixando-me exausto, e também envergonhado, sempre que encontrava alívio temporário na privacidade do banheiro. Achei que enlouqueceria se ficasse mais um minuto em casa.

Uma cartomante me disse uma vez que eu havia sido abençoado com boa sorte. Para ela, é fácil dizer. Todos precisávamos de segurança. Mas acredito que possa ser verdade. Acho que tenho um anjo da guarda que intervém sempre que as coisas começam a ficar muito desesperadoras. Minha grande fuga no verão de 1944 foi possível graças à minha tia Betsy, de Chicago, que tinha uma amiga casada com um executivo que conhecia um homem, chamado Warren Z. Noakes, que trabalhava com cinema. Noakes trabalhava para o escritório de distribuição dos Estúdios Twentieth Century em Hollywood. Depois de muitas idas e vindas, esse indivíduo angelical, que eu nunca cheguei a conhecer, conseguiu-me um emprego de assistente faz-tudo na unidade de pesquisa de um filme que seria feito em Hollywood pelo grande Frank Capra. Mamãe chorou quando eu finalmente deixei Bowling Green. Meu pai estava feliz em se livrar de mim.

Meu chefe direto se chamava Walter West, era um homem grande, de poucas palavras, que foi afortunado com um olho extraordinário para imagens fotográficas. Ele não apenas assistia a um filme, ele o devorava, avidamente, com um apetite impossível de se saciar. Walter passou a maior parte da vida no escuro, como um morcego, com os olhos vermelhos fixos na luz de projeção. Nada o estimulava mais do que a visão de uma pilha de rolos de filme. Quando eu digo que Walter era grande, significa que era realmente grande. Raramente o via sem um donut ou alguma outra guloseima nas mãos rechonchudas, derrubando açúcar em todo o paletó, como se fosse caspa. Mas ele era fissurado por celuloide. Walter mergulhava nas pilhas em tempo recorde para encontrar aquela pepita de ouro cinematográfico que todos haviam deixado passar. Nosso trabalho para o Sr. Capra (Deus me perdoe se o tivesse chamado de "Frank", sem falar "Frankie", ou "chefe", como faziam alguns funcionários mais velhos do estúdio) era selecionar uma compilação de imagens do Japão — tudo, desde cinejornais japoneses até longas-metragens — que seriam usadas para um filme, contratado pelo governo dos Estados Unidos, intitulado *Conheça seu inimigo*.

Trabalhávamos em um escritório muito diferente de meus sonhos de Hollywood. Eu esperava estar no meio de um grande esplendor, com astros famosos descendo escadas de mármore usando luvas brancas, com diretores altivos com botas de montaria e garçons de terno preto circulando com bandejas de prata, oferecendo taças de champanhe. Nunca tinha imaginado todo o trabalho duro necessário para se produzir um filme, todo o tumulto nos estúdios, a gritaria em meio ao caos de cabos elétricos, microfones, câmeras, maquiadores, continuístas, ajudantes de iluminação, primeiros assistentes, segundos assistentes, diretores de fotografia, sonoplastas e afins.

Mas mesmo os sets de filmagem, os quais eu espiava apenas eventualmente, passando pelo estúdio quando as luzes vermelhas estavam desligadas, eram sedutores comparados ao nosso pequeno e surrado escritório em um prédio velho nos estúdios da Twentieth Century, na Western Avenue. Havia dois projetores, um para som, outro para imagem, jogados para fora de suas caixas de concreto na torre de resfriamento. Uma mesa velha e gasta, com uma pilha de latas de filmes, mais duas ou três cadeiras bambas eram nossa mobília. Era ali que Walter fazia sua mágica, assistindo a rolo após rolo e escolhendo as cerejas que o Sr. Capra esperava. De vez em quando, o próprio homem aparecia, usando um terno caro de abotoadura dupla e um chapéu Fedora, deixando um rastro de fumaça de cigarro e colônia. "Walt", ele gritava, "o que o velho Papai Noel tem na lata para mim hoje?"

Como era meu trabalho fazer serviços na rua para Walter, ou para qualquer pessoa superior a mim na hierarquia — ou seja, todo mundo —, eu raramente tinha chance de assistir aos filmes com eles. Mas o que eu consegui ver foi uma revelação. As imagens selecionadas por Walter eram montadas por Capra, com gráficos fornecidos pelos Estúdios Disney e comentários narrados por John Huston. Era pura propaganda, é claro, para mostrar a nossos rapazes no Pacífico o que enfrentávamos: uma nação de robóticos e fanáticos samurais modernos programados para matar e morrer por seu imperador. Imagens de japoneses fazendo reverências em massa na direção do Palácio Imperial ou explodindo cidades chinesas ou atravessando as planícies da Manchúria em marcha eram editadas junto com cenas de filmes japoneses. Era tudo muito eficiente, estou certo, mas eu estava mais interessado no material que descobrimos no processo do que no efeito geral do filme finalizado. Foi a mais maravilhosa apresentação aos filmes japoneses, e não levou muito tempo para que eu percebesse, mesmo nas mais brutais lutas de espadas, que estávamos lidando com uma vasta fonte de tesouros.

Um, em particular, chamou nossa atenção. Feito em 1940, chamava-se *Noites chinesas*. Walter ficou igualmente cativado; tanto que imediatamente me mandou ir buscar o Sr. Capra. À primeira vista, o diretor não conseguiu entender a intenção, principalmente do ator principal, que muito depois eu percebi ser o grande Hasegawa Kazuo.

— O que podemos fazer com isso? — perguntou, balançando o cigarro impacientemente. — Esse cara parece uma garota.

Mas gradualmente ele foi atraído para dentro do filme. Ele e Walter ficaram tão hipnotizados no final que se esqueceram de me mandar para a rua, e eu pude assistir ao filme todo com eles. Como não havia legendas, não entendemos a maior parte da história. Era o fluxo natural das imagens, os cortes belamente calculados, e o trabalho de câmera, íntimo, sem ser intrusivo. Havia poucos closes e nenhum falso glamour. Era a própria vida sendo observada discretamente, porém de perto. Nunca vou esquecer o suspiro do Sr. Capra quando os créditos subiram depois da última cena, quando a garota chinesa, prestes a se afogar em um rio, é salva por seu marido japonês. As lágrimas corriam sobre seu terno cuidadosamente cortado, enquanto ele derramava emoção. Esfregando os olhos com as duas mãos, ele friccionou a bochecha direita com o cigarro apagado, deixando uma mancha escura, como maquiagem escorrida.

— Os japas estão muito à nossa frente — disse. — Não podemos fazer filmes como esses na América. O público não entenderia. E essa garota, Walt, quem é essa chinesinha?

Walt não sabia, mas prometeu descobrir. Seu nome, desvendamos, era Ri Koran.

Eu assisti a outros filmes japoneses com Walt, alguns deles longos e desinteressantes, mas muitos eram quase tão irresistíveis quanto *Noites chinesas*. Não tenho ideia do que vimos. Algumas das obras-primas de Mizoguchi, talvez, ou de Naruse? Não sabíamos quem eles eram, de qualquer forma. Agora é tudo um borrão. Mas não esqueci a garota chinesa.

Walter e eu costumávamos cantarolar a música de Ri com aquela ritmada melodia chinesa. Como a lâmpada de Aladim, ela invocava em minha mente imagens de um mundo encantado além de tudo o que eu podia imaginar; aquela prometida Terra do Nunca de que eu sentia saudades desde que aprendi a falar.

Na época em que eu estava pronto para ser chamado para o serviço militar, soltamos as grandonas sobre Hiroshima e Nagasaki. Odeio dizer, mas naquele momento também senti o toque da asa de meu anjo da guarda. Não suporto pensar no horror de uma invasão ao Japão. Além disso, eu não tinha a menor habilidade para ser soldado. O que me salvou desse terrível destino e precipitou minha segunda grande fuga foi uma carta do Sr. Capra para um amigo dele, um chefão do quartel do general MacArthur em Tóquio. Seu nome era major-general Charles Willoughby.

— Charles tomará conta de você — prometeu o Sr. Capra, enquanto me entregava um Havana tirado do bolso de seu casaco. Mais tarde, tentei fumar aquele grande presente e acabei passando mal.

Na verdade, as coisas não eram tão simples quanto pensou o Sr. Capra. Charles poderia cuidar de mim quando eu estivesse no Japão, mas para isso eu tinha que me apresentar ao Serviço Diplomático em Cleveland. E apenas me aceitariam se eu tivesse alguma habilidade exigida por eles. Como não sabia idiomas além do inglês, e não tinha experiência a não ser a de contínuo de Walter West, não era um candidato óbvio para um posto no exterior. Apenas poderia oferecer duas habilidades que podiam ser de algum uso: eu podia datilografar como um raio (fui campeão de datilografia no concurso das escolas de Ohio em 1941), e havia aprendido taquigrafia com minha mãe, que trabalhara como secretária para uma companhia de seguros em Chicago.

Passei um mês agonizante em Bowling Green, grande parte dele no Luxor, por puro tédio, e esperando, eu acho, por alguma aventura no escuro — que nunca aconteceu, sinto dizer. Mas eu vi *Bring on the girls*, com Veronica Lake, pelo menos seis vezes. A única alternativa na época era

Natal em Connecticut, com Barbara Stanwyck, passando no outro cinema, mas depois de vê-lo duas vezes voltei para Veronica Lake aliviado. Na época, eu também havia descoberto o prazer da literatura. Meu gosto não foi orientado por ninguém, portanto indiscriminado. Não tínhamos livros em casa, mas o bibliotecário de Bowling Green, um homem de meia-idade com óculos de lentes grossas e um forte cheiro de talco, foi um guia sofrível. Ele me apresentou a Thornton Wilder. Quando disse que queria ler algo mais estrangeiro, europeu talvez, ele sugeriu Jane Austen. Ao terminar toda a sua obra, pedi que me indicasse mais alguma coisa. Ele olhou para mim cuidadosamente através de seus óculos redondos, como se estivesse prestes a divulgar um segredo, e arriscou dizer que talvez eu quisesse começar com o escritor francês Marcel Proust.

Quando a carta finalmente chegou, dizendo para eu me apresentar na Filadélfia para embarcar ao Japão, fiquei tão feliz que quase abracei meu pai. Em vez disso, dancei um tango selvagem improvisado com a minha mãe na sala, que fez com que meu pai fugisse de desgosto. Por mim, ele podia me chamar de maldito maricas pelo resto da vida. Próxima parada, Tóquio!

4

MEUS PRIMEIROS DIAS no Japão não foram promissores. Fui colocado com outros americanos em um sombrio prédio de escritórios que havia sido sede de uma companhia de molho de soja, e agora levava o grande nome de hotel Continental. Todos os moradores dessa sinistra instituição trabalhavam, de uma forma ou de outra, para o Comandante Supremo das Forças Aliadas no Pacífico, também conhecido como CSAP, ou "o velho", ou "Susan", na cunhagem menos respeitosa de meu amigo Carl. Ele era um colega apreciador de filmes, cujo conhecimento de cinema era ainda maior do que o meu (ele cresceu em Nova York). "Susan" era uma referência obscura a um filme de Joan Crawford intitulado *Uma mulher original*. Carl achava que o general MacArthur tinha uma misteriosa semelhança com Joan Crawford, que fazia o papel de Susan nesse filme. Eu não podia dizer que os achasse parecidos, mas me divertia com o nome, que então pegou, pelo menos entre nós.

No entanto, eu ainda não tinha o benefício da agradável companhia de Carl naqueles primeiros dias, então sentia-me solitário em meus alojamentos, vivendo com uma dieta invariável de carne enlatada e purê de batatas instantâneo. Como a maioria dos japoneses daria o olho esquerdo para compartilhar dessa vida de esplendor, eu sabia que não deveria reclamar. Quando eu não estava batendo à maquina nas mesas de datilografia da Divisão de Remoção e Transporte dos Aliados, passava a maior parte do tempo perambulando pelas ruínas carbonizadas de Ginza. Sempre considerei a timidez um defeito vulgar. Então, com meu pouco japonês, iniciava conversas com jovens em canteiros de obras, e às vezes até com guardas de trânsito, se pareciam acessíveis, ou comerciantes. Eu passava um tempo infinito nos mercados negros, onde tudo era vendido, de cigarros a velhos cobertores de hospital manchados de sangue. Mascates gritavam até ficar roucos: "Cobertores americanos de primeira linha! Vocês vão dormir como bebês!"; "Deliciosa carne de porco! Do jeito que sua mãe costumava fazer!". Bem, talvez fosse carne de porco. Senhoras mexiam grandes tachos de sobras de porco com longos hashis de madeira. Iniciavam-se brigas pelo preço de um nabo ou por um par de meias velhas. Jovens agressivos usando camisas havaianas e botas do exército mantinham uma aparência de ordem naquele pandemônio e levavam o que precisavam de graça. Eu adoraria ter falado com eles, mas minhas desajeitadas tentativas não foram, no geral, recebidas com muito encorajamento. Uma vez, tentei falar com um homem que se vestia de Charlie Chaplin para promover um filme em cartaz no Deanna Durbin. Ele — sem nenhum dente na boca — foi bastante amigável, mas logo ficamos sem assunto.

Quando ficava cansado de perambular, parava para descansar em um dos pontos que se destacavam das ruínas, como rochas em um deserto. No edifício Hattori, antigo posto de venda de produtos para militares, hoje loja de departamentos Wako, eu observava as tristes transações entre americanos grandes, com uniformes impecáveis, entregando barras de sabão, biscoitos ou qualquer coisa remotamente comestível aos jovens de camisas havaianas, que, sem dúvida, fariam um belo lucro com essas mercadorias essenciais no mercado negro. Uma jovem aleijada ficava sentada do lado de fora do posto de venda com uma pequena caixa de madeira que servia de plataforma para botas americanas, que ela engraxava até ficarem brilhando, enquanto repetia uma das poucas frases em inglês que conseguira aprender: "Japonês é uma merda."

Muito do que via em minhas caminhadas solitárias me fazia ficar envergonhado de ser americano: os jipes em alta velocidade forçando os japoneses a pular para fora da estrada; os soldados que riam, jogando goma de mascar em macilentas crianças de rua, descalças e imundas, que seguiam cada americano pedindo mais, "dá mais, dá mais"; as "garotas pan-pan", *toque-toqueando* os saltos de madeira atrás da estação Yurakucho, enrugando os lábios cor de carmim, jogando beijos para qualquer estrangeiro com alguns trocados para gastar, ou um pacote de biscoitos, ou um par de meias longas. Periodicamente, nossos policiais militares as recolhiam — juntamente com qualquer outra pessoa que fosse mulher, japonesa e estivesse ali por acaso — e as transportavam em caminhões para uma clínica do exército para exames compulsórios de doenças venéreas. Talvez a pior coisa fosse o silêncio melancólico com o qual os outros japoneses observavam esses sinais da degradação do país. Eu prosseguia rapidamente, tentando não olhar nenhum japonês nos olhos. Ainda assim, acostumei-me a esses espetáculos diários de humilhação coletiva, e o constrangimento logo deu lugar a outra coisa. Comecei a admirar essas pessoas estoicas que, não importava o quão empobrecidas, sempre mantinham a dignidade. Ninguém implorava por comida ou pedia nossa misericórdia. Eles podiam não ter mais um teto decente sobre suas cabeças, dinheiro suficiente para alimentar suas famílias ou roupas apropriadas para vestir, mas a respeitabilidade ainda se mantinha. Os homens saíam de barracos rudimentares, usando sandálias de madeira e calças desgastadas do exército — de segunda mão —, mas sempre com uma camisa branca limpa e uma gravata. Mesmo os desabrigados, cujas casas foram bombardeadas e encontraram asilo temporário em estações de metrô abandonadas, sorriam para nós, como se fôssemos convidados valorosos em seu país em vez de membros de um exército conquistador.

Eu queria chegar mais perto. Queria ver mais filmes japoneses, e visitar o kabuki, mas entretenimentos desse tipo ainda estavam na zona proibida para os Aliados. Em vez disso, podíamos ver filmes de Hollywood no antigo cinema Takarazuka, ou no Ernie Pyle, como o chamávamos na época. Nas noites de sábado, às vezes havia espetáculos especiais de teatro no Ernie Pyle, alguns deles muito peculiares. Recordo com particular afeição de um *Lago dos cisnes* com dançarinas japonesas de perucas loiras, mostrando as gengivas em sorrisos de bailarinas enquanto corajosamente produziam uma versão do balé que me deixou exausto.

Não era permitida a entrada de japoneses no Ernie Pyle, mas, às vezes, eram feitas exceções para as pessoas que trabalhavam para nós. Então, decidi levar Nobu, o camareiro do hotel Continental, para assistir a uma performance de *O Mikado*. Nobu era um jovem pálido, com cabelos longos e negros e o corpo magro de um boxeador peso-mosca. Ele limpava nosso quarto e engraxava os sapatos, sempre assegurando que eles fossem deixados em nossa porta de manhã cedo, mas, na verdade, era um jovem notável que estudava literatura francesa na Universidade Imperial de Tóquio antes de entrar para um esquadrão de pilotos camicases no verão de 1945. Dois de seus melhores amigos já haviam morrido em ataques suicidas perto de Okinawa, então ele achou que não tinha escolha a não ser seguir seu exemplo. Sua vida só foi salva devido à rendição do Japão, assunto que raramente discutíamos, pois aquilo fazia com que ele se sentisse estranho. Nobu preferia falar de nossa paixão mútua por Marcel Proust, que ele havia lido em francês.

Eu só havia visto *O Mikado* uma vez, na versão para o cinema, com Dennis Day como Nanki Poo. Foi no Luxor, em Bowling Green, extremamente distante do mundo de Gilbert e Sullivan, é claro. Mas nada, nem os meus sonhos mais ousados, havia me preparado para a prodigalidade de *O Mikado* no Ernie Pyle. O próprio Mikado, um major britânico alto e muito gordo, aparecia contra um pano de fundo com flores de cerejeira brilhantes e rosadas balançando sobre uma ponte dourada, vestindo calças longas feitas com retalhos em azul e ouro. Pooh-Bah, Ko-Ko e Pish-Tush, encenados por oficiais britânicos e canadenses, vestiam quimonos emprestados da corte imperial. Perceptivelmente feitos para homens mais baixos, os quimonos iam só até suas firmes panturrilhas, revelando grande parte das meias-calças rosa-choque. O coro era composto por homens e mulheres do Coral Japonês Bach, que nunca haviam cantado Gilbert e Sullivan antes na vida e levaram ao *Mikado* a solenidade da Paixão de Cristo, o que foi deveras interessante, porém, nem um pouco apropriado. Os protagonistas mal podiam cantar, exceto Nanki Poo, que fez um falsete notável, e a atuação certamente não correspondeu aos padrões do figurino. Mas o público estava prestes a aplaudir qualquer coisa desde o momento em que a nobreza japonesa largou os excêntricos leques e começou a cantar "If You Want to Know Who We Are":

Somos cavalheiros do Japão:
em muitos vasos e potes —
em muitas cortinas e leques,
nossa imagem é pintada:
somos estranhos e singulares
é seu erro pensar que não, oh

Logo senti que o pobre Nobu não estava compartilhando da alegria geral. Seu rosto estava paralisado de desdém, o que virou um tipo de perplexidade e horror quando o executor real, um belo tenente canadense, cantou sobre "nosso grande Mikado, homem virtuoso", decretando que "todos que flertavam, olhavam ou piscavam deveriam ser imediatamente decapitados, decapitados, decapitados..."

Voltamos ao hotel em um silêncio doloroso. Eu estava meio chateado com Nobu e meio constrangido por tê-lo convidado. Claramente havia sido um erro de ordem social. Quando chegamos, ele me agradeceu rapidamente pela noite maravilhosa e preparou-se para ir direto a seus aposentos. Não podia deixá-lo ir daquela forma, então perguntei-lhe o que havia de errado (como se eu não soubesse). Ele se virou e disse:

— Você acha que somos uma piada?

Eu não sabia o que dizer. Meus protestos de que *O Mikado* não tinha nada a ver com o verdadeiro Japão soaram fracos e, para ele, certamente insinceros. Então eu disse:

— Nós devemos ser muito estranhos para você.

Aquilo o deixou ainda mais furioso.

Por um bom tempo, as relações com Nobu permaneceram profundamente frias. Ele era perfeitamente educado, é claro, e prosseguia com a limpeza e o engraxamento diários, mas não conversávamos mais à noite sobre o barão de Charlus e a princesa de Guermantes. Eu dava porções extra de Ritz e queijo Velveeta para que levasse para casa, o que ele aceitava porque as obrigações familiares (e a fome) vinham antes do orgulho. Mas todas as minhas tentativas de quebrar o gelo invariavelmente acabavam em um triste silêncio. Até que um dia, inexplicavelmente, encontrei um bilhete debaixo da porta. Era um poema, traduzido no inglês de Nobu. Estava escrito "Para Sidney-san":

Se apenas por um momento, meu caro amigo,
Eu pudesse ter visto com você
O florescer das cerejas selvagens
Na montanha com as colinas,
Eu não seria tão solitário assim.

Estava assinado "Cavalheiro do Japão". Apenas muito tempo depois eu percebi que era um famoso poema do *Manyoshu*.

5

ASALA DO GENERAL Willoughby era excepcionalmente suntuosa para um escritório do exército. Não apenas o chão era coberto por um grosso tapete persa, mas havia um armário de vidro cheio de delicadas estatuetas de dançarinas e pastoras de porcelana. Um pequeno busto de bronze do kaiser alemão ficava sobre uma mesa de mogno polido. Eu achava um pouco estranho, mas atribuía à excentricidade típica de um militar profissional.

Willoughby tinha fala suave, com um toque de sotaque estrangeiro, como um aristocrata europeu em um filme de Hollywood. Ele tinha certa semelhança com Ronald Colman. Depois de perguntar sobre seu amigo, o Sr. Capra, o general quis saber se eu estava confortável em Tóquio. Falei de meus aposentos.

— Ah, o hotel Continental — disse ele. — Bem básico, ouvi dizer, mas perfeitamente adequado, não? E o seu posto? Satisfatório?

Eu lhe disse a verdade. A datilografia e a taquigrafia iam bem, até então, mas eu gostaria muito de me envolver em algo mais estimulante.

— E o que seria? Se é que posso perguntar.

Eu disse que gostaria de tratar de assuntos culturais. Talvez fossem as estatuetas de porcelana, mas achei que aquilo poderia soar simpático a seus ouvidos.

— Fique longe dos assuntos culturais, Sr. Vanoven. Toda essa conversa de dar democracia aos japoneses, Sr. Vanoven. Bobagem, eu digo, bobagem! Eles têm sua própria cultura, uma cultura ancestral. O que é necessário, e não só aqui, devo acrescentar, é disciplina e ordem. Devemos ser firmes com eles, e justos, firmes e justos! — Nesse momento, sua mão caiu assertivamente sobre a mesa, como se estivesse dando uma pancada na superfície de madeira. — Mas eles têm sua própria maneira, sabe. A mente oriental não está adaptada ao individualismo, e todas essas besteiras. Infelizmente, há muitos no meio de nós inclinados a provocar confusão. Esses judeus espertos de Nova York, eles pensam que podem vir aqui e nos dizer o que fazer. Bem, estou lhe dizendo, meu jovem, o general não terá nada disso, nada disso. Ele às vezes é muito gentil. Trata os orientais como se fossem seus filhos. Mas essas coisas revolucionárias devem ser cortadas pela raiz, cortadas pela raiz! Então, fique longe da cultura, Vanoven. Isso é apenas para judeus e comunistas. Os orientais têm sua própria cultura, uma cultura de guerreiros. Talvez fosse melhor aprendermos com eles em vez de importar esse lixo judeu da América.

Fiz o que sempre fazia quando surgia o assunto dos judeus. Fiquei imparcial e tentei mudar de assunto. A família do meu pai era de judeus, embora tudo o que tenha restado de seu judaísmo fosse a irritação no dia de Natal. Aquilo não significava nada para mim, e eu não tinha nenhuma intenção de falar da formação de meu pai na frente de Willoughby. Disse-lhe que não era comunista e que gostaria muito de aprender algo sobre o Japão. E eu ficaria mais feliz em fazer algo na área de cultura ou educação, mesmo que significasse começar por baixo.

Seus lábios agora eram uma imagem de puro desgosto, como se o general tivesse descoberto uma barata correndo por sua mesa polida. Eu não disse nada, mas não podia deixar de imaginar como aquele filisteu podia ser amigo do Sr. Capra.

— Bem — disse ele depois de rolar os olhos como se estivesse se preparando para uma tarefa desagradável —, se Frank o enviou, você não deve ser de todo mau. Mas não estou lhe prometendo nada, entendeu? Nada.

Duas semanas depois, eu estava no Destacamento de Censura Civil. O objetivo oficial da nova ordem do CSAP no Japão era garantir que os japoneses aprendessem tudo sobre os benefícios da democracia e da liberdade de expressão, mas dentro de certos limites. Nosso trabalho era assegurar que esses limites fossem observados. Mas como não gostávamos de ser chamados de censores, nosso departamento quase nunca era chamado por seu nome oficial. Éramos simplesmente parte da Informação Civil. Eu não queria deixar a impressão de sermos cínicos. O general Willoughby era excepcional em seu desdém declarado pelos valores que tentávamos transmitir. Éramos jovens naquele tempo, e cheios de ideais. Tirar aquela nação derrotada de seu passado feudal, para nós, parecia a incumbência mais nobre da história do homem. Em vez de subjugar um povo conquistado, iríamos libertá-lo. Foi por isso que demos às mulheres japonesas o direito de votar nas eleições, deixamos os prisioneiros políticos, comunistas em sua maioria, saírem da prisão e encorajamos os japoneses a organizar sindicatos, e assegurar que os livros escolares promovessem a democracia em vez do militarismo. Foi um alívio para os japoneses não sairmos estuprando suas esposas e filhas, e ficamos aliviados da mesma forma por eles não nos retalharem constantemente com suas espadas samurais. Então, se estávamos dispostos a ser seus professores, eles estavam pelo menos igualmente dispostos a serem nossos alunos.

6

ODOS OS GRANDES nomes do cinema japonês estavam lá, na sede da Agência de Informação dos quartéis-generais do CSAP. Não conhecia nenhum deles na época, é claro. Pareciam um grupo de executivos, a não ser por um ou dois que usavam chapéus de tecido, como se estivessem prontos para ir pescar. Mas se uma bomba tivesse sido jogada sobre o ex-edifício da companhia de seguros Daiichi naquela manhã nublada de setembro, todos os diretores e produtores mais famosos do Japão teriam sido exterminados. Depois de muita formalidade e sorrisos, os japoneses sentaram-se em fileiras de desconfortáveis cadeiras de madeira em frente a uma mesa localizada em um tipo de plataforma. Daquela posição elevada, o major Richard ("Dick") M. Murphy — um homem alto e desajeitado, com cabelos ruivos e pele clara de irlandês — começou a ler a lista do que podia e não podia ser feito na produção de filmes japoneses no pós-guerra. O tradutor, George Ishikawa, mais tarde tornou-se um bom amigo meu.

Entre o que podia ser feito, estava "mostrar os japoneses de todos os níveis sociais cooperando para a construção de uma sociedade pacífica". Os filmes também tinham que refletir o novo espírito de "individualismo", "democracia" e "respeito pelos direitos dos homens e das mulheres". As secretárias dos estúdios solicitamente tomavam nota de tudo, enquanto seus chefes faziam ruídos guturais que podiam muito bem significar aprovação, mas não era possível ter certeza.

Tudo que tivesse a ver com o velho espírito do "feudalismo", ou "militarismo", certamente era proibido. Filmes com lutas de espadas, há tempos um dos componentes principais da indústria do cinema japonês, estavam fora, uma vez que promoviam a "lealdade feudal". Quando um dos diretores pediu outros exemplos inaceitáveis de "feudalismo", Murphy parou por um segundo para ponderar sobre a questão e então mencionou imagens do que ele chamava de "monte Fujiyama". Aquilo causou certo grau de confusão entre os presentes.

— Mas o Fuji-san — murmurou um distinto cavalheiro com cabelo oleoso — é um símbolo de nossa cultura.

O major sorriu e disse — bem lentamente, para ter certeza de que todos estavam entendendo, falassem ou não um pouco de inglês:

— É por isso que estamos aqui reunidos, meus amigos, para mudar a cultura, para promover um novo espírito de democracia.

Quando outro cavalheiro apontou que o Fuji era o símbolo de sua companhia, o major Murphy ponderou, com total benevolência, que, nesse caso, talvez fosse melhor mudar para alguma outra coisa.

Se os japoneses ficaram irritados, ou um pouco desconcertados, não o demonstraram. Pelo contrário, a maioria sorriu para o major, à maneira dos estudantes agradecidos.

— Talvez — disse um jovem esguio vestindo um terno cinza — o major Murphy pudesse, por gentileza, sugerir alguns temas que se enquadrem melhor à nova era de democracia.

O major, que na vida civil havia sido comerciante em Black Foot, Idaho, ficou mais do que feliz em ajudar.

— Que tal beisebol? — disse, parecendo muito orgulhoso de si mesmo.

— É um ótimo tema. Beisebol é um esporte democrático. Nós jogamos e agora vocês jogam também.

Na verdade, os japoneses jogavam tênis fazia já muitos anos antes da guerra, mas o major não sabia.

— Ah — disse o jovem esguio que logo mais eu conheceria (era o jovem Akira Kurosawa). — Beisebol.

— O que ele disse? — perguntou o produtor calvo.

— Beisebol — respondeu Kurosawa. — Filmes sobre beisebol.

— Ah, sim — disse o produtor. — Beisebol.

E todos sorriram.

Um de meus deveres mais agradáveis como secretário do major Murphy era visitar os estúdios de filmagem, onde passávamos muitas horas em enfumaçadas salas de projeção examinando filmes em busca de sinais de "feudalismo". Assistir a rolos intermináveis de filmes japoneses era um sofrimento para o major, que quase sempre aproveitava essas ocasiões para colocar o sono em dia. Para mim, foi um aprendizado. George Ishikawa explicava a ação como um narrador tradicional, enquanto eu prestava atenção. Gradualmente, comecei a perceber padrões na produção cinematográfica japonesa. O que antes era confuso começou a fazer sentido com as explicações de George. Era uma forma diferente de olhar, uma sintaxe visual diferente: o cuidado com os ângulos da câmera, por exemplo, mantendo uma certa distância mesmo em cenas de grande emoção, na verdade era mais comovente do que os closes extremos usados no Ocidente. E as histórias fluíam, seguindo uma lógica poética em vez de correr de uma cena para a outra, amarrando a narrativa com um desfecho feliz. As histórias japonesas tendiam a deixar o final em aberto, como a vida.

Receio que tudo isso se perdia com o major Murphy. Como tantos outros americanos, ele tinha bons ideais, mas nenhuma imaginação. Missionário nato, ele nunca se cansava de dar lições sobre grandes abstrações aos japoneses. Aposto que ele até sonhava com "democracia" e "engajamento cívico". De vez em quando, uma nova noção de como implementar esses ideais se apoderava dele e tornava-se uma obsessão.

Uma dessas obsessões teve início quando um roteiro sobre os trabalhos românticos de uma jovem foi enviado a nosso escritório. A história era comum. Poderia ser a refilmagem de muitos filmes parecidos. O pai da garota quer que ela se case com o filho de seu chefe. Ela insiste em se casar com o homem que escolheu. O amor verdadeiro prevalece. Murphy aprovou. Na verdade, ele ficou nas nuvens.

— Finalmente — gritou —, a expressão perfeita do novo espírito de igualdade!

Ele gostou tanto do roteiro que chamou os cineastas para uma reunião especial em sua sala. O diretor, Ichiro Miyagawa, era um distinto veterano. Ele ouviu pacientemente enquanto Murphy dava-lhe conselhos sobre como tornar o roteiro ainda mais forte.

— Por que — disse Murphy, com o rosto brilhando de entusiasmo — nunca vemos homens e mulheres japoneses se beijando em público? Não é um sinal de feudalismo? Afinal — disse, ficando cada vez mais agitado —, mesmo os japoneses devem se beijar no âmbito particular, então por que ser tão furtivo a esse respeito? Por que fazer tantos rodeios? A democracia trata do amor, afinal de contas, o amor aberto, saudável, o amor de uma esposa, o amor da família. Por isso é muito importante incluir uma cena do casal se beijando!

Miyagawa, cujos trabalhos anteriores eram menos conhecidos pelo conteúdo romântico e mais pelas cenas de luta entre samurais, questionou se o público japonês estaria pronto para uma inovação tão incomum. As pessoas podem se sentir constrangidas e rir. Murphy não deu bola para essas objeções, como se estivesse falando com uma criança teimosa.

— Não, não, não — disse ele —, você precisa ensinar o público a mudar o pensamento e construir uma sociedade democrática.

O produtor de Miyagawa, um homem baixo com sapatos pretos muito bem polidos, deu um tapinha no joelho do diretor e disse algo reconfortante em japonês.

— O que ele disse? — perguntou Murphy.

George traduziu que eles fariam o possível para fazer um filme democrático.

— Bom — disse Murphy —, bom, muito bom. Senhores, juntos chegaremos lá Sei que conseguiremos. Foi um prazer negociar com vocês.

Menos de um mês depois, Murphy e eu viajamos pelos subúrbios de Tóquio em um carro do exército para ver o filme sendo rodado na Companhia de Entretenimento Paz Oriental. Os subúrbios estavam um pouco menos destruídos do que a região central da cidade. Mas, em muitos casos, depósitos de concreto eram tudo o que havia sobrado das belas mansões. Os ônibus a carvão estavam tão cheios que as pessoas ficavam penduradas para fora, como uvas em uma videira. Homens e mulheres agitavam leques de papel para extrair algum refresco do ar úmido e acertavam os insetos que se aglomeravam ao redor das crateras cheias de água parada. Josephine Baker cantava no rádio de alguém.

Os estúdios da Paz Oriental, localizados perto do rio Tama, eram os maiores do Japão. Homens com lenços brancos amarrados na cabeça corriam para dentro e para fora de prédios de concreto. Todos pareciam estar muito apressados. Era como assistir a filmes acelerados, como se os japoneses não conseguissem produzir filmes na velocidade suficiente para satisfazer o desejo nacional por cinema.

Para chegar ao estúdio A, onde estava sendo filmado *Sons da primavera*, tivemos que passar pela notável reconstrução de uma rua destruída de Tóquio, montada perto de uma cratera cheia de água, aberta por uma bomba. As casas destruídas, feitas de madeira pintada, pareciam perturbadoramente reais. Uma bomba manual foi colocada dentro da fossa para produzir bolhas com aparência insalubre na superfície lodosa da água parada. Um sapato velho, uma boneca largada, um guarda-chuva quebrado e outros destroços foram engenhosamente colocados na água. Um homem estava arqueado sobre um violão. Uma mangueira de incêndio pulverizava água sobre o set para simular uma tempestade de verão. Uma garota pan-pan, com o cabelo preso no alto da cabeça, batom vermelho vibrante e salto alto esperava do lado de fora de um salão de baile com fachada em neon, de onde um jovem bonito vestindo camisa havaiana e cinto de plástico branco saía correndo sempre que o diretor gritava "Gravando!". Uma balada popular tocava ao fundo. Tirando a grande câmera pré-guerra, o microfone boom pendurado em uma vara de bambu, as luzes, e o diretor usando chapéu de tecido branco, essa cena poderia ter ocorrido em qualquer ruela de Tóquio.

Ansioso para entrar no prédio do estúdio, Murphy passou pelo set sem nem dar uma olhada. Fiz uma estranha meia-reverência para o diretor, que reconheci como o jovem esguio da reunião no QG. Ele sorriu e respondeu com um aceno de cabeça. Mas Murphy pediu que eu me apressasse, então não pude mais assistir à gravação daquela cena intrigante.

Dentro do estúdio A, o ar estava ainda mais sufocante do que do lado de fora, no set aberto. Quando as luzes estavam acesas, o calor era insuportável. Miyagawa, o diretor, levantou-se quando nos viu e pediu que um assistente colocasse duas cadeiras atrás da sua. O set, banhado em luzes brilhantes, era um pequeno jardim de uma casa japonesa de madeira. A árvore plantada em vaso e as varas de bambu eram regadas com água para manter a aparência fresca. Nesse jardim artificial havia um jovem usando terno branco de verão e maquiagem um pouco exagerada, acompanhado de uma pequena jovem com um vestido florido e meias brancas até o tornozelo. Ela parecia familiar, mas eu não sabia de onde. Para evitar que a maquiagem dos atores fosse estragada pelo calor, uma garota ficava batendo um lencinho em suas testas. Miyagawa bateu palmas, pedindo silêncio, e disse algo aos atores. George sussurrou que aquilo era um ensaio. Alguém nos entregou um roteiro em inglês. As falas eram: *Homem:* "Eu te amo. Para sempre te amo." *Mulher:* "Prometa que nunca me deixará." *Homem:* "Sempre seremos livres."

A atriz tinha olhos extraordinariamente grandes, e os abria ainda mais quando dizia suas falas, enquanto apertava os lábios para receber o beijo do amante. Miyagawa inclinou-se para a frente em sua cadeira, o rosto paralisado de tanta concentração. Bateu palmas novamente. Uma palavra ríspida foi dirigida à atriz, que reconheceu vigorosamente com a cabeça, desculpando-se pela falta de jeito. George explicou que ela deveria fechar os olhos no momento do beijo. Repassaram a cena muitas outras vezes; o jovem inclinava-se para tomá-la nos braços e a garota fechava os olhos na feliz expectativa, embora sempre faltasse o contato verdadeiro. Eu estava tentando lembrar onde havia visto aquele rosto. Perguntei a George quem era ela. Ele me disse que era uma atriz muito famosa, e que seu nome era Yoshiko Yamaguchi. Para mim, aquele nome não dizia nada.

— Certo, vamos lá. *Honban!* — disse Miyagawa.

Essa palavra eu conhecia. Significava algo como "para valer". Os atores receberam um retoque final com o lencinho na testa. A Srta. Yamaguchi olhou na direção de Miyagawa, claramente perturbada com alguma coisa. Ele fez um gesto tranquilizador e gritou uma ordem. A garota com o lenço correu para o cenário. Na mão direita, agora envolvida por uma luva branca, segurava dois pequenos pedaços de gaze com cheiro de produto químico. Yamaguchi fechou os olhos e apontou a boca para a garota, que cuidadosamente inseriu a gaze entre seus lábios, como se fosse uma hóstia.

— *Hai*, gravando! — gritou Miyagawa.

O ator se empenhou em suas falas. Eles se abraçaram, os lábios dele tocaram levemente os dela, envolvidos em gaze. Murphy estava sorrindo, como um padre benevolente. Eu, na época, não gostei, mas fomos testemunhas de um grande momento: o primeiro beijo na história do cinema japonês.

A tensão era evidente. A Srta. Yamaguchi deu um saltinho sem sair do lugar. O ator, cujo nome era Shiro Okuno, deu um sorriso e coçou a parte de trás da cabeça, muito bem penteada. Até Miyagawa parecia mais relaxado quando nos apresentou aos astros.

— Olá — disse a Srta. Yamaguchi, apertando minha mão. — Prazer em conhecê-lo. Eu gosto de americanos.

— Bem — respondi um pouco surpreso —, eu gosto de japoneses.

Aquilo provocou um riso nervoso.

— Nããão — ela disse, em protesto.

Talvez ela tenha achado que eu estava sendo condescendente. Murphy então pegou a mão dela entre as suas duas e disse:

— É muito bom conhecê-la, Yamaguchi-san. Nossos rapazes do departamento de inteligência sabem tudo sobre você. Todos conhecem sua música, "Noites chinesas", das aulas de japonês. Eles adoram, realmente adoram.

— Ri Koran! — eu disse. — Você é Ri Koran. Eu adorei seu filme.

Houve um momento de silêncio, como se eu tivesse dito algo impróprio. Talvez eu a tivesse insultado por ter entendido errado. Mas eu tinha certeza de que era ela. Como poderia esquecer aquele rosto, aqueles olhos? Atores sempre parecem maiores na tela, é claro. Como um bobo fanático por cinema, apenas fiquei ali, olhando para ela.

— Ri Koran — disse, suavemente — realmente já foi meu nome, mas ela não existe mais. Morreu em setembro de 1945. Sou Yoshiko Yamaguchi agora, e peço que seja complacente.

Então, a "garota chinesa" que Frank Capra havia admirado era, na verdade, japonesa. Por que ela havia tido um nome chinês? Como muita coisa no Japão, tudo aquilo era bastante confuso. Para falar a verdade, para mim, antes de chegar ao Japão, asiáticos eram apenas asiáticos. Eu não sabia diferenciar um chinês de um coreano ou de um japonês. Agora, eu achava que podia. Mas Yamaguchi não parecia uma japonesa típica. Ela tinha uma aparência... bem, asiática.

7

REQUENTEMENTE, PESSOAS me perguntam como os japoneses transformaram-se tão repentinamente de nossos piores inimigos, prontos para nos enfrentar até a morte, no povo amigável, dócil e amante da paz com o qual nos deparamos depois que a guerra terminou. Era como se alguma mudança mágica tivesse transformado uma nação de Senhores Hyde em uma nação de Doutores Jekyll. Esperávamos ser recebidos com centenas de milhões de lanças de bambu envenenado, e o que encontramos foi a Associação de Recreação e Entretenimento oferecendo garotas japonesas aos soldados aliados — pelo menos até que nossos próprios puritanos decidissem banir esse tipo de intercâmbio.

Deve haver uma explicação perfeitamente prática para esse tipo de comportamento. Cientes do que seus próprios soldados haviam feito aos outros, os japoneses queriam ter certeza que retribuiríamos com gentilezas. Para muitos ocidentais, isso simplesmente confirmava o talento japonês para a farsa; eles eram uma nação de mentirosos de duas caras que pensavam uma coisa e faziam o oposto, enfrentando o mundo exterior com máscaras e sorrisos falsos.

Mas eu não concordo. Acredito que os japoneses são honestos à sua maneira. Eles acreditaram genuinamente em combater uma guerra santa por seu imperador, e agora acreditavam com igual sinceridade nas liberdades que prometemos depois que a guerra acabou. Ocidentais, acreditando em um só Deus, prezam a lógica. Mas a mente oriental não funciona dessa forma; pode conter, felizmente, duas visões opostas ao mesmo tempo. Há muitos deuses no Oriente e a mente japonesa é infinitamente flexível. A moral é uma questão de educação apropriada na hora e no lugar certos. Como o conceito de pecado simplesmente não existe na mente japonesa, ela é, em um sentido profundo, inocente. Foi legítimo morrer pelo imperador antes de 1945, e foi igualmente legítimo acreditar na democracia depois da guerra. Uma forma de comportamento não é mais ou menos sincera do que a outra. Nesse instável mundo de ilusões, tudo depende das circunstâncias. Pode-se enxergar como uma filosofia da farsa. Eu prefiro chamar de sabedoria.

Nada disso chegou a mim imediatamente. Foram necessários vários tropeços e passos em falso para que eu começasse a penetrar as densas camadas da mente japonesa. Uma coisa que me impressionou assim que coloquei os pés no Japão foi a falta de nostalgia, ou mesmo de arrependimento, pela destruição do passado visível. A história a seguir pode servir de ilustração.

Um dia, eu estava subindo o monte Ueno, o ponto mais alto das planícies às margens do rio Sumida. Era possível enxergar vários quilômetros ao redor, uma vista de escombros ordenadamente empilhados e casebres de madeira com alguns telhados de templos e lanternas de pedra para mostrar o que havia ali antes daquela noite de março de 1945, quando grande parte da cidade foi arruinada por nossos B-29.

Um dos sobreviventes, bem onde eu estava, foi a estátua de bronze de Takamori Saigo, o rebelde samurai com olhos salientes e sobrancelhas grossas. Ele desafiou as armas do ocidentalizado exército Meiji em uma resistência heroica e suicida em 1877. Seus soldados samurais estavam armados com nada além de lanças e espadas. Uma empreitada perdida, é claro. De acordo com a lenda (e quem gostaria de contestála?), Saigo abre sua própria barriga em uma honorável morte de guerreiro. Os japoneses ainda consideram seu herói com imensa afeição e respeito. Ele é lembrado, entre outras coisas, pelo extraordinário tamanho de suas bolas.

Lá estava ele naquele dia frio e tempestuoso. Saigo das bolas grandes, em guarda como um robusto camponês usando o quimono curto e as sandálias de palha de sua região nativa. Aos seus pés havia um grupo de crianças desabrigadas, passando pontas de cigarro e comendo restos de comida que haviam conseguido encontrar. Os garotos estavam vestindo shorts e camisetas surradas, apesar do frio. Alguns poucos sortudos tinham sandálias de madeira. E os verdadeiramente afortunados encontraram locais para dormir nos corredores quentes da estação do metrô na base do monte. Eu vi um garotinho que não parecia ter mais de 5 anos, mas que bem podia ter mais de 10, segurando um rato pelo rabo e balançando o roedor na frente do rosto de outra criança, para assustá-lo, ou talvez para mostrar o que teriam para o jantar aquela noite.

Só Deus sabe como aqueles meninos sobreviveram à terrível noite dos bombardeios. As pessoas que não evaporaram ou queimaram nas explosões sufocaram por falta de oxigênio. Mulheres tentavam proteger o rosto das "Cestas de Flores", cortesia do general Curtis LeMay, enrolando faixas de tecido na cabeça. Muitas delas pegaram fogo e saíram correndo como tochas humanas, tendo seus gritos abafados pelas chamas. Outros tentaram escapar pulando no rio, apenas para serem cozidos vivos ou pegarem fogo assim que tiravam a cabeça da água escaldante. Tudo o que sobrou de Ueno, ou de Asakusa, alguns quilômetros ao norte, foram as ruínas de concreto de algumas grandes lojas de departamentos em um vasto hecatombe negro contendo os ossos carbonizados de pelo menos 100 mil pessoas.

Meu companheiro na caminhada pelo parque Ueno era um velho diretor de cinema, temporariamente afastado do trabalho porque nosso departamento não aprovou o caráter "feudal" de seus filmes. Ele era especialista em cenários de filmes de época na antiga Edo, em histórias de casos amorosos condenados e lealdades fatais. Kenkichi Hanazono era seu nome. Ele falava um pouco de francês pois passara algum tempo na França como estudante de artes, e estava usando um gasto quimono azul-escuro com mangas desfiadas. Quando olhamos por sobre as ruínas de Ueno, ele apontou alguns de seus locais favoritos que desapareceram nos bombardeios: os graciosos santuários de madeira de Yamashita; os templos budistas atrás do salão Kiyomizu; a casa de chá Sakuraya, cenário — em tempos mais felizes — de casos de amor e lendárias batalhas entre samurais. Tudo levado pelas chamas. Como uma cegonha melancólica, Hanazono observou as ruínas. Senti tristeza e vergonha. Deveria me desculpar pelo que meu país fez? Decidi que não. Poderia constrangê-lo. Mas tentei compartilhar seu pesar em relação ao que estava perdido mostrando-me solene quando, de repente, ouvi um risinho, e depois uma gargalhada alta, e então um riso convulsivo. Pegando em meu braço, Hanazono estava quase histérico, com lágrimas de júbilo escorrendo pelo rosto, como se a destruição de sua cidade fosse uma grande piada. Eu não sabia o que dizer ou como me comportar. Poderia muito bem ter começado a rir junto com ele. Quando, de algum modo, a hilaridade cessou, Hanazono virou-se para mim e notou minha aparência consternada.

— Sidney-san — disse ele, ainda rindo —, *c'est pas grave.* — Ele deu um tapinha na cabeça: — Você não pode destruir minha cidade. Está tudo aqui. — Admirei aquele homem mais do que já havia admirado alguém na vida. Entendi a tolice de nossas ilusões ocidentais, nosso orgulho idiota de querer construir cidades que durem para sempre. Porque tudo o que fazemos é temporário, tudo o que construímos em algum momento vai virar poeira. Acreditar no contrário é apenas vaidade. A mente oriental, mais sofisticada do que a nossa, captou isso. Esse mundo instável não passa de uma ilusão. Por isso, não teve consequências para Hanazono o fato de a Tóquio de sua juventude não ser mais do que uma lembrança. Mesmo se todas as construções ainda estivessem lá, a cidade não seria mais a mesma. Tudo muda, tudo se transforma. Aceitar isso é ser iluminado. Não posso dizer que atingi esse nível de sabedoria. Ainda desejava algum tipo de permanência.

Decidi ir atrás de alguns dos filmes pré-guerra de Hanazono, especialmente *Contos de uma mulher de prazer*, uma obra clássica admirada por todos os japoneses amantes de cinema. Como muitos clássicos japoneses do pré-guerra, os trabalhos de Hanazono eram difíceis de encontrar. Havia algumas cópias por aí. Todos os seus filmes haviam sido feitos pela mesma companhia, chamada Extremo Oriente Filmes, cujos estúdios ficavam no mesmo subúrbio ocidental que a Companhia Paz Oriental. Meu contato lá era Kashiwara-san, um camarada grisalho que usava um terno azul de sarja. Esses executivos de cinema sempre ficavam nervosos quando recebiam uma ligação da Agência de Informação, pois aquilo só podia significar problemas. Censurar qualquer filme de Hanazono era, é claro, a última coisa em que eu pensaria, mas Kashiwara não sabia disso, então esfregava as mãos ansiosamente quando saiu de sua sala para me encontrar.

Kashiwara olhou educadamente o meu cartão e, apesar do tempo frio, começou a suar. Sua xícara de chá permaneceu intocada. Tomando da minha, perguntei-lhe sobre os filmes de Hanazono: *Contos de uma mulher de prazer, Ervas ao leste do rio, A história de Yoshiwara*. Kashiwara assobiou por entre os dentes.

— Eu posso ver esses filmes? — perguntei.

Ele poderia providenciar uma exibição? Kashiwara sorriu e perguntou-me por que eu teria interesse nesses filmes sem importância.

Embora ele falasse inglês, eu me perguntei se tinha ouvido direito.

— Sem importância? Mas Hanazono é um grande diretor.

Kashiwara balançou a cabeça.

— Muito ultrapassados — disse ele.

— Ultrapassados? Ultrapassados em que sentido?

Ele sorriu, talvez com uma ponta de triunfo.

— Não são democráticos.

Devo confessar que em momentos como esses eu sentia o poder de minha posição como representante das vitoriosas Forças Aliadas. O sentimento não era totalmente desagradável. Era, afinal, incrível que eu

Sidney Vanoven, um zé-ninguém de Bowling Green, Ohio, estivesse sentado em um grande estúdio em Tóquio, Japão, ordenando projeções de filmes quando bem entendesse. Nessa ocasião, tive a oportunidade de expressar meu desagrado.

— Não são democráticos? — gritei. — Bem, vou julgar isso.

Quando Kashiwara-san poderia providenciar uma projeção? Talvez devêssemos começar com *Contos de uma mulher de prazer*. Ele afastou o pensamento com um aceno de mãos.

— Por favor, entenda que estamos obedecendo as novas regras. Somos agora um país democrático, graças a vocês. — Ele fechou os olhos e fez uma reverência com a cabeça, como sinal de sua gratidão.

Perguntei-me por que ele queria tanto esconder esses filmes. Por que diabos não queria me mostrar? Do que tinha vergonha? Ele estava tentando proteger uma das obras-primas japonesas dos censores americanos? Senti-me insultado e não aceitaria aquilo por muito tempo. Receio ter perdido a paciência com aquele homenzinho escorregadio. Comportei-me como um americano rude. Gritei com ele:

— Apenas me mostre o maldito filme!

Kashiwara olhou para mim e de repente ficou muito calmo, seu rosto era uma tábula rasa.

Ele se levantou lentamente da cadeira, sorriu e disse:

— Deixe-me mostrar uma coisa.

Finalmente, pensei, eu havia vencido. Agora poderia ver as obras-primas de Hanazono. Andamos pelo longo corredor branco, passamos pelas portas abertas de salas onde homens de terno trabalhavam em nuvens de fumaça de cigarros. Fomos para os fundos do prédio, onde pensei que seriam as salas de projeção. Kashiwara convidou-me a olhar pela janela. Vi um grande espaço aberto com prédios baixos e partes de vários cenários de filmes espalhados: metade de uma casa em estilo japonês, uma parede de castelo feita de compensado. Um jovem bonito, de terno branco e chapéu-panamá, fumava um cigarro enquanto uma jovem aplicava maquiagem no rosto. Então, ambos desapareceram dentro de um dos prédios. Mais ao longe estava a faixa prateada do rio Tama. Havia sopros de fumaça subindo de algumas fogueiras perto das margens do rio.

— Ali — disse Kashiwara. — *A história de Yoshiwara, Contos de uma mulher de prazer,* e todos os filmes feudais.

Pela primeira vez ele aparentou estar perfeitamente relaxado, até mesmo triunfante. Ele fez um sinal positivo com o polegar.

— Certo — disse ele. — Certo.

8

A ESTREIA DE *Sons da primavera* no cinema Ginza Bunka foi, pelos padrões de Hollywood, um evento fraco. Mas o major Murphy tinha tanta expectativa no primeiro filme japonês a mostrar uma cena de beijo que desejou, como gesto de boa vontade, contribuir com a festa de abertura no hotel Imperial. Sem contar o presente da Agência de Informação — várias caixas de cerveja Pabst Blue Ribbon —, Murphy planejou encenar uma apresentação de dança de quadrilha depois da projeção. Murphy era um entusiasta da quadrilha. Cria de Idaho, com orgulho, ele gostava de pensar que a dança oficial de seu estado deveria ser popular, e de fato apreciada, em todos os lugares. Ele tentou apresentar a quadrilha aos cidadãos de uma vila em Shikoku, onde havia, por um curto período de tempo, gozado de autoridade absoluta como chefe da administração militar. A quadrilha, em sua visão, incorporava perfeitamente o novo espírito de igualdade sexual no Japão e encaixava-se na expressão da democracia. O pessoal do cinema japonês, sem dúvida, ficou um pouco alarmado, mas as boas intenções de Murphy eram tão claras que ninguém teve coragem de protestar.

Muitos de nossos oficiais de altas patentes apareceram vestindo uniforme completo. Não o "Susan", é claro, porque o CSAP nunca descia das alturas do Olimpo de sua residência na antiga embaixada americana onde, havia rumores, o general passava todas as noites sozinho assistindo a filmes de Hollywood. O CSAP gostava de faroestes. Principalmente faroestes com Gary Cooper. Eu ouvira dizer que o Mikado americano assistira a *O general morreu ao amanhecer* mais de dez vezes. Mas Willoughby, que não tinha fama de amante do cinema, estava ali na companhia de um oficial jovem e elegante.

Yoshiko Yamaguchi destacava-se na multidão como um pássaro tropical, absolutamente linda usando um quimono vermelho e dourado. Todos levantamos quando ela fez sua grande entrada, acompanhada por Okuno, coprotagonista do filme, e um homem mais velho que não reconheci. Ambos estavam muito bem-vestidos, usando smokings. O homem mais velho reconheceu a presença de vários outros convidados com uma leve reverência feita com a cabeça grisalha. Tentei chamar a atenção de Yamaguchi quando ela passou por meu assento, mas a atriz não me reconheceu. Sei que não deveria ter feito aquilo. Senti-me indignado comigo mesmo, comportando-me como um fã de cinema enlouquecido na fila por um autógrafo. Por que ela me reconheceria? Mas não pude evitar. É assim que eu sou. Irremediavelmente fascinado pelos astros, receio.

Fora a divina Srta. Y., não havia nada muito memorável no filme. Bem, eu já o havia visto em uma exibição privada para o conselho de censura. Naturalmente, o filme passou sem nenhum obstáculo. Houve, para minha surpresa, um momento de exaltação na sala de cinema durante a famosa cena de beijo, seguida — ainda mais curiosamente — por uma rodada de aplausos, como se estivéssemos assistindo a um par de acrobatas ou a um show de focas. Beijar, afinal, não é *tão* difícil. Talvez o público tenha se sentido aliviado depois de todo o suspense. Mas após o grande beijo, o filme perdeu a força.

A quadrilha, por outro lado, foi bem divertida. Aconteceu no salão de baile do hotel Imperial, um espaço imenso mobiliado com cópias baratas de cadeiras Luís XVI. Murphy havia treinado alguns homens e mulheres de nosso departamento durante várias semanas para ter certeza de que fariam uma boa apresentação. Ele também demonstrou bastante interesse nas vestimentas apropriadas. Várias japonesas de nosso escritório vestiam saias longas e blusas em estilo camponês. Os homens usavam camisas western vermelhas com gravatas-bolo e chapéus de caubói. Não consigo imaginar onde Murphy encontrou essas roupas. Elas faziam os japoneses parecerem subnutridos, pois as mangas eram muito longas e os colarinhos muito largos. Quando todos tomaram seus lugares, a banda — que consistia em um violinista, um baixista e um homem gordo tocando banjo — começou a tocar uma melodia caipira. Enquanto os dançarinos passavam um pelo outro, rodavam e faziam a volta, Murphy, professor sempre aplicado, anunciou os nomes das diversas danças para seu desconcertado público:

— Isso é o que chamamos de Giro Califórnia! — continuou, com expressão de alegria no rosto. — E isso, o Cata-Mosquito!

Não sei o que os japoneses acharam daquilo tudo. Muitos dos homens formaram grupos, conversando e bebendo suas cervejas. Miyagawa, o diretor, havia ficado de costas para a apresentação. Um homem, executivo de algum estúdio, estava com o rosto vermelho depois de entornar várias cervejas e tentou entrar no espírito da coisa gritando "Yeah!" de tempos em tempos.

— Onde está a Srta. Yamaguchi? — gritou Murphy.

Ela foi localizada em um canto, falando com o homem mais velho que a havia acompanhado ao cinema.

— Posso ter a honra? — perguntou Murphy com uma reverência cortês.

Ela arregalou os olhos e recusou graciosamente:

— Eu não poderia.

— Você é uma artista! — retrucou Murphy. — Pode aprender.

— Sou muito tímida — protestou.

Ele a agarrou pela manga do quimono e disse ao homem mais velho:

— Não se importa se eu a pegar emprestada, não é?

O homem não disse nada, mas sorriu indulgentemente, como se fosse para acalmar um bêbado perigoso. Mais uma vez a banda começou a tocar uma canção, as mulheres levantaram as saias rodadas, o executivo japonês gritou "Yeah!" e Murphy conduziu, habilidosamente, Yamaguchi — em seu quimono — pela pista de dança.

— Yamaguchi-san — disse eu, depois que Murphy finalmente a liberara.

Ela se virou e dessa vez me reconheceu:

— Sid-san, não é? *O-genki desu ka?*

Respondi que estava bem, e acrescentei que havia adorado o filme. Ela deu um sorriso radiante.

— É tão bom podermos celebrar juntos. O Japão é um lugar tão pequeno, sabe. Mas esta é uma ocasião realmente internacional. Muito obrigada por nos ajudar de forma tão gentil.

Não entendi muito bem o que ela quis dizer. Ajudá-los a fazer exatamente o quê, Srta. Yamaguchi? Meu olhar foi atraído por Murphy, que estava ocupado dando tapinhas nas costas do companheiro de Yamaguchi.

— A sermos internacionais. Vocês podem nos ensinar tantas coisas. De onde você é, Sid-san?

Disse-lhe que era de Ohio, mas que havia trabalhado em Hollywood. Aquilo me fez parecer muito mais importante do que eu era, naturalmente, mas queria impressioná-la. Pareceu funcionar.

— Hollywood — disse Yamaguchi, apertando as mãos com alegria. — Eu amo Hollywood! Gary Cooper, Charlie Chaplin, Deanna Durbin! Você viu *Por causa dele?*

Respondi que infelizmente não tinha visto. E ela, vira *Duelo romântico?*

— É claro, Barbara Stanwyck! Sabia que seríamos bons amigos, Sid-san.

Senti como se estivesse dançando durante todo o caminho de volta para o Continental, que na verdade era na esquina do cinema. Não conseguia acreditar em minha sorte. Havia feito amizade com uma das grandes estrelas do cinema, celebrada em todo o Oriente. Assim que cheguei ao hotel, chamei Nobu. Ele estava dormindo e ficou um pouco irritado por ser acordado.

— Adivinhe? — disse eu.

— O quê?

— Adivinhe quem eu encontrei hoje?

— Não sei.

— Nunca vai adivinhar.

— Adivinhar o quê?

— Yoshiko Yamaguchi.

— Quem?

— Yoshiko Yamaguchi. Você sabe, Ri Koran!

— Ah.

Nobu não ficou nem um pouco impressionado. Ele não era muito interessado em cinema; preferia literatura francesa e filósofos alemães. Além disso, Ri Koran era um nome do passado, uma lembrança de um entusiasmo que ele preferia esquecer. E ele a achava vulgar, ou, como quis colocar, "de mau gosto", algo que ele avaliava com um sentimento de horror que eu era incapaz de compartilhar. O bom gosto em excesso é inimigo da grande arte, sempre acreditei.

9

ÃO HÁ NADA de vulgar ou de mau gosto sobre Kamakura. A apenas uma hora de trem, a antiga capital samurai está a séculos de distância dos excessos em neon de Tóquio. As pessoas frequentemente acham Tóquio intoleravelmente feia. Bem, deixe-as pensarem assim. Eu adoro sua feiura desembaraçada. Não há pretensão em Tóquio; *esse subterfúgio é aberta e audaciosamente artificial.* Mas desde que fui apresentado por meu amigo Carl a seus templos e santuários do século XIII, ao grande Buda de Kamakura, aos jardins Zen de Kenchi-ji e Engaku-ji, Kamakura tem sido meu refúgio da loucura do século XXI. Kamakura foi salva dos bombardeios por sua insignificância. Não havia desempenhado nenhum papel relacionado aos interesses do país desde o século XIV, quando o poder voltou para Kyoto e Kamakura entrou em um estado de dormência aristocrática. E foi por isso que sobreviveu com todos os seus tesouros intactos. Mesmo o general Curtis LeMay, normalmente rápido no gatilho, não viu motivos para destruir um lugar que, para ele, não teria nenhum impacto.

Eu gostava de me perder no cheiro ácido de incenso dos templos e dos pinheiros, que tinha uma semelhança curiosa com os sais perfumados que minha mãe usava para me dar banho quando eu era criança. E eu sempre parava na loja do Sr. Ohki, atrás da rua Komachi, que cheirava a cânfora e livros velhos. Embora fosse possível, com alguma sorte, encontrar ali um *netsuke* do século XVII belamente esculpido ou uma tigela laqueada do final do período Edo, Ohki-san era especializado em esculturas de madeira tradicionais. Ele falava um inglês britânico ultrapassado. Antes da guerra, muitos de seus clientes eram estetas da Grã-Bretanha.

— Hoje em dia é difícil conseguir pagar as contas — disse-me com um fatigado encolher de ombros. — Os japoneses não ligam mais para essas coisas antigas.

Ele me servia um pouco de chá verde e respondia pacientemente a todas as minhas perguntas. Eu queria saber sobre tudo, desde a arte das primeiras xilogravuras monocromáticas até os leques pintados do período Muromachi. Ele trazia caixas e caixas de gravuras: um conjunto perfeito das eróticas feitas por Koryusai, uma gravura de primeira tiragem de Eisho, tão refinada quanto um Utamaro, só que mais delicada. Falávamos sobre arte, literatura, história. Uma vez, para ilustrar um ponto da guerra sino-japonesa de 1895, ele me mostrou gravuras de cenas de batalha: belos soldados japoneses em seus uniformes negros em estilo prussiano, com cadáveres sangrentos de chineses aos seus pés.

— Terrivelmente vulgar, realmente — comentou ele antes de devolvê-las cuidadosamente para a caixa. — Nota-se que eles não usavam mais as antigas tintas vegetais.

Dessa vez, no entanto, eu não tinha tempo a perder, mesmo para ver Ohki-san. Havia sido convidado para almoçar com a divina Srta. Y., que estava hospedada na casa de um produtor de cinema chamado Kawamura. A casa ficava na parte norte da cidade, uma luxuosa área com tradicionais casas de madeira construídas entre os pinheiros, sobre um monte. O ar estava tomado pelos sons vibrantes do início da primavera — os umezeiros estavam florescendo. Era como se a guerra nunca tivesse acontecido.

Yoshiko (ela insistia que a chamasse pelo primeiro nome) usava um vestido roxo e chinelos de pelo rosa. Kawamura juntou-se a nós em uma sala com carpetes novos, decorada com um arranjo simples de camélias e uma pintura em rolo, no estilo chinês, de um rouxinol japonês. Reconheci

Kawamura imediatamente como o homem mais velho na estreia do filme. Algo nele — a elegância de seu terno de tweed, o brilho do cabelo grisalho, a forma como me avaliava discretamente através dos óculos com armação de tartaruga — fez com que eu me sentisse um pouco decadente em sua presença, como se eu estivesse usando o tipo errado de sapatos. Yoshiko o chamava de "Papa", o que dava a entender que havia uma "Mama" na casa. E havia mesmo. Mais tarde, quando o almoço foi servido na sala de jantar em estilo ocidental, apareceu uma moça baixa e sorridente, vestindo um quimono azul-celeste com estampa de flores de cerejeira. Ela não falou muito, mas o pouco que disse foi em excelente inglês de Oxford, parecido com o de Ohki-san.

A sala de jantar era decorada com alguns quadros em estilo impressionista. Eu não consegui identificar quem eram os pintores. Deliciosos camarões de Kamakura seguidos por macias costeletas de vitela foram impecavelmente servidos por uma empregada de luvas brancas. Kawamura tinha orgulho de seus vinhos. Bebemos um branco alemão e depois um tinto francês.

— Precisa nos desculpar, Sr. Vanoven, por essa refeição vergonhosamente inadequada — sussurrou madame Kawamura. — Sabe, estamos vivendo em circunstâncias bastante restritas. O Japão agora é um país pobre.

Seu marido, com olhar sério, acrescentou que era tudo por causa da terrível guerra, um enorme erro que nunca deveria ter acontecido.

— Não vamos falar disso — disse Yoshiko —, agora estamos em paz. E estamos todos aqui juntos, tudo graças a você, Papa.

Kawamura murmurou algo como uma objeção educada. Madame Kawamura examinou as pinturas na parede, talvez para ver se estavam penduradas direito.

Como sou americano, nunca soube disfarçar minha curiosidade, como fazem os japoneses, e então perguntei a Yoshiko sobre o fim da guerra. Ela não estava na China? Como Ri Koran, estrela de *Noites chinesas*, tornara-se Yamaguchi Yoshiko novamente?

— Certamente toma mais um pouco de vinho, Sr. Vanoven? — disse Kawamura, pegando a garrafa.

Yoshiko fez uma expressão trágica.

— Foi a pior época da minha vida — disse ela, com os olhos fixos em Kawamura.

— A guerra é realmente terrível — interrompeu Kawamura —, a forma como transformam homens em animais.

— É a mais pura verdade — disse Yoshiko. — Deixe-me contar o que aconteceu comigo, Sid-san. Eu, que nasci na China e amava a China como minha terra natal, fui presa como traidora. Traidora, eu. É claro que eu era japonesa, mas a China era meu lar. E eles iam me executar por traição, por fazer propaganda para o inimigo. Eu nunca quis causar nenhum mal à China, Sid-san. Você precisa entender. A data já estava marcada. Em um estádio, eles iam atirar em mim na frente de uma multidão. Foi um pesadelo, Sid-san, um verdadeiro pesadelo. — Ela secava os olhos com o guardanapo.

— Mas como poderia ser traidora se era japonesa? — disse eu, soando um pouco bobo até para mim mesmo.

— É claro... — começou ela, com a voz falhando de emoção.

Kawamura bateu em seu joelho suavemente para aliviar sua agonia. Senti certa impaciência por parte da Sra. Kawamura e senti-me repentinamente constrangido. Fui imperdoavelmente inconveniente em trazer à tona essas infelicidades. Senti que comecei a suar.

— É claro que sou japonesa, mas os chineses não acreditavam em mim. Eles achavam que eu era um deles. Afinal, eu *era* Ri Koran, Li Xianglan — ela olhou para Kawamura com seus adoráveis olhos imensos —, mas graças a você, Papa, eu sobrevivi.

— Eu não fiz nada — negou ele.

— Sim, sim, você ficou ao meu lado na pior época da minha vida. Você cuidou de tudo.

Eu esperei por mais detalhes. Mas não por muito tempo.

— Mama havia ido embora assim que a terrível guerra começou, com a pequena Chieko — explicou Yoshiko. — Papa, abençoado seja seu coração, concordou gentilmente em ficar comigo, para ter certeza de que eu estaria bem. Oh, foi uma provação terrível, confinada naquela casa apavorante em Xangai, e depois em um campo de prisioneiros, sendo insultada por agressores. Achei que nunca sobreviveria àquilo.

Nesse momento, madame Kawamura pediu licença e disse que precisava fazer algo.

Com toda essa conversa de Papa e Mama, era impossível não pensar nas circunstâncias da verdadeira família de Yoshiko. Novamente, com a típica cara-de-pau americana, eu lhe perguntei. Os pais dela ainda estavam na China ao fim da guerra? Yoshiko olhou para baixo e não disse nada.

— Seu pai estava, estava... — tentou Kawamura, antes de desistir de sua linha de pensamento.

Yoshiko suspirou.

— Bem, graças a Deus pela garota judia — disse Kawamura. Como sempre, quando ele terminou de falar senti um leve abalo, forçando-me a prestar mais atenção.

— A garota judia?

— Sim. Masha — sussurrou Yoshiko.

Masha, vim a saber depois, havia crescido com Yoshiko na Manchúria. Perto do fim da guerra, ela apareceu repentinamente em Xangai, justo quando Yoshiko estava fazendo um show. Sem ela, Yoshiko provavelmente seria julgada por um tribunal de crimes de guerra e executada. Para provar que ela era japonesa, e não uma chinesa traidora, Yoshiko precisava de sua certidão de nascimento, mas seus pais, que guardavam esse importante documento, não tinham como sair de Pequim. Yoshiko estava presa, e Kawamura não tinha permissão para deixar Xangai. Então Masha ofereceu-se para ir a Pequim e encontrar os documentos que salvariam Yoshiko da morte como traidora. De alguma forma, Masha localizou os pais da amiga, pegou os papéis relevantes e os contrabandeou de volta para Xangai dentro de uma boneca japonesa. Alguns dias depois, Yoshiko e Kawamura estavam em um barco, voltando para casa. Ela nunca mais ouviu falar de Masha. Kawamura tranquilizou-a:

— Ela deve estar bem — disse. — Os judeus sempre cuidam dos seus.

Eu prestei a devida atenção, mas não disse nada.

— Senti-me tão sozinha — disse Yoshiko, com a imagem do sofrimento no rosto — parada no deque, vendo as luzes de Xangai desaparecerem lentamente. Você se lembra, Papa? Nada além da escuridão e do som das ondas. Achei que nunca mais veria o país onde nasci. Foi quando eu soube que Ri Koran havia morrido.

— Mas Ri Koran ainda está viva nos filmes — arrisquei dizer. Eu tinha a intenção de agradar, mas com sinceridade.

Em vez de expressar satisfação, Yoshiko abaixou a cabeça e soltou:

— Idiota, idiota, idiota! — disse ela com a paixão repentina de uma jovem, batendo com o punho no peito. — Por que eu me deixo enganar pelos militares? Diferentemente de você, Papa. Eu fui um instrumento nas mãos deles. Os militares e sua terrível guerra, eles me transformaram em cúmplice, forçando-me a fazer aqueles odiosos filmes propagandísticos. Sabe como isso era humilhante para mim, Sid-san? Ser cúmplice daquela guerra cruel. Entende como foi horrível?

— Chega, chega — disse Kawamura. E virando-se para mim: — Outra taça de vinho?

— Talvez — continuou Yoshiko — eu não devesse mais fazer cinema — disse com um olhar de decisão. E então, sorrindo: — De agora em diante, eu sou apenas Yoshiko Yamaguchi, e dedicarei minha vida à paz. Sim, é o que farei.

— Chega, chega — repetiu Kawamura. — Soube que trabalhou em Hollywood, Sr. Hanoven. Estive lá há muito tempo. Diga-me, quem conhece em Hollywood?

Mencionei o único nome famoso que conhecia. Kawamura olhou para mim com interesse:

— Ah, sim, Frank Capra, um diretor muito bom.

Yoshiko sorriu, talvez contente por eu ter impressionado Kawamura, e disse:

— Ele é conhecível?

Não estava certo se a pergunta era para mim ou para seu protetor. Na ocasião, nenhum de nós deu-lhe uma resposta imediata.

10

A VIDA DE censor tinha suas pequenas compensações. Eu tinha a inestimável oportunidade de ver muitos filmes em seu estado original antes que a política ou a moral nos forçasse a usar as temíveis tesouras. Não que todos os filmes que víamos valessem realmente a pena, mas às vezes tínhamos a sorte de sermos os primeiros a testemunhar o nascimento de uma obra-prima. Uma delas foi o filme que estava sendo feito quando o major Murphy e eu visitamos os estúdios da Companhia Paz Oriental. *O anjo embriagado*, de Kurosawa, foi uma revelação: o *páthos* do jovem rufião, humanizado por seu medo de morrer; e o do médico alcoólatra, salvo por sua compaixão. Acima de tudo, o clima que eu vim a conhecer tão bem: os salões de dança; os mercados negros; a vida pobre, esquálida e violenta em uma cidade arruinada que fedia a humanidade. O que parecia uma mistura caótica de luzes, microfones e fachadas de madeira compensada no estúdio ganhou vida na tela. Eu me maravilhava com a mágica do filme, do modo como um religioso se maravilha com vitrais e santos com velas em um local de devoção. Assim era o cinema para mim, um tipo de capela, onde eu adorava meus santos no escuro, com a diferença de que meus santos não eram santos de verdade; eram mais humanos que poderiam ser. A transubstanciação da luz projetada através do celuloide para revelar a própria vida; esse era o milagre do cinema.

Mifune, como gângster, é todo arrogância na superfície, mas muito vulnerável — quase infantil — no interior. É essa qualidade dos homens japoneses que eu adoro, nos filmes e na vida. Render-me a eles, adorar sua pele adolescente, macia e sem pelos, correr as mãos por suas coxas macias, enterrar o nariz na delicada moita negra acima de seus genitais — isso, para mim, é uma forma de descartar meu eu adulto e encontrar o caminho de volta para um estado de inocência, o estado natural dos japoneses, mas que precisa ser retomado por nós, ocidentais, corrompidos pela noção de pecado.

O anjo embriagado, no entanto, não foi o filme que chamou a atenção de Murphy. Ele não entendeu seu propósito. Mifune Toshiro, para mim, é o perfeito homem japonês. Mas tudo o que Murphy conseguiu dizer foi:

— Quem liga para mais um gângster idiota.

O pior de tudo é que, desse ponto de vista, o filme não tinha uma mensagem. Pelo menos não uma que ele compreendesse facilmente. Nem tinha o tipo de final edificante de que Murphy gostava, o final feliz que aquecia corações frios. O que o entusiasmava era um tipo totalmente diferente de filme. Um, em particular, tornou-se controverso e deixou subsequentemente sua marca desbotada na história. O filme chamava-se *Tempos de escuridão*, produzido por uma figura bem conhecida na época, Nobuo Hotta. Eu passei a admirar esse corajoso intelectual, com seu rosto magro e cheio de virtude. Ele não ligava muito para as aparências; seus ternos eram desgrenhados, o cabelo revolto. Mas Hotta era um desses raros indivíduos que nunca faziam concessões ao poder. Ele defendia suas crenças — das quais nem todas eu compartilhava, mas não importa: ele era um homem de princípios. Antes da guerra, ele havia sido um conhecido marxista, e todos sabiam o quanto sofrera por isso quando os militares tomaram o Japão.

Desde o princípio, Murphy demonstrou interesse pessoal pelo filme, ao ponto de entrar para ver o copião e sugerir melhorias. Não tenho certeza se essas sugestões eram sempre bem-recebidas, mas os japoneses pelos menos fingiam estar gratos por suas intervenções. Hotta era um pensador, Murphy não era nem um pouco. Mas de alguma forma os dois conseguiram se entender. Ambos eram idealistas. Embora suas concepções de sociedade ideal não fossem as mesmas, um compromisso compartilhado com a democracia era o suficiente para encobrir as diferenças. Ver Murphy dar um tapa nas costas de seu frágil amigo japonês sempre me fazia recuar, mas Hotta não parecia se incomodar nem um pouco. Ele gostava dos americanos por sua "franqueza", uma palavra que sempre suspeitei também poder significar falta de sutileza, ou de boas maneiras. Ser franco era o mesmo que não ser sofisticado.

Murphy certamente era franco. Uma pequena controvérsia ainda permanece em minha mente. Ele achava o título do filme muito sombrio.

— É claro — disse ele — que há páginas obscuras em nossos livros de história, mas não devíamos incluir algo sobre o presente, oferecer alguma esperança para o futuro? — Seu rosto encheu-se do brilho beatífico de um visionário. — Que tal *Luz após a escuridão*, ou *Depois da escuridão, Libertação*, ou — ele teve que parar para pensar — *Uma difícil lição aprendida?*

Mas Hotta resistiu a essas sugestões, muito educadamente, sempre lembrando de agradecer Murphy por seu excelente conselho. Ele não havia resistido aos militares japoneses para virar bajulador de americanos.

— Vocês sabem como eu ganhei essa cicatriz? — ele nos perguntou uma tarde, mostrando o lado esquerdo do rosto para que inspecionássemos.

Eu não tinha notado antes, mas agora via claramente uma faixa rosada indo do canto do olho esquerdo até a linha do maxilar.

— Foi um presentinho de nossa força especial da polícia, só porque eu não passaria por cima de minhas convicções mais profundas.

E então ficou *Tempos de escuridão*.

Tempos de escuridão, na verdade, era um documentário construído de forma parecida à de *Conheça seu inimigo*, de Frank Capra, com a diferença de que era ainda mais forte. Usando algumas das mesmas cenas que selecionamos para nosso filme — o massacre de Nanquim, o bombardeio de Xangai, os ataques kamikazes —, *Tempos de escuridão* foi mais além do que nós e culpou o próprio imperador japonês pela guerra. Em uma sequência extraordinária, uma fotografia do imperador usando uniforme militar lentamente se transforma em um retrato dele mesmo de terno e gravata, olhando para a câmera um pouco acanhado, como um burocrata tímido, ao mesmo tempo que o narrador nos informa que o povo japonês quer levar seus criminosos de guerra a julgamento.

Mencionei Hotta a Yoshiko uma noite, em Tóquio. Foi depois de seu show para os soldados Aliados no teatro Hibiya. O lugar estava lotado, é claro. Na primeira parte da apresentação, Yoshiko usava um quimono vermelho, branco e azul e cantou músicas como "A canção da maçã", depois um sucesso popular, e então "Tóquio Boogie-Woogie". Mas a casa veio abaixo quando ela apareceu depois do intervalo usando um vestido justo de seda, estampado com flores de cerejeira, e cantou "Eu me divirto muito com você". Os rapazes simplesmente adoraram e gritaram "nos divertimos muito com você também, gracinha!". Eu não estava certo se aquela era a melhor seleção de músicas, nem me sentia confortável em um salão cheio de soldados gritando; multidões sempre me faziam sentir mal facilmente. Mas aquela noite claramente foi um triunfo para Yoshiko, e eu estava orgulhoso de ser seu amigo.

Fui o único estrangeiro convidado para jantar com ela no hotel Imperial após o show. Kawamura estava lá, como sempre, mas não havia sinal de madame Kawamura. Vários outros, todos japoneses, sentaram-se à mesa, incluindo um conhecido, e muito bonito, astro de cinema chamado Ryo Ikebe. Antes de sentarmos para o jantar — Ikebe e eu — vimo-nos em pé, lado a lado, no banheiro masculino e eu não pude resistir a dar uma olhadinha. Não tive certeza absoluta, mas acredito que ele percebeu meu interesse, pois passou um tempo desmedido balançando seu formidável membro com um traço de sorriso nos lábios. Depois dessa revelação, achei um pouco difícil me concentrar nas conversas durante o jantar. Mas não foi intencional.

— Ah, sim, Hotta-san — exclamou Yoshiko quando eu mencionei o nome dele. — Sabe que fizemos um filme em russo durante a guerra? Um musical. Nunca foi exibido. Nossos censores militares não permitiram.

— Malditos — resmungou Kawamura.

— Divertimo-nos tanto gravando aquele filme — lembrou Yoshiko com um risinho. — Todos os homens que trabalhavam na produção estavam apaixonados por mim, sabe, Sid-san, os russos, os japoneses, os atores, o diretor. Ah, era um drama novo a cada dia. Mas eu o chamo de nosso filme fantasma. Sabe que eu nunca o assisti. O pobre Hotta-san ficou arrasado. Ele colocou tanto de seu tempo e esforço naquele filme. Sabe que ele apanhou da polícia especial? — Uma ruga apareceu em sua testa. — Os militares o trataram de forma abominável, abominável!

Era um sentimento que não valia nada, eu sei, mas às vezes eu desejava que o pessoal de Bowling Green pudesse me ver ali, no hotel Imperial, na companhia de meus amigos japoneses. É possível indagar por que eu deveria querer impressionar pessoas que queria deixar para trás. Talvez fosse minha pequena vingança por ter sido feito para me sentir um idiota. Agora eu estava com amigos de verdade, em um lugar muito mais glamouroso.

Não que todos os meus amigos fossem tão glamourosos. Alguns de meus momentos mais íntimos eram compartilhados com pessoas que nem sabiam meu nome. Na escuridão de um cinema de Tóquio, eu era como todos os outros. Eu sempre pensava que se comesse bastante arroz, teria o cheiro dos outros. Esse era o cheiro dos japoneses, a doce combinação de suor de arroz e brilhantina que me intoxicava mais do que tudo. Era tão bom que eu quase conseguia sentir o gosto. Todas as vezes eu me ajoelhava em devoção, não importava quão esquálido fosse o templo do momento — um banheiro público, o parque, o quarto úmido de um motel —, eu o fazia esperando que pudesse possuir algo dos japoneses; o ato de amor como uma rota para a transfiguração. Mas estou divagando novamente.

Para celebrar o lançamento de *Tempos de escuridão*, organizamos uma festinha, Murphy e eu, para Hotta e sua equipe. O evento foi realizado na Tony's, primeira pizzaria de Tóquio. O dono era um nova-iorquino grandão chamado Tony Lucca, que deixou de trabalhar para o CSAP e fez fortuna no mercado negro. Diz a lenda que ele precisava de uma empilhadeira para transportar seu dinheiro. Tony gostava de passear de carro por Tóquio no banco de trás de seu Cadillac conversível de cor creme com seu amigo Kohei Ando, chefe da gangue Ando, enquanto era entretido por várias jovens de uma só vez. Também havia rumores de que Tony mantinha relações quentes com a família Luchese em Nova York. Rumores que o próprio Tony não fazia nada para negar. Um caráter um tanto quanto dúbio, mas suas pizzas eram deliciosas (e mesmo que não fossem, eram as únicas de Tóquio), e Tony, apesar da voz alta e das piadas grosseiras, tinha jeito com os japoneses; ele sabia como deixá-los à vontade. Artistas de cinema comiam pizza na Tony's, assim como políticos, executivos e, naturalmente, os gângsteres amigos do dono, a Yakuza, que ganhava pizzas de graça.

E lá estávamos nós, com grandes fatias de queijo derretido e pepperoni em nossa frente: Hotta, Murphy, o diretor de cinema Shimada, o operador de câmera, o editor, vários outros cujos nomes esqueci e eu. Murphy, que não bebia nada alcoólico, levantou seu copo de suco de laranja e fez um brinde "ao sucesso desse grande filme democrático" e a "meu bom amigo, Nobu-san, se me permitir chamá-lo assim". Hotta levantou-se para agradecê-los pelas gentis palavras. Ele achava impossível chamar Murphy de "Dick", não importava quantas vezes Murphy dissesse para chamá-lo dessa forma, ou mesmo "Dick-san", e então chegavam a um meio-termo e ele dizia "Sr. Richard". Mas ele não parecia estar com humor para festas naquela noite. Na verdade, seu rosto parecia fechado como um punho apertado. Hotta era um homem exigente, e, a princípio, achei que o ambiente ligeiramente vulgar da pizzaria não combinasse com ele. Mas havia outro, e mais desagradável, motivo para seu desconforto. Embora *Tempos de escuridão* tivesse estreado em um pequeno cinema de pretensões artísticas em Shinjuku, as principais distribuidoras japonesas de filmes haviam se recusado a tocar no filme. "Muito complicado", era o motivo declarado; ou "confuso para o público em geral". Pior, Hotta estava recebendo ameaças de morte se não tirasse o filme de cartaz.

Murphy não deu importância, dizendo que tudo não passava de uma brincadeira boba.

— Por que alguém desejaria matá-lo? É um ótimo filme.

Hotta agradeceu Murphy pelo apoio e disse:

— O Japão não tem jeito, Sr. Richard, não tem jeito.

— O que você quer dizer com isso? Estamos no início de uma nova era, Nobu. Os japoneses querem ser livres como todo mundo, ser livres para dizerem o que pensam, livres para tirar os canalhas do poder, livres para ir aonde quiserem. Foi por isso que lutamos nessa maldita guerra, não foi? E você lutou por isso também, certo? Foi por isso que te bateram na prisão. Mas esses dias negros chegaram ao fim, meu amigo. Estamos construindo uma democracia, e ela vai funcionar, Nobu, você vai ver, vai funcionar bem.

Hotta tomou um gole de seu vinho tinto e disse que o Japão era "muito complicado".

— Nada que não possamos consertar — disse Murphy.

Nessa hora, Tony, que se achava um artista, cantou sua versão napolitana de "Slow Boat to China". Murphy começou com os aplausos. O humor de Hotta não pareceu ter melhorado.

= 11 =

YOSHIKO NÃO manteve sua palavra e voltou para o cinema. Não posso dizer que fiquei surpreso. A razão que alegou foi ter de sustentar sua família. Tenho certeza de que era verdade, mas suspeito de que ela havia pego uma febre de cinema forte demais para conseguir sair da frente das câmeras para sempre. Tudo ia muito bem cantando para um salão cheio de soldados americanos excitados, mas a imortalidade só poderia ser conquistada na telona. Certamente nossos sonhos são feitos de material inflamável. Eu me lembro de Kurosawa ter dito uma vez: "Castelos de areia, Sidney-san, é isso que estamos fazendo, construindo castelos de areia. Uma única onda basta para fazer tudo desaparecer para sempre."

No entanto...

Fui ver Yoshiko no set de seu último filme — dessa vez sem Murphy, o que foi um alívio.

— É bem antiguerra — assegurou ela — e muito romântico. Muitas cenas de amor, Sid-san. No Japão, chamamos de "cenas molhadas".

Aquilo nos fez rir. *Fuga ao amanhecer* era o título. Yoshiko fazia o papel de uma prostituta, ou, como as chamavam no Japão na época da guerra, uma "mulher de conforto". Aquilo causou certa comoção em nossa Agência de Informação. Encorajávamos histórias de amor, é claro, mas um retrato admirável de uma prostituta foi um choque para os cristãos de nosso escritório. O fantasma do "feudalismo" também pairava perigosamente sobre o projeto. Perguntava-se se uma história de amor entre um soldado e uma prostituta realmente encorajaria relações saudáveis entre homens e mulheres. Os argumentos dos japoneses de que histórias sobre prostitutas eram parte da cultura japonesa não convenceram Murphy, cujo respeito pela tradição cultural acabava quando ela batia de frente com as políticas de seu departamento — ou com as convicções que vinham desde sua criação na área rural de Idaho. Mas chegou-se a um meio-termo. O roteiro foi revisado. A garota não era mais identificada como prostituta, mas como "cantora", enviada para confortar os soldados do front de batalha. Dessa forma, todos ficaram satisfeitos.

A cantora é realmente forçada a confortar um oficial sádico, mas apaixona-se perdidamente por um soldado, interpretado pelo belíssimo Ryo Ikebe. O soldado cai em desonra ao ser capturado vivo pelos chineses. O fato de ter conseguido escapar não fez a mínima diferença. Sua primeira tarefa era morrer. Estar apaixonado pela garota especial de seu superior apenas piorava as coisas. Então ele se torna bode expiatório do oficial sádico; a cada dia um novo tormento. Até que um dia ele não aguenta mais e o soldado e a cantora decidem escolher o amor em detrimento da guerra — um sentimento que contribuiu para aplacar as reservas iniciais de Murphy — e planejam uma fuga. A cena que seria rodada no dia de minha visita, os fugitivos sucumbindo à metralhadora do oficial sádico, seria a última imagem do filme.

— O papel foi escrito especialmente para mim — disse Yoshiko enquanto a câmera era montada em um tipo de caixa de areia que pretendia representar a paisagem rasa das planícies centrais da China. Taniguchi, o diretor, disse para os soldados se alinharem.

— Todos em posição? — gritou. — Preparar! Gravando!

O sádico, interpretado por um ator brutalmente bem-apessoado que acabou tendo uma longa carreira em filmes da Yakuza, ordenou que seus homens atirassem no pobre Ikebe. Mas eles não foram capazes de atirar em um companheiro soldado. Então o brutamontes, tremendo de raiva, mata o herói com sua própria metralhadora. Yoshiko, cheia de sofrimento, grita o nome de seu amado e se joga sobre seu corpo agonizante. O sádico então atira nela também. Na última tomada em close, que, por algum motivo, demorou séculos para ser preparada, as mãos contorcidas dos moribundos se juntam na areia.

Não era o melhor filme do mundo. Mas foi um sucesso, não muito pela mensagem antiguerra, mas sim pelas "cenas molhadas", um tanto mais ousadas do que o público estava acostumado. Há muitos beijos e agitação em cabanas do Exército; cenas, diga-se de passagem, que nunca seriam aprovadas pelo Código Hays nos Estados Unidos, mas mesmo com todos os absurdos que saíam de nosso escritório, pelo menos em Tóquio éramos poupados dos olhos censores dos presbiterianos intrometidos. Eu vi *Fuga ao amanhecer* várias vezes em cinemas comuns, e ficava contente em ver que os beijos quentes de Yoshiko eram recebidos com animação e muitos aplausos. Havia rumores de que a paixão de Ikebe por Yoshiko não estava confinada à tela. Se era ou não verdade, ela nunca revelou nada a mim.

O que era um bom motivo para duvidar dos rumores, pois ela confidenciava grande parte de sua vida privada a mim. Não foi muito depois de minha visita ao set de *Fuga ao amanhecer* que Yoshiko me convidou para jantar no Islândia, um sofisticado restaurante francês perto do Palácio Imperial. Um daqueles lugares escuros com painéis de carvalho com antigos garçons com luvas brancas e violonistas circulando entre as mesas. Nunca descobri por que se chamava Islândia, mas esses mistérios linguísticos são abundantes no Japão. Não havia muitas situações em que moças japonesas pagassem jantares para jovens americanos; mas Yoshiko era uma estrela de cinema, afinal, e eu estava feliz em ser seu adorável acólito.

A conversa estava um pouco formal no início. Ela brincava com a comida, recusou-se a tomar vinho, mas insistiu que eu experimentasse o Bordeaux. Talvez ela estivesse constrangida com o que as pessoas poderiam pensar. Muitas pessoas a reconheceram instantaneamente. Por serem japoneses, eram muito educados para apontar, ou sussurrar, ou chegar perto para pedir autógrafos, mas os olhares furtivos, com intenção de não serem percebidos, fizeram com que nos sentíssemos chamativos.

— Mama e Papa estão bem — respondeu quando perguntei sobre o Sr. e a Sra. Kawamura —, mas é hora de eu seguir em frente.

Ela havia encontrado um apartamento em Asagaya. Perguntei sobre Ikebe-san, tentando não parecer lascivo. Acho que não fui muito bem-sucedido, pois ela olhou para mim de um jeito engraçado e disse, com um traço de sorriso:

— Ikebe-san, ator maravilhoso.

Eu não fiz mais nenhuma tentativa. Falamos sobre o clima, que estava bem frio para aquela época do ano, e sobre filmes que havíamos visto, ou melhor, que eu havia visto, pois ela nunca tinha tempo para ver filmes.

— Gostaria de ter tempo, mas é só trabalho, trabalho, trabalho.

Eu acho que foi só quando chegamos na sobremesa, um pudim francês, que ela olhou para mim seriamente com aqueles olhos grandes, luminosos e irresistíveis, e disse:

— Sid-san, quero lhe perguntar uma coisa.

— Claro, pode perguntar.

— Sinto que posso confiar em você.

— Obrigado — disse eu, tentando não parecer muito ansioso.

— Prometa que não vai contar a ninguém.

É claro que eu não contaria.

— Sid-san, eu quero ir para a América. Você acha que seria loucura?

— Não, não acho, mas por quê? Não pode ir de férias?

— Não posso tirar férias. Tenho de trabalhar.

— Mais um motivo para não ir para a América.

Ela balançou a cabeça impacientemente.

— Você não está entendendo. Eu quero trabalhar nos Estados Unidos. Sabe, ainda há tanta possibilidade de fazer o bem neste mundo louco. Fui enganada uma vez pelos militares, então quando Ri Koran morreu, prometi a mim mesma que nunca mais deixaria algo assim acontecer novamente. Eu nunca mais seria levada a fazer propaganda para a guerra.

Meu dever é trabalhar pela paz, e pela amizade entre os países. — Ela estava muito séria ao dizer isso, como uma criança muito concentrada em um desenho.

— Mas querida — disse eu —, seu público está aqui.

— Sim — disse ela —, mas o Japão é muito pequeno. Você sabe o que nós, japoneses, dizemos: conhecer apenas o seu mundinho é como ser um sapo em um poço.

Eu fiz um sinal positivo com a cabeça. Já havia ouvido aquela expressão. Desde que Nobu me disse aquilo pela primeira vez, continuava escutando.

— Talvez eu possa ajudar com alguns de meus contatos em Hollywood.

— Oh — sussurrou ela —, eu estava esperando que você dissesse isso. Sabia que podia contar com você. — Ela abaixou a cabeça até a toalha de mesa branca, quase derrubando a taça de cristal vazia. — *Yoroshiku o-negai shimasu* — disse, com os olhos fixos no prato, querendo dizer algo como "estou humildemente pedindo sua gentil ajuda".

Havia apenas dois anos eu andava impaciente por Ohio, esperando encontrar alguma aventura no Luxor, e agora estava aqui, no melhor restaurante francês de Tóquio, vangloriando-me de meus contatos em Hollywood para uma estrela de cinema mundialmente famosa. Estava blefando, é claro, desatento às consequências. Mas eu era jovem, o que eu julgo ser uma desculpa esfarrapada.

— Eu estava pensando... — continuou Yoshiko. — Talvez você também pudesse voltar para a América, para estudar japonês, não é o que você queria? E então poderia ser meu guia.

Fiquei tão surpreso que não sabia o que dizer, e então não disse nada, apenas olhei para ela, boquiaberto, sem dúvida parecendo estúpido.

— Pense nisso, Sidney-san. Não precisa responder agora.

Prometi que pensaria, é claro.

— Que aventura seria para nós — disse ela, com o rosto iluminado por um sorriso feliz. — Sabe por que eu quero mesmo ir para os Estados Unidos? — disse, acenando com a mão para que eu chegasse mais perto.

— Não, por quê?

Abaixando a voz como uma conspiradora, ela disse:

— Para aprender a beijar.

Ela mostrou seus belos dentes brancos e sorriu. Notei que ela nunca cobria a boca quando sorria, diferentemente da maioria das mulheres japonesas.

12

É CLARO QUE voltar para os terríveis Estados Unidos era a última coisa que eu tinha em mente. É verdade que eu havia pensado em estudar japonês direito em uma universidade. Eu poderia arranjar uma bolsa de estudos. O Tio Sam era generoso para essas coisas. Mas eu ainda não estava pronto para ir. Estava me divertindo muito em Tóquio. As regras contra a confraternização com os locais haviam sido atenuadas. Não tínhamos mais fiscais uniformizados indo à casa noturna Mimatsu para assegurar que sempre houvesse pelo menos 15 centímetros entre parceiros de dança japoneses e americanos. Os cinemas não eram mais fora dos limites. Podíamos receber japoneses em nossos quartos, se quiséssemos. E, puxa, como eu queria. Eu socializava e socializava e socializava. Adorava meninos japoneses, e a melhor parte é que eles eram muito disponíveis: em canteiros de obras, trens do metrô, parques públicos e cafés, estações de trem e salas de cinema, realmente em qualquer lugar onde pessoas se encontrassem para trabalho ou diversão. Todos os jovens heterossexuais eram loucos por sexo e não se importavam muito com a origem dele. E eles adoravam americanos naquela época. Antes do momento inevitável que chega para todos os japoneses — o casamento e a vida convencional —, eu satisfazia suas necessidades com o maior prazer. Eu mantinha um diário naquele tempo, e marcava cada nova conquista com uma bandeirinha. A cada nova bandeira, eu sentia que chegava um pouco mais perto da alma japonesa.

Então não era uma boa hora para me mudar. Eu dividia uma adorável casinha de madeira perto da estação de metrô Ebisu com Carl, cujo gosto por garotos era mais voraz que o meu. Ainda assim, ninguém consegue fazer isso *todo* o tempo. Quando não estávamos confraternizando íamos aos teatros kabuki e nô. Eu adorava ópera, então preferia a extravagância do primeiro, enquanto Carl gostava mais da austeridade do nô. Também passamos muitas horas explorando os bairros antigos de Tóquio. A ausência de vestígios históricos acrescentava uma aspereza peculiar às poucas coisas que conseguíamos encontrar: um santuário Tokugawa carbonizado, um cemitério abandonado de cortesãs de Yoshiwara, o portão gasto de uma mansão aristocrática, as ruínas de um velho jardim cujas ervas daninhas não cobriam totalmente a forma de tempos mais distintos. O triste estado dessas coisas deixava muito a imaginar. No devido tempo, é claro, a cidade foi reconstruída. Foi uma coisa muito boa. Eu admirava o modo alegre como os japoneses se colocavam na tarefa de reconstruir seu próprio país. E ainda assim — talvez eu não devesse dizer isso — sinto falta das ruínas de Tóquio, do modo como era quando eu cheguei. Sinto falta do romance, eu acho. Hoje vivo em uma das mais empolgantes, mais vibrantes, mais vanguardistas cidades do mundo. Um homem que não viveu em Tóquio não viveu no mundo moderno. E ainda assim, ainda assim... a cidade de minha imaginação não existe mais.

Nós conversávamos, Carl e eu, em nossas longas caminhadas desde a parte baixa da cidade até o leste, sobre história, os japoneses, os americanos, arte, teatro, garotos e livros, mas também sobre nossa sorte de estar vivendo em um lugar onde éramos tratados com consideração, mas mais frequentemente com indiferença... A indiferença é uma qualidade muito subestimada. Se ao menos os judeus na Europa tivessem sido tratados com indiferença... Porque não éramos julgados, podíamos ser quem quiséssemos ser, e isso, paradoxalmente, é ser mais você mesmo. Mas o que eu queria, para empilhar um paradoxo sobre o outro, era ser mais japonês. Eu me sentia confortável com os japoneses de uma forma que nunca havia me sentido com americanos. Eu estava descobrindo os códigos de conduta que me faziam sentir confiável e aceito por eles, e isso fazia com que me sentisse, por incrível que pareça, em casa.

Dizer que o general MacArthur se sentia da mesma forma seria um absurdo. Ele nunca se relacionava com nenhum japonês inferior em hierarquia a um imperador ou primeiro-ministro, o que significava uma vida social sem variedade. Por toda a sua conversa sobre a mente oriental, não estou certo de que ele soubesse muita coisa sobre o Japão, ou sobre qualquer lugar da Ásia, mas ele tinha um sentimento instintivo. Não precisava conhecer o local intelectualmente; livros não tinham utilidade para ele. Ele simplesmente sabia.

Bastava vê-lo entrar e sair de seu escritório no edifício da Companhia de Seguros Daiichi todos os dias, uma operação que era encenada com a cerimônia estilizada de uma peça de nô. Quando estávamos na região, sem nada para fazer, Carl e eu íamos assistir, apenas para nos divertirmos. Era puro teatro. A multidão era afastada por policiais militares enquanto a limusine parava na frente do prédio, precisamente no mesmo horário todas as manhãs. Um apito era tocado, os guardas cerimoniais batiam continência, a porta da limusine era aberta, sempre pelo mesmo soldado, sempre da mesma forma, virado para a parte de trás do carro, e o CSAP surgia do assento preto, usando seu famoso quepe amassado. Ele virava seu perfil grave para a direita, depois para a esquerda, sem olhar para a multidão, nem com um breve aceno de meia saudação, fazia uma volta rápida e andava ligeiramente, mas nunca rápido demais, até a entrada. Esse espetáculo fascinante se repetia todos os dias, menos aos domingos. "Susan" havia adquirido a compostura solene de um xogum, e cada movimento de seu corpo ilustrava sua sublime indiferença em relação às pessoas que comandava com o ar altivo de um pai rígido mas benevolente.

Eu não passava de um dente na engrenagem no Departamento de Informação Civil do CSAP. E ficaria feliz em continuar nesse humilde posto por mais tempo. No entanto, os melhores planos na vida encontram um modo de ser interrompidos por acontecimentos imprevistos. Eu deveria ter pressentido o problema quando Murphy e eu fomos chamados para ir à sala de Willoughby, porque aquilo era algo incomum. Mesmo Murphy nunca havia se reunido com Willoughby, a não ser em ocasiões oficiais. Sem a apresentação do Sr. Capra, eu nunca poderia tê-lo encontrado da primeira vez. Foi só depois que entrei para a equipe que percebi como aquele havia sido um privilégio incomum.

Murphy também não suspeitou de nada, embora ele, como leal partidário do New Deal, detestasse a reputação que Willoughby tinha — em suas próprias palavras — de republicano ultraconservador. Sempre otimista, Murphy especulou que podíamos ter sido selecionados para um elogio especial ou, nunca se sabe, talvez até para uma promoção. Ele parecia estar estranhamente alegre enquanto subia as escadas com suas grandes botas pretas e o cabelo recém-aparado. O bom soldado em cada centímetro. Eu o segui, mais entretido do que apreensivo. Estava curioso para ouvir o que o velho monstro tinha a nos dizer. Pediram-nos para esperar em uma outra sala. Quando um jovem oficial nos disse para entrar, esperávamos havia mais de meia hora.

Ainda entretido, olhei para os objetos que chamaram minha atenção da última vez que estive na sala de Willoughby: o busto do kaiser, as estatuetas de porcelana dançando no armário de vidro perto da parede. Notei um novo quadro na parede; talvez eu não tivesse prestado atenção antes: uma pequena fotografia do general Franco, da Espanha, em uma moldura prateada, assinalada com algum tipo de mensagem escrita em letras pequenas. Não consegui ler o que dizia, mas o nome Willoughby estava bem claro.

— Cavalheiros — disse ele com sua cortesia do Velho Mundo —, por que não se sentam? — Murphy parecia muito satisfeito por estar ali, naquela sala de recepção, por assim dizer, do gabinete privado do CSAP.

Willoughby removeu cuidadosamente a embalagem dourada de um charuto que parecia ser muito caro e não se apressou para cortá-lo com um instrumento muito parecido com uma guilhotina em miniatura.

— É de Havana — comentou ele —, o melhor do mundo. Vocês notaram, cavalheiros, a queda geral na qualidade dos charutos? Não é uma questão trivial. O declínio de nossa civilização reflete-se no declínio constante do bom charuto, eu sempre digo. — Ele passou o charuto sob o nariz, esfregando levemente o bigode estilo Ronald Colman. Eu me perguntava aonde aquilo levaria. Seu modo de falar combinava suavidade e arrogância em igual medida, uma mistura desconcertante. — No entanto — continuou, depois de acender o charuto —, não foi por isso que solicitei o prazer de sua companhia. Cavalheiros, o que quero discutir com vocês hoje é a natureza de nossa missão no Japão, uma missão muito delicada, sem dúvida. Ganhar a guerra, creio eu, foi apenas um passo necessário na direção de um objetivo maior. Como observou o general no deque do *Missouri* de acordo com o padrão criado no Japão em 1853 pelo comodoro Matthew Perry, como observou o general naquele grande dia de nossa história, estamos aqui para criar "um mundo melhor baseado na fé e na compreensão". Devemos "libertar os japoneses de uma condição de escravidão" e trazer a paz em definitivo. Vocês se lembram dessas palavras sagradas, cavalheiros?

Murphy, que não poderia ter falado melhor, e talvez estivesse agradavelmente surpreso que um velho e rabugento marinheiro como Willoughby compartilhasse desses nobres sentimentos, confirmou com grande entusiasmo:

— Sim, senhor. Certamente nos lembramos!

— Muito bem — disse Willoughby —, muito bem. E todos concordamos que nossa grande missão de trazer liberdade e paz apenas dará certo se tratarmos nossos antigos adversários com profunda civilidade. Não pode haver espaço para preconceito de raça ou credo. Mostraremos a mais alta consideração pelo melhor da tradição dessa corajosa e honrada raça insular, não é, cavalheiros?

— Sim, é claro, senhor! — disse Murphy, quase gritando.

— Não imporemos cegamente nossos próprios hábitos, alguns dos quais podem ser pouco admiráveis, a uma raça estrangeira. Enquanto criamos um mundo de liberdade, respeitaremos nossas diferenças culturais e históricas, não é? Não podemos simplesmente agir como se o mundo todo fosse mais um estado da América, podemos? Afinal, o Japão não é o Kansas ou o Nebraska.

— Não senhor, certamente não é — gritou Murphy.

Nesse momento, Willoughby fez uma pausa, olhando através da fumaça que serpenteava na luz turva do sol da manhã.

— Bem, se todos concordamos com esse princípio, colocado para nós com tamanha força pelo general, vocês poderiam fazer o favor de explicar por que diabos não censuraram uma subversiva, arrogante, preconceituosa e nojenta propaganda comunista — ele cuspiu uma tira de tabaco e respirou fundo, tentando controlar sua crescente raiva —, uma afronta, não só às boas pessoas do Japão, mas também à nossa própria empreitada, com a qual seguimos à custa de sangue e recursos financeiros? Estou sendo claro, cavalheiros?

Nem Murphy nem eu tínhamos ideia do que ele estava falando. Só podia ser algum engano. Murphy estava prestes a protestar, mas Willoughby o interrompeu antes que ele pudesse falar. Willoughby continuou falando, como se estivesse em uma sala de conferências ou em uma igreja:

— Testemunhei momentos estranhos durante o tempo que passei no Japão. Como poderia ser diferente? Este é um país estranho. Eles têm seu próprio modo de pensar e fazer as coisas. Mas eu nunca passei por nada, nada mesmo, comparado à humilhação que senti depois de assistir àquela propaganda comuna na residência do primeiro-ministro japonês, que é um senhor fino. Quando o primeiro-ministro Yoshida opôs-se vigorosamente a esse ataque frontal a nossas políticas e ao grande desrespeito ao imperador do Japão, que é cultuado por todos os japoneses como uma divindade, o que eu poderia dizer a ele? Digam-me, cavalheiros: que diabos eu poderia dizer a ele?

— Mas... — começou Murphy.

— Sem mas — disse Willoughby, soando como um diretor de escola que viu a disciplina ir pelo cano. — Não sabem o que enfrentamos? Não percebem quão encarecidamente aquele bando de comunistas de Nova York gostaria de sabotar nossa missão?

Talvez eu estivesse errado, mas senti que ele estava olhando direto para mim. Eu tinha uma ideia de quem poderia ser "aquele bando". Em vez de botar mais lenha na fogueira, no entanto, perguntei a Willoughby de forma muito educada que filme ele havia visto na casa do primeiro-ministro Yoshida.

Aquilo piorou as coisas. Até então, Willoughby estivera furioso, borrifando sua imaculada mesa com gotas de saliva.

— Seus idiotas! Seus incompetentes! Não finjam que não sabem! Não apenas deixaram passar esse filme execrável com o título de *Tempos escuros*, ou algo desse tipo, mas pelo que eu soube ainda ajudaram na produção. O que vocês querem? Uma revolução no Japão? Uma guerra civil? Uma insurreição? É essa a ideia que têm de paz e progresso? Bem, isso não vai ficar assim! Não vai ficar assim! O filme será recolhido de todos os cinemas e banido imediatamente! Murphy, você será transferido para outro departamento, onde não poderá causar mais estragos. Acredito que ainda precisam de homens em nosso serviço postal. E quanto a você, meu jovem, estou profundamente desapontado. Ainda pior, sinto que abusou da minha boa vontade, vindo até aqui com uma recomendação do Sr. Capra e depois decepcionando nosso país desse jeito. Capra é um bom patriota. Espere até ele saber disso. Não há mais lugar para você em nossa gestão. Isso é tudo, cavalheiros.

— Mas, senhor — disse Murphy, à beira das lágrimas.

— Dispensados! — gritou Willoughby.

E isso, receio, foi tudo.

13

INHA PRIMEIRA REAÇÃO foi de pânico. Senti como se estivesse prestes a ser expulso do Jardim do Éden. Sem trabalho, seria impossível ficar no Japão. Como eu poderia encarar a vida de exílio no meu frio país natal?

Meus amigos, Carl, Nobu e os outros, foram solidários. Nobu, menino precioso, até chorou quando soube que eu tinha de partir. Mas eles não podiam fazer nada para me ajudar. Yoshiko não ficou surpresa quando lhe disse o que havia acontecido. Ficara sabendo por rumores no meio cinematográfico. Perguntou se o próprio general MacArthur estava ciente da situação. Ela tinha amigos do alto escalão. Na verdade, Yoshiko tinha uma ideia: o coronel Wesley F. Gunn. Ele com certeza ajudaria. Era um homem muito charmoso. Mais tarde, ela nos convidaria para uma festa em sua nova casa em Asagaya.

Eu não conhecia o coronel Gunn pessoalmente, é claro, mas sabia de sua temível reputação como chefe do Setor de Operações Especiais e, em um viés menos sinistro, como lendário galanteador, com um suprimento infinito de "garotas de quimono". Havia boatos de que ele havia seduzido até Hara Setsuko, uma das estrelas de cinema mais famosas do Japão, também conhecida como Eterna Virgem porque, embora muitos tenham tentado, incluindo chefes de estúdios e ministros, nenhum homem havia conseguido encostar um dedo nela. Com uma beleza japonesa clássica, Hara cultivava uma imagem positiva, o que apenas fazia com que fosse mais desejada. Mas ela permaneceu impenetrável a todos os homens que foram implorar por seus favores, até que — dizem — o coronel Gunn veio, viu e venceu.

A casa de Yoshiko era pequena, mas mobiliada de um modo bem feminino: almofadas grandes, carpetes fofos, uma grande coleção de bonecas, pinturas em rolo chinesas e fotografias dela mesma com uma série de pessoas. Reconheci Kawamura em várias delas, Ikebe, Hotta e outros que não consegui identificar. Na sala de estar em estilo ocidental havia pendurado um retrato dela quando jovem, usando um vestido chinês de gola alta. O artista exagerou em seus olhos grandes e lábios vermelhos, como dois pedaços de carvão em brasa sobre um par de cerejas arredondadas.

O coronel Gunn, que apareceu com seu oficial administrativo chamado Dietrick, não era nenhum Valentino. Baixo e robusto, pescoço grosso, ele tinha cabelo curto e loiro, como pelos de porco. Dietrick era de longe o mais bonito. Mas Gunn tinha o tipo de energia que rapidamente podia virar agressão. Ele pegou Yoshiko nos braços e a girou, enquanto ela dava gritinhos em protesto, chutando com as perninhas curtas. Dietrick, de personalidade mais reservada, colocou no chão algumas caixas do posto de venda de produtos para militares, cheias de garrafas de uísque, salsichas, queijo, perfumes, discos e vários tipos de lingerie feminina.

Nem Gunn nem Dietrick pareciam estar muito satisfeitos em me ver, e praticamente ignoraram minha presença pelo resto da noite, que depois da primeira rodada de uísque começou a ficar bem selvagem. Yoshiko havia tentado fazer Gunn se interessar pelo meu caso, mas sem nenhum efeito notável. Ele apenas colocou outro disco de jazz na vitrola. Os dois homens se revezavam para dançar com ela, e eu era a testemunha indesejada de uma competição na qual estava claro quem seria o vencedor. Não importava o quanto Dietrick tentasse impressionar Yoshiko com seus modos bajuladores, foi a abordagem mais rústica e enérgica de Gunn que se provou mais sedutora. Yoshiko fechava os olhos enquanto ele a jogava para trás em um tango que atingiu uma das garrafas abertas, derramando bebida em todo o chão. Ele se sentou no sofá, levantou-a nos braços como se ela fosse uma boneca e a colocou em seu colo. Estava ficando tarde. Senti que já havia visto o suficiente e disse que realmente precisava ir. Mas Gunn, que mal havia falado comigo, disse-me para relaxar; Yoshiko cantaria para nós. Ela resistiu. Tinha bebido demais.

— Por favor — implorou —, por favor. Sem música hoje.

— É claro que vai cantar! — rugiu Gunn.

Enquanto isso, Dietrick, mais animado do que antes e com um leve ar de ameaça, gritou:

— "Noites chinesas"! "Noites chinesas"!

Yoshiko, ainda no colo de Gunn, balançou a cabeça e riu, apesar de estar visivelmente atormentada. Gunn a colocou em pé e disse para ela subir na maldita mesa.

— Por favor, não — implorou, ainda rindo, mas com medo no olhar.

Gunn empurrou as garrafas vazias e tigelas de comida para fora, pegou em sua mão e a levantou para cima da mesa:

— Agora cante! — disse ele. — "Noites chinesas"! Vamos lá!

Os dois homens batiam palmas, como se estivessem em uma casa noturna. E ela começou a cantar, hesitante a princípio, depois mais alto, enquanto os homens se inclinavam para trás, saboreando seu triunfo. No fim da música, Yoshiko cobriu o rosto com as mãos e começou a chorar. Eu queria protegê-la desesperadamente, salvá-la daqueles animais. Gunn pegou-a com suas mãos grossas e peludas. Pensei que ela ia bater nele, pois tinha todos os motivos para fazê-lo. Ele sussurrou algo em seu ouvido. Vi os braços de Yoshiko se apertarem ao redor das costas suínas de Gunn.

14

IZER QUE EU me sentia infeliz era pouco. Eu me sentia vazio, inadequado, impotente, desamparado. Como podíamos ajudar os japoneses com monstros como Willoughby e Gunn no comando? Não havia mais nada a temer a respeito dos militares japoneses. Pelo contrário, os japoneses agora precisavam de proteção contra nosso próprio pessoal. Mas o que eu podia fazer, um zé-ninguém prestes a ser mandado de volta ao meu terrível país?

Aborrecido comigo mesmo, decidi me afundar em uma das pizzas do Tony. Aquilo normalmente acabava com meus piores humores. Nunca encontrei uma calabresa de que não gostasse, e o pepperoni de lá quase sempre dava conta do recado. Já passava da hora do almoço de uma tarde chuvosa de quinta-feira. Havia apenas mais uma pessoa comendo, um americano com aparência irritada e cabelo ralo e preto. Ele provavelmente sentia falta de casa, da comida com a qual estava acostumado. Tony surgiu da cozinha, grande, pesado, como um lutador de boxe aposentado, apertado em um terno azul de abotoadura dupla.

— Olá, amigo — disse ele, sentando-se à minha mesa, olhando com aprovação para minha pizza. — Como vão as coisas? — Não sei por quê, pois eu mal conhecia Tony, e meus problemas realmente não lhe diziam respeito, mas como eu já havia falado para todo mundo, contei-lhe minha história. Ele ouviu cuidadosamente até o fim e disse, com sua voz grave do Brooklyn: — Deixe-me dizer uma coisa sobre este país, garoto. Toda essa bobagem de "democracia", "direitos civis", "igualdade social" e "feudalismo" não passa de enganação para fazer os americanos se sentirem bem. Caras como Willoughby mandam no Japão porque acham que são os maiorais. E esse tal de Gunn? No fundo, isso não vale nada. Os japoneses têm seu próprio modo de fazer as coisas, e quanto mais você acha que os conhece, menos os conhece de verdade. É só quando se percebe que não os conhece que se começa a chegar a algum lugar. Está acompanhando meu raciocínio?

Embora nunca tivesse considerado Tony Lucca uma autoridade em cultura japonesa, eu ainda me sentia muito deprimido para discutir com ele. Além disso, eu não sabia aonde ele queria chegar. Ele exalava um cheiro de loção pós-barba, forte mas não desagradável.

— Não sou um de seus intelectuais — retomou Tony, como se eu não tivesse percebido sozinho —, mas lidei com Mama-sans e Papa-sans o suficiente para saber algumas coisas que não se aprendem em livros. Tudo aqui é na base dos contatos, garoto. Este lugar é como uma enorme teia de obrigações, deveres, pequenos favores e grandes favores mútuos, todos com consequências. Cada favor recebido é uma dívida adquirida. Não percebeu como os japoneses não movem um dedo se veem um estranho ser atropelado por um carro ou cair devido a um ataque cardíaco ou apanhar de um bando de brutamontes? Não é porque eles não têm coração. Pelo contrário: é por consideração ao outro cara. Se eu lhe ajudar, você vai ficar me devendo para sempre, percebe? É assim que cada japonês está preso à grande teia que é o Japão. E a aranha no meio, bem, vamos chamá-la de imperador. E se um comuna é estúpido o bastante para jogar uma pedra nela, não faz a mínima diferença, porque a aranha nunca sai do lugar. Ela pode até estar morta, ou não passar de um conveniente conto de fadas, mas é o Deus para com o qual todos os outros sentem ter a maior dívida, a de terem nascido japoneses.

Eu estava pensando em Hotta. Ele não era japonês? Com certeza ele não adorava o imperador. Mas eu estava começando a ficar interessado.

Tony era um diamante bruto, mas havia astúcia ali, talvez até um tipo de sabedoria.

— E nós? — perguntei. — E os americanos, o CSAP? Os japoneses têm dívidas conosco também?

Tony olhou para mim com um desdém afável.

— Nada... — disse ele. — Estamos aqui hoje, amanhã não estamos mais, somos meras ondulações no lago da história japonesa. O que fazemos não faz diferença.

— Então o que estamos fazendo aqui?

— Ganhando dinheiro, transando, sobrevivendo. Só isso.

— E não estamos aprendendo com os japoneses?

— Aprendendo? Deixe-me dizer uma coisa, garoto. Há dois modos de se aprender alguma coisa na vida. Há o meu modo, o modo dos negócios, enfiando a mão na merda. Deixe-me dar uma olhada nas suas mãos, garoto. — Ele pegou minha mão direita, virou-a ao contrário e acariciou a palma. — Não me parece que você quer sujar essas gracinhas, então faça do outro jeito, do jeito que eu nunca pude fazer. Volte para a escola e aprenda: a língua, a história, a arte, a política, tudo. Estude até saber o bastante para voltar e não ser apenas mais um americano de segunda. Sabe qual é o problema desses caras que acham que mandam neste lugar? O problema é que eles não sabem bosta nenhuma, mas são muito ignorantes para perceber disso.

15

DEMOROU UM TEMPO para eu me acostumar com a vida depois de voltar para "casa". Apesar de Willoughby ter me dispensado, eu ainda poderia conseguir uma bolsa de estudos do governo americano, então me inscrevi no curso de língua japonesa da Universidade de Columbia, em Nova York, com o professor Bennet D. Wilson, um ex-missionário especializado em gramática aino. Na década de 1920, ele havia traduzido o Novo Testamento, um projeto quixotesco, em minha opinião, uma vez que existia apenas um punhado de ainos que falavam sua própria língua, e a Bíblia do professor Wilson, até onde eu sei, foi o único documento já escrito em aino. Seu japonês falado não era fluente, era até um pouco estranho. Eu lera que Wilson já havia se encontrado com o imperador e que o impressionara falando no idioma tradicional da corte, que data do período Heian. Se for verdade, é realmente impressionante, mas não tão bom para nós, como alunos.

O "nós", tirando eu, consistia em: dois homens mais velhos que trabalhavam para o governo e não interagiam muito; um solitário com um terrível problema de acne que só tinha interesse em gravuras japonesas; um camarada avarento que estudava o confucionismo do século XVIII; e uma garota despretensiosa de rabo de cavalo e aparelho nos dentes, que estudava japonês porque havia se apaixonado pela tradução de Arthur Waley de *O conto de Genji*. Eu me dava melhor com a garota despretensiosa.

Mas eu sentia tanta falta de Tóquio que chegava a doer: meus amigos, o teatro, o cinema, o som das cigarras no verão, os gritos dos vendedores de batata-doce, os banhos públicos, o incenso e os pinheiros de Kamakura, e os rapazes, os rapazes. A cidade de Nova York não era como Bowling Green, mas para mim parecia um lugar frio e sem alegria, cheio de pessoas de cara fechada correndo para o trabalho. Quanto ao romance, só de pensar já ficava aterrorizado. Durante meu primeiro semestre em Columbia, um jovem foi esfaqueado até a morte depois de passar uma cantada em outro aluno. O assassino pegou pena mínima. Seu ato de "legítima defesa" foi considerado totalmente razoável para a maioria das pessoas. De qualquer forma, mesmo que eu tivesse coragem de abordá-los, os americanos eram tão pouco atraentes, com sua pele áspera e suas vozes barulhentas. Os homossexuais eram ainda piores. Uma vez fui a um desses bares deprimentes, em algum lugar na West Fourth Street, onde se reuniam bibas de calças justas e sobrancelhas pintadas, berrando em seu linguajar peculiar. Não consegui ficar nem cinco minutos antes de sair sozinho pela rua.

E assim me recolhi em minha concha solitária, comendo comida de caixinha com hashis no refeitório da universidade, tentando ler livros japoneses, talvez de uma maneira um tanto quanto ostentosa. Mas quando alguém, observando meus atos, era tolo o bastante para me fazer uma pergunta, eu não dava muita atenção e me afundava ainda mais em minha carapaça. Em resumo, eu era um jovem desprezível e totalmente desagradável, um exibido de pavio curto, deslocado e orgulhoso disso. Eu não gostava de quem eu era em meu próprio país.

A casca que eu havia construído para mim mesmo foi rachada — só um pouco — por um novo conhecido. Seu nome era Bradley Martin, distinto crítico de arte e nipófilo. Amigo do professor Wilson, ele visitava o campus de Columbia de vez em quando, em parte, eu acho, para dar uma olhada na nova safra de alunos. Ele gostava dos "jovens". Bem, ele bateu o olho em mim, evidentemente gostou do que viu e me convidou para almoçar com ele.

Em público, Martin era um homem muito exigente e respeitado. Tinha o corpo grande e volumoso de um homem de Kentucky, sempre perfeitamente envolvido em ternos feitos sob medida e gravatas-borboleta de bolinhas. No âmbito privado, o homem era outra coisa. Os ternos quase sempre davam lugar a quimonos espalhafatosos, como os usados por atendentes dos recantos de águas termais de pior reputação, ou ao conjunto completo com vestidos de noite e joias. Martin realmente ficava bem convincente como uma senhora, tirando o bigode raspado, que, embora meio incompatível, ficava até bem estiloso com pó de arroz e batom. Não que eu tenha sido imediatamente convidado para suas noitadas mais exclusivas, quando ele recebia alguns amigos de confiança, em sua maioria colegas estetas que compartilhavam de seu interesse por coisas japonesas.

A princípio, nossos encontros, em um pequeno restaurante francês chamado Biarritz, ou em seu apartamento na 67th Street com a Park Avenue, deviam-se a discussões sobre arte japonesa. Martin tinha interesse especial pela arte da escola Kano. Aprendi muito com ele, principalmente observando de perto seus próprios tesouros, espalhados pelo apartamento, enquanto ouvia os comentários sobre cada peça. Ele tinha belíssimas primeiras tiragens de xilogravuras de Eisen e três quadros extraordinários de peônias e garças pintados por Hoitsu. O apartamento era um tipo de santuário à beleza oriental: uma tela do período Edo, um adorável gabinete coreano de arroz marrom-escuro, paredes cobertas de seda chinesa com estampa de flores, um delicado pênis esculpido em pedra (tibetano, século XVIII).

Nossa relação avançou de mestre avuncular e pupilo determinado para algo mais íntimo em uma tarde de sábado. Estávamos falando sobre um periódico mensal chamado *Connoisseur*, de que eu gostava, mas cuja assinatura era muito cara. Depois de fazer um pouco de chá chinês, Martin aproximou-se de mim por trás, colocou as mãos nas minhas costas e correu suavemente o dedo por minha espinha.

— Seria um prazer presenteá-lo — sussurrou ele, enquanto revelava minhas costas para um pouco mais de exploração. Eu não estava muito certo sobre o que ele estava propondo me dar de presente.

— Com a assinatura de *Connoisseur*? — perguntei, hesitante.

— Mmmm — disse ele, habilmente abrindo minha camisa. Martin não fazia exatamente o meu tipo, mas devo confessar que ser o objeto de desejo uma vez na vida, e não o adorador, funcionou como um estímulo narcisista. De qualquer forma, fazia muito tempo. Recebi minha primeira cópia de *Connoisseur* pelo correio duas semanas depois.

Foi no apartamento de Martin que eu conheci Isamu Noguchi, escultor nipo-americano. Martin não estava vestido de drag; não era esse tipo de ocasião. Os outros convidados eram Parker Tyler, crítico de cinema; Jimmy Merril, tenso e jovem poeta que usava óculos redondos; e uma moça chamada Brook Harrison, que tinha uma famosa coleção de *netsukes* do período Edo. Entre seus muitos outros talentos, Martin era excelente cozinheiro, conhecido por seu curry cingalês de cabeça de peixe. Tivemos uma refeição chinesa naquela noite, degustada com pauzinhos antigos, pretos, de laca (final do Edo).

Noguchi sem dúvida era o homem mais bonito que eu já havia visto; delicado sem nenhum traço de feminilidade, penetrantes olhos orientais, dedos longos e sensíveis, uma testa suave cor de marfim. Ele acabara de voltar de Tóquio e estava ávido por nos mostrar algumas revistas japonesas de arte que trazia seu último trabalho. Parecia que Isamu havia causado algum furor no mundo exclusivo da arte japonesa. Mesmo com os japoneses virando as costas para a tradição clássica, manchada a seus olhos pelo "feudalismo", Isamu havia introduzido uma impressionante nova gama de esculturas que mostravam a influência não apenas da disposição das pedras em um jardim zen, mas também de antigos ornamentos funerários chamados *haniwa*. Os japoneses, ele nos disse, ficaram chocados e fascinados ao mesmo tempo. Aquele era um local aonde eles não ousariam ir, mesmo sentindo-se inclinados a isso.

Isamu falava rápido, em estouros de entusiasmo febril, como se não houvesse tempo para expressar tudo o que queria dizer.

— Há tanta riqueza lá — explicou —, e tudo o que os japoneses querem fazer é imitar o tipo de modernismo que saiu de moda aqui há muitos anos. Eles se recusam a ver que sua própria tradição é muito mais moderna do que qualquer coisa produzida no Ocidente. O zen é vanguarda...

— Ah, zen — observou Jimmy Merril —, o som de uma palma...

— Aqueles budas de Kamakura não são as coisas mais adoráveis que vocês já viram? — emocionou-se a Sra. Harrison. — Acho Unkei um gênio. Acredito que esteja pronunciando direito. Conhece o trabalho dele, Sr. Noguchi?

— É claro — disse Isamu, um pouco bruscamente, creio eu.

— O espaço não preenchido, prenhe de significado — disse Parker Tyler, que estava começando a se sentir excluído. — Vê-se isso em filmes japoneses, Mizoguchi etc.

— E em Naruse também — entrei na conversa, não querendo me exceder —, especialmente em *O despertar da primavera*.

— Mas — disse Tyler um pouco perturbado — ainda mais em *Um homem com o corte de cabelo de uma mulher casada.*

Eu fui vencido. Nunca havia ouvido falar daquele filme. Então apenas concordei com a cabeça e tentei não notar o sorrisinho presunçoso de Tyler.

Isamu, no entanto, não era um *connoisseur*, e sim um jovem artista com pressa. Ele mal podia esperar para voltar ao Japão, disse. Havia tanta coisa a se fazer lá. Ele sentia o impulso de reinventar a tradição japonesa porque, como ele mesmo disse, estava em seu sangue. Sua formação foi em Nova York, Paris, Roma; mas seus instintos eram japoneses. Foi onde ele passou a primeira infância, na década de 1930, com sua mãe americana. Seu pai, japonês, era poeta, cuja famosa ode ao espírito marcial japonês foi banida após a guerra. Depois eu soube que Isamu e sua mãe foram mais ou menos expulsos de casa pelo pai e forçados a voltar para os Estados Unidos quase sem nada. Durante a guerra, Isamu havia se voluntariado para ir para o campo de internamento no Arizona com outros nipo-americanos mesmo não sendo obrigado, por ter mãe caucasiana. Logo ele saiu, aparentemente após seduzir metade das mulheres do campo. Isamu quase não falava dessa parte de sua vida. Ele raramente comentava alguma coisa que não dissesse respeito à sua arte, sobre a qual ele falava até demais:

— É possível encontrar o espírito de um povo em sua terra, nas rochas, se souber como desenterrá-lo. Essa é minha missão, redescobrir esse espírito, antes que os japoneses esqueçam quem são.

Fiquei impressionado com o entusiasmo de Isamu, um pouco desconcertado com seus modos e, devo confessar, com um pouco de inveja. Quão maravilhoso deve ser, pensei, ser ocidental e japonês ao mesmo tempo, fundir seu aguçado intelecto analítico com a sensibilidade natural do Oriente. Ele tinha o melhor dos dois mundos. Nascera com tudo que eu precisava adquirir estudando, de forma dolorosa e frustrante, um pouco mais a cada dia. Os japoneses têm uma expressão para o domínio de uma habilidade difícil, de forma que se torne uma segunda natureza, como o arqueiro zen que ainda consegue atingir seu alvo com os olhos vendados: "aprender com o corpo". Eu queria ter conseguido aprender japonês com meu corpo.

16

EU NÃO SOUBERA nada sobre Yoshiko desde que deixara Tóquio. Típico dela. Longe dos olhos, longe do coração, receio. Não achava que as chances de ela ir para a América fossem grandes. Apenas uma estrela de cinema havia conseguido isso desde a guerra: Tanaka Kinuyo. Ela era uma moça grandiosa, e havia rumores de que o próprio general MacArthur interviera em seu favor.

Então fiquei surpreso, para dizer o mínimo, em abrir o *New York Times* uma manhã e ler sobre a chegada a Los Angeles de ninguém menos que minha adorada Yoshiko. "Madame Butterfly chega à cidade" era a manchete. Madame Butterfly na verdade havia mudado um pouco seu nome; agora era Srta. Shirley Yamaguchi. Ela disse aos repórteres que sempre fora grande fã de Shirley Temple. Também disse que havia ido à América para "aprender a beijar". Com isso, o fotógrafo do *San Diego Union* ofereceu sua face e gritou: "Por que não começa agora mesmo, querida?" A fotografia de Shirley dando um beijo no rosto do fotógrafo sorridente foi republicada no país todo, até nas nobres páginas do *New York Times*.

Eu fiquei sem ver Yoshiko (não conseguia me obrigar a chamá-la de Shirley) por muitos meses. Ela estava ocupada viajando pela Califórnia e pelo Havaí, fazendo shows para fãs japoneses. Eis que recebo um recado, em inglês, que dizia:

Caro Sidney-san,

Há quanto tempo não nos vemos. O clima da Califórnia é tão ensolarado! Chego a Nova York em 5 de junho. Encontre-me para o almoço no Delmonico's dia 6.

Obrigada. Até logo.

Beijos, Shirley Y.

Mais uma vez foi ela que me convidou. Eu nunca poderia pagar por um almoço no Delmonico's. Fui o primeiro a chegar. Quando disse ao maître que a mesa estava reservada em nome de Yamaguchi, ele olhou para mim um pouco curioso, como se eu fosse algum tipo de impostor. Nomes japoneses ainda não eram muito comuns em Nova York naquela época. Graças a Deus ela logo apareceu, vestida como uma diva, usando um vestido chinês carmim de gola alta com estampas de crisântemos prateados.

— Yoshiko — gritei, feliz em finalmente vê-la depois de tanto tempo.

— Sid-san, agora sou Shirley, estamos nos Estados Unidos, não?

Ela estava efervescendo de empolgação. Havia tanto o que contar. Oh, as pessoas que ela havia conhecido! Charlie e Yul e King! Eu não tinha ideia de sobre quem ela estava falando, então pedi que explicasse, enquanto evitava cuidadosamente dizer seu nome. Quando nossos filés chegaram, eu estava por dentro de tudo. Ela havia conhecido Charlie Chaplin; Yul Brynner, um ator; e King Vidor, um diretor que por acaso era antigo conhecido de Kawamura. Charlie aparentemente adorava a cultura japonesa e demonstrou grande interesse por suas visões sobre a paz mundial.

— E Yul é tão gentil, Sid-san. Sabe, podemos estrelar juntos *O rei e eu* na Broadway. Na Broadway! Eu serei uma princesa siamesa, e Yul, o rei de Sião. Yul adora minha voz. Pode imaginar Shirley Yamaguchi em um musical da Broadway? E depois da Broadway eu quero participar de um filme de Hollywood.

Ah, como ela amava os Estados Unidos, sua franqueza, sua postura prática.

— Sid — gritou —, acho que me sinto em casa neste país. Sabe, ele me lembra a China.

Eu estava contente por ela, é claro, mas curioso para saber como ela havia conseguido ir para a América com todas as restrições de viagem. Afinal, o Japão ainda era um país ocupado.

— Você se lembra do coronel Gunn? — Eu lembrava com muito desgosto. — Bem, ele conseguiu isso para mim. Ele é um bom homem, sério. Está cuidando para que minha família receba comida suficiente do posto militar.

Eu não quis saber o preço que ele havia exigido, nem Yoshiko, como era de se esperar, revelou tal informação.

Em vez disso, ela continuou falando de Charlie e Yul. Charlie amava o Japão. Eles haviam se conhecido na casa de Richard Neutra, o arquiteto, e Charlie havia entretido os convidados com sua versão de uma dança japonesa. E ela havia cantado canções populares do Japão. Yoshiko ficou muito feliz por ninguém ter pedido para ela cantar a odiosa "Noites chinesas" novamente. Ela se recusou até a cantá-la para os fãs japoneses em L.A. e Honolulu, não importava quantas vezes tenham pedido. Por isso seria tão bom fazer *O rei e eu*. Seria um novo começo, um renascimento, o lançamento de Shirley Yamaguchi em nível mundial.

— Sabe, Yul é parte asiático — disse ela, enquanto seu prato com metade do filé era eficientemente retirado pelo garçom. — A primeira vez que nos encontramos, foi como se nos conhecêssemos há muito tempo. Assim como eu, ele é um cidadão do mundo, um ocidental com alma asiática. Seu verdadeiro nome era Khan, sabe, e ele foi criado em Harbin. Seu pai era mongol e sua mãe, uma cigana romena. Ele me convidou para jantar no restaurante russo Charochka's. Tive tantas lembranças de casa, de Masha, que salvou minha vida, do filme que fizemos em Harbin e nunca chegou a estrear, de Dimitri e da Companhia de Ópera de Harbin. — Ela fez uma pausa, secando uma lágrima com seu dedinho. Não se passou mais de um segundo, no entanto, até que as palavras começassem a sair novamente: — Então Yul me levou para a casa dele em Santa Monica, tocou violão e cantou canções russas para mim. Ele entendeu meus sentimentos como ninguém...

— E então o que aconteceu?

Ela riu e me deu um tapa no braço.

— Sid-san, você é tão safado.

— Ah, querida — eu disse.

— Mas receio que você não poderá conhecê-lo. Ele é muito ciumento, sabe.

— Mas... — comecei.

Ela não me deixou terminar:

— Eu sei — disse ela —, mesmo você não sendo esse tipo de homem. Eu sei que você não está interessado em mim como mulher, mas...

Não era bem isso que eu pretendia dizer, mas decidi deixar como estava.

17

CONVERSAMOS ALGUMAS vezes por telefone, mas a próxima vez que vi Yoshiko foi pela televisão. Ela havia conseguido um espaço no *Ed Sullivan Show*. Foi bem no momento certo, pois os testes para *O rei e eu* não haviam sido bem recebidos. Talvez Yul tivesse se cansado dela, mas o cobiçado papel de princesa siamesa não se concretizou. Ela havia decidido aprimorar o inglês e contratou um professor para corrigir sua pronuncia dos "eles" e "erres". O *Ed Sullivan Show*, enquanto isso, lançaria sua carreira na América. Ela estava tremendamente empolgada.

— Sabia — disse ela —, que eu vou ser vista por todos na América?

Assisti ao programa no apartamento do Upper East Side do Sr. e da Sra. Owada, amigos de Brad Martin. A julgar por sua coleção de arte (incluindo uma rara pintura em rolo de Hokusai e várias esculturas de pedra de Ken Ibuki), Owada-san era um homem muito rico. Ele escrevia artigos sobre literatura e política para um prestigioso periódico japonês e se orgulhava de ser, como ele mesmo colocava, "muito progressista". Os Owada também haviam entrado em contato com Yoshiko por meio de Kawamura, que parecia conhecer todos que valiam a pena ser conhecidos.

Isamu estava na festa, com uma aparência intensa como sempre. Brad também, e estava indiferente a mim desde que eu recusei continuar com nossas relações físicas. Notei que minha assinatura de *Connoisseur* de repente havia sido suspensa. Ele estava azedo desde o início, e fez comentários sarcásticos assim que o programa começou. O primeiro convidado a aparecer foi um homem com uma serra musical. Depois chegou Joe DiMaggio, usando um berrante terno xadrez.

— Meu Deus — exclamou Brad —, olhem esse nariz!

Ele continuou falando durante toda a entrevista com Joe DiMaggio, o que não nos incomodou muito, pois ninguém tinha interesse particular por beisebol, exceto o Sr. Owada, mas ele era muito educado para reclamar.

Eu soube, assim que a orquestra do estúdio tocou a abertura de *Madame Butterfly*, que o momento de Yoshiko havia chegado. Sullivan anunciou:

— De Tóquio, Japão, terra do monte Fujiyama e das gueixas, senhoras e senhores, a descendente de uma longa linhagem de Cho-Cho-sans, minha amiga, a bela, a talentosa, a misteriosa... Shirley Yamaguchi!

E lá estava ela, *minha* amiga, em um extraordinário quimono verde-limão amarrado com um *obi* laranja queimado, sorrindo para a câmera e fazendo uma reverência a Sullivan, que a devolveu a ela, curvando-se de forma elaborada, e por isso Yoshiko curvou-se novamente, um pouco mais dessa vez, ao que Sullivan respondeu ficando de joelhos, provocando o riso do público que estava no estúdio.

— Ai, meu Deus! — disse Brad. — Olhem para esse quimono. Não vejo algo assim desde que estive em Atami. Ela parece uma animadora de recantos de águas termais.

— Toma-se muito chá no Japão — disse Sullivan —, mas vocês não tomam chá como tomamos aqui, não é?

— Não, não tomamos, Ed-san.

— Os japoneses faram englaçado, né? — disse Sullivan. Yoshiko riu. Brad suspirou. Os Owada se olharam, sem entender.

— A Srta. Yamaguchi-san vai nos mostrar como seu povo toma chá, cerimonialmente.

— Sim, eu vou, Ed-san — disse Yoshiko, enquanto os diversos utensílios de uma tradicional cerimônia do chá eram trazidos. Ela se sentou sobre os joelhos e mexeu a mistura verde com um misturador de bambu, explicando a Sullivan e a Joe DiMaggio, que sorria, o que ela estava fazendo. Quando o chá ficou pronto, ela ofereceu o recipiente a DiMaggio, que o cheirou com suspeita, continuou sorrindo e passou-o para Sullivan, que girou o copo, fez uma reverência a Yoshiko, tomou um gole, limpou a garganta como se tivesse engolido veneno, fez mais uma reverência a Yoshiko e agradeceu pelo delicioso chá.

— Jesus — disse Brad.

— Bem, o que você podia esperar? — disse madame Owada. O único que não disse nada durante os procedimentos foi Isamu. Ele ficou olhando para a tela da televisão com a intensidade de um artista contemplando uma tela em branco ou um inexplorado bloco de pedra.

A orquestra tocou outra música, uma mais animada, com estranhos floreios chineses. Ouvi um gongo ser tocado. Shirley levantou-se atrás de um microfone, e Sullivan anunciou que ela cantaria uma canção chamada "Cha Cha Cho Cho-san". Movimentando-se levemente no ritmo da música, sorrindo, sempre sorrindo, Shirley cantou:

Sou Cho Cho-san, borboleta japonesa,
Vou cantar, vou dançar, vou cha cha cha
Comigo seu prazer é uma certeza

Quando o programa terminou, nenhum de nós sabia o que dizer. Brad revirava os olhos. Os Owada privaram-se de comentários. Eu estava prestes a censurar Ed Sullivan por sua grosseria. Finalmente, foi Isamu quem quebrou o silêncio constrangedor:

— Ela é extraordinária — disse ele —, absolutamente notável. Preciso conhecê-la. Isto é essencial para mim...

— Mas é claro — gritou madame Owada, enquanto tocava uma sineta para que a empregada trouxesse alguns salgadinhos japoneses. Ver televisão havia deixado todos com fome.

18

Eu já estava havia um ano na Universidade de Columbia. Uma conversa em japonês relativamente perfeito agora era possível, mesmo que a minha leitura ainda estivesse no nível básico. Parte do problema era nosso livro de estudos, um tanto quanto especializado, uma vez que fora planejado para funcionários da inteligência durante a guerra. Eu me lembro até hoje exatamente como se escreve "canhão" em japonês, ou "segundo sargento do exército Kanto". Frases típicas do livro, como "Meu pai foi mandado para Manchukuo para se juntar ao exército Kanto como tenente", não tinham mistério para mim, mas seu uso era limitado. Ainda assim, era um começo. O mais complicado era encontrar pessoas com quem praticar meu japonês sem ter que voltar para o Japão, algo que eu pretendia fazer logo que pudesse.

Ler livros que eu realmente quisesse ler ainda era algo desafiador, para não dizer frustrante. Eu tentava decifrar alguns contos de Kawabata, e entendia apenas o suficiente para imaginar o que estava acontecendo. Mas era como assistir a um filme em uma língua desconhecida, algo com que eu já estava acostumado, é claro. E seguir uma história por dedução propiciava uma pequena satisfação. Mesmo as frases mais banais (não que houvesse muitas delas em Kawabata) continham profundos mistérios para os semiletrados.

Coloquei à prova um pouco de meu conhecimento linguístico com os Owada, que eram gentis demais a ponto de elogiar cada pequena tentativa como se eu falasse com uma eloquência extraordinária, mas meu jargão militar, misturado com a forma arcaica de falar de meu professor, às vezes levava esses gentis socialistas a caírem na risada. Eu me sentia como uma foca semiadestrada fazendo truques para ganhar um peixe de minha agradável plateia. Muitas vezes eu era mesmo cara de pau, levantando o focinho para ganhar outro peixe, e mais um.

Os Owada eram realmente muito ricos (o avô dele havia inventado um novo tipo de tear para seda; e ela vinha de uma família de produtores de molho de soja) e eles usavam o dinheiro de forma generosa. Em suas festas, os convidados distinguiam-se em categorias: os estetas amantes do Oriente; os ativistas de causas "progressistas"; e os artistas, alguns "progressistas", todos modernos. Eu pertencia a uma categoria própria: o cômico zé-ninguém. Madame Owada me achava divertido e confiava em mim o suficiente para me tratar em parte como um filho excêntrico e em parte como um padre confessor, um papel que desempenhava frequentemente com minhas amigas mulheres. Muitos pequenos problemas da vida conjugal eram derramados em meus ouvidos sempre solidários; suas infidelidades furtivas, seus desejos não realizados, o desinteresse dele pelas "ideias" dela, o desdém dela pelas hipocrisias políticas dele. Eu sentia conhecer o Sr. Owada muito mais intimamente do que ele pensava. Isso me dava um sentimento de poder sobre ele, o pequeno poder do espião, que, devo confessar, eu vergonhosamente apreciava. Uma vez que eu não tinha dinheiro nem fama, o conhecimento de segredos era meu único capital.

Eu estava lá, na residência dos Owada, na noite memorável em que Yoshiko encontrou-se com Isamu pela primeira vez. Muitos de nós já estávamos na sala, conversando sobre os horrores do senador McCarthy — sem dúvida, pois esse era um assunto comum nas reuniões progressistas daquela época.

— O modo como estão perseguindo o pobre Charlie Chaplin... — disse madame Owada. — Não sei como podemos tolerar viver neste país.

Isamu disse que não se sentia mais americano e mal podia esperar para voltar ao Japão.

— No novo Japão — disse ele —, até os comunistas são livres para se expressar como quiserem. Nunca pensei que fosse dizer isso, mas tenho orgulho de ser japonês. Há muita esperança lá, e as pessoas têm muita vontade de aprender.

— Tem razão — disse Brad, e levantou sua taça de champanhe para fazer um brinde ao Novo Japão.

— E ao nosso querido Charlie Chaplin — exclamou madame Owada.

— Ao Charlie — dissemos todos.

Naquele momento, Yoshiko entrou na sala, mais adorável do que nunca, usando um quimono lilás e uma faixa azul-marinho.

— Charlie Chaplin? — disse ela. — Eu amo Charlie. Ninguém é mais dedicado à paz do que ele. Aquele homem ama o Japão. Sabe, ele sempre fala de sua viagem para o Japão antes da guerra. Diz que o hotel Nara tem os melhores banheiros do mundo. Charlie é muito detalhista em relação a banheiros. Um de seus homens sempre verifica os banheiros, mesmo em residências privadas, antes que ele entre neles.

Isamu olhava para Yoshiko atentamente, absorvendo sua presença com aqueles grandes e famintos olhos castanhos. Quando madame Owada os apresentou, ficou claro que Yoshiko não tinha ideia de quem era Isamu. Informada de que ele era um artista, ela perguntou, de seu modo inocente:

— Então você é muito famoso?

Em seguida, madame Owada mostrou a ela revistas de arte que exibiam o trabalho dele. Aquilo pareceu impressionar Yoshiko, e ela perguntou a ele qual era sua idade.

— O que isso importa? — disse Isamu, que sabia muito mais sobre ela. Ele dobrou a pequena e branca mão da moça entre as suas.

— Você é uma de nós, não é? — disse ele. — Os surrados filhos da história, eu nos campos de internamento aqui nos Estados Unidos, você na China. Viemos de lugares diferentes, mas pertencemos a um só lugar, o único lugar que importa, nossa verdadeira casa, a terra da arte.

Eu observei, fascinado, como se acendera uma chama que prometia ser mais quente do que a mera sedução. Eu podia ver a natureza seguindo seu curso: os olhos dela se arregalaram e a boca vacilou.

— Você foi explorada, não foi? — disse ele. — Pelos militares...

Ela suspirou.

— Sim, eu fui.

— Deve ter sido muito difícil para você.

— Sim, sim, foi — sussurrou ela, enquanto as lágrimas deixavam rastros em sua face coberta de pó branco.

19

SAMU E YOSHIKO se casaram em Tóquio, em um dia frio de dezembro de 1951, três meses depois que o Japão e os Estados Unidos assinaram um tratado de paz em São Francisco e declarou-se formalmente o fim da ocupação. Eu havia conseguido voltar para Tóquio na primavera daquele ano, como crítico de cinema do *Japan Evening Post*. O trabalho não era muito bem pago, mas para mim caiu como uma luva. Os contatos foram feitos por meu querido amigo Carl, que conhecia o editor, gago, fumante de cachimbo, chamado Cecil Shiratori. A infância britânica de Cecil, da qual ele irritantemente se orgulhava tanto, ainda transparecia em seu gosto pelo tweed e em seu saco sem fundo de histórias batidas sobre figuras literárias falecidas havia muito, cujas façanhas nos clubes exclusivos de Londres eram fontes de eterna fascinação para ele. Era só mencionar Max Beerbohm que um olhar ansioso aparecia em seu rosto estreito.

— Você sabe o que Beer-Beer-Beer-Beerbohm disse sobre sen-sen-sen-sentir vontade de fazer exercícios?

— Não.

— Ele disse: "É só de-de-deitar que a von-von-von-vontade desaparece." Ha, ha, ha.

Mas ouvir histórias sobre Max Beerbohm era um preço pequeno a pagar para conseguir voltar ao meu adorado Japão.

Mesmo depois de uma ausência de pouco mais de um ano, eu mal podia reconhecer algumas partes de Tóquio. Especialmente a região de

Ginza. O entulho havia aberto lugar para prédios novos. As pessoas se vestiam melhor e andavam pela cidade de maneira menos resignada, mais veloz, mais sistemática. Os mercados negros não eram mais os únicos lugares para se conseguir comida e outros mantimentos. As lojas agora tinham coisas que se podia comprar a preços razoáveis. Jovens violentos ainda andavam pelas principais áreas de Shibuya e Shinjuku, mas os ternos de raiom haviam substituído as camisas havaianas em voga no final da década de 1940. Acima de tudo, senti diferença na forma como os japoneses tratavam os estrangeiros, especialmente os americanos. Eram muito educados, e certamente ainda muito temerosos para serem abertamente hostis, mas a antiga deferência estava desaparecendo. Nada mais de "Japão é uma merda", e um pouco mais de "EUA são uma merda". Menos "Tóquio Boogie-Woogie" e mais "Lágrimas de Nagasaki" (grande sucesso musical de 1951).

Conseguir ler as propagandas nos outdoors empolgava e decepcionava — empolgava porque não eram mais um mistério para mim, e decepcionava pela mesma razão. Aquelas belas letras em neon e tinta perdiam o apelo exótico assim que eu sabia que não significavam nada além de uma marca de cerveja ou tônico capilar.

Eu praticava japonês com qualquer um disposto a me escutar. Às vezes a meu modo de foca semiadestrada, pescando elogios ou risadas, mas principalmente porque não havia outro modo de me comunicar. Alguns japoneses fingiam não entender, passavam-se por surdos-mudos presumindo que nenhum estrangeiro pudesse falar japonês. E assim mesmo a sentença mais clara e mais básica — "Leve-me para Ginza, por favor" — era recebida com olhares em branco de incompreensão, como se estivesse sendo dita em Suaíli. A reação mais comum era uma demonstração teatral de profunda descrença. Eu frequentemente me sentia como um mágico que acabara de iludir seu público com um truque especialmente bom, que, creio eu, seria uma variação do número da foca.

Minha compreensão dos filmes japoneses estava muito melhor do que antes, embora não estivesse nem perto de ser perfeita. Eu ainda passava muitas horas do dia nas salas escuras tentando entender por dedução o que se passava na tela enquanto saboreava meu odor preferido de suor de arroz e brilhantina. Mais tarde, eu passeava pelos arredores do parque Ueno, onde os trabalhadores que relaxavam à beira do lago eram uma tentação constante. Às vezes, minhas conversas com um possível candidato acabavam ali, em conversas agradáveis, o que, para mim, estava bom, uma vez que meu vocabulário era invariavelmente enriquecido por tais encontros, substituindo meu repertório de termos militares e de linguagem pomposa por um dialeto diferente e mais natural. E às vezes elas resultavam em encontros mais íntimos, onde o silêncio reinava. Anônimo, de joelhos, arrebatado; não há maior sentimento de êxtase, ou, na verdade, de liberdade.

O casamento, como eu disse, foi em dezembro, no dia 28, para ser mais preciso. Eu acompanhei Isamu ao aeroporto internacional de Haneda para a chegada de sua noiva. Isamu não via Yoshiko fazia vários meses, e estava feliz como um adolescente. Yoshiko estivera ocupada com seu primeiro filme americano, em que interpretava a esposa de um soldado americano que voltava do extremo Oriente para sua casa na Califórnia. O filme foi gravado em Los Angeles e arredores. A notícia de Yoshiko estar no elenco de um verdadeiro filme de Hollywood foi manchete em todos os jornais do Japão. Por isso, sua recepção em Haneda foi quase tão espetacular quanto a de Charlie Chaplin: repórteres de todos os principais jornais e revistas estavam lá, criando uma barreira tão grande que Isamu e eu não conseguíamos chegar nem perto do local por onde ela sairia da alfândega. Anúncios pelo sistema de alto-falantes nos diziam quão longe ela estava do aeroporto: trinta minutos, quinze minutos, dez minutos — "Aterrissou! Shirley Yamaguchi voltou de Hollywood, EUA, para sua terra natal!"

O fato de o aeroporto de Haneda na verdade estar muito longe de sua terra natal era um pequeno detalhe que não incomodava ninguém, muito menos Yoshiko, que finalmente apareceu em uma explosão de flashes. O pandemônio foi tamanho que mal conseguíamos vê-la. Repórteres de olhos arregalados atropelavam uns aos outros apenas para vê-la de relance e gritavam perguntas em sua direção. Uma plataforma de madeira decorada com flores havia sido preparada para a coletiva de imprensa. Yoshiko, com aparência de diva de Hollywood com seus grandes óculos escuros, suas luvas brancas e seu vestido florido, subiu e chegou ao microfone, acenou para a multidão e disse em inglês:

— Olá, rapazes. Quanto tempo!

Mais pandemônio, mais perguntas: o que ela comia nos Estados Unidos? Ela se acostumou aos banheiros americanos? A casa era muito grande? Quem ela conheceu em Hollywood? O que os americanos achavam do Japão?

Isamu tentou abrir caminho na confusão. Os repórteres resistiam violentamente à sua passagem, imaginando que ele fosse apenas mais um fotógrafo insistente tentando avançar no fronte. No entanto, um crítico do *Mainichi*, esticando o pescoço para ver o que estava acontecendo, reconheceu Isamu e chamou seu nome. De repente, Isamu foi empurrado para a frente por muitas mãos, enquanto as pessoas pediam por uma foto. Ao ver Isamu, Yoshiko gritou:

— Ei, Isamu-san! Venha até aqui!

— Beijo, beijo! — diziam os repórteres, enquanto Yoshiko ajudava seu noivo, a imagem da angústia, a subir no pódio.

— Beijo, beijo! — pedia a multidão. Para visível desconforto de Isamu, eles se beijaram. Quando ele ia se afastar, Yoshiko o pressionou de novo contra sua bochecha, dando aos fotógrafos mais uma chance para registrar o momento de felicidade para as edições da manhã seguinte.

Depois disso, eu não vi mais o feliz casal até o dia do casamento. Eles estavam instalados na suíte nupcial do hotel Imperial, ou talvez devesse dizer que estavam cercados, com fotógrafos de tocaia dia e noite. As cortinas do quarto ficaram fechadas por três dias inteiros.

Lembrei-me dessa época muitos anos depois, quando encontrei um artesão que havia conhecido o jovem casal quando Isamu estava projetando lanternas em estilo japonês na prefeitura de Gifu. O artesão pegava Isamu todas as manhãs em um antigo templo budista, onde ele se encontrava com Yoshiko.

— Eu aprendi sobre o poder do amor — disse o artesão, com aparência solene. Eu lhe perguntei o que ele queria dizer com aquilo.

— No Japão — explicou ele —, homens e mulheres não demonstram seus sentimentos sexuais abertamente. Mas Noguchi-san e Yamaguchi-san não se cansavam um do outro. Eles desapareciam por horas dentro do templo. Mesmo em público eles se tocavam, beijavam e acariciavam, como jovens gatos. Os americanos são mais francos e abertos, sabe. Isso é bom. Nós, japoneses, devíamos aprender com isso.

Isamu e Yoshiko se atrasaram até para sua própria festa de casamento. A recepção foi no Manyo-en, uma antiga mansão aristocrática que, de alguma forma, havia escapado ilesa da guerra. O jardim, datado dos anos 1700, é um dos mais famosos do Japão. Projetado para evocar, em menor escala, a paisagem imaginária de um antigo poema que está no *Cancioneiro chinês*, tem montanhas, lagos, árvores, templos e santuários em miniatura, uma pequena casa de chá para contemplar a poética vista, enobrecida de acordo com a estação por fileiras de flores de cerejeira e azaleias. Como o casamento foi no inverno, as árvores estavam protegidas da neve por guarda-chuvas de bambu. Eu nunca havia visto árvores com guarda-chuvas.

Antes do banquete, a noiva e o noivo sentaram-se formalmente em frente a uma tela dourada, Isamu usando um quimono cinza e calças pretas um tanto quanto esquisitas, e Yoshiko vestindo um quimono branco com uma faixa grossa dourada. Eram como duas belas esculturas, sentadas totalmente imóveis, mesclando a praticabilidade ocidental e a beleza oriental em um mistura perfeita, quase literalmente, uma vez que Isamu havia desenhado as roupas e até mesmo aplicado a maquiagem no rosto de sua noiva. O *hakama* de Isamu era uma versão ocidentalizada das saias usadas pelas cortesãs no palco do kabuki. O quimono de Yoshiko foi na verdade construído como um vestido de noite ocidental, com colchetes e botões. E sua maquiagem era bastante incomum; Isamu disse que sua inspiração foi *O conto de Genji*. Ela parecia uma delicada boneca japonesa, o rosto pintado de branco, lábios de um vermelho vivo, como pétalas de rosa, e as sobrancelhas pintadas no alto da testa, como mariposas, no estilo de uma dama da corte do século X.

Além de mim, não havia nenhum estrangeiro no casamento. Certamente Murphy e o coronel Gunn não haviam sido convidados. Mas vi vários dos admiradores japoneses de Yoshiko. Ikebe estava lá, e Hotta — mais magro do que um santo mártir — e Mifune, esplêndido em um quimono escuro com um grande brasão branco de sua família. Kurosawa, que nunca fora de conversa fiada, fazia pequenas reverências educadas quando as pessoas se dirigiam a ele. O pai de Yoshiko não compareceu. Por isso, Kawamura, polido em seu *hakama*, apresentou a noiva no lugar dos pais com um discurso floreado sobre seu amor mútuo pela China e a dedicação de Yoshiko à paz durante toda sua vida. Hotta também mencionou a China em seu discurso e expressou sua alegria pela paz e a justiça finalmente terem chegado "à nova China, sob ela liderança do presidente Mao, o maior asiático do século XX".

Depois dos discursos, Isamu saltitou de uma mesa para outra, parecendo um grande pássaro com suas mangas compridas e pantalonas pretas esvoaçando violentamente atrás dele. Ele falou comigo em uma língua que lembrava o japonês formal, com um forte sotaque americano, e eu respondi da melhor forma que pude. Kawamura, que nos escutou, riu e disse:

— Vocês dois falam um japonês perfeito.

— Melhor do que nós, japoneses — disse um venerável pintor, Umehara Ryuzaburo.

Ao que Mifune, com sua usual risada exagerada que expressava mais cordialidade do que júbilo, acrescentou:

— Somos internacionais agora. Isso é bom. Isso é muito bom.

Houve apenas um breve momento que ameaçou destruir o clima festivo. Quando saímos do salão principal, chamado Rokumeikan, e nos deparamos com um grupo de fotógrafos pedindo a uma sorridente Yoshiko e a um Isamu de cara fechada para olharem para esse e para aquele lado, um homem com um terno bem cortado, porém surrado, correu na direção de Yoshiko. Tudo aconteceu muito rápido, por isso não consegui ver seu rosto de perto. Mas me lembro de seus olhos selvagens, como os de um animal caçado. Lembro-me mais claramente do rosto de Yoshiko, completamente surpresa.

— Sato-san! — gritou ela, antes de virar para o outro lado.

Tudo o que ele conseguiu dizer foi:

— Yoshiko-chan, preciso falar com você!

Ele foi arrastado para fora por um membro corpulento da equipe do Manyo'en, que o repreendeu como se ele fosse um cachorro.

Mais tarde, perguntei a Yoshiko quem era aquele senhor. Por um momento, pensei que poderia ser seu pai. Ela disse que era alguém do passado. O que aconteceu? Ela não me respondeu por algum tempo. Depois, disse que o havia conhecido parcamente na Manchúria, durante a guerra, mas que já se passara muito tempo. Ela não queria falar sobre aquilo naquele momento, talvez uma outra hora. Como ela ainda estava visivelmente nervosa, eu não insisti. Nada foi dito sobre esse incidente nos jornais do dia seguinte, que não economizaram em outros detalhes, incluindo toda a lista de convidados. Mais uma vez, fiquei maravilhado com a forma como os japoneses ignoram aquilo que escolhem não ver. O olhar nervoso no rosto do homem permaneceu em minha mente por muito tempo. Ele parecia estar sendo perseguido por alguma coisa, ou por alguém. O mais extraordinário foi que, quando voltei a perguntar a Yoshiko sobre ele, ela alegou não se lembrar do incidente. E até fez uma brincadeira a respeito:

— Você deve ter visto um fantasma, Sid-san!

O veredicto comum dos japoneses sobre o casamento foi resumido na manchete da coluna social do *Asahi Shimbun*: "Artista de vanguarda americano casa-se com estrela de cinema japonesa em festa de casamento belamente abstrata." Não tive muita certeza do que quiseram dizer com "abstrata". Fiquei de perguntar a Yoshiko depois.

20

A CASA EM Kamakura era quase perfeita demais — a imagem da beleza tradicional rústica, uma pintura em rolo de uma cena do período Edo, uma pintura em estilo japonês moderno expressando uma visão onírica do "Antigo Japão", ou o cenário de um filme histórico. A casa principal, entre arrozais verde-esmeralda e os montes violeta de Kamakura, pertencia a um pintor de estilo japonês distinto (em oposição ao estilo ocidental, que tipicamente aposta no medonho subimpressionismo com seriedade acadêmica) chamado Nambetsu Ogata. Ele era tão famoso que as pessoas dispensavam seu sobrenome e se referiam a ele apenas como Nambetsu. Seus desenhos de pássaros e peixes em tinta preta ou pigmento de rocha sobre papel japonês eram altamente prezados por colecionadores endinheirados. Figura ágil, com cabelos longos e grisalhos e uma barba rala, Nambetsu tinha aparência benévola, como um velho sábio chinês, mas tinha reputação de ser uma pessoa difícil. Dinheiro e coisas desse tipo não o impressionavam. Uma vez, ele expulsou um ministro de sua casa por chamar uma pintura de "bonita", uma pintura, diga-se de passagem, que o referido político pretendia comprar por uma soma bastante alta. O homem era, como colocou Nambetsu, "muito vulgar para possuir uma obra minha".

Mais do que por suas obras, Nambetsu era conhecido no Japão pelo que hoje as pessoas chamam de "estilo de vida", que era totalmente tradicional. A casa de fazenda do século XVIII com seu adorável teto de palha saía frequentemente nas revistas semanais. Desmantelada antes da guerra em uma vila no oeste de Honshu, a casa havia sido cuidadosamente reconstruída por carpinteiros em Kamakura. Não foi usado nenhum prego; cada pedaço de madeira, portas corrediças de tela, parede de gesso, ou cerca de bambu, cada viga, braçadeira, ligação e travessa haviam sido unidas como um quebra-cabeças gigante de cedro, cipreste, gesso e teca. A banheira, feita de ferro maciço, era aquecida por baixo por uma fogueira. Até o vaso sanitário, de canforeira preenchido com ramos de cedro perfumado, era um trabalho de poesia. Agachar na penumbra, ouvir os insetos zunindo e a chuva gotejando lentamente da calha, valia a viagem.

Nambetsu não apenas usava potes e tigelas tradicionais — alguns deles antiguidades de preço inestimável feitas em sua própria fornalha, construída para ele por oleiros de Bizen vindos de Kyushu — mas ele também produzia seu próprio papel em estilo Tosa. Seu *Tosa Tengujoshi*, papel "asa de mosca", era especialmente fino. Além disso, ele era um ótimo cozinheiro. Em sua cozinha tradicional havia dois grandes tonéis de madeira, um cheio de água do mar, o outro com água doce, contendo peixes vivos, que ele pegava com uma rede para preparar para o jantar, com vegetais recém-colhidos e picles caseiros. Assistir a Nambetsu limpando um peixe era o mesmo que ver um artista em ação, cortando e tirando as escamas com sua faca favorita, feita por um famoso cuteleiro de Kioto, cuja família forjava facas desde o século XVI.

Nambetsu nunca usou roupas ocidentais, é claro. No trabalho, ele usava um tradicional avental de artesão de algodão azul. Nas raras ocasiões em que saía de casa, usava apenas quimonos de algodão e seda puríssimos, todos costurados em Kyoto. A única concessão à vida moderna que ele estava preparado para fazer era a eletricidade — embora sempre declarasse que a beleza da laca e da cerâmica japonesas só podia ser apreciada à luz de velas — e uma excêntrica predileção por Pepsi — não Coca-Cola, Deus me perdoe, mas sempre Pepsi, que tinha que ser servida na temperatura exata assim que ele saísse de seu banho escaldante. Alguns graus mais quente ou mais gelada provocava uma ira selvagem. Ele gritava com a pobre Tomoko, a empregada, e mandava o copo rejeitado direto para o chão de madeira. Uma vez, ele chegou a acertá-la no rosto, tão violentamente que ela precisou tomar pontos, que, cheio de remorso, ele mesmo deu — sem anestesia, naturalmente ("novo lixo inventado"). Deve ter sido torturante. Ela não proferiu um único som.

Estou mencionando tudo isso porque o velho depósito de arroz, em frente à casa principal, foi onde Isamu e Yoshiko começaram a vida de casados (e também onde a terminaram, mas chegaremos nessa parte depois). Muito menor do que a casa principal, embora tão velha quanto a outra, aquele também era um local rústico de grande beleza tradicional. Eles o chamavam de "ninho de amor". Para chegar até lá, era necessário passar por um portão do período Edo com uma placa na caligrafia retorcida de Nambetsu que dizia: *Terra dos sonhos*. O portão era até onde se podia chegar de carro. De lá, era preciso andar por um caminho estreito pelo meio do arrozal e subir alguns degraus íngremes por vários metros, passar por um santuário abandonado guardado por raposas de pedra cobertas por uma grossa e aveludada camada de musgo, seguir subindo o morro por mais uns cem metros e, finalmente, ofegante devido ao esforço, especialmente em um dia úmido de verão, chegava-se ao ninho de amor. Logo atrás estava a casa de fazenda de Nambetsu. E atrás da casa de Nambetsu havia uma pequena colina, com um cume não muito diferente daquele do monte Fuji. Tratava-se do Taishan, ou uma réplica da montanha sagrada chinesa, construída por Nambetsu como parte de seu jardim particular à inglesa.

Nambetsu havia se encantado com Isamu de uma forma pouco característica para um velho misantropo. Talvez Isamu tenha sido a única pessoa que nunca fora submetida a seus famosos ataques de raiva. Eles se conheceram quando Isamu exibia suas novas esculturas, inspiradas em ornamentos funerários do século XVI. A visita de Nambetsu à galeria de Tóquio era um acontecimento tão raro que foi noticiada pela imprensa nacional. Nambetsu nunca se dava ao trabalho de ver as exposições de alguém, não importa quem fosse. Mas ele havia sido amigo do pai de Isamu antes da guerra. Ou talvez ele apenas estivesse curioso para saber como aquele americano havia recriado o estilo Haniwa. Qualquer que tenha sido o motivo, lá estava ele, usando um quimono azul-escuro, analisando as peças através de seus óculos à la Harold Lloyd enquanto os outros olhavam para ele com grande atenção, para ver o que diria. Seu único comentário foi "*kekko*", bom. Foi o suficiente. Isamu estava lançado. E foi feita a oferta de um lugar para morar, por quanto tempo ele quisesse.

Isamu e Yoshiko haviam se estabelecido na nova vida quando fui visitá-los. O clima estava sublime, um dia azul de primavera, quando os pássaros cantam com todo o vigor e as flores de cerejeira flutuam nas árvores como flocos de neve rosados. O grande Buick conversível lilás de Isamu — sua única concessão à vida americana, uma versão mais grandiosa do gosto por Pepsi de Nambetsu — ficava parado no portão, como se tivesse sido abandonado por seu dono. Isamu ainda estava trabalhando no ateliê nos fundos da casa quando eu cheguei. Yoshiko, parecendo uma perfeita mulher do interior com um quimono de algodão azul-claro gravado com vários Xs, cumprimentou-me com um aceno, seguido de uma reverência e depois, em uma reflexão posterior, já que eu era, afinal, estrangeiro, um aperto de mão. Eu elogiei seu quimono.

— São beijinhos. — Riu, apontando para os xis. — Isamu desenhou a estampa para mim. Mandamos fazer em Kioto. — Enquanto ela jogava a água quente de um antigo bule de ferro sobre as folhas de chá, acrescentou: — Você sabe como Isamu ama a cultura japonesa.

Perguntei o que ela estava achando da nova vida.

— Ah, é muito interessante. Nunca havia morado em uma casa com tatame antes. Na China, sempre tivemos casas no estilo ocidental. E desde que saí de casa, vinha morando a maior parte de tempo em hotéis. Então tive que aprender a viver como japonesa. Mas Isamu conhece tanto sobre o Japão. Ele é meu *sensei*, meu professor.

248

Mas logo ficou claro para mim que ela já estava sentindo falta de Hollywood. As coisas eram tão mais eficientes lá, disse ela. As coisas nos Estados Unidos funcionavam, e o entusiasmo dos americanos era muito inspirador.

— Aqui no Japão — ela dizia sempre, com um suspiro profundo e teatral — é "não pode fazer isso, não pode fazer aquilo, não é assim que fazemos as coisas por aqui". Quase como se tivessem orgulho disso.

Além disso, interpretar uma noiva japonesa na época da guerra era muito mais interessante. Aqui ela era escalada como "exótica", para interpretar prostitutas coreanas ou enfermeiras chinesas — e até já fora chamada para o papel de taiwanesa. Na América, ela sentia que estava sendo levada mais a sério.

— Mas sou pobre, então não tenho escolha, Sid-san. Aceito tudo o que aparece.

Ela estava em um novo filme intitulado *Mulher de Xangai*, interpretando o papel de uma cantora chinesa. Estava bom, mas ela se sentia "meio como um macaco de circo, um macaco que sabe cantar em chinês".

Fiquei imaginando como ela chegava ao estúdio morando nesse lugar remoto.

— Ah, uma limusine vem todas as manhãs me buscar no portão. É uma boa caminhada até lá, mas é tão bonito, e Isamu é muito feliz aqui. Você viu a placa sobre o portão? — Ela riu. — Sabe, realmente *é* a Terra dos Sonhos. — Ela ficou massageando os pés. Eu sugeri que devia ser doloroso subir a colina com suas apertadas sandálias de madeira. — Tudo bem — disse ela —, Isamu adora me ver vestindo roupas tradicionais.

Isamu parecia pensativo quando saiu do ateliê, limpando as mãos em um belo pedaço de algodão azul-índigo. O ateliê mais parecia uma caverna talhada na colina rochosa atrás da casa.

— Chá — disse ele, sem olhar para a esposa. — Chá verde japonês, aquele de Shizuoka.

— *Hai, hai* — respondeu ela, batendo os pés cheios de bolhas na direção da cozinha para buscar o bule de ferro.

A dificuldade com Isamu — na verdade com a maioria dos artistas que eu conhecia — era nunca saber se estava ouvindo o que as pessoas diziam. Alguém podia começar a falar, falar, e ele concordava com a cabeça, mas os olhos estavam em um mundo distante, no fundo dele mesmo. Quanto mais ele ficava em silêncio, mais a pessoa se via falando sem parar, como uma dona de casa tagarela.

Foi assim nessa ocasião. Eu estava falando de assuntos que achei que poderiam ser interessantes, as esculturas budistas que eu havia acabado de ver no templo Engakuji, um novo filme em cartaz em Tóquio, o panorama da arte moderna japonesa. Ele concordava com a cabeça, como sempre, e dizia "Está certo", ou "Eu concordo", às vezes em inglês, às vezes em um japonês com sotaque carregado, mas não era possível saber se ele estava realmente presente. Apesar disso, não era distraído. Quando Yoshiko disse:

— Ah, vocês dois, sempre falando de coisas difíceis.

Ele se virou para ela com um sorriso de grande ternura e disse:

— Você está certa, devíamos estar falando das coisas que estão na nossa frente, os pássaros, o sol, as flores de cerejeira, as pedras. Todas as respostas estão bem ali. Só é preciso saber como encontrá-las.

— Que tal almoçarmos? — disse Yoshiko, cheia de alegria.

E então passou-se a tarde. Nós sentados no chão de tatame, ao pé da porta de tela aberta, olhando para o paraíso. Nada nessa paisagem de bambuzais, flores de cerejeira, arrozais e lagos de peixes sugeria estarmos vivendo no meio do século XX. Nambetsu havia banido os telefones, assim a visão da beleza não seria prejudicada pelos horrorosos cabos telefônicos. Se o olho não pudesse detectar o mundo moderno, os ouvidos também não poderiam: sem rádio, sem alto-falante, nenhum ruído mecânico que deteriorava a vida japonesa naquela época. O cômodo em que estávamos sentados estava vazio; havia apenas uma pintura em rolo de um monge sorridente.

— Ah — disse Isamu —, aqui é o meu lugar. Nunca mais quero sair daqui enquanto estiver vivo.

— Mas querido — disse Yoshiko —, e Nova York, Paris e todos os outros lugares? Você não quer estar em contato com o mundo da arte?

— Não há nada com o que estar em contato — bufou Isamu. — O mundo da arte de Nova York é desinteressante. São um bando de cães sem opinião própria perseguindo o rastro uns dos outros. Eles dão voltas e voltas, cada vez mais rápido, sem nenhuma ideia do motivo de estarem correndo. Não, aqui é o que conta. — Ele respirou o ar de uma maneira um tanto quanto exagerada, como um conhecedor de vinhos: — O cheiro da minha infância — ele puxou Yoshiko em sua direção, abraçando-a por trás — e o cheiro de uma bela mulher.

— Ah, esses americanos! –– ela gritou com satisfação, em plena voz.

Ele riu. Senti um certo alívio quando tocou o gongo na casa principal para nos chamar para jantar. Eu adorava os dois, é claro, mas a felicidade dos amigos só pode ser suportada em pequenas doses.

Sentamo-nos no chão, diante de uma mesa belamente esculpida sob um grande peixe de madeira pendurado no teto. O peixe servia como contrapeso para uma panela suspensa, na qual um ensopado de legumes e carne de javali borbulhava sobre uma fogueira de carvão. Nambetsu também havia preparado um sashimi de aparência deliciosa, incluindo grandes e translúcidos camarões, tão frescos que tremiam nervosamente no prato ao toque de nossos hashis.

— E então, o que ele faz, o amigo de vocês? — Nambetsu perguntou a Isamu, sem olhar para mim. Esse era um dos costumes japoneses com o qual nunca me acostumei. Por que ele não podia me perguntar diretamente?

— Ele é... — Isamu fez uma pausa.

— Ele é crítico de cinema — intrometeu-se Yoshiko. — Um crítico de cinema bastante distinto, do *Japan Evening Post*.

— Ah, crítico de cinema — respondeu Nambetsu, não parecendo muito impressionado. — Do *Japan Evening Post*? E de quais diretores ele gosta?

Querendo mostrar que eu entendia seu japonês perfeitamente, entrei na conversa:

— Acho que esse jovem diretor, Akira Kurosawa, é muito bom. Mas também amo os filmes de Keisuke Kinoshita, especialmente *A volta de Carmen*, tão engraçado e ainda assim tão pungente...

A cabeça murcha de Nambetsu virou-se para minha direção. Ele examinou meu rosto, não com aversão, ou mesmo reprovação, mas com uma ponta de surpresa.

— Ele fala japonês, o amigo de vocês.

Yoshiko pegou uma garrafa de cerâmica e começou a colocar saquê frio em nossos copos de cipreste. Nambetsu resmungou novamente, pegou a garrafa da mão dela e serviu ele mesmo.

— É de Aomori — disse ele. — O melhor.

Ele então serviu um copo de Pepsi para si, depois de testar a temperatura e achá-la satisfatória.

— Então você come sashimi, hã? — Foi a primeira vez que Nambetsu falou diretamente comigo.

— Delicioso — eu disse, enquanto mergulhava um pedaço avermelhado de bonito em uma pequena tigela de molho de soja com alho.

— Comprei fresco no mercado — disse Nambetsu. — Tomoko foi buscar essa manhã. O que você acha, Isamu?

Isamu concordou com a cabeça.

— Está realmente muito bom, *sensei*.

— Isamu ama nossa comida — disse Nambetsu —, mas ele tem um espírito japonês. Deve ser diferente para estrangeiros. Eu sei que não poderia comer hambúrgueres o tempo todo.

— Nós não comemos só hambúrgueres — eu disse, um pouco na defensiva. Nambetsu me ignorou.

— E os filmes de Ozu? Acho que ele é o melhor diretor que temos. Apesar disso, como o sashimi, é preciso ser japonês para apreciá-lo.

Eu sabia que estava correndo o risco de ser rude, mas não pude me conter·

— Ah, mas eu gosto muito de Ozu. Seus filmes podem ser sobre japoneses, mas ele expressa sentimentos que todos podemos compartilhar.

Senti que Isamu estava ficando irritado. Nambetsu não estava acostumado a ser contrariado, especialmente por um jovem estrangeiro como eu. Talvez para acalmar o velho, Isamu disse:

— Concordo com o *sensei*. Alguns dos sentimentos podem ser os mesmos, mas captar as nuances é impossível para os estrangeiros.

Ele usou a palavra estrangeiro (*gaijin*) como se ele mesmo fosse totalmente japonês. Agora foi minha vez de ficar irritado. Eu não liguei muito se estava sendo rude ou não.

— Mas eu sou estrangeiro e entendo os filmes de Ozu perfeitamente.

Nambetsu olhou para mim novamente, mas dessa vez com uma malícia misturada com diversão.

— Ah, o que temos aqui é um estrangeiro maluco que conhece nossos costumes.

Yoshiko, a querida Yoshiko, talvez pensando em salvar minha pele, disse:

— Bom, eu sou japonesa e acho os filmes de Ozu uma chatice.

Isamu encarou seriamente o belo prato que estava no meio da mesa, contornado por fatias de sashimi prateado, um prato feito pelas próprias mãos magistrais de Nambetsu. Ele tinha um acetinado brilhante marrom-chocolate e verde. Nambetsu olhou para Yoshiko com uma quase piedade e disse:

— Sim, sim. Bem, suponho que Ozu seria difícil de entender na China.

Ele tomou um gole de seu copo de Pepsi gelada. Talvez estimulado pela observação de Yoshiko, começou a falar sem parar:

— A cultura chinesa é como um molho grosso e apimentado; rica, pesada, uma mistura de muitos sabores: doce e ácida, quente e suave. Pense em suas roupas tradicionais, as muitas camadas de algodão e seda, os ornamentos intricados, as cores fortes. Nosso quimono japonês é mais simples, porém mais refinado. Reduzimos as coisas ao essencial. Veja essa fatia de bonito cru. Enchê-lo de molho, como fazem os chineses, é matar sua essência. Nosso amigo estrangeiro maluco aqui fala dos sentimentos compartilhados por todos os homens. Ele está certo, há coisas que todos sentimos, mas para expressar o universal é preciso apostar na simplicidade absoluta. Como disse Basho: "O mundo todo está em uma folha de capim." Degustar o sabor puro do bonito é entender a "peixeza" das coisas.

Pelo menos eu acho que foi isso o que ele disse. Não estou certo de que entendi "a 'peixeza' das coisas". Isamu olhou para seu anfitrião com um olhar de completa adoração.

— Tofu! — gritou ele, como se estivesse ciente de alguma grande nova descoberta na cultura japonesa.

— O que é isso? — perguntou Nambetsu, distraído de sua linha de pensamento.

— Tofu — gritou novamente Isamu. — A cultura japonesa é como tofu frio e branco, mergulhado em uma gota de molho de soja e limão.

— Exatamente! — disse o velho. — Muito bem colocado. Isamu-kun nos entende perfeitamente, mesmo que muitos japoneses tenham se afogado em um oceano de vulgaridades americanas. Veja nossos artistas, correndo atrás de cada moda estrangeira como cachorros farejando merda. Desde a guerra, temos tentado nos desligar de nossa cultura. Somos uma nação de maníacos suicidas, é isso que somos, apunhalando nossos próprios corações, estrangulando nosso espírito.

— Não vejo por que temos que escolher — disse Yoshiko. — Por que não ter o melhor da cultura chinesa, da americana e da japonesa? Eu gosto de todas elas. Por que não misturá-las?

Isamu, olhando para Nambetsu, disse:

— Mas primeiro é preciso saber quem você é.

Até eu conseguia perceber os erros de gramática de seu japonês. O que ele disse soou como algo assim: "Mas a primeira vez você precisa ver quem eu sou."

Nambetsu declarou que Isamu estava absolutamente certo, que não daria em nada discutir cultura com uma mulher, e que Tomoko deveria apressar-se para trazer novas tigelas (muito bem trabalhadas, com um acetinado cor de barro com desenhos simples de bambus) para o ensopado de peixe.

= 21 =

TODO MUNDO QUE MORA em Tóquio tem seu bairro preferido para travessuras noturnas. Alguns gostam da rebeldia de Shibuya, ou dos inferninhos de Ueno. Outros preferem o igualmente decrépito porém mais internacional ambiente de Roppongi, onde Tony Lucca é bajulado em sua pizzaria. Como sou partidário da plebeia cidade baixa ao longo do rio Sumida, meus campos de caça ficam em Shinjuku, que já foi ponto de entrada para a cidade de Edo, onde os cavalos eram alimentados enquanto seus donos cansados visitavam os bordéis. Os bordéis ainda estão lá, embora não nos mesmos lugares de antes. Depois da guerra, as áreas a leste da estação foram divididas entre as chamadas linhas azuis e linhas vermelhas, uma licenciada, a outra não — controladas por gangues diferentes da Yakuza, que viviam brigando entre si. As ruelas desses bairros, cheirando a vômito e esgoto, eram tão estreitas que quase era possível tocar os dois lados da rua de uma vez. Na verdade, não eram muitas as oportunidades de se tentar tal experimento, pois as garotas, alinhadas em ambos os lados, faziam o máximo para arrastar as pessoas para seus covis, agarrando as gravatas, ou outras partes mais íntimas, gritando: "Chefe! Chefe! Venha, venha. Vou lhe mostrar o que é a boa vida." Quando viam um estrangeiro, as que não recuavam instantaneamente, horrorizadas, gritavam: "Ei, Joe! A América é o máximo."

Uma das atrações das linhas azuis era a oferta das chamadas aulas ao vivo em "academias de arte". Por uma taxa, as garotas posavam nuas.

Lápis para desenho e câmeras sem filme eram oferecidos no local. Acima de tudo, tratava-se de estabelecimentos respeitáveis, e algumas formalidades tinham que ser respeitadas. O que os amantes da arte faziam com suas modelos depois era problema deles, e estava sujeito a diversas negociações financeiras complicadas.

Sem nenhuma intenção de desenhar aquelas biscates pintadas, e muito menos de fazer qualquer outra coisa com elas, eu ainda assim gostava de me sentar em um dos bares e assistir à ação com uma garrafa em uma mão e um espeto de coração de porco na outra. Meus olhos eram menos atraídos pelas meninas, é claro, do que por seus cafetões, garotos com aparência agressiva, vestindo calças brancas e óculos escuros, os quais usavam inclusive à noite. De vez em quando eu dava sorte e um deles permitia que eu fosse usado para seu prazer, em um quarto de hotel das redondezas, ou, se tirasse realmente a sorte grande, em um dos quartos do bordel, que fediam a suor, sexo e perfume barato. Mesmo lá dentro, enquanto eu me ajoelhava respeitosamente a seus pés, eles às vezes se recusavam a tirar os óculos.

Havia alguns estabelecimentos, perto das linhas azuis, que atendiam a homens como eu, mas costumavam ser cheios de jovens escandalosos, do tipo que eu odiava com fervor. Quem precisa de um assistente de cabeleireiro afetado acariciando os pelos de seu braço como algum tipo de prostituto barato? Eu gosto de homens, não de falsas garotas, ou de *homodachi*, "amigos gays", como os chamavam os japoneses. Homens eram vistos andando furtivamente pelo templo Hanazono, uma tradição que vem de pelo menos trezentos anos atrás e, fico feliz em dizer, ainda persiste. Motoristas de caminhão, operários de construção e afins iam até lá para obter alívio rápido com as velhas drag queens, que compensavam em técnica o que lhes faltava em beleza. Elas também eram muito mais baratas que as prostitutas das linhas vermelhas. Se estivessem bêbados, ou excitados o suficiente, os homens me deixavam satisfazê-los de graça.

Eu tinha que ser cuidadoso, no entanto, pois as drag queens podiam ser cruéis. Apanhar de um dos homens nunca foi uma preocupação séria.

Estávamos no Japão, afinal de contas. Mas eu tive que desviar mais de uma vez de saltos pontudos. Uma vez, uma venerável rainha da noite apontou uma faca para mim. Aconteceu muito rápido. Ela levantou a saia, alcançou a liga, e tirou um canivete que ficou a apenas alguns centímetros de atingir meu rosto. De qualquer forma, na maioria das vezes nos dávamos bem. Contanto que eu não ficasse no meio de seus negócios, as drag queens me toleravam. Com algumas delas, Fellatio Yoko e Shinjuku Mari, até fiz amizade. Fellatio Yoko havia sido soldado no fronte da Birmânia. Só Deus sabe do que foi capaz no meio da selva. Ela contou uma história sobre seu pelotão ter ficado preso durante as chuvas de monções no delta do Irawaddy. Quando a água subiu, os homens tiveram que escalar as árvores para escapar dos crocodilos. Debilitados pela fome e pela fadiga, muitos não conseguiram se segurar, e foi possível ouvi-los gritando enquanto os répteis banqueteavam. No entanto, tais reminiscências eram raras. Normalmente, apenas falávamos de truques. Fellatio conhecia cem formas diferentes de fazer um homem gozar, sem nem se dar ao trabalho de tirar suas roupas. Quando executava aquilo que fazia melhor, sempre lembrava-se de remover a dentadura.

— É melhor assim — ela me assegurou.

Eu amava aquelas ruas de Shinjuku, especialmente à noite, quando as luzes de neon jogavam uma névoa arroxeada sobre a cidade, e a promessa de aventura pairava no ar como o intoxicante cheiro de magnólia no verão. Mesmo os prazeres mais depravados eram oferecidos de forma inocente, como partes naturais da vida, como comer e beber. Shinjuku era meu território, assim como os santuários e templos de Kamakura, ou as salas de cinema de Asakusa. Um era para o corpo, e os outros para a alma. Naturalmente, eu também me aventurava nas áreas mais respeitáveis da sociedade japonesa. Eu sabia como ser um bom rapaz. Mas nada me dava mais prazer, antes de comparecer a algum compromisso social importante, do que chafurdar um pouco no lamaçal de Shinjuku. Lá estava eu, tendo acabado de sair de um encontro ardente com um jovem garanhão atrás do templo Hanazono, fazendo reverências ao presidente da Associação Japonesa de Cinema, ou discutindo a cerimônia do chá com a esposa do embaixador da Holanda.

Havia momentos em que obrigações sociais e profissionais me forçavam a formas de entretenimento mais heterossexuais. Essas ocasiões eram toleráveis quando havia um interesse antropológico por trás. Uma das mais memoráveis noites desse tipo que tive foi na companhia de ninguém menos que Nambetsu-*sensei*. Depois de muitos outros jantares na Terra dos Sonhos, ele havia decidido que eu, afinal, era razoável, um estrangeiro maluco que realmente entendia um pouco sobre o Japão. Fiquei honrado por ganhar sua aprovação e estava empolgado com ele também. Como o homem não ia sempre a Tóquio, fiquei particularmente honrado de ser incluído em sua festa em um exclusivo, e sem dúvidas absurdamente caro, clube noturno no Ginza chamado *Kiku no Shiro*, ou "Castelo de Kiku". O-Kiku era a Mama-san, que administrava o local com a disciplina de um comandante militar. Se uma de suas garotas cometesse algum lapso, derrubando uma bandeja ou até mesmo um mero guardanapo, ou não conseguisse lustrar o ego dos bajulados clientes com brilho suficiente, Mama-san assegurava que elas pagariam o preço de sua fúria. Um tapa na cara, disseram-me, era o mínimo que elas podiam esperar. Sempre vestindo um imaculado quimono, O-Kiku, uma elegante mulher de seus 40 anos, tratava os leais clientes com os modos de uma cortesã real. Como receptora de incontáveis intimidades, ela sabia de mais segredos escondidos atrás da fachada afável de políticos e executivos japoneses do que o próprio primeiro-ministro. Embora nunca tenha havido nenhuma evidência disso em público, fora um certo ar de familiaridade entre eles, Yoshiko havia me dito que Nambetsu era, na verdade, cliente de O-Kiku. Achei-a tão apavorante quanto às vezes o achava.

Sentamo-nos ao redor de uma mesa preta laqueada em uma sala castanho-amarelada de iluminação muito forte, com um jazz leve tocando ao fundo. Não havia muita decoração, a não ser uns horríveis arranjos de camélia em vasos cor-de-rosa brilhantes. Nossa festa era formada pelo próprio Nambetsu, é claro, e seu gerente de negócios, um homem magro que usava óculos pincenê chamado Tanaka, que me fez uma pergunta sobre Paris, local onde ele havia estado várias vezes, e eu nunca havia visitado. Havia também um jovem dono de galeria, que eu suspeitei ser um homem do mesmo tipo que eu. Nambetsu tinha de ambos os lados moças de quimono, que riam de forma irritante, enquanto davam a ele pequenos petiscos com seus hashis e asseguravam que seu copo estivesse sempre cheio de Pepsi misturada a uma marca cara de conhaque francês. Encostado no sofá macio, sorrindo quando abria os lábios molhados para receber outro bocado de sépia desidratada ou atum cru, esse homem quase sempre brutal parecia estranhamente pueril, e inteiramente benevolente, naquela ocasião. Os dois outros homens, o gerente e o dono de galeria afeminado, falavam muito pouco, mas, como as moças, riam de todas as piadas do *sensei* e concordavam com ele sempre que discursava sobre qualquer assunto que viesse em sua mente.

Meu papel nos procedimentos só ficou totalmente claro depois que se passaram horas e horas, e todos havíamos bebido muito. Eu ainda era estrangeiro o suficiente para acreditar que o silêncio era falta de educação, então dava minha opinião sobre isso e aquilo, que era recebida pelo velho com indulgência. De vez em quando, ele olhava para mim com uma falsa severidade e dizia:

— Lembre-se sempre que eu sou o *sensei* aqui.

Como se eu pudesse esquecer. Quanto mais avançava a noite, no entanto, mais ficava claro que uma das tarefas profissionais de Tanaka era ser alvo das zombarias cruéis de Nambetsu, nem todas elas divertidas.

— O Tanaka aqui sabe menos de cultura do que você, estrangeiro maluco.

As moças riam. Tanaka forçava um riso sem jeito. Não querendo ser deixado de fora, eu ria junto com todos eles.

— Tanaka é como o sapo no poço do provérbio, coaxando com prazer nas sombras da escuridão. Ele faz *ribbit, ribbit, ribbit...* — O sorriso de

Tanaka congelou em seu rosto. — Faça *ribbit, ribbit, ribbit...*, sapo! — ordenou Nambetsu.

Tanaka começou a transpirar e pegou um guardanapo. A moça pediu que Nambetsu abrisse bem a boquinha e lhe deu mais alguns petiscos. O dono da galeria, pressentindo o perigo, tentou animar Nambetsu.

— Ah, *sensei* — disse ele —, você é muito severo. Nem todos nós podemos ser homens do mundo como o senhor.

— Homens do mundo? — gritou Nambetsu. — O que você sabe sobre o mundo? O estrangeiro maluco, ele sabe. Ele já viajou o mundo todo. Ele é internacional. É por isso que ele tem algo a dizer, diferente de vocês caipiras.

Desse momento em diante, os dois homens, Tanaka e o dono de galeria, foram totalmente ignorados, e Nambetsu passou a se dirigir exclusivamente a mim. A Pepsi com conhaque fizera efeito. Sua fala estava ininteligível e ele fez um sinal para eu chegar mais perto, o que significava que Tanaka, sem dúvidas com uma certa sensação de alívio, teria que trocar de lugar comigo.

— Sid-san — disse Nambetsu confidencialmente, jogando bafo de conhaque em minha cara —, é hora de eu diversificar, sair desse pequeno país insular, tornar-me internacional. Sei que os estrangeiros gostam da minha arte. Depois da guerra, os americanos compraram minhas pinturas. Até vendi algumas para o general MacArthur, sabe. Mas os americanos foram embora agora. É hora de minha arte cruzar o oceano. Você conhece gente em Nova York. Estou lhe indicando para ser meu representante. Quero que apresente minha arte aos países estrangeiros.

Embora tenha ficado lisonjeado com sua confiança em meus contatos no exterior, aquele pedido me deixou profundamente desconfortável. Eu sabia que não podia simplesmente recusar. Isso seria tomado como desdém. Fiquei imaginando se ele não havia chamado Isamu primeiro. Ele seria muito mais indicado do que eu para ajudar Nambetsu a se estabelecer em Paris ou Nova York. Ou ele respeitava muito Isamu como artista para fazer tal pedido? Eu era apenas um crítico de cinema de um jornal local de língua inglesa, então tais favores podiam ser pedidos sem causar ofensa. De fato, eu deveria me sentir honrado. E fiquei, para dizer a verdade. Mas como eu poderia cumprir qualquer promessa? Quando Yoshiko me pediu um favor parecido, ela me poupou do constrangimento empregando suas próprias habilidades empreendedoras. Ela estava preparada para sair e se promover, em Hollywood, Chicago ou Nova York.

Quando finalmente fui para a cama naquela noite — sozinho, devo acrescentar — resolvi escrever uma carta para Brad Martin e talvez para Parker Tyler. Eles poderiam me dar alguns indicadores sobre como lidar com um encargo indesejado. Peguei no sono e sonhei que estava andando pela Yasukuni Dori, a avenida que passa pela parte mais movimentada de Shinjuku, vestindo apenas cuecas. Foi uma experiência desconcertante. Não me lembro como, ou mesmo se, eu resolvi minha situação.

22

DIZER QUE Yoshiko ficou feliz quando lhe ofereceram o papel de Mariko em *Casa de bambu* seria uma simplificação grotesca; ela ficou em êxtase. Aquilo finalmente lançaria sua carreira em Hollywood, ela seria uma estrela internacional:

— Meu Deus, Sid-san, Twentieth Century Fox! No Japão! Mostrarei meu país ao mundo. Mostrarei como mudamos, como nos tornamos um país belo e pacífico.

Quando fiquei sabendo que *Casa de bambu* seria uma refilmagem de um filme de gangue, passado em Tóquio em vez de Nova York, e dirigido por Sam Fuller, mestre do filme noir, não tive tanta certeza de que a visão de paz e beleza de Yoshiko sairia do jeito que ela imaginara. Mas quem era eu para estragar a festa?

Isamu não compartilhou da alegria de sua esposa. O problema é que ele a queria por perto o tempo todo. Ele não gostava nem quando Yoshiko saía na limusine para ir aos Estúdios da Paz Oriental. Felizmente, no entanto, Isamu também havia sido afortunado por uma onda de boa sorte, que desviou seus pensamentos das preocupações domésticas, pelo menos por um tempo. Kenzo Tange, o arquiteto, pediu que ele projetasse o Memorial da Paz de Hiroshima. Tange disse que Isamu era o artista perfeito para "curar as feridas da guerra", uma opinião que o próprio Isamu também tinha, de todo coração. Quando voltou ao Japão depois da guerra, ele disse aos repórteres que estava lá não apenas para fazer arte, mas para "remodelar o Japão". Ali estava sua chance de fazer aquilo, em Hiroshima, no meio do Parque da Paz, justamente no local onde a bomba fatídica explodira. Com essa tarefa em mãos, ele seria mais do que apenas um artista na terra de seu pai; contribuiria para o legado do país. Sua criação ficaria lá durante séculos, uma expressão de emoções que não eram apenas japonesas, ou americanas, mas universais. Isso, com uma palavra a mais ou a menos, foi o que Isamu disse.

Eu também me beneficiei de uma dádiva repentina da sorte, pois os produtores de *Casa de bambu* me pediram para ser o intermediário entre Hollywood e Tóquio, atenuar atritos culturais, assegurar que não se ferisse demais os brios dos japoneses, manter Sam Fuller feliz, cuidar para que as pessoas certas fossem pagas para que nos deixassem trabalhar em algumas locações — sendo as pessoas certas quase sempre a gangue local da Yakuza. Minha amizade com Tony Lucca provou ter valor inestimável no que se referia a essas questões práticas.

A primeira pessoa a chegar a Tóquio, em um tipo de missão de reconhecimento, foi o produtor principal, chamado Maurice "Buddy" Adler. Eu estava me preparando para lidar com um comportamento inapropriado: não tirar os sapatos nas casas japonesas, usar sabão nas banheiras, gritar com garçons, esse tipo de coisa. Encontramo-nos em seu hotel, o Imperial. Achando que encontraria o tom certo de familiaridade americana, dirigi-me a ele como "Buddy", o que não caiu muito bem. Uma sobrancelha levantou-se lentamente:

— Prefiro que me chame de Sr. Adler.

Eu deveria saber. Grisalho e muito bem-vestido com um terno inglês feito sob medida, Adler parecia um banqueiro poderoso. Em sua primeira noite em Tóquio, ele convidou Yoshiko e eu para jantar. Tinha que ser comida japonesa, ele insistiu. Fomos ao Hanada-en, onde estavam acostumados a servir estrangeiros distintos.

— Você é judeu? — perguntou Yoshiko.

Talvez não fosse a melhor introdução para um jantar com um perfeito estranho que estava produzindo o próximo filme em que ela atuaria.

A sobrancelha direita do homem levantou novamente. Ele cerrou os lábios e correu a mão direita pela gravata de seda, como se estivesse tirando alguma dobra.

— Madame, posso saber por que está perguntando? — Eu comecei a duvidar de meu papel de mediador cultural.

— Ah — disse Yoshiko, infantil em sua alegria franca por estar jantando com um homem tão eminente —, eu pensei que todos os produtores de Hollywood fossem judeus. Sabe, eu conheci muitos judeus na China. Eram pessoas tão cultas, e tão inteligentes... Adoro a cultura judaica: Mozart, Einstein, o presidente Roosevelt, George Cukor...

— É um grupo formidável — disse Adler —, mas acho que alguns deles ficariam surpresos por serem incluídos nessa lista. Quanto a mim, já que gentilmente perguntou, meu pai tornou-se luterano em Viena perto da virada do século.

— Viena! — gritou Yoshiko. — Eu sabia. Cultura judaica, na música, no teatro, maravilhoso!

— Madame — disse Adler, que parecia pronto para mudar de assunto —, tive sorte o suficiente para conhecer pessoas cultas, algumas de Viena, alguns judeus. Mas a cultura judaica não é algo que eu reconheça, a não ser, é claro, na sinagoga.

— Costumava haver uma bela sinagoga em Harbin — disse Yoshiko.

E aquilo, para meu alívio, finalizou o assunto.

Adler, em uma demonstração de perfeita educação, levou as observações inocentes de Yoshiko com bom humor. Fiquei grato pela maior parte da conversa durante o jantar ter girado em torno de seu papel no filme. Ela podia se sentir livre, disse-me Adler, para fazer comentários caso as falas não soassem corretamente. Era muito importante que os detalhes culturais estivessem absolutamente certos. Seu papel era essencial, uma vez que ela seria o único personagem japonês importante do filme. Havia mais um japonês, o bom policial de Tóquio, que seria interpretado por Sessue Hayakawa. Mas Mariko era o papel mais importante, pois estava no centro da história.

O conto de traições e duplas traições tinha um enredo típico dos filmes B. Começava com um assalto malsucedido em Tóquio, executado por uma gangue de soldados dispensados. Um camarada chamado Webber é baleado por um indivíduo de sua própria gangue. Um pouco antes de morrer, ele diz ao policial japonês (Hayakawa) que tem uma esposa japonesa, Mariko. Ele também revela que seu melhor amigo, um presidiário chamado Eddie Spanier, irá ao Japão assim que o soltarem da prisão nos Estados Unidos. No lugar do verdadeiro Spanier, no entanto, um policial militar (Robert Stack), fingindo ser o outro, junta-se à gangue e toma Mariko como sua "garota de quimono", para cobertura. Sandy, o chefe da gangue (Robert Ryan), gosta do novo integrante. Infelizmente, isso faz com que o "garoto número um" de Sandy, um jovem punk chamado Griff, fique com ciúmes. Mariko se apaixona por Eddie. Eddie diz a ela que não é a pessoa que ela imagina, e que está atrás da gangue que matou seu marido. Sandy fica sabendo da fraude. Ele tenta matar Eddie. Em vez disso, Eddie o mata, em um parque de diversões. Eddie e Mariko saem andando, de braços dados, por Ginza.

Bem simples. Mas houve problemas mesmo antes das gravações começarem. Hayakawa, chegando de Hollywood a Haneda vestindo um quimono absurdamente opulento, como um ator de kabuki de cem anos atrás, ficou furioso porque a imprensa japonesa não estava lá para recebê-lo, enquanto Robert Ryan mereceu uma coletiva de imprensa. Ele foi para o hotel enfurecido. O humor do astro não melhorou quando soube que teria que dividir o camarim com outros três atores em vez de ter um exclusivo para ele.

— Sou um astro de Hollywood — protestou — e mereço respeito!

Sam Fuller disse a ele para falar com o pessoal do estúdio, e eles lhe disseram para falar comigo. Como não havia nada que eu pudesse fazer, ele foi falar novamente com o pessoal do estúdio, que voltou a falar com Sam Fuller, que, por sua vez, disse a Hayakawa que ele era de fato um grande astro, que ele falaria com o estúdio, etc. O ator finalmente conseguiu seu próprio camarim.

O cenário do primeiro dia de filmagem deveria ser a casa de Mariko em Tóquio. Stuart Weiss, o cenógrafo, veio com ideias que tinham muito pouca semelhança com uma residência japonesa. Parecia mais com um restaurante de luxo de Chinatown, com lanternas vermelhas esquisitas e outras bugigangas orientais. Os montadores de cenário, japoneses, eram muito educados para dizer alguma coisa. Se é isso que os estrangeiros querem, é isso que vão ter. Yoshiko disse a Fuller que o cenário estava muito estranho. Fuller respondeu que estava bom para ele.

— Shirley — disse ele —, não preocupe sua linda cabecinha com esses detalhes. Esse filme vai passar em Peoria, não em Yokohama.

— Mas o Sr. Adler disse...

— Não me interessa o que o Sr. Adler disse. Ele não está fazendo esse filme. Eu é que estou. E eu digo que está bom assim.

Dizer que Yoshiko e Bob Stack não se deram bem seria suavizar as coisas. Ela não o suportava. Nunca entendi bem por que. Ele era meio bobo, para dizer a verdade, falava sem parar de sua mãe, que vivia em Los Angeles. Embora tivesse causado sensação no início da carreira como o primeiro homem a beijar Deanna Durbin na tela, ele não fazia o tipo romântico. Yoshiko gostava que os homens se exaltassem com ela. Bob Ryan certamente o fez. Ela reclamou para mim que Bob estava meio apaixonado por ela, o que não parecia incomodá-la muito. Mas devo dizer que foi o contrário. Na verdade, Bob, católico fervoroso e homem casado, não era conhecido como devasso. Mas ele seguia Yoshiko como um cão segue uma cadela no cio. Um vez o vi batendo na porta de seu camarim, gritando:

— Mas Shirley, eu te amo!

Era tudo muito inconveniente.

Mas Yoshiko era uma profissional. Assisti à gravação da famosa cena com Stack no restaurante chinês que deveria ser sua casa. Ele estava de barriga para baixo, vestindo um tipo de quimono preto de funeral, com os ombros descobertos, enquanto ela, usando um quimono verme-lho vivo — mais apropriado para uma garçonete de bar do que para uma jovem recatada — massageava suas costas. "Onde aprendeu a fazer isso?", sussurra ele.

> *Yoshiko*: — No Japão, toda menina aprende desde cedo como agradar um homem.
>
> *Stack*: — E que parte do homem atrai uma mulher japonesa? Ombros largos? Músculos?
>
> *Yoshiko*: — Nããão...
>
> *Stack*: — Então o que faz uma mulher japonesa querer...? (Yoshiko sussurra algo em seu ouvido). — O quê?
>
> *Yoshiko*: Suas sobrancelhas. No Japão as mulheres acham sobrancelhas uma coisa tão romântica!
>
> *Stack*: Isso também é tradicional, não é?

Não é de se estranhar que Yoshiko tenha achado sua estreia em Hollywood um tanto quanto decepcionante.

23

F OI DURANTE um raro intervalo nas filmagens, entre locações, em um sábado de manhã, que o telefone tocou em meu apartamento em Azabu.

— Alôôô — disse uma voz aguda, claramente americana, provavelmente sulista, quase certamente feminina. — Como vai, Sid? Sou eeeeu.

— Quem?

— Euuu, Truman.

Nome engraçado para uma moça, pensei. Não tinha ideia de quem estava falando.

— Quem?

— Aaai, Sid — veio a resposta. — Truman, Truman Capote. Parker me deu seu telefone. Pensei que pudesse ser meu cicerone nesse jardim da perversão, ou devo dizer Mefistófeles?

É claro que eu havia ouvido falar de Truman Capote. Havia até lido *Outras vozes, outros lugares*. Eu admirava sua escrita, mas não o conhecia, e certamente não esperava um telefonema. Devo admitir que a voz me impressionou. Mas eu logo me acostumaria, pois nos oito dias seguintes ele me ligava a toda hora; onde comprar remédios para sua enxaqueca, onde almoçar, onde beber coquetéis, ou comprar revistas americanas, ou um par de meias. Mas na maioria das vezes ele me ligava para dizer que estava entediado:

— Tédio, tédio, tédio, querido. Não há mesmo *nenhum lugar* nessa cidade feia onde um rapaz possa se divertir um pouco?

Contei-lhe sobre as atrações de Asakusa e Ueno. Mas ele não demonstrou interesse.

Truman havia ido a Tóquio pela revista *New Yorker*, para escrever um perfil de Marlon Brando, que estava gravando um filme com Josh Logan em Kioto. Infelizmente, Logan havia banido os jornalistas do set e dito a Brando para rejeitar qualquer pedido de entrevista. Ele sabia em que um escritor malicioso como Truman Capote podia transformar sua empreitada no Japão. Então Truman decidiu se fechar como um prisioneiro em seu quarto no Imperial ("Uma casa de repouso em Akron, Ohio, meu querido"). Se ele não conseguisse entrevistar Brando, ficaria furioso:

— O inferno não é quente o suficiente para aquela bicha velha judia do Logan.

Decidi que a única forma de melhorar seu humor — que não estava fazendo bem a ninguém — era sair com ele em busca de algum tipo de romance. Então, levei-o para um pequeno passeio. Ele ficou levemente entretido com as drag queens do templo Hanazono, mas desprezou os rapazes dos bares das linhas azuis, embora alguns deles certamente tenham demonstrado interesse por ele. Não se cansavam de seus cabelos loiros, que acariciavam como se ele fosse um gato siamês. Continuamos indo de bar em bar até que acabamos em um lugar chamado *Bokushin no Gogo*, japonês para *L'Après-midi d'un faune*. Na parede, uma fotografia de Clark Gable olhava para nós. Os móveis tinham um estilo meio francês imperial falso, feitos de madeira barata pintada de dourado. Truman falava sem parar, de forma engraçada, sobre assassinatos medonhos no sul dos Estados Unidos. Sempre que eu apontava algum jovem japonês promissor, ele virava o rosto depois de um olhar superficial e dizia:

— Muito pequeno.

O que ele queria dizer com muito pequeno?

— Muito pequeno lá embaixo.

Como ele sabia? Ele levantou o polegar, como se fosse pegar uma carona:

— Olhe para os polegares, querido. Nunca falha.

Às 2 horas, bêbado devido aos muitos uísques aguados, não mais interessado nas histórias de assassinato e cansado de tentar arrumar alguém para o grande jovem escritor americano, eu lhe perguntei:

— Não gostou mesmo de ninguém?

— Sim, gostei — gemeu ele.

— Graças a Deus. Quem?

Ele olhou para mim com malícia, de esguelha:

— Você.

É hora de ir embora, pensei, apesar de ter conseguido me livrar da situação de forma um pouco mais educada.

Pensei que nunca mais teria notícias de Truman depois que a minha tentativa de arranjar-lhe algum romance terminara em decepção, e mais aborrecimento para ele. Mas dois dias depois o telefone tocou, bem quando eu tentava escrever minha crítica de cinema semanal. Eram cerca de 14 horas. Os corvos faziam um barulho terrível do lado de fora. Não apenas não havia nenhum traço do desânimo de antes, mas sua voz estava positivamente delirante:

— Querido, estou no paraíso! — Perguntei onde ele estava. — No paraíso. Por que não me falou desse lugar, Asakusa?! Todas as belezinhas que se pode comprar na região no templo... — Mas eu havia, sim, mencionado Asakusa a ele. — Não, não mencionou. Tive que descobrir sozinho.

Como muito do que Truman dizia, aquilo revelou-se uma mentira. Sam Fuller o havia convidado para assistir a última cena — a de Bob Stack atirando em Bob Ryan em um parque de diversões — na cobertura de uma loja de departamentos de Asakusa: tiros e carrosséis, música de parque e assassinato, o tipo de coisa que Orson Welles fez tão bem em *A dama de Xangai*. Entediado por ter que esperar a ação começar, Truman foi andar nas redondezas do mercado do templo Kannon, com suas fileiras de pequenas barracas cheias de bugigangas para turistas.

— Ah, aquelas adoráveis flores artificiais, os maravilhosos budas dourados, os lindos bonsais... Comprei um bonito quimono de seda, verde jade, com os mais belos crisântemos em fio dourado. Justamente como eu me lembrava da sala da tia Marie no Alabama. Sabe, quando garoto eu passava horas com sua coleção oriental, imaginando estar no Japão. Agora sei que é tudo verdade. Ah, Sid, queria que você pudesse ter visto.

24

UDO PARECIA ESTAR INDO muito bem com o projeto de Isamu em Hiroshima. Enquanto Yoshiko estava fora gravando, ele trabalhava em seus desenhos de manhã até a noite, sozinho em sua caverna, como um monge ermitão possuído por uma visão que tinha que se realizar a todo custo. À noite, quando saía da caverna, tudo o que queria era falar com Nambetsu sobre expiação, memória histórica, a estética da guerra e outros assuntos grandiosos. Yoshiko, exausta dos longos dias no estúdio, era uma testemunha silenciosa dessas trocas intelectuais. Uma vez ela chegou a pegar no sono sentada à mesa de Nambetsu, e sua cabeça caiu em uma das belas tigelas cheia de uma seleção particular de ouriços do mar crus. Nambetsu ficou fora de si. Isamu, para apaziguar seu mentor, imediatamente chacoalhou sua esposa para acordá-la e pediu que ela se desculpasse pela horrível falta de educação. Ela irrompeu em choro, correu para a noite, escorregou no escuro e caiu no arrozal, gritando de dor por ter torcido o tornozelo. (Olhando com cuidado a cena de *Casa de bambu* em que ela encontra Bob Stack pela primeira vez, é possível ver uma bandagem cor da pele em sua perna direita.) Os homens continuaram tomando saquê e discutindo arte até mais de meia-noite.

O projeto de Isamu para o Memorial da Paz, que seria chamado de Arco da Paz, consistia em uma cúpula baixa, como um enorme ornamento funeral Haniwa, com uma sala subterrânea. Esse espaço sombrio, Isamu me explicou, deveria ser um tipo de cômodo para a tradicional cerimônia do chá, onde as pessoas poderiam refletir sobre questões da vida e da morte. Dentro, haveria uma placa de granito preta com os nomes dos japoneses que foram vítimas da bomba atômica gravados. Houve vítimas não japonesas, é claro, mas ficou decidido pelo Comitê Municipal de Construção do Memorial de Paz de Hiroshima que em nome da "coerência pública" (acho que traduzi direito) elas não seriam incluídas. Não era culpa de Isamu. Milhares de coreanos, muitos deles trabalhadores escravos, morreram devido à bomba, instantaneamente se tiveram sorte, ou devagar, com dores terríveis, se não tiveram. Quando representantes da comunidade nipo-coreana protestaram, alguns anos depois, sobre a exclusão das vítimas coreanas, ouve barulho na cidade, com manifestações e palavras duras na imprensa. No final, permitiu-se que os coreanos construíssem seu próprio memorial do lado de fora do Parque da Paz.

Mas isso ainda não era um problema quando Isamu, depois de muitos meses de trabalho — pelo qual não estava recebendo um centavo —, entregou o projeto ao Comitê Municipal de Construção do Memorial de Paz de Hiroshima, formado por várias pessoas notáveis do governo e do ramo arquitetônico. Tange elogiou o projeto por sua ousadia e clareza. Ambos estavam ansiosos para que a construção começasse. Certamente nada poderia dar errado. Mas deu, é claro. Uma carta formal do comitê foi entregue a Tange, que teve que dar a notícia a Isamu. Seu projeto fora recusado porque a proposta, nas palavras dos cavalheiros do comitê, "embora sem dúvidas servisse muito bem para países estrangeiros, como os Estados Unidos, não era adequada para o Japão". Como explicava a carta, um projeto tão delicado só poderia ser confiado a um artista "que entendesse os sentimentos japoneses".

Isamu ficou devastado, mas era muito orgulhoso para dizer algo em público. No âmbito privado, pude ver o lento azedar do zelo que tinha por mudar o Japão. Isso pode explicar o notório incidente dos calçados de plástico. Notório entre nós, envolvidos na vida de Yoshiko. Por acaso eu estava na Terra dos Sonhos quando o incidente aconteceu. Era uma daquelas sufocantes noites de verão em que se suava só de ficar parado. Isamu e eu estávamos tomando saquê em copos de madeira. Yoshiko ainda estava fora, gravando em algum lugar. Ela havia saído por volta das 5h30, no Packard do estúdio. Raramente voltava antes das 21 ou 22 horas.

Isamu estava de mau humor, ressentido por sua arte não ser compreendida no Japão. Primeiro ele fora saudado como salvador, o famoso artista americano que viera lá de Nova York para ensinar os japoneses a serem modernos. Agora se ofendiam quando ele tentava convencê-los de que suas própria tradição estava, na verdade, mais próxima do espírito moderno do que de suas imitações baratas das tendências ocidentais.

— Não estou nem um pouco interessado em exotismo — disse ele, com os olhos escuros queimando com a paixão de suas convicções. — Estou apenas dizendo a eles para olharem dentro da própria alma. Sabe, o problema dos japoneses é que eles são os únicos que não aprendem com o Japão.

Os últimos raios de sol pintavam a paisagem de cor-de-rosa, como se o arrozal estivesse coberto de flores de cerejeira. Uma manchinha branca ao longe movia-se lentamente em nossa direção. A mancha era o Packard de Yoshiko. Ela suspirou de alívio quando pisou na varanda depois de tirar um par de sandálias de plástico azul-claras.

— Em casa, afinal. O dia foi tão longo! Estou exausta, meus pés estavam me matando. Tem um pouco de chá de cevada frio? — Isamu olhou para os pés dela e não respondeu. Ele nem respondeu ao cumprimento da esposa. Imaginei que ainda estivesse afundado em seus pensamentos sobre arte japonesa.

Yoshiko arrumou o par de sandálias de plástico na entrada da casa, e estava prestes a ir pegar seu chá na cozinha. Ofereci-me para ajudá-la. Ela disse que não precisava. Então algo estalou na mente de Isamu, como um elástico apertado:

— Oi! — gritou para Yoshiko. — Volte aqui! — Ela respondeu que primeiro iria pegar um pouco de chá. — Volte aqui agora! — berrou ele.

Eu nunca tinha visto Isamu tão furioso. Era como se ele estivesse imitando, de forma exagerada, os ataques de raiva de Nambetsu.

Yoshiko, pálida e confusa, voltou para a varanda:

— O quê?

Ele respondeu em inglês:

— Que merda você pensa que está usando?

— Como assim? Meu quimono de verão de sempre. Aquele que você gosta. O que ele tem de errado? — Apesar de estar visivelmente exausta, ela sorriu, ainda querendo agradar.

— Estou falando desse lixo! — Isamu inclinou-se para pegar as sandálias e jogou-as bem longe, no arrozal, onde lentamente afundaram na lama. — Como ousa vir a esta casa usando essa porcaria de plástico?! Você não tem nenhum bom gosto? É uma abominação, uma profanação! Um ataque a tudo que estou tentando conquistar neste seu país desprezível.

Primeiro ela ficou perplexa, depois ficou sem fala e, finalmente, ficou furiosa.

— Ah, então agora o país é só meu, não é? E quanto ao seu orgulho de ser tão japonês? Se você é apenas um estrangeiro, por que se preocupa com as minhas sandálias? Plástico é americano, não? Bem, deixe-me lhe mostrar algo... — Ela tirou da bolsa um par de sandálias de palha tradicionais; estavam cobertas de manchas vermelhas. — Eu usei essas para te agradar, Sr. Tradição Japonesa. Bem, veja o que fizeram com meus pés! — Ela arrancou um curativo da lateral do pé esquerdo e nos mostrou uma ferida nojenta, com pus saindo pelos cantos. — Diferente de você, eu *sou* japonesa. Por que tenho que arruinar meus pés para provar? Vou dizer uma coisa, você é apenas uma americano típico, nunca vai entender nossos sentimentos.

Eu desejei ter desaparecido, mas não havia nenhuma chance de isso acontecer.

— Fique — disse Yoshiko, de modo firme, quando eu murmurei algo sobre estar na hora de voltar para Tóquio. Eu não queria magoá-la, então fiquei, uma testemunha muda e desconfortável de seus problemas conjugais. — Você acha que seu projeto não foi aceito em Hiroshima por discriminação — disse Yoshiko, cuja raiva estava longe de diminuir —, mas não foi discriminação. Foi sua falta de educação. Eu lhe falei para levar presentes quando fosse encontrar os membros do comitê. Eles ficaram chateados. Eu sei. Eu estava lá, lembra?

Isamu, ainda ofegante por seu ataque de histeria, bufou com desprezo:

— O que quer dizer com presentes? Esse é um trabalho profissional. Não estou pedindo a eles nenhum favor. O que espera que eu faça, suborne-os? Não faz o menor sentido.

Mais calma, porém ainda falando com um rigor que eu raramente via em Yoshiko, ela respondeu:

— Você nunca vai entender, não é? Não estamos falando de suborno. Estamos falando de boa vontade, de costumes, de *tradição*. Você está sempre vomitando teorias sobre nossas tradições, mas no fundo não entende. Você pensa apenas com a sua cabeça, como um típico estrangeiro.

Se tudo estivesse bem na Terra dos Sonhos, acho que essa tempestade teria sido levada embora, por assim dizer, no leito conjugal, seguida de uma manhã de sorrisos e desculpas. Mas não foi assim. Yoshiko retirou-se para o quarto, Isamu voltou para o ateliê para trabalhar, e eu passei a noite entrando e saindo de sonhos, dos quais consigo me lembrar de um por ter sido profundamente peculiar: eu entrava em um bar completamente nu. Parecia o *Après-midi d'un faune*, em Kanda; ou pelo menos as falsas mesas francesas antigas pareciam. O lugar estava cheio de homens usando quimonos. Um deles era Nambetsu, que conduzia uma cerimônia do chá. Eu queria participar. Mas ninguém me ouvia. Eles me ignoravam totalmente, como se eu não estivesse lá.

25

A FESTA DE *Casa de bambu* em Tóquio mais pareceu um funeral. Toda Tóquio compareceu, é claro, vestindo suas roupas e joias mais vistosas, mesmo que todos soubessem que o filme não era de qualidade. Em se tratando do Japão, ninguém disse nada abertamente, mas a notícia se espalhou como um raio. As observações depois da estreia foram escolhidas cuidadosamente.

— Notável — murmurou o Sr. Kawamura.

— Exatamente, exatamente — acrescentou a madame.

— Muito interessante — foi o veredicto de Hotta. — O Japão visto através de olhos azuis.

— O figurino estava muito bom — foi a opinião de meu caro e leal Mifune.

Kurosawa apenas tinha um olhar amigável e não disse nada.

Uma vez que nenhum dos atores americanos se deu ao trabalho de ir a Tóquio para a estreia, sobrou para a pobre Yoshiko enfrentar sozinha a desastrosa recepção de seu filme de Hollywood. Bem, nem tão sozinha. Sempre havia um homem da Twentieth Century — Fox em Tóquio, uma figura ridícula chamada "Mike" Yamashita, que ostentava grandes abotoaduras douradas gravadas com suas iniciais, usava ternos risca-de-giz no estilo dos gângsteres de Chicago, e dava tapinha nas costas de todos os estrangeiros. Mike não era de muita ajuda em casos de crise.

Então lá estava Yoshiko, na coletiva de imprensa oficial no hotel Hilltop, em Kanda, vestindo seu quimono e respondendo às perguntas de uma imprensa bastante hostil sobre falhas no filme, pelas quais ela praticamente não podia ser considerada responsável. Os muitos erros — que apenas o *Yomiuri Shimbun* foi gentil o bastante para chamar de "mal-entendidos" — não foram apenas considerados lamentáveis pelos críticos japoneses, mas também insultos deliberados à honra japonesa. O fato de pequenos personagens japoneses terem sido interpretados por nipo-americanos com conhecimento apenas rudimentar de sua língua ancestral; o fato dos aposentos japoneses mais parecerem restaurantes chineses; o fato de um homem correndo no Ginza virar uma esquina e ir parar quase no monte Fuji. Tudo isso foi tomado como tapas americanos, fortes e deliberados, na cara nacional.

Sr. Shinoda, do *Kinema Jumpo*:

— Como se sente estando em um filme que fará com que o mundo inteiro ria de nós?

Sr. Horikiri, do *Asahi Shimbun*:

— Você concorda que *Casa de bambu* é um exemplo típico da arrogância dos Estados Unidos?

Sr. Shindo, do *Tokyo Shimbun*:

— Você ainda se vê como uma japonesa?

Esqueça a honra nacional; cada pergunta foi como um golpe na honra da própria Yoshiko. Embora ninguém tivesse realmente usado esse termo, as implicações estavam bem claras: Yamaguchi Yoshiko era uma traidora.

Ela conseguiu manter a compostura durante a coletiva de imprensa, mas desabou assim que se viu sozinha. As lágrimas escorriam por sua face, estragando terrivelmente a maquiagem. Linhas pretas escorriam como pequenos rios pelos vales ásperos e rosados de seu rosto. Como puderam fazer isso com ela? Por que disseram aquelas coisas horríveis? Eles não sabiam o quanto ela tinha trabalhado para melhorar a imagem do Japão no mundo? Ela havia tentado de tudo para falar com Sam Fuller sobre os erros no filme. Por que as pessoas não a valorizavam mais? Tentei consolá-la da melhor forma possível, sentados no banco de trás do carro da Twentieth Century, um enorme Cadillac Eldorado amarelo, passando pelo canal do Palácio Imperial onde há alguns anos um soldado havia sido linchado por uma multidão de japoneses depois que se soube que os Estados Unidos mantinham bases militares no Japão. Não havia mais multidão, apenas pessoas apressadas indo e vindo do trabalho sob uma garoa fraca, e interioranos fazendo fila na frente do portão do palácio para tirar fotografias de lembrança.

Não foi fácil fazer minha própria crítica no *Japan Evening Post*. No entanto, encontrei uma forma de evitar as áreas de perigo e ao mesmo tempo ser essencialmente honesto. Decidi tratar o filme como um conto de fadas, um conto de fadas americano que se passava no Japão. Tomá-lo como uma tentativa de retratar o verdadeiro Japão seria um terrível engano. Shirley Yamaguchi, escrevi, "interpreta brilhantemente a mulher oriental que existe na fantasia dos ocidentais. Desde *Madame Butterfly* que a adorável inocência e gentil submissão dessa figura icônica não era transmitida de forma tão perfeita."

Quando vi Yoshiko novamente, almoçando em um restaurante especializado em tempura no edifício Nishino, ela não mencionou minha crítica, o que considerei um reconhecimento silencioso de minhas intenções amigáveis. Ela usava um quimono cor de malva e grandes óculos escuros, provavelmente como um escudo contra bisbilhoteiros. Quando os tirou, notei que seus olhos estavam vermelhos e inchados. Achei que fosse pela recepção seca de seu filme, e estava prestes a consolá-la, dizendo como os jornalistas eram irracionais e idiotas, mas sua ansiedade vinha de outra fonte. Yoshiko havia sido convidada para participar de um musical na Broadway, *Shangri-La*, uma versão musical de *Horizonte perdido*, de James Hilton. É uma variação da história de Rip van Winkle. Um avião levando ocidentais para a guerra na China cai no Himalaia. Os sobreviventes acordam em um lugar misterioso onde o tempo não existe e a paz dura para sempre. Um deles, um novelista britânico, apaixona-se por uma linda oriental (Yoshiko). Eles decidem fugir. Mas no momento em que deixam a zona atemporal de paz eterna, a jovem e bela mulher transforma-se em uma velha enrugada.

Eu havia visto o *Horizonte perdido* do Sr. Capra antes da guerra, com Ronald Colman como o romancista e Sam Jaffe como o Grande Lama. Durante meses, sonhei com templos tibetanos, sábios orientais, e montanhas cobertas de neve. O filme alimentou meu ódio pelo mundo em que vivia, seu vício na riqueza material e na violência. Eu teria aceitado uma passagem só de ida para Shangri-La a qualquer momento.

— Minha querida — eu disse —, o papel parece perfeito para você. É claro que deve aceitar.

Ela concordou vigorosamente. Estrelar um musical da Broadway sempre fora seu sonho. Não poderia pedir nada melhor, assegurou-me. Mas ela não parecia nem um pouco feliz. Ficava mexendo no colarinho, enquanto a verdade surgia em pedaços. Aparentemente, Isamu não queria que a esposa fosse. Ele queria que ela ficasse em Kamakura e, de qualquer forma, achava que o musical era apenas "lixo medíocre americano". Mas esse obstáculo foi contornado, embora algumas portas de papel tenham sido rasgadas e louça tenha sido quebrada no processo. Isamu cedeu. Foi preciso. Como disse Yoshiko:

— Minha carreira estava em jogo. Ambos somos artistas, mas ele não entende que eu trabalho para o público. Eu preciso de uma plateia. É diferente de Isamu-san. Ele trabalha apenas para si próprio.

Eis que surgiu uma segunda, e ainda maior barreira: seu pedido de visto foi negado. O motivo não foi declarado. Foi preciso mexer os pauzinhos. Kawamura escreveu para um amigo na embaixada. Cartas foram e voltaram entre Tóquio e Washington. Demorou meses para que chegasse uma resposta do cônsul americano em Tóquio: Yoshiko era "uma ameaça à segurança nacional dos Estados Unidos". Aquilo era loucura. Mas ainda não havia sido declarada uma razão. Outras cartas foram enviadas, a intervenção de contatos foi solicitada. No fim das contas, Yoshiko era suspeita de atividades comunistas. Mas por quê? Mais tempo, mais cartas, mais entrevistas. O nome do coronel Wesley F. Gunn apareceu nos arquivos. Ele havia marcado Yoshiko como suspeita de ser agente comunista na Manchúria na época da guerra. Sabia-se que sua amiga de infância, "a judia Masha", estava trabalhando para o governo soviético. E, além disso, Yoshiko não havia sido claramente amigável com Charlie Chaplin, mesmo quando suas atividades "antiamericanas" foram descobertas?

Assim como os infortúnios da vida armam ciladas para uma pessoa sem avisar, a ajuda também vem de onde menos se espera. Há um quê de justiça sumária nisso, penso eu. Um ano ou dois antes do problema com o visto de Yoshiko, ela havia interpretado o papel de amante de um mercador britânico em Yokohama em um filme japonês nem um pouco memorável chamado, por algum motivo, *Vento de outono*. Ikebe estava nesse filme também, no papel do belo empregado japonês do mercador. O estrangeiro é cruel. A amante se apaixona pelo empregado. Eles tentam fugir juntos. O estrangeiro está prestes a matar o empregado, mas hesita. Os amantes vão embora na neblina.

Um filme nem um pouco memorável, como eu disse, mas decisivo. Pois o mercador britânico era interpretado por um camarada chamado Stan Lutz . Eu o conhecia de vista. Ele havia trabalhado no departamento de inteligência de Willoughby. Uma personalidade duvidosa, com cabelos loiros cor de palha e lábios finos, Lutz havia ficado no Japão depois que a ocupação acabou. Eu o vi uma vez ou duas no restaurante de Tony Lucca, comendo pizza com homens japoneses de pescoços grossos e gravatas berrantes, aquele tipo de gente com quem não se procura briga. Eu não ligava muito para Lutz. Mas Yoshiko parecia se dar bem com ele. Ele participou de mais alguns filmes japoneses, muitos deles um tanto quanto vulgares, aquilo que chamaríamos de "pornô leve" hoje em dia, todos muito ruins. Houve outras empreitadas também, em negócios de um tipo ou de outro.

Lutz não era incomum. Eu conhecia aquele tipo. O Japão oferecia oportunidades ricas para os homens que não eram muito exigentes quanto à forma de ganhar dinheiro. Como diria Lucca, era tudo uma questão de contatos, e Lutz tinha conexões mais poderosas do que a maioria. Um deles era Yoshio Taneguchi, um homem acusado como criminoso de guerra que havia escrito uma famosa biografia enquanto aguardava julgamento. Os Aliados o prenderam por crimes cometidos na China durante a guerra: tortura, assassinato, saque, esse tipo de coisa. Havia rumores de que ele era muito rico. Durante a guerra, o governo imperial japonês ficara tão grato por seus serviços que ele recebera o título de "Contra-Almirante". O tradutor e editor da biografia de Taneguchi era Stan Lutz.

Taneguchi nunca foi a julgamento. Willoughby o liberou devido à sua reputação, à época da guerra, de caçador ávido de japoneses comunistas. Ele era o tipo de homem de que os americanos acreditavam precisar quando a China caiu, no final da década de 1940, e os sindicatos japoneses estavam começando a causar problemas. Acontece que Taneguchi tinha uma simpatia por Yoshiko, de quem ele lembrava nos dias de Ri Koran, na China. Quando Lutz lhe contou sobre os problemas de Yoshiko com o visto, ele disse algo sobre ter sido membro do "fã- clube" de Ri Koran na Manchúria. Ele prometeu falar com amigos do governo americano. O visto chegou em uma semana. Não sei o que Lutz ganhou na transação. Talvez tenha sido um puro ato de amizade. Mas nem "pureza" nem "amizade" eram palavras que eu normalmente aplicaria a alguém como ele.

Para agradecer sua gentil ajuda naquela questão pessoal, Yoshiko ofereceu um pequeno jantar para Taneguchi em um discreto restaurante japonês perto do edifício Hattori, no Ginza. Ficamos em uma sala privada, com tatame. Lutz compareceu. Kawamura foi convidado, mas quando ouviu o nome de Taneguchi, repentinamente se lembrou de um outro compromisso. Isamu estava lá, contra a vontade. A festa nunca seria sociável. Era uma daquelas ocasiões cerimoniais em que a sociedade japonesa não funcionava. Yoshiko assegurou-se que fossem servidos apenas os pratos mais caros. O serviço foi impecável, e a comida... bem, tinha gosto de comida cara. Yoshiko, como sinal de gratidão, entregou um belo embrulho de presente a Taneguchi, um homem baixo, de aparência suína, boca torta e olhos pequenos e perspicazes. Notei que lhe faltava um dedo na mão esquerda.

— É um presente meu e de meu marido — disse Yoshiko.

— Não, não é — disse Isamu, fazendo cara feia como uma criança —, é apenas de Yoshiko.

Yoshiko riu, fuzilou-o com um olhar que fingiu ser de brincadeira, e disse algo como:

— Não dê atenção a ele.

Taneguchi resmungou algo e colocou o embrulho de lado, sem abri-lo. Os resmungos eram, na verdade, sua principal contribuição à conversa. Lutz às vezes traduzia um deles, o que deixava Isamu com o humor ainda pior.

— Eu sei — dizia ele. — Eu falo japonês.

26

LGUNS CASAIS LIDAM BEM com separações frequentes; a ausência aguça sua paixão. Outros não suportam passar nem uma noite separados. Eu não sei como seria comigo. Sou apenas um observador. Não posso dizer que já amei alguém. Já desejei muitas pessoas, é claro. No Japão esse é meu estado normal. Mas amor, viver com uma pessoa e excluir outras, ter uma alma gêmea com quem compartilhar a cama, fazer amor com meu amigo mais íntimo, isso é algo que nunca experimentei, e nem quis experimentar. Amando, o eu de uma pessoa é transformado em outro eu, um eu coletivo, o eu do casal. Desejando, eu também perco meu eu, mas, satisfeito após possuir o outro, gosto de ter meu eu de volta. Então tenho amantes, e tenho amigos. Contento-me em observar como os outros tentam se transformar em casais e fracassam, apenas para tentar a mesma coisa novamente com novos parceiros. Admiro sua bravura, ou devo dizer imprudência? Aprendi a viver sem me iludir, mas admiro o sentimento nos outros.

Uma complicação extra é a natureza particular de meu desejo. Em Ohio, eu poderia ser preso pelo que gosto de fazer. Em Tóquio, sou livre para fazer à vontade. Não que eu não tenha chegado com toda a bagagem de meu passado americano puritano. Desde os gloriosos primeiros dias em Yokohama, consegui me desfazer de grande parte do excedente, mas não tudo. Às vezes desejava ser como aquelas pessoas casadas, felizes como vacas pastando no campo. E às vezes desejava ser japonês, ter garantida minha essência nipônica, entrando nos enormes banhos públicos de meu eu coletivo, em meio a milhões de outros que se parecem comigo, falam e pensam exatamente como eu. Esse também é um modo de perder seu eu.

Mas eu não sou japonês, nem um procriador feliz. Uma das grandes bênçãos de viver no Japão é que o depravado sexual não é colocado em uma bela caixinha. Há certas obrigações, sem dúvidas. Mas contanto que o japonês tenha uma esposa e inicie uma família, o modo como encontra prazer sexual é problema apenas dele. Como estrangeiro, não havia caixas, a não ser uma enorme onde estava claramente marcado: *gaijin*.

No caso de Yoshiko e Isamu, pude ver o fim de sua feliz união se aproximar um pouco antes de realmente acontecer. O incidente das sandálias de plástico já revelou rachaduras que logo aumentariam e se transformariam em sérias fendas. A ideia que Isamu tinha de uma perfeita vida japonesa era uma fantasia que Yoshiko nunca poderia sustentar por muito tempo. Ela era uma estrela de cinema. Precisava ter mais do que um papel. Aquele que Isamu havia escrito para ela não poderia durar para sempre. Broadway e Hollywood ainda lhe acenavam. Era hora dela sair da Terra dos Sonhos. Alguns casais se afastam, como dois braços de um rio. Com Isamu e Yoshiko, foi mais como o zênite de uma série de tempestades que derrubou o decadente edifício de seu casamento, transformando-o em um monte de entulho. A noite da maior tempestade foi também a última vez que visitei a casa em Kamakura.

Um produtor de Hollywood chamado Norman Waterman havia ido a Tóquio. Ele estava considerando Yoshiko para um possível papel em um filme, algo sobre esposas de soldados. Ela o havia convidado para jantar em Kamakura sem consultar Isamu antes. Eu o acompanharia.

Waterman não fazia exatamente o meu tipo. Um homem compacto e pequeno, de voz alta e gosto por sapatos caros, ele de certa forma esperava que eu lhe arrumasse uma "belezinha" local. Ele gostava muito de mulheres. Não chegou a usar o termo "garotas de quimono" (ele disse "belezinha"), mas era isso que ele estava procurando. Coloquei-o em um táxi com o endereço de uma casa de massagem muito conhecida escrito em um pedaço de papel. Os motoristas de táxi de Tóquio precisam de instruções muito diretas para chegar à maioria dos lugares. Não a esse, no entanto. Todos o conheciam. Waterman voltou com um sorriso largo no pequeno rosto, como um cachorro sacudindo o rabo de alegria depois de ganhar um osso suculento para roer.

Mas Waterman, na verdade, não era de todo ruim. Compartilhávamos o gosto por filmes de Preston Sturges, especialmente *Essa loura é um demônio*, do qual Waterman havia participado em uma posição pouco importante, como assistente do assistente do produtor. Contanto que ficássemos fora do assunto "belezinhas" e falássemos de cinema, nos dávamos bem.

A noite estava sufocante. As últimas cigarras estavam cantando preguiçosas sob um céu estrelado. Isamu, que não tinha nenhum interesse em Preston Sturges, ou em cinema, ou nas perspectivas de Yoshiko ter uma carreira em Hollywood, odiou Waterman logo de cara. Ele mal reconheceu sua presença, enquanto Yoshiko contava histórias sobre seus bons amigos Charlie Chaplin, Yul Brynner, King Vidor, Ed Sullivan e assim por diante. Waterman ficou encantado.

— Você vai amar trabalhar em L.A. — disse, com a voz ecoando pelos arrozais até a casa de Nambetsu, onde o *sensei* fatiava sashimi.

— Espero que goste de nossa comida japonesa — disse Yoshiko.

— Gostar? — disse Waterman. — Eu adoro! Sukiyaki, tempurá! — Isamu olhou para o homem como se ele fosse um macaco, um bicho selvagem.

Nambetsu, para meu alívio e, devo dizer, surpresa, comportou-se bem, mesmo quando Waterman pronunciou seu nome errado. O velho apenas sorriu, exalando benevolência, como um adulto em festa de criança. Waterman era o tipo de americano com que os japoneses sabem lidar, não como aqueles estrangeiros malucos que tentam ser exatamente como eles. Waterman realmente se comportou como um estrangeiro. Não houve nenhuma surpresa. Nambetsu, como todos os japoneses, apreciava a previsibilidade. Ele encheu o copo de Waterman com saquê. O americano opôs-se amigavelmente:

— Não sou muito de beber, Sr. Nambis. Se continuar enchendo meu copo desse jeito, logo estou baleado.

— Baleado?

Eu expliquei o significado. Nambetsu balançou a mão.

— Ah, não — disse ele. — Vocês estrangeiros são fortes. Beba mais.

O rosto de Waterman logo ficou muito vermelho, como se estivesse com muito calor. E sua voz ficou ainda mais alta. Como fazem muitas pessoas que não têm o costume de beber, ele bebeu muito rápido, estimulando Nambetsu a colocar mais saquê em seu copo. Isamu, só para se fazer de difícil, recusou-se a falar inglês, de forma que Yoshiko e eu éramos obrigados a traduzir o pouco que ele dizia em seu japonês capenga. Não tão insensível como sua voz estrondosa possa ter sugerido, Waterman estava bem ciente da hostilidade de Isamu e tentou, de seu modo americano, neutralizar a tensão.

— Ei, Isamu, relaxe. Soube que você é um artista famoso. Fez alguma exposição recente nos Estados Unidos?

O rosto de Isamu escureceu. Houve uma pausa estranha, preenchida pelo canto cansado das cigarras.

— É justamente o que eu venho falando para ele, Norman — disse Yoshiko, esforçando-se para parecer brilhante. — Ele está ficando muito estagnado aqui no Japão.

Nambetsu estava na cozinha preparando o próximo prato. O cheiro de cavala grelhada invadiu a sala.

— Vou até nossa casa — disse Yoshiko — pegar um catálogo da última exposição de Isamu em Tóquio.

Isamu disse para ela ficar onde estava. Waterman disse que adoraria ver o catálogo. Sentindo outra tempestade se formando, eu não disse nada. Sabia quando manter minha cabeça baixa. Yoshiko deixou a sala e tropeçou nas sandálias, no escuro.

— E então, quando volta para os Estados Unidos, Isamu? — insistiu Waterman. — Quer dizer, é ótimo aqui, bonito, mas você não pode se esconder assim no meio do nada para sempre. Tem que expor em Nova York, L.A. É onde as coisas acontecem. Veja Yoshiko. Ela sabe como é.

Isamu olhou para ele, perplexo.

— O que você sabe sobre arte? Não passa de um idiota ganancioso. Você é o motivo pelo qual qualquer coisa de valor na América afunda no lixo. A cultura do lixo, é o que você é. Você é um propagador do lixo, um mercador de porcarias, um inimigo da arte.

— Fique calmo, camarada! — gritou Waterman, o rosto da cor de uma beterraba. — Você não pode criticar meus filmes...

— Eu nunca vi seus filmes horríveis, e duvido que um dia verei!

— Eu faço produtos de qualidade...

— Produtos?

— Escute aqui, seu maldito esnobe, eu trabalho pra burro para produzir arte para pessoas reais, enquanto você... você só fica aqui sentado em sua pequena caverna no Japão, pensando que é bom demais para sujar as mãos no único lugar que conta, onde o público decide o que é bom e o que é ruim. Você fala de arte. Eu conheço a arte, amigo. Sempre foi assim, na Itália da Renascença e também em Hollywood, EUA. Michelangelo não ficou sentando se masturbando em Roma. Ele fez...

Aconteceu muito rápido. Waterman estava resmungando e o chá escaldante da xícara de Isamu escorria por seu rosto. Foi o momento que Yoshiko escolheu para voltar de sua casa, carregando o catálogo da exposição de Isamu em Tóquio. Waterman estava se lastimando no chão, cobrindo o rosto com um guardanapo.

— Gelo! — gritou ele. — Pelo amor de Deus, me arrumem gelo!

Eu fiquei lá sentado, paralisado pelo choque. Yoshiko jogou o livro no chão e gritou com o marido em japonês.

— O que está acontecendo? O que você fez?

Ela olhou para mim, mas eu não sabia o que dizer. Furiosa como eu nunca havia visto antes, Yoshiko berrou:

— Não acredito no que está acontecendo aqui. Você agrediu meu convidado?

Isamu disse para ela se calar. O homem havia insultado sua inteligência. Nambetsu, servindo o peixe em silêncio, concordou com a cabeça.

— Insultou sua inteligência? Quem você pensa que é? Ele é nosso convidado!

— Cale-se, mulher — disse Isamu, respondendo em inglês ao japonês dela —, você não sabe o que está falando. Já me insultou trazendo esse charlatão de Hollywood para minha casa!

— Charlatão? O que você quer dizer com charlatão? Eu ..

Isamu havia pego um cinzeiro e arremessado em sua mulher, mas não acertou seu rosto. Ele atingiu a porta corrediça de Nambetsu, feita com o mais fino papel de Shikoku, e bateu na parede de cipreste, provocando uma horrível rachadura. Eu mal sabia o que estava fazendo lá. Ainda era um observador chocado, mas dessa vez um impulso insano me tirou do estado passivo. Fiz o que ninguém deve fazer: intervir em uma briga conjugal. Irracionalmente, levantei-me, o cavalheiro de armadura brilhante, o protetor do sexo frágil, e gritei a primeira coisa que me veio à cabeça:

— Não ouse jogar coisas em uma dama!

Os olhos de Isamu, quentes de raiva, voltaram-se para mim. Mesmo Yoshiko, objeto de minha bravura, parecia chocada. Eu havia desviado a tempestade voltando-a para cima de mim. Waterman havia cambaleado até uma torneira e jogava água no rosto com movimentos frenéticos, como se estivesse pegando fogo. Nambetsu olhou para mim com desprezo, talvez até com ódio. Eu nunca me esquecerei de suas palavras:

— Você não passa de um estrangeiro comum, no fim das contas.

27

VI YOSHIKO apenas uma vez antes de ela partir para a América. Tomamos café em nossa mesa de sempre no hotel Imperial. Não se mencionou o incidente com Waterman. Mas ela disse que seu casamento com Isamu havia terminado. Ela havia sido tola por achar que poderia viver com um estrangeiro, disse. As diferenças culturais tornaram aquilo impossível.

— Isamu acha que conhece o Japão, mas é um típico americano. Ele nunca nem aprendeu a falar japonês direito. Você é diferente, Sid-san. Mas Isamu vive em um mundo de sua própria imaginação. Admiro sua pureza como artista. Mas não posso me sacrificar por sua arte.

A separação deve ter sido difícil para ela. Quando tirou os óculos escuros para esfregar os olhos, pude ver que havia chorado.

— Divórcio é uma coisa terrível — eu disse, parecendo estúpido até para mim mesmo —, mas você superará logo. O tempo cura tudo. Pense em todos os filmes que fará na América, e os espetáculos na Broadway.

— Não é isso — disse ela, com certa irritação. — Acredite, o divórcio será um alívio. É que recebi más notícias hoje, mas está tudo bem. Não há nada que possa ser feito.

Quando insisti, como amigo e confidente, que me contasse o que era, ela balançou a cabeça em negativa. O garçom de aparência estranha veio perguntar se queríamos mais alguma coisa. Eu pedi mais um café e me acomodei na cadeira. Uma jovem com vestido de noite tocava um piano branco. Yoshiko começou a falar sobre seu pai. Ele sempre fora do tipo irresponsável, disse ela, um apostador, incapaz de cuidar da própria família. Mas fora um bom homem na China, um verdadeiro idealista. Ele amava genuinamente os chineses. A China era seu mundo, sua razão de viver. Mas depois da guerra, de volta ao Japão, ele não conseguiu encarar a vida. Mal podia cuidar dele próprio, muito menos de sua família. Era como se não tivesse mais nada pelo que viver. Então ele se tornou um vadio, roubava o dinheiro da própria filha, apenas para perdê-lo no jogo. No início, Yoshiko sentia pena dele. Ele também, ela acreditava, havia sido vítima da terrível guerra. Mas ela colocou um fim nisso. Embora continuasse a levar seu nome, não queria ter mais nada a ver com ele.

Novamente ofereci minha solidariedade. Deve ser muito difícil perder um pai assim. Não, disse ela, não era isso também. Então o que era? Uma lágrima solitária escorreu por seu rosto.

— Sid-san — disse ela, suavemente —, lembra-se daquele homem que veio atrás de mim depois do casamento?

Parei para pensar um instante e disse sim, é claro que lembrava. Bem, seu nome era Sato, Sato Daisuke. Ele havia sido como um pai para ela na China, mais do que seu pai verdadeiro, sempre cuidando dela, ajudando-a quando estava com problemas. Sato havia amado intensamente a China, como seu pai. Na verdade, ele tinha uma queda por garotas chinesas, e estava sempre metido em complicações, mas tinha um bom coração. Nesse momento, ela parou, secando os olhos com um lenço de seda.

— Ele merecia coisa melhor — disse, soluçando.

O que acontecera com ele? Quem era Sato?

Recebi apenas fragmentos de informação: ele havia trabalhado para o Exército japonês, havia tido sorte por escapar de ser preso pelos russos depois da guerra. Mas, disse Yoshiko, talvez houvesse um destino ainda pior do que morrer em um campo de escravos na Sibéria. De volta a seu país, Sato não tinha mais razão para viver. Seu mundo, como o do pai de Yoshiko, havia desaparecido. Então ele vivia como um fantasma, aparecendo de tempos em tempos sem avisar. Ela lhe dera dinheiro. Ele prometera ficar afastado. Mas não conseguira seguir em frente e cometera suicídio. Seu cadáver sem cabeça foi descoberto por um fazendeiro de Yamanashi. Ele havia se amarrado a uma árvore depois de tomar uma overdose de remédios para dormir. Foi no auge do verão. Um *akita* deve ter encontrado sua cabeça vários dias antes e fugido com ela. O cão foi visto por uma garota da região enquanto mastigava seu prêmio em um galpão abandonado.

Enquanto ouvia essa terrível história, minha mente foi levada de volta às minhas primeiras impressões do Japão, naqueles cinemas na parte leste da cidade. Lembrei indistintamente de histórias de figuras decadentes chegando a casas arruinadas que não mais reconheciam, encontrando suas esposas vivendo com outros homens. A pianista com vestido de noite tocava uma música de Cole Porter, com destreza e desprovida de qualquer sentimento humano.

— Bem — disse Yoshiko —, não adianta nada perder tempo com o passado, não é? Não podemos fazer mais nada a respeito. Lembra-se daquela canção que todos cantavam há um ano? — Ela cantou: — *Que será, será, whatever will be, will be...* — E ainda sorrindo, disse: — Acredito nisso. Um dia o mundo há de se transformar em um lugar melhor. E é a isso que quero dedicar minha vida. Você sabe disso, não é, Sid?

Não entendi muito bem o que ela estava querendo dizer.

— Dedicar-se a quê, querida?

Ela apertou levemente meu braço.

— À paz, é claro — disse.

E então Yoshiko partiu para os Estados Unidos, onde um futuro brilhante esperava por ela, ou pelo menos era o que esperava. Isamu viajou em uma turnê pelo mundo, paga por uma grande fundação americana, para pesquisar sobre arte e religião, ou talvez fosse cultura e espiritualidade. Nambetsu conseguiu, sem minha ajuda, ter grande sucesso comercial em Nova York. A Sociedade Japonesa organizou uma enorme exposição de suas obras, e um dos Rockeffeller comprou todas as suas pinturas.

Shangri-La estreou razoavelmente bem. As críticas em Boston e Baltimore foram respeitosas, porém não exatamente entusiasmadas. Ainda assim, havia tempo para melhorias. O figurino foi muito elogiado, e Sam Jaffe, mais velho e ainda mais parecido com uma vovozinha encarquilhada do que no cinema, foi considerado ótimo como o Grande Lama. Yoshiko certamente estava perfeita no papel, pelo que eu soube. "Bonita como uma flor tropical", declarou o *Baltimore Sun*. Ela deu uma entrevista para a revista *Time*, refletindo com adequada modéstia sobre seu papel de embaixadora oriental. Sua fotografia, mostrando-a vestindo uma roupa em estilo tibetano, foi publicada em página dupla na *Life*. Ela foi entrevistada no *Ed Sullivan Show* sobre a sabedoria espiritual do budismo. Bob Ryan foi vê-la nos bastidores, na Filadélfia. Ele lhe disse ter certeza de que ela seria um triunfo na Broadway. Foram reservadas mesas no Sardi's para a noite de estreia. Flores foram encomendadas, astros foram convidados, caixas de champanhe fora empilhadas. Toda a Nova York estaria presente.

E foi um fracasso. Não só um fracasso, foi uma bomba. O figurino foi elogiado mais uma vez, e Sam Jaffe foi novamente considerado um excelente Grande Lama. Yoshiko estava "bela como uma peônia", declarou o crítico do *New York Times*. Mas a música era uma droga e, como colocou o *New York Herald Tribune*, "a história era tão insípida quanto chupar gelo". *Shangri-La* seguiu corajosamente em cartaz por três semanas. Convites para festas foram cancelados, almoços adiados. Yoshiko, de repente, estava totalmente sozinha na cidade grande.

Ela nunca mais soube de Waterman. Mas as portas de Hollywood não se fecharam totalmente em sua cara. Ela foi escalada para uma comédia chamada *Navy Wife*, dirigida por um sujeito de nome Ed Bernds, que começou como sonoplasta do Sr. Capra e depois fez algum sucesso com os Três Patetas. Eu nunca vi *Shangri-La*, mas deve ter sido uma obra-prima comparada a essa produçãozinha ridícula. Joan Bennett é a esposa de um comandante da Marinha americana estabelecido no Japão (e esposa verdadeira do produtor de cinema Walter Wanger, daí sua aparição; eu não vejo nenhum outro motivo pelo qual ela teria se dado ao trabalho). Seu nome é Judy, ou algo parecido, e o homem da Marinha é Bud, ou Bob, ou Jack — não me lembro. O mote é que uma dona de casa japonesa, interpretada por Yoshiko, observa como Judy, ou Debbie, ou o que quer que seja, dá ordens a Bud, ou Jack, o tempo todo, e não só dentro de casa. Então Yoshiko quer "direitos iguais" também, como a esposa americana. Tudo chega a um ponto crítico em uma festa de natal dos militares, uma cena que deveria ser engraçada, mas é na verdade deprimente.

Como presumiu-se que o filme seria de interesse da comunidade expatriada em Tóquio, fui obrigado a fazer uma crítica sobre ele. Escrevi: "Muito talentosa para estar nessa produção fracassada, a beleza de Shirley Yamaguchi ainda vale o preço do ingresso. Dadas as graves limitações do roteiro, ela tira o máximo de um personagem tão ridículo que não chega nem a ser engraçado". Não foi minha melhor resenha, eu sei, mas também tive que lutar com um material nada promissor. Meu encantador editor, Cecil Shiratori, adorou o filme e perguntou por que eu tinha que ser tão "ne-ne-negativo". Acho que o filme não ficou em cartaz por mais de uma semana no Japão. A crítica japonesa ignorou-o educadamente.

Não muito tempo depois de sua aparição em *Navy Wife*, Yoshiko anunciou ao mundo que estava se aposentando como atriz de cinema e se casaria com um jovem e promissor diplomata japonês. Fiquei estupefato. Um fracasso na Broadway e um filme sem valor não deveriam tê-la intimidado, muito menos afundado uma carreira internacional em formação. Ela ainda era a maior esperança do Japão. Talvez o "amor verdadeiro" tenha estimulado esse ato maluco e impulsivo. Se for verdade, confirma minhas dúvidas sobre o amor verdadeiro. Temo que o jovem e promissor diplomata tenha agido quando ela estava mais vulnerável. Infelizmente, no entanto, casando-se com uma atriz mais velha e com um passado cheio de altos e baixos, ele assegurou que sua promessa de juventude não se realizasse. Ele não foi exatamente demitido do Ministério das Relações Exteriores, mas foi mandado para Rangoon. Que diabos Yoshiko faria em Rangoon, ninguém saberia dizer. Senti-me preso em um emaranhado de emoções: abandono, perda, e até um certo sentimento de traição. Uma grande lenda havia morrido antes do tempo. Um estrela brilhante havia escurecido de repente. Senti com se eu tivesse sido arrancado de um sonho maravilhoso.

Eu ainda adorava Yoshiko, é claro, e esperava retomar meu papel de confidente quando ela voltasse a Tóquio. Com certeza seu marido não se importaria comigo. Ele deve ter ouvido que eu não era uma ameaça. Estava morrendo de curiosidade sobre suas aventuras em Nova York e Hollywood. Ela me telefonou uma vez, do apartamento do marido. Fofocamos e rimos, como nos velhos tempos, e então cometi o erro fatal. *Navy Wife* surgiu no assunto e, felizmente, concordamos que se tratava de um filme terrível. Ela disse:

— E vamos dizer a verdade, eu também não estava muito bem, não é?

— Realmente, querida, não estava.

Ouvi um clique: ela desligou o telefone. Nunca mais ouvi falar dela.

28

A TEMPORADA DE CHUVAS de 1959 parecia não ter fim. Tudo em meu apartamento, do chão de tatame às roupas no armário, tinha forte cheiro de mofo. Meus sapatos no corredor haviam ficado verdes. As capas de meus preciosos livros estavam arqueadas, como se tivessem passado pelas mãos de um daqueles homens fortes do circo. Além disso, eu tinha pouca vontade de me aventurar a sair na garoa, ou durante um pé d'água, ou no pinga-pinga das quentes chuvas de verão. Não é de se estranhar que os japoneses tenham tantos nomes para "chuva". Queria que tivessem mais nomes para "princípio", ou "espontaneidade". Eu estava entediado com meu trabalho de crítico de cinema, cansado de ouvir minha própria voz, semana após semana, dando o veredicto sobre o trabalho dos outros. Estava tentando escrever um romance passado durante os anos de ocupação, mas percebi com dor no coração que não ia dar em nada. As palavras continuavam sendo abstrações, sem o perfume da vida. As opiniões ficavam invadindo. Talvez eu tenha escrito muitas críticas. Francamente, estava ficando entediado com o Japão.

Definitivamente, as coisas que me encantaram quando cheguei, a estranheza, a inocência infantil, a cortesia, a ligação com a forma e a cerimônia, todas essas coisas haviam começado a me dar nos nervos. Agora, em vez de exotismo e formalidade, eu via estreiteza de horizontes, conformismo e limitação. A educação obsessiva era uma forma de hemofilia social, o terror de ferir a autoestima de uma pessoa para que ela não sangrasse até a morte. Esses sentimentos podem passar, eu sei, e o estranho e inesperado encontro com um belo jovem com espaço entre os dentes e coxas firmes elevaria meu espírito, mas nunca por muito tempo. Eu deveria ter me alegrado com a revitalização de Tóquio, que passou do caos carbonizado a uma cidade próspera. Era bom ver que as crianças que brigavam por pontas de cigarro e procuravam comida nas latas de lixo desapareceram da cidade. Era uma bênção saber que milhões de japoneses comuns estavam começando a levar vidas civilizadas novamente. Cada novo letreiro de neon e edifício de concreto era certamente um sinal de progresso. Apesar disso, eu não podia evitar sentir que a esperança de algo mais inspirador do que o conforto material havia sido frustrada. Pensando no espírito indomável daquele povo derrotado reunido nos cinemas em 1946, sua abertura a novas ideias, seu estoicismo honesto, eu tinha uma sensação de perda, de promessa não cumprida e esperança abandonada. Algo ótimo poderia ter nascido da catástrofe. Em vez disso, os japoneses haviam adquirido o pior do estilo de vida americano, importado no atacado, com muita avidez e nenhum entendimento. Demos a eles a democracia, e o que fizeram com isso? Elegeram um primeiro-ministro que havia sido preso por crimes de guerra há poucos anos.

Eu reclamo dos japoneses, mas o maior culpado é meu próprio país. Nós os ensinamos a nos imitar de todas as formas, e eles foram alunos muito aplicados. Infundimos a ideia de nossa superioridade, e eles acreditaram, pobres cordeiros. Libertamos da prisão Kishi Nobusuke, escravizador da Manchúria e ministro do general Tojo na época da guerra, só porque ele era anticomunista. Alguém protestou? Nem um pouco. Os japoneses queriam esquecer o passado e ser corrompidos pela promessa de riquezas. Queriam muito. Como uma submissa garota pan-pan, o Japão abriu as pernas para que nós o fecundássemos com a semente de nossa superficial mediocridade. A garota pan-pan conseguiu sua goma de mascar, as barras de Hershey's, o perfume e as meias de seda, mas perdeu sua alma. E agora nos odiava por isso.

O ódio do seduzido pelo sedutor, da puta por seu cliente; eu via isso nos filmes: a sucessão eterna de histórias amargas que se passavam perto de bases militares americanas, ou os filmes sobre Hiroshima, um deles mostrando um grupo de perversos turistas americanos comprando ossos das vítimas incineradas como suvenir.

Sempre me senti tentado a ver a eleição de Kishi, aquele burocrata calculista, sem queixo e dentuço, como o início de tudo o que deu errado no Japão, mas eu deveria ter visto os sinais de podridão muito antes, na época em que eu estava cego pela inocência de meus ideais. Talvez a transformação do Japão estivesse condenada desde o início, condenada pela arrogância e pelas falsas expectativas. Como os americanos chegaram a acreditar que pudessem pegar uma cultura ancestral e refazê-la à sua própria imagem apenas com o toque da varinha mágica do general MacArthur? Apenas um povo sem nenhum senso de história ou tragédia poderia ser convencido por tamanha arrogância. Talvez Tony Lucca estivesse certo: nossa presença no Japão não valia mais do que uma lata de feijões. A ocupação não passava de uma onda no oceano da história japonesa.

Ainda assim, para minha surpresa, meu velho amigo Nobuo Hotta, cujo rosto estava marcado por todo o sofrimento da história de seu país no século XX, estava estranhamente otimista naqueles anos anticomunistas da ascensão de Kishi. Normalmente o mais taciturno dos homens, ele, na verdade, estava animado quando nos encontramos uma noite para beber no Paloma, seu barzinho favorito em Shinjuku, perto do templo Hanazono. Foi uma daquelas noites mágicas de Shinjuku. O ar estava nebuloso depois das chuvas, como uma renda fina, e as luzes de neon brilhavam nas ruelas cheias de bares. Um músico itinerante dedilhava um violão atrás do banheiro público. Ainda era cedo, e apenas uma ou duas pessoas estavam no bar, conversando com Noriko, a Mama-san e guardiã de meus segredos.

— Kishi? — disse Hotta. — Eu conheci Kishi na Manchúria. Ele era membro do fã-clube de Ri Koran, sabe. Um homem agradável, de bons modos, sempre sorrindo, e tinha as mãos muito macias, quase como as de uma mulher. Nunca se imaginaria que ele era responsável por milhares de chineses trabalhando até a morte na fundição de aço e nas minas de carvão de Manchukuo. Mas não se preocupe. Ele exagerou na medida dessa vez. O povo japonês não será enganado novamente. Você vai ver, o povo vai se levantar contra ele. Vocês americanos podem achar que conseguem escapar forçando um tratado de segurança goela abaixo dos japoneses. Você acha que permitiremos que deixem todos os seus bombardeiros em nossa terra, e porta-aviões em nossos portos. Bem, pense melhor. Kishi não parece se importar em entregar nossos direitos em troca de um pote de ouro. Ele não se importa se o Japão se transformar em uma enorme base militar do imperialismo ianque. Mas o povo japonês não vai aceitar. Não dessa vez. Se Kishi assinar esse tratado, haverá uma revolução. Esse é o momento mais importante de nossa história, o momento pelo qual esperei a vida toda. Podemos ser rebeldes também, sabe. Fique atento, a revolução finalmente vai acontecer.

Não gostei do modo como ele falou "vocês americanos", e disse isso a ele. Eu era contra o tratado de segurança também. Odiava a arrogância dos americanos. Primeiro pregamos a paz e a democracia e transformamos os japoneses em uma nação de pacifistas, e agora dizemos a eles que foi um erro, e devemos ser aliados em outra guerra, contra os comunistas. Eu estava tão ultrajado quanto Hotta. Ele se eximiu imediatamente:

— Peço desculpas, Sidney. Sei que é mesmo um de nós.

Bebemos outro uísque em homenagem a isso, e outro, e outro, até sairmos na luz aveludada do amanhecer de Shinjuku, de braços dados, como velhos camaradas, cantando *A Internacional* em japonês.

Para combater a melancolia, fiz o que sempre fazia quando estava deprimido: passava cada vez mais tempo no cinema. Havia descoberto o charme dos filmes japoneses de gângsteres. Em vez de encarar outra noite sem dormir em meu apartamento, eu ia às exibições que duravam a noite toda, com os cinéfilos e os vagabundos bêbados, assistir aos meus heróis da Yakuza dominando o mundo moderno. Uma noite assisti a Kensuke Fujii em sua série *A espada da justiça*. Fujii era lindo a seu modo, sombrio e taciturno (muito tempo depois, descobri que ele era um homem como eu, mas com gosto por grandes garotos americanos que o subjugavam em suas férias em Honolulu; foi uma boa coisa os fãs nunca terem descoberto).

O enredo era sempre o mesmo: os vilões usavam ternos, como banqueiros ou gângsteres de Chicago, e matavam os inimigos a tiros. Fujii e sua gangue eram tradicionalistas vestidos em quimonos que usavam como arma a espada japonesa. Os vilões ganhavam dinheiro com acordos imobiliários ilegais, esquemas financeiros, e falcatruas no ramos de construções. A boa Yakuza reprovava essas práticas. Na inevitável última cena, Fujii, provocado além da conta pelos vilões, tirava sua espada em uma missão, sempre suicida, para restaurar a justiça no mundo enfrentando os bandidos sozinho. Esse era o momento em que os fãs, quase dormindo naquele ambiente fedendo a cigarro e privadas entupidas, movimentavam-se nas cadeiras e gritavam palavras de encorajamento para a tela: "Pegue eles, Ken-san!", ou "Esse é o homem!", ou "Morra pelo Japão!". Mas cada vez mais, na primavera de 1960, comecei a ouvir variações desses temas que pouco tinham a ver com as histórias da Yakuza de Fujii, exceto, talvez, no espírito: "Acabe com o Tratado!", "Derrube o imperialismo dos Estados Unidos!", "Vá pegar Kishi!".

Talvez o velho sábio Hotta estivesse certo, afinal. Talvez realmente houvesse uma revolução dessa vez, encenada de baixo, pelo próprio povo japonês. Eu achava providencial. Nossa, e como achava. Empolgado durante aquelas mágicas semanas de maio, rabisquei as seguintes notas em meu diário.

Dia do trabalho: Trabalhadores e estudantes manifestaram-se em espírito festivo, carregando enormes imagens de Kishi, um ogro com olhos de dragão e caninos monstruosos.

19 de maio: Socialistas membros da Dieta obstruíram a entrada para a sessão plenária para impedir Kishi e seus colegas conservadores de votarem o novo Tratado de Segurança. Kishi deu ordens para a polícia tirar seus oponentes de lá à força. O porta-voz da câmara chegou à tribuna. O tratado foi aprovado sem os socialistas.

10 de junho: O secretário de imprensa de Eisenhower, James C. Hagerty e o embaixador dos Estados Unidos, Douglas MacArthur II, foram cercados em seu carro a caminho do aeroporto de Haneda. Eles tiveram que ser evacuados por um helicóptero militar.

15 de junho: Estudantes carregando longos mastros de madeira, como lanceiros medievais, tentaram invadir o portão sul do edifício da Dieta, enquanto outros, dezenas de milhares, talvez até centenas de milhares de estudantes, trabalhadores e cidadãos comuns, corriam na direção do Parlamento. Alguns tinham espírito festivo, carregando cartazes e bonecos grotescos de Kishi e Ike, cantando: *"Washoi! Washoi!* Acabem com o tratado! Fora Kishi! Fora Kishi! Abaixo à invasão estrangeira!" Outros eram mais como um exército, marchando em ordem de hierarquia, estudantes do último ano da faculdade antes daqueles do segundo ano, e estes antes dos calouros, com representantes da federação estudantil Zengakuren, com expressão severa, gritando slogans nos megafones. Ainda havia outros, de mãos dadas, formando parte de uma grande e impenetrável serpente, enrolando-se pelas avenidas que levavam à Dieta, onde a tropa de choque esperava por eles, usando capacetes como guerreiros samurais, com cassetetes e escudos.

Era mais empolgante do que qualquer festival xintoísta que eu já tivesse visto, ainda mais estimulante do que os festivais *hadaka matsuri* (festival dos homens pelados) no nordeste rural. Era o povo em ação, cuja empolgação não entrava em ebulição devido a um talento cultural para a cerimônia. Setecentos mil jovens delirantes sentiram seu poder ao se aproximarem dos governantes da nação. Aquilo poderia ter facilmente acabado em violência em massa. Mas quando chegava perto do caos, a multidão era contida por um senso de disciplina que tornava sua demonstração de poder ainda mais inspiradora.

Eu estava morrendo de vontade de me juntar a eles, de me misturar aos manifestantes, de me perder em seu delírio coletivo, meu suor misturado ao deles, meu corpo submerso na dança ziguezagueante da rebelião. Naquele momento, no meio da multidão, senti-me totalmente vivo. Não havia modo de me juntar à serpente; eles estavam tão apertados quanto jogadores de futebol americano formados em linha. Se eu chegasse perto, seria arrastado por uma onda. Tentei me juntar à marcha, mas onde eu me encaixaria? Com os alunos do segundo ano ou com os do último? Com os estudantes da Universidade de Tóquio, ou com os da Waseda, cada um com seus próprios cartazes? Eles continuavam marchando, passaram por mim gritando: "Invasores estrangeiros, voltem para casa!" Rostos individuais, contorcidos não de raiva, mas em êxtase, perdiam-se em um redemoinho de corpos e faces, mas meus olhos se encontraram, apenas por um instante, com os de um belo estudante universitário, bem no momento em que ele estava denunciando meu país. De repente, ele pareceu se sentir culpado, até constrangido, e enquanto passava rapidamente por mim, gritou:

— Desculpe!

Eu deveria ter ido atrás dele. Queria desesperadamente lhe dizer que parasse de se sentir culpado. Sua causa era justa. Eu estava do seu lado. Mas ele já tinha sido varrido com uma onda, para dar espaço para a agitada onda seguinte de cantos, dança, marcha. Tentei acompanhar, seguindo o mar de pessoas até a Dieta, animando-os todo o tempo. Estava empolgado com a força dessa rebelião, que continha esperança verdadeira de mudar, de reviver aquela sensação de possibilidades ilimitadas que senti quando cheguei ao Japão. Mas também tive uma sensação de impotência e frustração, como um espectador solitário de uma grande orgia.

Perto do portão sul, a situação ficou mais confusa. Batendo contra as barricadas da polícia, a disciplina pareceu ter se quebrado. Da mesma forma que alguns estudantes golpeavam o portão, outros jogavam seus corpos na polícia de choque com um tipo de precipitação que acabaria mal. Foi a primeira vez que vi sangue fresco, escorrendo do rosto dos jovens que haviam chegado muito perto dos cassetetes. Um policial, preso no meio de um grupo de estudantes que usava faixas na cabeça com a inscrição *Vitória ou morte*, corria o risco de ser linchado. Uma jovem foi pisoteada e gritava por ajuda. Um novo grupo que eu não havia visto antes entrou na confusão. Jovens com cara de camponeses, usando uniformes do exército, abriram caminho com espadas de madeira kendo por meio das fileiras de estudantes. Fizeram-no com a raiva de garotos do interior que mal podiam esperar para ensinar uma lição àqueles estudantes mimados. Eu não sabia na época, mas eles eram os rufiões "patriotas" que trabalhavam para Yoshio Taneguchi, o mesmo homem que ajudou Yoshiko com o problema com seu visto.

Se foi um dos brutamontes de Taneguchi ou um dos estudantes eu nunca vou saber. Minha memória é um borrão de imagens desconexas. Lembro-me da menina pisoteada gritando, e de minha tentativa de chegar a ela. Lembro de alguém gritando: "Abaixo aos demônios anglo-americanos!" Recordo-me disso porque era uma coisa estranha de se dizer. O que os britânicos tinham a ver com tudo aquilo? E também lembro de ter visto um carro preto passando pelos manifestantes na direção do parque Hibiya, longe da Dieta. Uma mulher, esticando o pescoço pela janela, gritou para os estudantes:

— Continuem, continuem, estudantes do Japão! Estamos orgulhosos de vocês!

Tanta coisa estava acontecendo ao mesmo tempo, e tão rapidamente, que eu não tenho certeza de nada, mas poderia jurar que a mulher era Yoshiko.

Depois me lembro de acordar com uma horrível dor de cabeça no Hospital Internacional St. Luke, em Tsukiji. Eu havia sentido o golpe na nuca. Devo ter perdido a consciência instantaneamente. O Dr. Ivanov, um alto médico russo, sorriu para mim como se eu fosse uma criança do jardim de infância.

— Isso vai lhe ensinar a não se envolver em assuntos japoneses — disse ele, com um leve sotaque russo. — Vai acabar sendo esmagado.

Eu não estava com humor para lições de moral desse tipo, e estava propenso a não gostar daquele Dr. Ivanov. Mas enquanto me recuperava lentamente do golpe na cabeça, ele me contou histórias de sua vida e eu comecei a gostar dele. Nascido em Harbin, dez anos antes dos japoneses tomarem o controle da Machúria, Ivanov foi a Tóquio para estudar medicina em 1940.

— Eu me dei muito bem no Japão — disse ele —, mas isso aconteceu porque sempre soube me colocar no meu lugar. Provavelmente morrerei neste país, mas sei que sempre serei um convidado, um intruso, um eterno forasteiro. É assim que as coisas são, e é assim que eu gosto que sejam. Não quero pertencer a lugar nenhum. Eu não incomodo ninguém, e ninguém me incomoda. Se quiser ficar aqui, é melhor se lembrar disso, meu amigo.

Agradeci o conselho. Ele riu.

— Você é americano, certo? — Confirmei que realmente era. Ele deu um risinho. — Eu já fui meio americano — disse ele, rindo mais alto. — Tive várias mortes terríveis como americano. — Ele ria tanto que achei que fosse engasgar. Acontece que ele costumava ganhar dinheiro para pagar a escola em Tóquio, durante a guerra, interpretando americanos em filmes japoneses. — Eu era muito bom como vilão. — Perguntei-lhe em quais filmes trabalhara. — Ah — sorriu —, você não deve conhecer. Mesmo os japoneses esqueceram da maioria deles. — Eu queria saber se algum deles fora estrelado por Ri Koran. — Ri Koran? — gritou ele. — Eu já era fã dela desde quando morava em Harbin. Ah, posso contar-lhe várias histórias sobre Ri Koran. Ela tinha um amante russo, sabia?

Eu não sabia, e estava prestes a perguntar-lhe mais detalhes. Queria saber tudo sobre as coisas que ela não havia me contado. Sempre que eu mencionava a guerra, a China, ou o Estado fantoche japonês na Manchúria, ela dizia algo sobre a necessidade de paz e mudava de assunto. Depois de várias tentativas, eu simplesmente desisti de perguntar. Mas o Dr. Ivanov também não era muito acessível. Em vez de responder minhas perguntas, ele começava a cantar, muito suavemente, e olhava para fora da janela do hospital, para os telhados do mercado de peixe de Tsukiji. O neon azul de um anúncio de cigarros piscava sobre um prédio alto, ao longe.

— *Shina no yoru* — ele cantava, com voz de barítono russo. — "Noites chinesas, ah, noites chinesas... o lixo flutuando corrente acima..." — Eu reconheci a letra. Era uma de minhas músicas japonesas preferidas, mesmo que Yoshiko odiasse cantá-la. Então juntei-me a ele:

— "O navio dos sonhos, noites chinesas, noites de nossos sonhos, ah, noites chinesas, eu sonho com minha terra natal, tão longe, tão doce, sonho com você..."

PARTE 3

1

A ÚNICA COISA QUE não suporto é o café, aquele café árabe espesso que gruda no palato como lama líquida. Não que a comida da prisão seja muito boa no geral — uma dieta tediosa de lentilha aguada e pão árabe velho e, com sorte, uma vez por semana, um kebab de carne magra sabe-se lá de que animal; os prisioneiros árabes o chamam de rato Roumieh, em homenagem à nossa atual moradia nas agradáveis colinas cobertas de pinheiros ao leste de Beirute. De onde estamos, não é possível ver a cidade. Na verdade, não é possível ver nada de dentro de nossas celas. A janela é muito alta, deixando entrar apenas um tantalizante raio de luz que, no final da tarde, lança um brilho avermelhado no teto enquanto vai nos deixando no escuro. Se alguém pudesse escalar até a janela, veria de relance o pátio onde atiram nos pobres coitados do corredor da morte. Dá para saber quando vai acontecer, pois os lamentos ecoam pela prisão: *Allahu akhbar! Allahu akhbar!* Às vezes, ouve-se um homem prestes a ser executado gritar, implorando por sua vida. E então uma salva de tiros, seguida pelo silêncio, um dos raros momentos em que não há som algum nesse buraco do inferno. É possível saboreá-lo, como um cigarro após uma boa refeição.

A comida, como eu disse, é sofrível. Porém, mais do que tudo, sinto falta de uma xícara de café decente, do tipo fraco e saboroso que em Tóquio chamamos de café "americano", não a lama doce apreciada pelos árabes. Estou convencido de que o gosto é um reflexo do caráter nacional.

E o caráter nacional é formado pelo clima. Nosso clima fresco dá a nós, japoneses, gosto pela limpidez e pela sutileza, muitas vezes confundidas pelos estrangeiros com delicadeza. É por isso que os japoneses amam o gosto natural, simples, do tofu, macio e branco como os seios de uma mulher. Combina com a brandura de nossas quatro estações. Os árabes são um povo do deserto, acostumados ao sol implacável os castigando. Eles não foram afortunados com a claridade de nossas quatro estações, e então encontram conforto no opaco, no misterioso, no enjoativo, assim como seu café.

Ainda assim, não posso reclamar. Depois dos primeiros oito meses, nossas condições melhoraram muito. Roumieh foi construída em 1971 — um ano antes de nosso triunfo —, para aprisionar cerca de 1.500 homens, incluindo os rapazes da ala juvenil. Atualmente, dividimos nosso endereço temporário com cinco mil homens. Ficar enfiado em uma cela tão cheia a ponto de não haver espaço para todos deitarem no chão de concreto à noite é muito desagradável, especialmente quando se é novato, ou *pissoir*, como os rapazes novos são chamados aqui. Eles receberam esse apelido porque têm de dormir sentados, com os joelhos dobrados, perto do vaso sanitário. O vaso, na verdade, é apenas um buraco fedorento no chão, que entope duas vezes por semana, perto do *pissoir*, é claro. Se transbordar — o que quase sempre acontece —, o *pissoir* é considerado responsável pelo chefe da cela e leva uma surra. Para evitar tal punição, ele limpa a sujeira pegajosa com a própria camisa. Daí também, talvez, minha alergia ao café árabe; ele me lembra meus primeiros meses em Roumieh. Isso porque o chefe da minha cela não era tão ruim quanto alguns outros. Khalil al-Beiruti havia matado uma família de oito pessoas em Saida — alguma questão que envolvia honra familiar. Ele não era um tipo ruim. Era mais como um irmão mais velho que cuidaria dos outros, caso eles não o perturbassem e fizessem o que ele queria, como lavar seus pés ou massagear suas costas peludas à noite. Outros chefes de cela eram piores. O chefe de Morioka usava seus subordinados como escabelos. Outro notório sentenciado à prisão perpétua, Mahmoud, insistia em ter seu traseiro esfregado.

O grupo formado por cento e tantos homens em minha cela era heterogêneo: matadores profissionais, traficantes de drogas, estupradores, falsificadores, sequestradores, assaltantes de banco, assassinos; e havia também os criminosos "políticos", revolucionários de todas as estirpes, alguns religiosos, alguns não, alguns palestinos, normalmente atormentados pelos outros árabes, um australiano de ascendência libanesa que havia sequestrado um ônibus, e assim por diante. Os viciados eram os piores, pois gritavam à noite. Por um lado, eu tinha sorte. Japoneses eram considerados exóticos, e, como membros do Exército Vermelho japonês, vitoriosos na batalha do aeroporto de Lydda, éramos tratados com certo respeito. Mas regras eram regras, e nós também tínhamos que cumprir nossas obrigações como *pissoirs*.

As coisas estão melhores agora. Eu divido a cela com três comandos japoneses: Morioka Akio, Nishiyama Masaki e Kamei Ichiro. Tentamos nos manter o mais limpos possível, catando os piolhos dos cabelos uns dos outros e esfregando os companheiros com um pano úmido. Escorpiões podem matar, então cuidamos para não deitar sem verificar cuidadosamente o chão. As pulgas são a pior parte. É impossível se livrar delas. No entanto, muitas podem ser mortas. Para isso, é necessário ter certa habilidade: manipula-se a pequena peste entre os polegares e estala-se a minúscula espinha, produzindo um filete de sangue humano. Gratificante, sem dúvida, mas insuficiente. As pulgas resistem ao extermínio. Minhas pernas estão vermelhas e têm o dobro do tamanho normal devido ao inchaço, e tudo por causa das pulgas, que me deixam quase louco. Estranhamente, Kamei e Nishiyama são atacados pelos piolhos, mas não pelas pulgas. Não sei qual tormento é maior. Mas pegar piolhos é um pouco mais fácil.

Tentamos não falar de mulheres. Na verdade, não importa o que as pessoas de fora possam pensar, a fome sempre vence o desejo sexual. Fechamos os olhos, e cada um de nós imagina o cardápio perfeito para o almoço ou para o jantar: sashimi de olho de boi ou suculento ouriço-do-mar enrolado em alga, ovas de bacalhau vermelho, seguidas de *shabu-shabu* de carne de Kobe finamente fatiada, acompanhada por leve e crocante tempurá de lagosta de Ise e batata-doce, e sopa de missô vermelho com moluscos de água doce. Essa seria tipicamente a escolha de Morioka. Ele é um tradicionalista. Nishiyama estudou na Universidade de Tóquio e tem gostos ocidentalizados. Brincamos dizendo que ele fede a manteiga. Ele é capaz de falar durante horas sobre o patê de *foie gras* ou filé com trufas frescas, acompanhados por um Château Disso ou Daquilo. Kamei é louco por comida coreana, então ele sonhava com língua de boi assada e cozidos picantes com tofu e carne de porco. Quanto a mim, no fundo sou um rapaz do interior, então minhas refeições ideais não são tão refinadas. Meu sonho é comer uma tigela de arroz com uma fatia de salmão banhada em chá japonês, ou macarrão Sapporo com um caldo grosso de molho de soja e cebolinha. É surpreendente o que a imaginação humana pode fazer. Concentrando-se o suficiente, é possível até fazer uma casca de pão árabe ficar com gosto de um delicioso sashimi de atum branco, mas apenas por alguns segundos. Depois o pão velho e duro volta a ter gosto de pão velho e duro. Mas aqueles poucos momentos têm valor inestimável.

Quando não estamos imaginando grandes refeições, relembramos os bons tempos, quando estávamos em casa, ou em Beirute, celebrando a batalha do aeroporto de Lydda, quando pegamos 26 inimigos e perdemos apenas dois de nossos soldados. Um foi morto pelos sionistas, e o outro, Okudaira, se explodiu com uma granada de mão. Sentimos muito a perda de nossos companheiros. Mas em maio de 1972, éramos os reis do Oriente Médio. As pessoas vinham nos beijar nas ruas e nos ofereciam presentes. As mulheres nos veneravam como heróis de guerra e davam nossos nomes a seus bebês. Okudaira agora é um nome comum nos campos palestinos.

Quando lembramos os velhos tempos, cantamos as antigas canções de nossa época de estudantes. Morioka tem uma bela voz de barítono e um verdadeiro dom para cantar baladas japonesas. "Blues de Nagasaki", "Lágrimas de Shinjuku", "O adeus de mamãe", "Lágrimas e saquê." Algumas dessas, e estávamos todos chorando. Outra de nossas preferidas é a "Canção do Exército Vermelho Japonês": "Unidos pela vitória, devemos lutar..." Minha música favorita, no entanto, é "Let it Be", dos Beatles. Nishiyama sempre zomba de minha pronúncia errada. Mas quem se importa? Sou japonês: *"When I find myself in times of trouble, Mother Mary comes to me, Speaking words of wisdom, Let it be..."* Alguns dos árabes das outras celas também conhecem a música e cantam junto. É tão bom! Ajuda a saber que não se está sozinho na luta. Unidos pela vitória, devemos lutar!

2

A CIDADE ONDE NASCI era conhecida por duas coisas: cavalos e bombardeiros. A elas, pode-se acrescentar uma terceira, a neblina, trazida pelo mar do Japão. Fora isso, é um lugar que não desperta interesse. Eu considero ter nascido lá, em maio de 1945, um erro, uma idiossincrasia do destino, ou da história, onde não interpreto papel algum.

Os bombardeiros que rugiam sobre nossas cabeças durante minha infância pertenciam à Força Aérea dos Estados Unidos: aviões B-29, as mesmas águias de aço, cintilando com malevolência, que destruíram nossas cidades no período da guerra. Eu tinha uma arma de brinquedo quando era criança, feita com dois pedaços de madeira, que apontava para os bombardeiros fingindo que os estava derrubando. Que direito tinham esses desgraçados de nos intimidar em nosso próprio país? Sua pele pálida lhes dava alguma autoridade especial para dominar o mundo?

Não que eu tivesse alguma simpatia pelos que ocuparam as bases anteriormente. Pelo contrário. Aquele sempre foi um lugar cheio de sangue. Durante a guerra, a Marinha Imperial japonesa lançou ataques kamikazes a partir dali. Antes disso, era uma base para bombardeiros do Exército Imperial a caminho da China. Antes ainda era uma fazenda de criação de cavalos para a cavalaria. Aqueles que encorajavam a guerra tiveram o que mereciam. Não eram melhores do que os americanos. Talvez fossem até piores. Mas por que as massas japonesas tinham de sofrer pelo que aquele grupo de militares e seu desprezível imperador fizeram?

O motivo do meu nascimento infeliz naquela parte do nebuloso nordeste do Japão pode ser resumido em uma palavra: fome. Eu nunca conheci meu pai. Tudo o que tenho para me lembrar de sua existência antes de eu nascer é uma fotografia sépia, pouco nítida, de um belo homem vestindo um terno branco. Consigo ver alguma semelhança entre ele e eu, mas sou mais parecido com a minha mãe. A mesma cara redonda e as mesmas sobrancelhas grossas. Ela é de Hokkaido. Provavelmente temos sangue aino correndo em nossas veias. Eu gosto de pensar que sim. Meu pai estava na China durante a guerra. Não sabemos o que aconteceu com ele. Se ele tivesse sido capturado pelos russos ou pelos chineses depois da guerra, certamente saberíamos, pois eles mantinham registros detalhados. Talvez ele tenha regressado ao Japão, mas não quis voltar para nós. Fiquei sabendo de casos assim. Minha mãe não parecia nem um pouco amargurada a esse respeito. A amargura não estava em sua natureza. Ela apenas prosseguiu com a vida.

— O ressentimento não leva a nada — dizia ela. — Não há nada que possamos fazer.

Eu amava minha mãe, mas às vezes isso me deixava louco. Essa repetição de "não há nada que possamos fazer". Ainda assim, eu também não sabia como proceder, mesmo que "houvesse" algo que pudéssemos fazer.

É de se imaginar que eu tivesse curiosidade a respeito de meu pai, como ele era, o que fazia antes da guerra. Na verdade, eu não dava a mínima. Minha mãe quase não falava dele, e eu nunca perguntei. Para mim, ele nunca havia existido. Talvez fosse um criminoso de guerra, ou um daqueles idealistas loucos que achavam que o imperador era Deus. Quem sabe? A meu ver, ele era uma fotografia velha, nada mais. O passado era um vazio. Eu não estava interessado. Pode-se pensar que era falta de imaginação minha. Mas eu já tinha muito com o que me preocupar.

Como uma mulher sozinha no Japão bombardeado, com um bebê faminto para alimentar, minha mãe trabalhava com o que arranjasse. Embora nunca tenha falado sobre isso, tenho motivos para acreditar que ela tenha trabalhado em um bar que servia americanos, e até pode ter começado uma relação com um deles. Mais tarde, passou a gerenciar um cinema no centro da cidade.

Era um lugar decadente, com imagens de astros de cinema pintadas na fachada cinzenta de estuque. O interior cheirava a urina e fumaça. Os ianques usavam o recinto para bolinar as piranhas locais e tomar cerveja, jogando as latas vazias na tela quando ficavam bravos com alguma coisa ou apenas entediados. Eu notei que eles grudavam goma de mascar embaixo das cadeiras quando beijavam suas garotas. Isso se tivessem consideração. A maioria nem se dava ao trabalho de tirar o chiclete da boca. As mulheres pareciam não se importar. Elas tinham um ianque, e aquilo significava suprimentos provenientes do posto de vendas dos militares ou dinheiro vivo. Eu realmente não as culpo. Como minha mãe, elas tinham de sobreviver. Uma de minhas tarefas era raspar a goma de mascar das cadeiras de madeira com um canivete. O trabalho mais desagradável — tirar preservativos usados de sob os assentos do fundo — era deixado para uma velha senhora chamada O-Toyo, cujo sorriso desdentado dizia que, em seu tempo, ela já havia visto de tudo. E sem dúvida havia mesmo.

De vez em quando havia briga entre os brutamontes locais e os ianques no cinema, normalmente provocadas pelos últimos, quando a agarração com as garotas ficava muito agressiva. Essas brigas podiam sair do controle, especialmente se um rapaz da região pegasse sua própria namorada nos braços de um ianque. Quando eu era pequeno, para me manter afastado da confusão, minha mãe me colocava atrás da tela, onde ficava sozinho por horas e horas enquanto ela fazia seu trabalho. Esse foi o início de minha educação cinematográfica, sentado atrás da tela de um cinema que cheirava a mijo, tentando dar sentido às sombras tremeluzentes de Gary Cooper ou Joan Crawford, falando com vozes abafadas e em uma língua que eu não conseguia entender. Mas, para mim, aqueles estrangeiros em branco e preto eram como uma família.

Muitas pessoas veem o cinema como uma rota de fuga da realidade. No meu caso, foi o contrário. Para mim os filmes eram reais. Uma vez li algo sobre crianças pequenas deixadas pelos pais na frente da TV por horas. Elas logo começaram a falar com a tela. Para lidar com aquele monte de falantes que nunca lhes respondiam, as crianças começaram a desenvolver uma linguagem particular, inventando conversas com pessoas imaginárias. Talvez eu fosse mais ou menos como aquelas crianças. Diante de pessoas de carne e osso, eu era irremediavelmente calado, e por volta dos 5 ou 6 anos, desenvolvi uma gagueira. Imaginava que todos à minha volta, exceto minha mãe, eram algum tipo de impostor, hipócritas usando uma máscara. Quem me botava mais medo eram as pessoas mais velhas que usavam máscaras benevolentes, sorrindo de forma grotesca enquanto tentavam me prender em seu abraço pegajoso. Durante toda a vida, eu quis arrancar essas máscaras e expor a realidade sangrenta escondida atrás delas.

Eu detesto psicologia barata, mas preciso fazer uma confissão. Embora odeie os ianques, e seus bombardeiros, e sua goma de mascar, e a forma arrogante como tratavam minha mãe, segurando-a pela cintura, tentando beijá-la e chamando-a de "Mama-san", tinha uma admiração secreta por eles. Era impossível não notar como ficavam bem usando aqueles uniformes apertados e sapatos brilhantes, os óculos escuros e as jaquetas de couro, um cigarro Lucky Strike pendurado casualmente no canto da boca, correndo em seus jipes, com uma perna do lado de fora da porta, numa boa, gritando "Venha!" ou "Vamos!" ou "Olá, querida!". Comparados a eles, nossos homens pareciam seres patéticos: carinhas mirrados e covardes, subservientes a seus mestres brancos. Eu deveria estar do lado deles — e sentia simpatia, e até raiva, em seu nome — mas não estava. Eu queria ser como aqueles ianques superconfiantes e sorridentes, de pernas compridas, bronzeados de sol. Eu também queria usar aqueles óculos escuros de aviador e jaquetas de couro com uma imagem de mulher nua ou um mapa do Japão nas costas, e gritar: "Vamos lá, querida!" Pode ser que hoje digam o contrário, mas a maioria de nós se sentia da mesma forma. Muitos garotos da minha idade não tinham nem vergonha de cultuá-los como heróis. Eles adoravam ficar perto da entrada da base, esperando ganhar algo, um chiclete, uma barra de Hershey's, fotografias de alguma estrela de cinema ou apenas um tapinha na cabeça. A diferença entre eu e eles é que eu não admitia. Eu gaguejava meu protesto contra tal comportamento desprezível. Os outros garotos, quase sempre mais fortes do que eu, apenas riam ou me batiam. E estavam certos, pois eu era mais desprezível do que eles. Eu era hipócrita.

O maior adorador do tio Sam em nossa escola era um garoto chamado Muto, que se escrevia com os mesmos caracteres chineses do nome do famoso general. Muto era um sujeito bonito, alto e magro — porém forte —, com um risinho malicioso no rosto. Apesar da minha gagueira e esquisitice geral, eu normalmente não era uma de suas vítimas. Minha facilidade em fazer com que os meninos, incluindo Muto, entrassem escondidos em nosso cinema me dava um certo grau de proteção contra intimidações. Nem vítima, nem cúmplice, eu sempre observei Muto com uma terrível fascinação.

Uma coisa certa sobre Muto é que ele tinha muita imaginação. Estava sempre inventando novos jogos para atormentar as crianças mais novas. Um dia, ele chegou no parquinho da escola com um menino baixinho e gordinho de nome Inuzuka, ou "Inu", como o chamávamos. Inu era um tipo gordo, calmo e sorridente, não muito esperto, mas de boa índole. Nesse novo jogo, Muto havia pensado em uma nova forma de causar dor. Esmagando os dois lados da palma das mãos de Inu, Muto fê-lo uivar e sacudir-se para a frente, como se estivesse fazendo uma reverência. Muto e Inu tornaram-se uma dupla inseparável, dominando naturalmente o parquinho.

— Conheça Inu, meu cachorrinho — dizia Muto antes de esmagar a mão de seu escravo.

— Aaaaagh! — gania Inu, enquanto fazia sua reverência, para alegria dos outros garotos.

Atrás de nossa escola, do outro lado de um campo onde jogávamos beisebol no verão, havia uma pequena cabana de madeira usada para armazenar utensílios: vassouras, baldes, tacos de beisebol, esse tipo de coisa. Um dia, no fim da tarde, andando sozinho pelo campo, como sempre fazia, ouvi um gemido. Vinha da cabana, e parecia Inu. Fiquei olhando de longe, imaginando o que estaria acontecendo. De vez em quando, garotos mais velhos abriam a porta da cabana e saíam rindo. Certifiquei-me de que não podiam me ver. Então ouvi mais gemidos, e vi garotos entrando e saindo. Estava imobilizado com aquela cena, não podia sair de lá até ver o que aconteceria. Finalmente, depois de quase uma hora, Muto saiu da cabana. Ele foi seguido por três de seus camaradas, que davam tapinhas em suas costas e riam. Depois que foram embora, Inu saiu, sacudindo suas roupas, que pareciam sujas. Ele não parecia tão infeliz. Esperei que passasse por mim.

— Oi — disse eu.

Ele olhou para mim com os olhos redondos como os de um cãozinho. Não sei o que me deu, mas agarrei sua mão e tentei esmagá-la, como tantas vezes havia visto Muto fazer. Furioso, Inu se afastou.

— Que diabos pensa que está fazendo, seu idiota! — gritou ele, indo embora com um olhar de total repulsa. Comecei a suar e olhei em volta para ver se alguém havia testemunhado aquele vergonhoso encontro.

Não me lembro de época alguma em que eu não tenha desejado sair de minha cidade. Eu conhecia muito pouco sobre o resto do mundo, mas tinha de ser melhor do que aquilo, ou pelo menos mais interessante. Dois colegas de colégio, Kaneko e Kaneda, "voltaram para casa" na Coreia do Norte com os pais. Não era bem "a casa" deles, é claro. Eles nunca haviam saído de nossa cidade. Eu não conhecia nenhum dos dois muito bem. Eram muito fechados. Kaneko era vítima dos valentões. Uma vez, Muto fê-lo comer uma minhoca, uma dessas rosadas e escorregadias.

— Um petisco coreano — zombou Muto.

Os outros meninos riram, eu saí de perto. Alguns dias depois, Muto foi espancado por uma gangue de garotos, liderada pelo irmão mais velho de Kaneko. Seu maxilar foi deslocado e ele ficou sem poder falar durante um mês. Muitos de nós observamos aquilo com satisfação. Depois disso, Kaneko foi deixado em paz. Não senti falta dos meninos quando foram para a Coreia do Norte. Mas tive uma ponta de inveja. Malditos sortudos, pensei, deixando a escola e indo viver no exterior desse jeito. Nunca mais ouvimos falar deles.

As pessoas dizem que o país onde eu nasci é belo. Suponho que seja. Temos muitos lagos, montanhas nevadas e arrozais. Mas as belezas naturais não me interessavam. Eu preferia o neon à luz do dia, o concreto à madeira, o plástico às rochas. Apenas um lugar ainda assombra meus sonhos, mesmo aqui, na cela em Beirute. Todo japonês já ouviu falar dele. É chamado de monte Osore ("monte do medo"), um vulcão sulfuroso não muito longe de nossa casa, onde mulheres cegas falam com os espíritos dos mortos e romeiros colocam flores no templo budista para confortar as almas das crianças abortadas. Minha mãe me levava lá em julho, durante o *O-Bon*, quando alimentávamos nossos espíritos ancestrais. Mesmo em plena luz do dia, a montanha parecia envolvida pela escuridão. O lugar todo era sombrio. Grandes corvos pretos grasnavam de cima dos galhos das árvores desfolhadas. Um vapor amarelo pairava sobre a paisagem rochosa, deixando um odor de ovos podres. Minha mãe me dizia para ficar quieto enquanto ela seguia com uma das velhas enrugadas que vestia um quimono cinza-escuro. Eu não conseguia escutar o que a mulher cega murmurava enquanto passava os dedos por seu colar de contas. Depois de 15 minutos, minha mãe voltava com olhos vermelhos de chorar.

O pouco que eu sabia sobre o mundo lá fora vinha dos filmes; o horizonte de Manhattan, as avenidas cheias de palmeiras de Los Angeles, as ruas de Tóquio — esses lugares me eram familiares, como se eu tivesse realmente estado lá. Um filme em particular mudou minha vida. Devo ter visto James Dean em *Juventude transviada* pelo menos uma dúzia de vezes. Eu via à tarde e revia à noite. Sozinho em meu quarto, praticava todas as expressões de James, e era capaz de recitar todas as falas. Em japonês, é claro. Passava horas na frente do espelho tentando copiar seu topete loiro, mas minha cabeleira preta e dura sempre foi muito teimosa para isso. Eu tentava andar como ele, sorrir como ele, sentar como ele, franzir a testa como ele e acenar como ele quando via alguma pessoa conhecida, ou mesmo um desconhecido. Onde eu morava, homens não usavam jaquetas vermelhas como a de James, então comprei uma jaqueta feminina, que não parecia nem um pouco com a dele, mas foi a coisa mais próxima que pude encontrar naquela cidade do interior. Sem dúvida eu ficava ridículo. As garotas riam de mim pelas costas e os garotos zombavam me chamando de "Jaymu":

— Ei, Jaymu, cadê seu canivete?

Mas eu não me importava. Sabia que James me entenderia. Eu me sentia mais próximo dele do que de qualquer outra pessoa, incluindo minha mãe. Ele era, de certa forma, o irmão mais velho que eu nunca tive. Com frequência, sonhava que James apareceria em minha cidade para me levar embora com ele, na garupa de sua moto.

Não falava sobre meus sonhos com nenhum dos colegas de escola. Eu sabia que seriam motivo de riso. Exceto com um garoto, Mori-kun. Às vezes eu confidenciava algo a ele, porque sabia que não zombaria de mim. Seu pai tinha uma loja de roupas masculinas. Era uma loja modesta, não havia nada sofisticado. Quando não estávamos com o uniforme da escola, Mori sempre era o mais bem-vestido de todos, com calças cinza bem-ajustadas e suéteres macios. Isso poderia tê-lo transformado em alvo dos tormentos de Muto. Mas Mori era bom no beisebol e abençoado com autoconfiança suficiente para escapar desse destino. Suas boas maneiras faziam-no parecer mais velho do que era.

Uma tarde, conversamos sobre nossas expectativas para a vida. Ele disse que ficaria na cidade e um dia assumiria a loja do pai. Devo confessar, fiquei frustrado com aquilo. Ele nem era o filho mais velho, e não tinha nenhuma obrigação de assumir os negócios da família.

— Você não quer conhecer o mundo? — perguntei. — Nem Tóquio? Você realmente pensa que isto é tudo? Esse lixo na costa do mar do Japão? — Olhei para ele, com uma mistura de pena e desdém. — Não está interessado em saber como é o mundo?

Ele apenas sorriu.

— Mas isto é o mundo também. Nosso mundo. O que há de errado com isso?

— Bem — eu disse —, nunca saberemos se não conhecermos o resto do mundo, não é? — Chutei uma pedra solta na calçada, com um pouco mais de força do que gostaria.

— Acho que vou experimentar o mundo que eu conheço primeiro — disse ele, com um sorriso plácido. — O resto do mundo pode esperar. Ainda vai estar lá se eu decidir dar uma olhada.

Talvez houvesse sabedoria em suas palavras, mas nunca entendi a atitude de Mori. Na verdade, tive um impulso terrível de chutá-lo na canela, para puni-lo por sua complacência. Acho que eu queria que a vida fosse como nos filmes. Não que eu sonhasse em trabalhar no cinema. Não tinha ideia do que faria. Só queria sair dali.

Minha mãe ficou preocupada comigo. Ela queria que eu fosse um cidadão de respeito, trabalhasse em uma empresa, casasse, construísse um lar, tivesse filhos. Achava que eu era um sonhador inveterado, especialmente quando falava de cinema. Acho que ela associava o cinema com os vagabundos que se agarravam na sala onde ela trabalhava. Ela tinha que servir esses canalhas para sobreviver, mas a ideia de seu único filho ser levado por esse tipo de coisa a aterrorizava. Ela havia guardado dinheiro suficiente para que eu entrasse em uma universidade. Um dia, ela disse eu voltaria para cuidar dela. Minha mãe chorou quando eu embarquei no trem, e eu a fiquei olhando se afastar pela janela, balançando um lenço branco e chamando meu nome, repetidas vezes, até que não pude mais vê-la. Fiquei triste também, sentia certa culpa, mas a tristeza foi abafada por um sentimento muito mais poderoso de empolgação e alívio. Finalmente estava saindo de lá! Para Tóquio, para Tóquio!

3

OSSA UNIVERSIDADE ERA como muitas outras na capital, um campus com prédios de tijolos cor de merda, da década de 1930, tediosos e um tanto quanto sombrios — eu chamo de fascismo funcional — e uma biblioteca horrorosa construída na década de 1950. O campus original foi bastante danificado pelo Grande Terremoto de Kanto, em 1923, e alguns dos prédios mais novos não sobreviveram aos bombardeios. A entrada para a sala de leitura estava lacrada. Os estudantes a haviam ocupado durante o protesto contra o Tratado de Segurança dos EUA, em 1960. Retirar um livro era muito trabalhoso, e envolvia um processo infinito de autorizações carimbadas e assinadas. Apenas alunos estrangeiros de intercâmbio podiam entrar na biblioteca. Havia dois. Acho que eram americanos. Só no Japão os estrangeiros seriam tratados com tais privilégios especiais. Por que temos que nos rebaixar assim que uma cara-pálida aparece?

Peguei no sono durante algumas aulas de direito, e depois de alguns meses de tédio, sem contar à minha mãe, passei a cursar filosofia. Na verdade, não sei por que escolhi filosofia. Talvez fosse apenas porque, como muitos jovens, eu quisesse encontrar a chave para os mistérios da vida. Durante a guerra, o departamento de filosofia havia sido um ninho do fascismo. Toda aquela bobagem de unir a Ásia sob o comando benevolente de nosso imperador foi propagada pelo Japão a partir daquele lugar. Nossa universidade fundou uma instituição irmã na Manchúria, sem dúvida para doutrinar os nativos com as graças de nosso belo sistema imperial. Depois da guerra, para compensar pelos erros do passado, a universidade estabeleceu uma reputação de radicalismo, especialmente na década de 1950, quando ficou conhecida como "Forte Vermelho".

Quando eu cheguei, no entanto, a derrota de 1960 permanecia no campus como uma ressaca permanente. Até os professores falavam com amargura de Kishi e outros criminosos de guerra que feriram a constituição para agradar nossos mestres americanos. Os alunos mais velhos, que haviam participado das manifestações, eram como soldados de um exército rendido. Haviam perdido qualquer esperança de mudanças. Outros se envolveram em batalhas doutrinárias entre facções. As disputas sobre a linha correta de socialismo democrático, ou anarcossindicalismo, ou qualquer outra coisa, eram ferozes entre a Facção Revolucionária Comunista e a Facção Revolucionária Marxista, e a Liga Revolucionária Marxista-Leninista, e o Comitê Central pelo Pensamento de Mao Tsé-cung. Essas disputas às vezes acabavam em assassinato. Um sujeito que eu conhecia de vista foi morto à noite quando voltava para casa. Seu crânio foi rachado por um cano de chumbo.

Mas eu não ligava para essas brigas políticas. Ainda era um rebelde sem causa. Atrasado para a revolta de 1960 e sem interesse pelo socialismo democrático ou pelo anarcossindicalismo, a política me parecia inútil. Na parede de meu dormitório havia um slogan pintado uns dez anos antes: *Revolução Mundial!* Foram feitas várias tentativas para tirar aquele grafite dali, mas ele sempre voltava. O slogan me passava a ideia de algo antigo, como se pertencente a uma era perdida.

Então me enturmei com o pessoal do teatro. O líder incontestável era um estudante com aparência muito jovem que morava em uma vizinhança barra-pesada de Tóquio. Seu verdadeiro nome era Yoshimura Tadayuki, mas ele trocou para Okuni Tojuri, que soava extravagante como o de um ator do velho kabuki, quando o kabuki ainda era um teatro de párias e prostitutas. Reconheci imediatamente uma afinidade de alma em Okuni. Como James Dean, ele fora tocado pelo espírito de rebeldia, mas rejeitava como eu as rixas faccionárias da revolta organizada. Os olhos eram sua característica mais marcante, ardentes de paixão, rápidos para derramar lágrimas ou irromper em cólera. Seu temperamento exaltado sugeria que pudesse ser coreano. Havia algo de gângster nele, e algo de poeta. Nunca havia encontrado alguém como Okuni em minha cidade. Ele foi meu primeiro amigo de verdade. Como eu, Okuni havia perdido o pai na guerra, em algum lugar das Filipinas, creio eu, pouco antes da rendição japonesa.

Okuni se divertia com minha paixão por Tóquio. Eu realmente me sentia como se tivesse desembarcado em um circo que nunca parava: as salas de cinema, os bares, os cabarés, as garotas de programa, os mascates ao redor dos templos xintoístas, os mercados sob as linhas de trem, os velhos soldados tocando baladas melancólicas da época da guerra nas estações de metrô. Eu não tinha dinheiro, mas era todo olhos, observando tudo como uma criança em um parque de diversões. Quem precisava de teatro? As ruas eram o meu teatro. Okuni e eu vagávamos pelos arredores da cidade, desde as travessas de Asakusa, onde ele crescera, até os bares baratos de Shinjuku, onde ficávamos bêbados e discutíamos teatro, cinema e Jean-Paul Sartre. Okuni era louco por Sartre.

— A situação — ele gritava, com os olhos destacados como mármore preto e brilhante —, tudo depende da situação. Nada é determinado. Mudamos ao reagir a novas situações.

Ele sempre usava suéteres pretos, é claro. E quando iniciou sua trupe de teatro no ano anterior, na universidade, ele a chamou de Teatro Existencial.

Mas as teorias de Okuni, ou melhor, as teorias de Jean-Paul Sartre, me interessavam menos do que o suprimento interminável de histórias sobre sua infância nas ruínas de Asakusa. Eu nunca vira uma cidade em ruínas. Cresci em um lugar muito remoto para ataques de bombardeiros, exceto pela base aérea, que fora atingida algumas vezes. Havia algo extraordinariamente romântico em uma metrópole arruinada. Ainda era possível ver as cicatrizes em algumas regiões de Tóquio, mas grande parte dos danos da guerra já havia sido reparada para as Olimpíadas de 1964. Nós, japoneses, éramos como uma dona de casa nervosa, com pavor de que os estimados estrangeiros notassem até mesmo uma partícula de pó em nossa sala de estar. Okuni sentia profunda nostalgia pela cidade das ruínas. Tóquio costumava ser um fantástico parque de diversões, disse ele. Como tudo estava destruído, a cidade tinha infinitas possibilidades. Ele se lembrava de como era possível ver o monte Fuji desde Asakusa. Contava-me histórias de personagens que eu nem poderia imaginar: a prostituta transexual que transformou sua casa em um banheiro público; o camicase sobrevivente que se tornou dançarino em um teatro burlesco; a gangue de jovens batedores de carteiras liderada por um sacerdote budista.

— Sabe — disse Okuni em uma noite quente de agosto, quando bebíamos cerveja em um bar de Shinjuku —, eu invejo você. — Um meio sorriso surgiu em seus lábios enquanto me encarava, como se estivesse me desafiando a ser o primeiro a desviar o olhar.

Dizer que fiquei estupefato seria muito pouco. Okuni tinha *inveja* de mim? Certamente tinha que ser o contrário. Ele explicou:

— Crescer em Tóquio é como estar em um grande cozido com tudo dentro, ocidentais, asiáticos, japoneses. Não temos nada realmente local, da terra, fedendo a lama. Enquanto você, criado no interior, tem algo muito mais rico correndo nas veias. Pode não se dar conta, mas está no seu subconsciente.

Aquilo foi muito profundo para mim. Como ele podia saber o que estava em meu subconsciente? Então protestei:

— Mas é uma cultura desinteressante, limitada, provinciana...

Ele balançou a cabeça:

— Provinciano é bom.

— ...Mas por que ser um sapo em um poço estreito? Eu vim para Tóquio para fugir disso. Eu sempre posso voltar para minha terra. Primeiro quis ver o mundo.

— É aí que você se engana — disse Okuni, colocando a última gota de cerveja em meu copo. — Quando você sai, não há como voltar. É tarde demais. Agarre-se à sua terra natal e guarde-a como uma joia preciosa. Quer saber o que eu acho?

— O quê?

— Acho que um artista nunca deve deixar sua casa.

Devo confessar que suas palavras me acertaram como flechas. Eu, que estava fazendo o melhor que podia para perder meu incompreensível sotaque interiorano do norte e falar de forma nítida, como um verdadeiro morador de Tóquio. Senti que Okuni estava sendo arrogante comigo, pressionando-me a assumir o papel de camponês do interior para seu entretenimento.

— E quanto a Sartre? — perguntei.

— O que tem ele? — disse Okuni.

Uma certa agudez havia entrado na conversa. Os nervos estavam à flor da pele.

— Sartre diz que um ser humano nunca é determinado por situações — alertei. — Cada um faz suas próprias escolhas. As pessoas bem-intencionadas se transformam o tempo todo. Você mesmo está sempre dizendo isso. Como pode alegar agora que a criatividade é determinada pelo lugar onde nascemos?

— Quem disse que é determinada? Eu disse que é preciso cultivá-la. Isso é o oposto de ser um sapo em um poço. Apenas ao expressar o que é local, específico, pessoal, você pode expressar algo de valor a outras pessoas. Chame de universal, se quiser. Todos os bons artistas entendem isso instintivamente. Viajar pelo mundo, aprender línguas, isso é para pessoas que não têm talento para se expressar em si mesmas. Odeio esses exibicionistas que ficam enchendo a paciência em línguas estrangeiras, como se isso os tornasse muito superiores. São apenas imitadores, falsos sem talento algum. Talvez você não seja um artista, afinal, apenas um turista.

Senti-me encurralado. Minha gagueira piorou. Devia ter deixado para lá. Mas não consegui resistir à discussão e levantei a voz:

— Se não fosse pelos japoneses que aprenderam francês, você nunca poderia ter lido Sartre.

— Então torne-se tradutor. Não é o mesmo que ser um artista. Talvez você devesse fazer isso, ser tradutor das ideias dos outros.

Disse, gaguejando, que ele era um merda. Depois disso, só me lembro de estar estendido sobre o chão de madeira, com um gosto salgado na boca. Tentei levantar, mas ele era mais forte. Mãos estranhas tentaram nos separar. Depois de mais alguns golpes em meu rosto, Okuni saiu do bar batendo os pés com força. Eu fiquei caído, xingando. Mas ele não era o verdadeiro objeto de minha raiva. Era meu próprio sentimento de impotência. Okuni tinha o teatro. O que eu tinha? Precisava fazer algo, ser notado, deixar uma marca no mundo, assim as pessoas saberiam que estive aqui. Mas o quê?

4

DESDE QUE A meretriz atraiu os homens para a Babilônia, as grandes cidades têm sido mercados de carne humana, fonte abundante de possibilidades eróticas, prometendo cada prazer sexual imaginável pelo homem. Tóquio não era exceção. O que realmente me atraía para a metrópole, como uma mosca atraída por uma planta carnívora, não eram discussões sobre Jean-Paul Sartre ou bibliotecas cheias de livros — eram garotas, garotas, garotas. Tóquio era como uma grande e suculenta cenoura tentando os homens famintos a cada esquina: os outdoors de garotas lambendo sorvetes cremosos; as rosadas garotas de cabaré tentando os clientes com um menu de perversões; as garotas das lojas de departamentos usando casquetes e sapato de salto alto, curvando-se para mostrar os produtos; as garotas de minissaia andando pelo Fugetsudo, esperando um estrangeiro passar para pegá-las; as imagens coladas do lado de fora dos cinemas pornô, com garotas amarradas por cordas, divorciadas vorazes e secretárias recatadas obrigadas a participar de orgias, belas donas de casa satisfazendo gângsteres; motéis oferecendo a possibilidade de os clientes darem palmadas em arrumadeiras safadas, aeromoças implorando para serem possuídas, sexo com armaduras, sexo com roupas de caubói, sexo com uniformes militares, sexo em balanços, banheiras, camas de massagem, vagões de trem, caminhões, vagões de metrô, castelos franceses, transatlânticos, palácios chineses, salas de cerimônia do chá japonesa, *saloons* americanos, tendas árabes. Tudo isso e muito mais. E eu não estava aproveitando nada daquilo.

Além da minha gagueira, eu culpava nossa cultura. Nós, japoneses, prezamos a hipocrisia nas mulheres. Não, nós a exigimos. Nós as amamos por serem extremamente recatadas. As mulheres desejam sexo tanto quanto os homens. Então por que queremos que elas resistam, ou pelo menos finjam não ter fogo, como se só pudessem se entregar a uma força superior? Na verdade, a resistência é rompida rapidamente diante do poder e do dinheiro, que no fundo são a mesma coisa. Japoneses adoram se submeter ao poder. Apenas quando podem alegar subjugação sentem-se livres para fazer as coisas como querem. É por isso que as mulheres nunca conseguem dizer não a um estrangeiro. Eles, aos olhos estúpidos dos japoneses, são poderosos demais para se resistir.

Okuni nunca pareceu ter problemas com garotas. Ele irradiava tanta confiança que as mulheres se derretiam em sua presença. Era tudo muito fácil para ele. É por isso que normalmente as tratava com desprezo. Mas quanto mais abusava delas, mais elas voltavam, como viciadas. Quanto a mim, tornei-me um poço de gagueira assim que tentei, de meu jeito educado, cuidadoso, tímido e cheio de rodeios, dar sinal de minhas intenções para uma garota. E fui eu, não Okuni, quem provocou indignação e repulsa, como se tivesse ofendido sua dignidade com minhas intenções repugnantes.

Pode parecer surpreendente, mas é mais fácil aqui em Beirute, contanto que não se esteja na prisão (embora até em Roumieh aconteça quase tudo o que os homens possam imaginar, por um preço). A mente árabe é menos hipócrita em relação a essas questões. As garotas que querem fazer sexo são cristãs e não escondem seus desejos se gostarem de você. E a maioria delas gosta de homens japoneses. As muçulmanas são diferentes. Sabe-se que elas não estão disponíveis para ninguém além de seus maridos. Mas nunca são recatadas. A cenoura suculenta não está pendurada bem na sua frente só para ser retirada assim que você a alcança para dar uma mordida.

De qualquer forma, tudo isso é uma forma cheia de rodeios para introduzir o próximo estágio de minha carreira: diretor assistente de *pinku eiga* (filme cor-de-rosa). Devo explicar algo sobre os *pinku eiga*. Embora sejam produzidos de forma barata e rápida para excitar infelizes desgraçados nos cinemas das travessas, alguns deles eram realmente muito bons. Pelo fato de os antigos estúdios estarem como velhos esclerosados, agarrando-se à vida ao regurgitar a mesma merda de sempre repetidas vezes, a indústria cor-de-rosa atraiu alguns dos mais brilhantes talentos. Havia regras a serem observadas: uma cena de sexo a cada seis minutos (não cinco, nem sete, sempre seis; nunca entendi o motivo, mas a indústria era cheia dessas práticas misteriosas). Entre as cenas de sexo, no entanto, não podíamos inserir qualquer tipo de ideia. O próprio sexo, por sinal, também era preso a certas convenções inalteráveis: a maioria dos atos sexuais, incluindo estupro, tortura e até assassinato (o estrangulamento com a faixa do quimono foi popular por um tempo), era admissível, mas a visão de um único pelo púbico era estritamente vedada. Genitais, masculinos ou femininos, eram totalmente proibidos na tela.

O diretor de quem tive a grande sorte de ser assistente, um sujeito alto e barbudo chamado Sugihara Banteki mas conhecido por todos como Ban-chan, também era chamado de "Rei do Estupro". Ele fez experimentações com vários gêneros diferentes, de filmes com colegiais até donas de casas molestadas por gângsteres, mas sua especialidade eram filmes com ianques, um subgênero popular de *pinku eiga* naquela época. Seus maiores sucessos eram: *Bordel de Okinawa, Anjos violados na base aérea de Atsugi, Estupro militar* e *Estupro em Camp Zama*. O último, em especial, foi um grande sucesso entre os estudantes japoneses. A heroína, interpretada pela então grandiosa Takano Fujiko, ex-stripper de Osaka, é infectada por sífilis depois de ser violentada por cinco soldados americanos. A vingança, tramada junto com seu amante japonês (Osanu Toru em um de seus primeiros papéis), é transar com quantos ianques puder, para que todos morram da doença.

Os filmes mais pessoais de Ban-chan eram todos políticos como esse. A política corria em suas veias. Nativo de Osaka, com orgulho (diferentemente de mim, ele nunca disfarçou seu sotaque; pelo contrário, cultivava-o), Ban-chan fez seu nome como líder estudantil, em 1960. Ele era um líder natural, tinha ombros largos, cabelos compridos, voz grossa, bebia bastante. Há uma famosa pintura holandesa chamada *O cavalheiro sorridente*. Ele era assim, estava sempre sorrindo, sempre era o centro das atenções em qualquer grupo. Como Okuni, ele nunca teve problemas para atrair mulheres, que faziam qualquer coisa para agradá-lo. O mesmo faziam os homens que o cercavam. Todos adoravam o Rei do Estupro.

Devo confessar que o motivo pelo qual ele me chamou para o seu grupo não teve nada a ver com o meu talento artístico, medíocre, e tudo a ver com o meu nascimento. Ele até me chamava de Misawa, nome da cidade em que nasci. Meu verdadeiro nome, Sato Kenkichi, nunca passou por sua boca; nem mesmo Ken-chan, como me chamavam os amigos. O fato de eu ter crescido perto de uma base militar americana era minha vantagem mais atrativa, pelo menos para ele.

— Misawa — dizia ele —, você teve a melhor educação que se pode imaginar. Viu a opressão imperialista com os próprios olhos. Conviveu com ela. Agora o importante é transformar essa experiência em práxis.

Eu havia lido Marcuse, é claro. Mas não estava muito certo quanto ao tipo de práxis que ele tinha em mente. Ban-chan era meio vago nesse sentido. Ele nunca dizia exatamente o que devíamos fazer, mas gostava de liderar pelo exemplo e deixar que tirássemos nossas próprias conclusões. Depois de um dia de filmagem, em Tóquio ou nas redondezas, ele levava um grupo de assistentes para o seu bar favorito em Shinjuku, chamado Pepé le Moko, em homenagem a um filme francês com Jean Gabin. Ele era como um pai para nós, ou um irmão mais velho, sempre pagando nossas cervejas e nossa comida, ensinando-nos a pensar. Ele bebia uísque, White Horse puro, sem água ou gelo. E falava, falava, falava, as palavras fluíam como um rio, sobre a vida, arte, política. Uma vez ele falou durante duas horas e meia sem parar, exceto para beber de seu copo, depois de levantá-lo para um de nós completar seu uísque.

Um dia, depois de uma sessão de bebedeira particularmente longa, ele fez algo que me pareceu humilhante a princípio, mas acabou sendo algo muito significativo em minha vida.

— Misawa — rugiu ele, olhando-me seriamente com olhos que a bebida havia reduzido a duas pequenas fendas —, você tem raiva?

— Raiva de quê, Ban-chan?

— Raiva!

— Sim, mas de quê?

— Essa é a pergunta, não é? — disse ele, e me acertou no rosto com força.

Senti muita dor no rosto. Mas pior do que isso, eu não sabia como reagir. Estava muito aturdido. Os outros rapazes também tinham os olhos fixos em Ban-chan, esperando para ver o que ele faria em seguida. Eu só consegui gaguejar:

— O quê, o quê, por que fez isso?

— Reaja! — gritou ele. — Reaja! Eu lhe dei um tapa na cara! Dê o troco!

— Mas por quê?

— Você tem raiva dos opressores americanos?

— Sim.

— Você tem raiva deles por destruir nossa liberdade, corromper nossos garotos e estuprar nossas meninas? Raiva da sociedade capitalista por transformar nosso povo em escravos desalmados do consumismo? Raiva da moralidade burguesa que reprime nossos desejos naturais?

— Sim — disse eu, e lágrimas brotaram em meus olhos. — Sim! Sim! Sim!

Sua voz de repente ficou mais suave, tranquilizando-me, como uma mãe que conforta seu bebê:

— Então cultive essa raiva e canalize-a para a ação. Descubra um jeito de mudar o mundo. Valorize seu desejo de vingança, coloque-o em uma gaveta e use-o construtivamente um dia, em prol da justiça, da liberdade e da paz. Tentamos mudar o Japão em 1960. Fracassamos. Eu me culpo tanto quanto culpo Kishi e sua gangue. Agora, apenas posso tentar mudar a falsa consciência das massas por meio de meus filmes. Ainda acho que vale a pena, mas será um processo muito lento. Você, por outro lado, ainda é jovem. Ainda tem chance de realmente fazer a diferença. Espere a oportunidade. Seja paciente. E quando ela vier, você saberá. Não pense. Apenas aja.

5

OKUNI, ENQUANTO ISSO, estava recebendo muita atenção com seu Teatro Existencial. Como fizeram os velhos mendigos ribeirinhos que criaram o kabuki, ele viajou por todo o país com sua trupe, armando a tenda amarela onde fosse permitido e, às vezes, mesmo sem permissão: em estacionamentos vazios, pátios ferroviários desocupados, terreno de templos, margens de rios, antigos cemitérios, aeródromos abandonados e, mais notoriamente, no templo Hanazono, em Shinjuku. Foi lá que ele ergueu sua tenda quando o gravamos, juntamente com seus atores, para um filme sobre rebelião da juventude, chamado *Uma noite em Shinjuku*.

Okuni e eu havíamos passado por cima de nossas diferenças muito tempo antes disso, é claro. Na verdade, mesmo antes de *Uma noite em Shinjuku*, ele havia atuado em um dos *pinku eiga* de Ban-chan, cujo roteiro havia sido escrito por mim. Ban-chan estimulava todos os assistentes a escreverem roteiros. Eu já havia escrito vários. Todos foram mostrados a ele, mas nenhum nunca fora reconhecido com uma palavra de elogio ou crítica. Podia ser pior. Às vezes, ele demonstrava seu desdém pelo trabalho de um roteirista rasgando o manuscrito diante de seus olhos. Em uma ocasião, levou um roteiro novo para o banheiro e usou as folhas para limpar a bunda. Mas não dessa vez. Finalmente eu havia escrito algo que ele aprovasse.

— Nada mau — declarou. — Vamos filmar.

Ele era desse jeito. Nunca perdia tempo. As decisões eram tomadas na hora. Acho que foi por isso que conseguiu produzir dois *pinku eiga* por mês durante tantos anos.

Seja como for, eu estava delirando e, ao mesmo tempo, aterrorizado: seria bom o suficiente? Aquilo me destacaria? *Desejos molhados*, como chamava meu filme, era sobre uma jovem burguesa prestes a levar adiante um casamento arranjado com um jovem e respeitável banqueiro. A cena de abertura mostra as duas famílias, vestindo quimonos tradicionais, reunindo-se em um restaurante para trocar presentes. A cerimônia é filmada de modo estilizado, em uma longa tomada panorâmica, para ilustrar os modos da burguesia japonesa: patriarcas sisudos trocando gentilezas formais, esposas atentas para evitar o menor lapso no decoro e o jovem casal olhando para a frente sem mostrar nenhuma emoção, imóveis como mascaras de nô.

Corta para a noiva (interpretada por Kujo Junko) indo ao dentista. Enquanto ela está na cadeira, o dentista usa uma agulha hipodérmica em sua boca, e depois uma broca. Corta para uma tomada de seus olhos se fechando, imaginando todas as coisas que o dentista podia fazer com ela, enquanto a broca se transforma em um consolo gigante, examinando-a por todos os orifícios; e não apenas o dentista, pois suas fantasias tornam-se mais violentas, ela se imagina sendo estuprada por um grupo de peões de obra e sendo usada por um soldado negro que enfia uma arma em sua boca, e sendo suspensa por cordas em uma sala cheia de membros da Yakuza, que a rodam sem parar, rindo de seu desamparo. O dentista foi interpretado brilhantemente por Okuni.

Era um *pinku eiga* na forma, é claro, mas também uma tentativa de combater a hipocrisia da sociedade japonesa. Meu modelo foi Jean-Luc Godard. A intenção era mostrar como a subjugação era a única forma de os japoneses encontrarem a libertação. Mas não é a verdadeira libertação, pois ela existe apenas na cabeça. Seria preciso uma revolução para os japoneses se desfazerem de suas correntes e agirem de acordo com seus desejos. E revoluções, como disse o presidente Mao, não são festas.

Os japoneses simplesmente não estavam prontos para isso. Ainda não estão. Nem eu estava, para dizer a verdade. Mas se a práxis ainda era uma saída, pelo menos eu estava avançando na direção de um entendimento do problema.

Para *Uma noite em Shinjuku*, usamos uma abordagem mais documental, misturada com sequências de fantasia. Entrevistamos pessoas, algumas famosas, outras não. O Dr. Horikiri Tsuneo, que escreveu um best seller sobre a vida sexual no Japão contemporâneo, falou sobre o principal motivo da impotência masculina (aparentemente relacionado ao tamanho extraordinário de nossas próstatas, característica presente apenas na raça japonesa). Suzuki Muneo, ex-líder estudantil e atual presidente de uma grande companhia de comércio, falou sobre a derrota de 1960. E passamos uma semana com a trupe de Okuni em Shinjuku. Alguns dos atores eram garotos do interior, procurando um lar em Tóquio. Mas a figura principal no grupo do Teatro Existencial, tirando o próprio Okuni, era Yo Kee Hee, sua esposa nipo-taiwanesa. Ela era uma típica chinesa de temperamento forte, que uma vez quebrou uma garrafa vazia de saquê na cabeça do marido por suspeitar (com certa razão) que ele estava se engraçando com uma jovem atriz. As coisas mudaram depois do incidente. Ainda apareciam garotas para os testes, mas Yo sempre encontrava defeitos. Assim, os principais papéis femininos eram divididos entre Yo e Nagasaki Shiro, que se vestia e falava como uma mulher, mas na verdade era um cara durão. Ele uma vez chegou a quebrar o nariz de um boxeador desagradável que estava arrumando confusão com Okuni em um bar de Shinjuku. (Todos tínhamos um pouco de medo de Nagasaki.) Os papéis de jovens bonitos geralmente iam para um ator chamado Shina Tora.

A peça que gravamos em filme, *A história de Ri Koran: versão de Asakusa*, era uma das melhores de Okuni, e certamente a que fez mais sucesso. No formato típico de Okuni, ele havia usado ingredientes da vida da lendária estrela de cinema do período da guerra, Ri Koran, cozinhado-os juntamente com lembranças de sua infância em Asakusa e apimentado com referências a filmes antigos, heróis de quadrinhos atuais e velhos mitos japoneses. Em poucas palavras (como se as histórias oníricas de Okuni coubessem em poucas palavras), a peça é sobre Ri perdendo a memória quando volta para o Japão depois da guerra. Vagando por Asakusa, tentando achar seu antigo "eu", ela tem encontros estranhos pelo caminho: o ator Hasegawa Kazuo (interpretado por Okuni) aparece como personagem de uma popular história de detetive; o capitão Amakasu (Shina Tora), o notório espião, retorna como astro do rockabilly; uma conhecida stripper de Asakusa revela ser ninguém menos que Kawashima Yoshiko, princesa manchu que trabalhou para o Kempeitai, interpretada por Nagasaki, é claro. Há uma cena surpreendente no começo do segundo ato em que Amakasu aparece como um titereiro, controlando os outros personagens por uma série de barbantes. Mas os marionetes lentamente ganham vida no fim do ato, fugindo do controle do mestre. Revela-se que Amakasu era um fantasma desde o início.

Filmamos a peça toda, mas acabamos usando apenas a última cena, em que Ri descobre que ela e Kawashima eram, na verdade, a mesma pessoa. Enquanto o fantasma de Kawashima desaparece ao fundo graças a um perfeito truque de iluminação, Ri fica sozinha no palco de Asakusa, tirando suas roupas, camada após camada, como se descascasse uma cebola, sem nunca revelar seu "eu" nu. A plateia enlouqueceu, gritando o nome de Yo, jogando presentes no palco.

Cada apresentação era seguida por uma rodada de bebidas dentro da tenda, com atores e amigos. Okuni e Ban-chan eram os que mais falavam, enquanto os atores serviam-se de grandes garrafas de saquê frio. Ban-chan falava de política, Okuni discutia com ele.

— Minha revolução — dizia ele — está aqui dentro desta tenda. É aqui que eu crio minhas situações.

Ban-chan insistia que era necessário fazer mais. Ele não queria isolar a ação dentro de uma tenda, ou na tela do cinema.

— Devemos criar novas situações — disse ele —, nas ruas, nos parques, nas praias, e transformar o mundo inteiro em um palco.

Havia um americano ali também, um cara alto, de cabelo escuro, Vanoven-san. Para um ianque, ele até que era boa gente. Como muitos estrangeiros, falava japonês como uma mulher. Já o havia visto antes, em estreias de filmes e coisas do gênero. Vanoven-san era um estrangeiro maluco que gostava de tudo que dizia respeito ao Japão, e conhecia mais sobre nosso país do que nós mesmos. Ele também era homossexual. Aquilo não me incomodou. De qualquer forma, acho que eu não era seu tipo. Ele demonstrou uma ponta de interesse por mim, mas quando tentei conversar sobre Sartre, seus olhos se apagaram. Depois disso, nunca mais prestou atenção em mim.

O assunto Ri Koran veio à tona, a verdadeira e aquela imaginada por Okuni. Nagasaki fez um hilário show de fantoches, imitando os movimentos irregulares enquanto fazia voz de mulher em falsete.

— Bom — disse Ban-chan, já na metade de uma garrafa de uísque —, muito bom, mas quem eram os verdadeiros titereiros? Certamente era Amakasu e sua gangue de japoneses fascistas.

Okuni, tragando ponderadamente seu cigarro Seven Stars de sempre, sugeriu que, pelo contrário, o poder de Amakasu era uma ilusão de ótica. A própria Ri estava controlando os barbantes dos homens que a cercavam.

— Ela era uma artista — disse ele. — Seu poder era sua imaginação. A arte é o poder supremo.

Ban-chan balançou a cabeça em negativa.

— Isso, meu amigo, é uma ilusão. Você esquece da política. Ri Koran, Hasegawa, eles eram apenas peças de um jogo muito maior que mal entendiam. A verdadeira fonte do poder fascista era o sistema imperial. — Ele parou, e de repente virou-se para mim: — Misawa, o que você acha?

Temia aquilo mais do que tudo. Sentia que estava sendo obrigado a fazer um discurso, ou tirar minhas roupas, ou dançar em público. Mas Ban-chan não ia me deixar escapar:

— Quero ouvir a opinião de Misawa. Vamos ouvir o que ele acha.

Como forma de encorajamento, ele colocou um pouco de saquê em meu copo. Meu rosto pingava de suor. Gaguejei que talvez ninguém estivesse no controle. Talvez fosse o "sistema imperial".

— Hummm — fez Ban-chan —, interessante. — E virou-se para o outro lado.

Nesse ponto, Vanoven entrou na discussão com uma pequena lição sobre política japonesa:

— A política japonesa — disse ele em seu afeminado japonês — é um sistema de irresponsabilidade. No meio está o imperador, empurrado daqui e dali, como um santuário portátil, por um grupo de homens anônimos. Como nenhum deles conduz pessoalmente o santuário, ninguém é responsável. Ri Koran era um típico santuário portátil, intimidada por mãos invisíveis...

— Hmm — disse Ban-chan —, um santuário portátil, muito interessante.

A isso, Okuni, com os olhos brilhando de entusiasmo, acrescentou que Vanoven sabia muito mais sobre o Japão do que nós, japoneses. O americano pareceu satisfeito com isso e começou a nos contar sobre sua amizade com a verdadeira Ri Koran.

— Foi ainda durante a guerra... — começou ele, antes de ser interrompido.

— Você está errado — disse um senhor magro, com dentição ruim e sem queixo, usando um quimono azul-escuro. Ele era um convidado frequente nas festas pós-espetáculo de Okuni. O professor Sekizawa Chu era um distinto estudioso de literatura francesa. Ele havia traduzido vários trabalhos do marquês de Sade. O mais notável sobre ele era que, em todos os seus 66 anos de vida, ele nunca havia ido à França. Não tenho certeza nem se falava o idioma do país, embora houvesse rumores de que era fluente em francês do século XVIII. Não quero dizer que ele era um sujeito chato e inútil. Pelo contrário, Chu-sensei era, na verdade, um sujeito bastante alegre, que podia acompanhar qualquer um na bebida e, quando ficava bêbado, às vezes se levantava e ia dançar, fazendo caretas grotescas de camponês.

— Você está totalmente errado — disse ele. — Nasci e cresci em Harbin, e, embora nunca tenha conhecido a Srta. Ri Koran, sei uma ou duas coisas sobre ela. Superficialmente, pode ter parecido que nós, japoneses, controlávamos a Manchúria, e muitos eram ingênuos o suficiente para acreditar. Não é de se surpreender, na verdade, quando se pensa na forma como o exército Kanto gabou-se para todo o mundo como se fosse dono do local. Mas, na verdade, nos bastidores, eram os judeus que controlavam. Eles tinham o dinheiro e os contatos. Sabiam que Abraham Kaufman, líder da comunidade judaica de Harbin, conhecia Victor Sassoon, dono de metade de Xangai na década de 1930, e era bem relacionado com o presidente Roosevelt? Sassoon, Kaufman, Roosevelt: todos judeus zelando pelos interesses de seu próprio povo. Podemos culpá-los? Os russos sabiam. Os chineses sabiam. Todos os europeus sabiam. Só nós, japoneses, não sabíamos, porque somos um ingênuo povo insular, muito inocente em relação ao que acontece no mundo para perceber que nós mesmos somos uma nação de fantoches.

Houve um momento de silêncio, enquanto digeríamos as palavras de Chu-sensei. Ban-chan balançou a cabeça de forma afirmativa e Nagasaki proferiu um som apropriado para registrar sua surpresa. Olhamos para Vanoven. Certamente ele teria algo a dizer sobre aquilo. Ele olhou para seu copo e não disse nada. Okuni riu, tomou um gole de saquê, pediu que um dos atores lhe entregasse seu violão e começou a cantar a música de um popular filme da Yakuza. Todos nos juntamos a ele, batendo palmas. Pediram que Shina Tora cantasse uma velha música de estudante, e Nagasaki cantou uma *chanson* de Edith Piaf. Ban-chan começou a cantar uma música das manifestações antitratado de 1960, e depois uma de suas favoritas, "Canção do Exército Vermelho japonês". Enquanto ele cantava, com sua voz forte, sobre o martírio dos camaradas mortos na luta por justiça e liberdade, senti repentinamente sua solidão. Sempre cercado por pessoas, Ban-chan parecia terrivelmente sozinho nesse mundo. Talvez isso explicasse sua avidez por mudá-lo.

=== 6 ===

AGORA QUE ESTOU aqui em minha cela escura em uma prisão do Líbano, quando me lembro daqueles dias iluminados, a pessoa confusa, ansiosa e hesitante que eu era tanto me toca quanto me constrange um pouco. Talvez a maioria se sinta assim em relação aos seus antigos "eus", descartados pelo caminho como pele de cobra. Às vezes ouço dizer que as pessoas se lembram dos bons tempos e se esquecem do resto. Não sei quanto aos outros, mas eu penso com uma dolorosa vivacidade em todos os meus erros, minhas vergonhosas gafes, minhas observações desastradas, os danos que causei sem querer, a superficialidade da minha visão de mundo. Antes, é claro, eu não conhecia realmente o mundo como pensava conhecer. Conhecia apenas uma pequena parte dele, minha terra natal no norte, a indústria de *pinku eiga*, a tenda de Okuni. Em meio às brilhantes luzes de neon de Tóquio, eu me sentia pequeno e insignificante. Quem notaria se eu morresse de repente?

Estava vagando como um cego. Quando não estava trabalhando nos filmes com Ban-chan, passava todo o tempo no cinema. Meu local favorito era o Centro Nacional de Cinema, em Kyobashi. Vi todos os filmes dos festivais de Mizoguchi, Naruse e Kurosawa. Vi todos os filmes estrelados por Jean Gabin. Era como se eu estivesse vivendo cem vidas diferentes no escuro, apenas para ir para casa me sentindo como um homem ainda em busca de sua própria vida. Vi reapresentações de filmes antigos, filmes sobre heroicas mães japonesas, filmes de samurais de

Uchida Tomu, filmes de Hollywood da década de 1930, filmes franceses de Duvivier e Clouzot, e até um ou dois filmes da época da guerra com Ri Koran. Minha lembrança é turva. Um deles se chamava *Noites chinesas*, eu acho, e o outro era sobre uma garota em Taiwan que se apaixona por um homem que entra para o Exército Imperial japonês.

Ri Koran, que na verdade se chamava Yamaguchi Yoshiko, nunca foi ver a peça de Okuni que levava seu nome. Não acho que alguém realmente esperava que ela fosse. O mundo do teatro subversivo não era exatamente o seu mundo. Supostamente, ela era casada com um diplomata, e havia se aposentado da indústria cinematográfica anos antes. Pelo que sabíamos, ela estava vivendo no exterior, em algum posto diplomático. Alguém mencionou a Birmânia. De vez em quando seu nome surgia em alguma revista semanal, em artigos nostálgicos sobre os bons e velhos tempos da Manchúria, geralmente ilustrados pelo fotograma de um filme antigo. As pessoas ainda sabiam quem ela era, mas sua estrela havia se transformado em uma luzinha distante. De qualquer forma, o pouco que sabia dela não me chamava muito a atenção. Afinal, ela havia colaborado com o fascismo japonês, feito propaganda da guerra na Ásia. Além disso, francamente, a nostalgia de certos japoneses por aquela época me deixava enojado.

A ideia de um dia poder conhecê-la em carne e osso nunca havia me ocorrido nem em sonho. Mas foi exatamente isso que aconteceu. E não teve nada a ver com a peça de Okuni, nem mesmo com *Uma noite em Shinjuku*. O filme não foi um grande sucesso comercial, mas conquistou um certo status de obra cult. Ban-chan estabeleceu sua reputação como cineasta político, e não apenas como diretor de pornografia interessante. Mas ficou mais difícil conseguir emplacar novos projetos. As pessoas com dinheiro não gostavam de cineastas políticos. Não que gostassem sempre de seus filmes cor-de-rosa, mas pelo menos eles davam mais dinheiro. Então entramos em um período de crise, e todos tivemos de procurar outros empregos para nos sustentarmos. Decidi tentar a sorte na televisão.

A produção de um novo programa de documentários estava prestes a começar em um dos canais independentes de televisão. O nome, *Que mundo estranho*, não era um dos títulos mais promissores, devo admitir. Tudo o que eu sabia era que a maior parte dele seria gravada em países estrangeiros. Eu queria viajar, então me candidatei ao trabalho. O processo de entrevistas foi longo e desnecessariamente complicado. Pelo menos foi o que me pareceu, depois do mundo dos *pinku eiga*, onde tudo era feito de forma muito rápida. Primeiro tive de me encontrar com o assistente do assistente de alguém em um café. Depois, vi-me no meio de uma nuvem de fumaça com vários homens de terno, dentre os quais apenas um me fazia perguntas, enquanto os outros tomavam nota. Uma semana depois, finalmente fui chamado pelo produtor, um homem polido que usava um blazer e tinha um bigode que o deixava vagamente parecido com aquele ator britânico, David Niven. Ele cheirava a loção pós-barba e cigarros, que fumava sem parar. Sua sala era pequena e não tinha um pingo de personalidade. Havia diplomas com molduras douradas — ou talvez fossem prêmios de programas de televisão — pendurados na parede. Uma boneca de quimono olhava inexpressivamente para fora de uma caixa de vidro. Sobre a mesa, uma caneta dourada — um outro prêmio, talvez? — colocada em um porta-lápis extremamente feio, com bebês dourados segurando cestas de flores na borda.

— Parabéns — disse ele —, você está dentro. Vamos colocá-lo no departamento de roteiros.

Expressei minha gratidão, esperando que ele considerasse minha gagueira como um sinal de entusiasmo.

— Você conhece o presidente John F. Kennedy? — perguntou ele, enquanto acendia um novo cigarro com a brasa do anterior.

Respondi que havia ouvido falar dele, é claro.

— Lembra o que ele falou sobre a América? Bem, gostamos de aplicar o mesmo princípio à nossa organização. Faça isso e se dará bem.

Esperei por mais explicações. Notando meu atordoamento, ele riu e me disse o que o presidente Kennedy dissera, ou quase dissera:

— Não pergunte o que a empresa pode fazer por você, mas o que você pode fazer pela empresa.

Não gostei muito do que ouvi, mas fiz um sinal positivo com a cabeça, como se aquilo fosse algo óbvio.

— Por sinal, você bebe?

Quando dei por mim, estávamos sentados em um bar no sexto ou sétimo andar de um prédio perto da estação de metrô de Azabu. Uma jovem usando um vestido de veludo tocava música de coquetel no piano em uma sala estreita e, não fosse por nós, vazia. Como ainda eram 16 horas, já era de se esperar. David Niven tinha sua própria garrafa de uísque no armário que ficava em cima do bar, e esperava que eu compartilhasse com ele o conteúdo.

— Jonny Walker Black — insistiu ele. — Sempre vá de Black.

Quando lhe perguntei a natureza exata do programa, sobre o que seria, quem o apresentaria e o que envolveria meu papel como roteirista, ele ficou estranhamente evasivo.

— Logo você vai saber — disse ele, enquanto a Mama-san atrás do bar habilmente pegava a garrafa para completar nossos copos. Quando começou a anoitecer, uns dois homens de ternos escuros entraram pela porta. Pelos cumprimentos, julguei que fossem colegas de Niven. Sem olhar para mim, perguntaram-lhe quem eu era. Depois que fui apresentado como o novo roteirista, reconheceram minha presença e foram para o outro lado do bar.

Niven, nesse meio-tempo, foi ficando cada vez mais embriagado e, apesar de minha recusa, fez com que eu acompanhasse seu ritmo até o fim. Ainda assim, nada de falar sobre o programa. Em vez disso, falava sem parar sobre ele mesmo, levando a cabeça para perto da minha, chegando a causar desconforto. Ele havia sido "muito politizado" quando estudante em Waseda, confidenciou-me:

— Mas, sabe como é, 1960 e tudo o mais, éramos jovens e inocentes.

Indiquei que entendia perfeitamente. Ele já havia tido ambições de fazer filmes sérios, filmes sérios de arte, como aquele francês. Tentei ajudar. Ele quis dizer Jean-Luc Godard?

— Esse mesmo. Mas você sabe, no Japão não há oportunidade nenhuma para isso. Logo você vai descobrir. Todos começamos com ótimos ideais. Depois crescemos, e vemos do que é feito o mundo real. Logo logo você vai ver. Antes disso, um conselho: divirta-se.

Quando ele começou com um relato sentimental de seu divórcio recente, fingi que prestava atenção, mas tentei pensar em outras coisas, bem distantes daquele bar horrível.

Deixei-o por volta das 2 horas, caído no bar, acordando eventualmente com um movimento repentino, murmurando "Mama" para a mulher atrás do balcão. Fiquei deprimido quando saí na rua. Havia chovido, e o asfalto sob a via expressa estava soltando vapor, o que curiosamente me fez lembrar do "monte do medo". A ideia de trabalhar para aquele produtor desesperançado, depois de meus dias emocionantes com Ban-chan, era horrível demais para contemplar.

Mas acontece que eu o havia subestimado. Uma semana depois de nosso ébrio encontro, finalmente conheci a pessoa que apresentaria o programa. Niven havia organizado um almoço em um daqueles sofisticados restaurantes franceses em Azabu Juban. Entrou uma mulher pequena e formosa usando uma minissaia amarela. O permanente no cabelo o deixava volumoso, como um luxuoso chapéu de pele. Ela se sentou. Niven lhe explicou quem eu era. Ela tirou os óculos escuros e olhou para mim. Tinha os olhos mais extraordinários que já vi em uma mulher: grandes e luminosos, mais tailandeses, ou indonésios, do que japoneses. Pareciam tão estrangeiros que pensei que ela havia feito uma cirurgia plástica.

— Conheça Yamaguchi-san — disse David Niven, radiante como um mágico que acabou de tirar um coelho da cartola.

Depois de me analisar, ela se virou para o produtor e lhe disse o quão empolgada estava com o programa.

— Sabe — disse ela, transbordando de entusiasmo —, eu sempre quis ser jornalista, desde garotinha, quando ainda vivia na China. Sempre quis mostrar o mundo real às pessoas, como é de verdade, o que realmente está acontecendo. — Ela suspirou. — Mas... o cinema atrapalhou. Eu nunca quis ser atriz de cinema. Fui empurrada contra minha vontade. — Ela se iluminou, toda sorrisos. — Mas agora, pelo menos, poderei fazer o que sempre quis, ser jornalista. Você é jornalista?

Ela dirigiu a pergunta a mim. Não, eu disse, infelizmente não. Faço filmes.

— Ah — disse ela, com tom de decepção.

Niven explicou rapidamente que eu seria responsável por formatar os programas, escrever os roteiros, deixar tudo coeso. Ela seria a repórter.

— Sim — exclamou, cheia de entusiasmo novamente —, eu serei a repórter. Isso é o que importa. Você cuida do resto.

Perguntei o que exatamente íamos veicular. Niven olhou para Yamaguchi-san, que havia tirado uma elegante caderneta de repórter da bolsa de couro brilhante. Ela o colocou junto a seu prato, como se fosse tomar notas sobre nossa conversa. Niven disse:

— O programa vai ao ar no período da tarde tem como público-alvo as donas de casa inteligentes, que desejam estar informadas sobre os acontecimentos importantes do mundo.

Sim, confirmou Yamaguchi-san, era exatamente aquilo. Donas de casa são o público perfeito, pois representam a melhor esperança para a humanidade.

— Veja, Sato-san — ela explicou —, os homens são viciados em violência e destruição. Sempre estarão indo pra a guerra. Mas as mulheres são diferentes, não concorda, Sato-san? Elas têm que proteger seus filhos. É por isso que são nossa melhor esperança. Tenho certeza disso. Apenas as mulheres podem impedir os homens de destruir nosso belo planeta. Nosso primeiro programa será sobre a Guerra do Vietnã.

David Niven fez um sinal afirmativo com a cabeça.

— Não pude contar antes — disse novamente, com ar de mágico profissional — porque tínhamos que manter a confidencialidade, mas agora posso divulgar o título completo de nosso programa: *Que mundo estranho: Yamaguchi Yoshiko na linha de frente.*

7

ODIEI SAIGON logo de cara. Ainda era maio, mas senti como se estivesse sufocando embaixo de um cobertor quente e úmido. Sempre que punha o pé para fora do hotel, era abordado por chinas com dentes de ouro, tentando me vender coisas: antiguidades falsas, moeda local, mulheres. A comida tinha gosto de sabão, e havia ianques por todos os lados, tratando a cidade como se fosse seu puteiro particular — sujeitos grandes de rosto vermelho, como porcos, passando os braços gordos e rosados em volta de uma, duas ou três garotas, berrando uns com os outros como selvagens. Revivi todas as piores memórias de minha cidade natal. Mas agora estava mais velho. Não admirava mais esses bárbaros, nem mesmo secretamente. Conseguia vê-los como eram, e os odiava por estuprarem um país asiático, corrompendo o povo com sua ganância estúpida. Quanto antes os vietcongues tomassem a cidade e expulsassem os imperialistas estrangeiros, melhor.

Tentei passar isso a Yamaguchi-san, mas ela me alertou para não ser "muito político". O programa tinha de ser adequado para a televisão. Esqueça toda essa "coisa teórica", disse ela. Tínhamos de encontrar um jeito de fazer os vietnamitas expressarem seus sentimentos diretamente para o coração de nossas telespectadoras.

Era típico de sua abordagem. Embora minha primeira impressão de Yamaguchi-san tenha sido a de uma cabeça de vento sem profundidade, logo comecei a ter mais respeito por aquela mulher. No voo de Tóquio para Bangkok, ela nos contou sobre suas experiências na China durante a guerra. Nós, japoneses, devemos aprender com o passado, disse ela, e ficar do lado do povo asiático, contra os agressores estrangeiros. Era visível que tinha um bom coração, mesmo sendo politicamente ingênua. Havia nela uma pureza que eu não esperava. Tudo o que ela precisava era de um pouco de formação.

Yoshiko certamente era uma repórter esforçada, andando por aí em seu conjunto azul-claro. Sua primeira parada foi o Clube dos Correspondentes Estrangeiros, onde entrevistou jornalistas japoneses. Mas, político ou não, senti que seria vital fazer algumas tomadas das linhas de frente e entrevistar um vietcongue. Ela concordou. A embaixada do Japão, representada por um homenzinho nervoso chamado Tanaka, disse que seria muito perigoso sair de Saigon. Especialmente à noite, alertou ele, os vietcongues controlavam as vilas, e era impossível prever o que poderia acontecer. Vários repórteres japoneses já haviam sido baleados. O governo japonês não garantiria nossa segurança. Achei tudo aquilo uma bobagem. E Yamaguchi-san, com um bendito coração, também não aceitava um não como resposta. Ela insistiu que precisávamos falar com vietnamitas comuns e descobrir como eles se sentiam em relação à guerra.

No final, depois de muitos protestos de Tanaka, foi organizada uma viagem para uma vila a cerca de 15 quilômetros de Saigon. A embaixada nos forneceu uma intérprete e nós contratamos cinco seguranças. Eu fui na frente para organizar a filmagem, junto com o operador de câmera, um tipo quieto chamado Shino, e Higuchi, o sonoplasta, que adorava falar. Yamaguchi-san seguiu em outro comboio. Ela usava um vestido vietnamita de seda, longo, e um chapéu de palha de arroz. As crianças tocavam suas mangas, como se fossem feitas de ouro. Os adultos também olhavam como se quisessem tocá-la, mas eram muito tímidos para isso. Eu achava as roupas um pouco constrangedoras, mas David Niven havia insistido no figurino: "TV de qualidade", disse.

Enquanto montávamos o equipamento, fomos cercados por crianças que tagarelavam sem parar, como macacos.

— Eles pensam que vocês são chineses — explicou a intérprete.

Higuchi fez que não com a cabeça e disse, em inglês:

— Não, não, japoneses, japoneses!

Ele começou a dobrar pedaços de papel colorido em forma de pássaros para distribuir entre as crianças, que imediatamente os desfaziam. Yamaguchi-san confundiu ainda mais as coisas falando com os moradores da vila em mandarim. Uma idosa desdentada usando calças pretas foi tirada de sua cabana para nos conhecer. Ela falava algumas palavras em um dialeto chinês. Yamaguchi-san falou com ela bem devagar. A senhora revelou suas gengivas manchadas de bétele em um sorriso vermelho-sangue, e relatou aos vizinhos que éramos japoneses. A intérprete disse, um pouco azeda, que já havia informado isso a eles.

Os aldeões, vestidos com as mesmas roupas pretas simples da senhora idosa, cercaram Yamaguchi-san. Sempre que falavam em seu microfone, ficavam sérios. Não, não havia nenhum vietcongue ali, insistiam. Americanos? Sim, às vezes viam soldados estrangeiros. Um homem magro de óculos e barba rala — um professor, talvez? — manifestou-se:

— Estrangeiros tentam conquistar nosso país há milhares de anos. Os khmer, os tailandeses, os chineses, os franceses, os americanos. Qual a diferença? No fim, sempre vão embora. Não faz diferença para nós. Esta é a nossa terra, a terra de nossos ancestrais. Nós ficamos aqui, eles vão embora.

Mas certamente, disse Yamaguchi, a guerra foi uma coisa terrível. A ideia de todas essas pessoas inocentes sendo mortas, as mulheres, as crianças... O homem de óculos deu de ombros e rapidamente escapuliu. Shino, o operador de câmera, parou para trocar o filme. Yamaguchi-san esperou até ele estar pronto, pegou nos braços um menino com furos nos shorts e disse:

— Rezo para que esta criança viva em paz.

O programa foi um grande sucesso. Eu não fiquei totalmente satisfeito. Muitas perguntas não foram feitas. Mas era melhor do que a maioria dos programas desse tipo, e o crédito era todo de Yamaguchi-san. Ela era uma atriz profissional que, claro, conhecia todos os truques da profissão — os trajes e tudo o mais. Mas ela era sincera. Seus sentimentos pelas pessoas que entrevistava eram reais, e isso, de alguma forma, se percebia. Eu até consegui fazer algumas observações políticas sobre o imperialismo americano. Usamos umas cenas poderosas de cinejornal, com os americanos bombardeando Hanói. De modo geral, nada mal para um programa de TV vespertino para donas de casa.

Não me lembro de quem sugeriu fazer um programa sobre os palestinos. Mas achei bem estranho que todos estivessem falando sobre o Vietnã e ignorando a luta palestina. Isso deve ter sido mais ou menos na mesma época em que um velho conhecido da universidade voltou para minha vida. Seu nome era Hayashi, e ele costumava ser da turma do teatro de Okuni. Perdemos contato depois que ele abandonou os estudos. Ouvi rumores de que havia se tornado "político". Mas não tinha interesse nenhum em sua vida, até que uma noite nos encontramos novamente, por coincidência, no Pepé le Moko.

Ban-chan estava me tratando como de costume. Falava sem parar sobre política, arte e a vida. Havia mais duas ou três pessoas bebendo no bar. Não reconheci nenhuma delas.

— Misawa — disse Ban-chan, já cambaleando no banco do bar —, quando você vai fazer algo grandioso?

Respondi que estava escrevendo roteiros para um popular programa de TV. Foi como se não tivesse me ouvido. Ele simplesmente repetiu:

— Quando você vai fazer algo *grandioso*? Se não fizer algo grande logo, vai ficar velho, gordo e acabado antes de se dar conta. Na verdade, você já está nesse caminho, perdendo tempo com bobagens. Se não tiver feito algo grandioso até os 30 anos, pode se considerar morto.

Aquilo era típico de Ban-chan. Talvez ele só estivesse irritado por eu não trabalhar mais para ele, com medo de que eu fosse embora. Percebi alguém agitado do outro lado do bar. Um homem andava trôpego em nossa direção, segurando uma garrafa.

— Ei! — ele gritou para Ban-chan. — Esse cara é um velho amigo meu.

Eu não o reconheci prontamente. Seu cabelo havia crescido muito, e ele usava óculos bem escuros, como um gângster.

— Que merda é essa? — gritou Ban-chan quando a garrafa acertou sua cabeça.

Estava prestes a socar o sujeito, quando ele se virou para mim:

— Sato, não se lembra de mim?

Era Hayashi. Eu estava furioso, mas não tinha ideia do que fazer. Ban-chan estava caído no chão com o rosto coberto de sangue. Devia ter cuidado de Hayashi ali mesmo. Mas nunca fui bom de briga. Então disse, gaguejando, que precisávamos levar Ban-chan ao hospital. Em um gesto louvável, Mizoguchi imediatamente assumiu o controle, carregando Ban-chan para fora do bar, colocando-o em um táxi e indo para o hospital mais próximo, onde ele foi rapidamente atendido. Senti-me inútil, até mesmo um pouco desleal. O que salvou minha honra foi a generosidade de Ban-chan. Uma hora depois estávamos de volta ao Pepé le Moko bebendo de sua garrafa de uísque.

— A lealdade para com um velho camarada deve ser recompensada — ele declarou, e fez um brinde a Hayashi.

Hayashi gostava de beber nos bares coreanos de Asakusa. Apesar de, até onde eu sabia, ele próprio não ser coreano, parecia sentir-se confortável entre eles. Enquanto bebia aquele grosso e leitoso saquê de que eles gostam, disse-me que havia entrado para um grupo de protesto que se opunha ao abuso policial contra os coreanos.

— A discriminação contra os coreanos — ele disse — é o núcleo de nosso podre e opressivo sistema imperial.

Essa era uma das expressões favoritas de Hayashi: o sistema imperial.

— Se não acabarmos com o sistema imperial, nosso país nunca será livre — disse ele.

Concordei com a cabeça, olhando através de seus óculos escuros. Não que eu nutrisse muitos sentimentos a respeito dos coreanos, ou do sistema imperial, mas concordei para agradá-lo, sem querer dar muita corda ao assunto. Hayashi terminou sua bebida e cumprimentou o barman coreano, que sorriu e nos serviu mais uma rodada. Hayashi assegurou ao barman que a revolução certamente aconteceria.

— Você sabe — disse ele, depois que sentamos em um banco de parque próximo ao templo Kannon —, eu falo sobre o sistema imperial do nosso país, mas o problema, na verdade, é muito maior que esse.

Seu hálito cheirava a alho, por causa de todo o *kimchi* que acabáramos de comer no bar coreano. Uns poucos sem-teto acomodavam-se para passar a noite nos bancos à nossa volta. Havia um distante ruído de trânsito na ponte Azuma. Um dos homens já estava roncando. A luz de um poste, tremeluzente, refletia nos óculos escuros de Hayashi.

— Nós também fazemos parte de uma minoria discriminada.

— Nós? — eu disse, genuinamente surpreso.

— Pense deste modo — ele continuou —, a opressão é uma questão de círculos concêntricos. Os coreanos são oprimidos pelo nosso sistema imperial, mas todos os asiáticos, africanos, latino-americanos e árabes são oprimidos pelo sistema capitalista americano. Nosso governo é apenas um escravo do imperialismo americano. É por isso que não basta que se faça uma revolução no Japão. Devemos pensar como internacionalistas. Para destruir o sistema americano, a revolução deve ser internacional. Nós e os povos oprimidos do mundo devemos permanecer lado a lado na luta armada — Hayashi baixou a voz e aproximou-se, bafejando mais alho na minha cara. — Sato — ele disse —, embora não nos conhecêssemos muito bem na faculdade, eu sempre imaginei que você fosse sério. Você devia se juntar à nossa luta. Por que não vem à reunião que faremos na próxima semana?

Luta armada. Todos os povos do mundo. Era coisa grande. Perguntei a qual grupo ele pertencia. Ele olhou ao redor, caso houvesse espiões à espreita nos arbustos do parque Asakusa. Não havia ninguém a não ser os homens que dormiam cercados por garrafas vazias e vidro quebrado, que brilhavam feito diamantes sob a luz de neon.

— O Exército Vermelho japonês — ele sussurrou, enquanto segurava minha mão do mesmo jeito que havia cumprimentado o barman coreano.

De repente me lembrei de Muto, o valentão da nossa escola, esmagando a mão de seu escravo voluntário.

Nunca fui àquela reunião. Como de costume, amarelei. Acho que não estava pronto para a luta armada. Na verdade, tinha medo dela e evitei encontrar com Hayashi por muito tempo, sentindo-me levemente desgostoso com minha própria timidez. Mas suas palavras me afetaram. Elas continuaram ecoando na minha cabeça. O que ele disse sobre internacionalismo fazia sentido. Pelo menos Hayashi ousou pensar além dos limitados confins de nosso país insular. Quando, em outra ocasião, ele me contou que havia nascido na Manchúria, não fiquei surpreso.

O que me leva de volta a Yamaguchi-san. Quanto mais eu a conhecia, mais ela me impressionava. Talvez a sugestão de fazer um programa sobre os palestinos tenha vindo dela. De qualquer forma, discutimos a ideia logo que soubemos dos sequestros de setembro de 1970. Há que se admirar a audácia daqueles sujeitos que conseguiram tomar quatro aeronaves civis, desviá-las para o deserto jordaniano, fazer de reféns os passageiros judeus e explodir os aviões na frente da imprensa mundial. O grupo fazia parte da Frente Popular para a Libertação da Palestina, ou FPLP, um acrônimo que eu viria a conhecer bem.

David Niven não estava muito entusiasmado com nosso plano de enfrentar os combatentes palestinos. Ele disse a Yamaguchi-san que ela nunca conseguiria retomar sua carreira no cinema se fizesse um programa desses. Ela não sabia que Hollywood era totalmente dominada por judeus? E que todos os distribuidores internacionais de filmes eram judeus? Eles nunca a perdoariam. Mas ela resistiu bravamente a essa pressão.

— Não me importa — ela disse —, minha carreira no cinema já acabou, de qualquer forma. Sou uma jornalista, e um bom jornalista deve ir aonde está a história. Vamos aos palestinos.

Ela disse isso com um ar de impaciência, como se tivéssemos que embarcar em um voo naquele momento.

E então partimos para Beirute, três meses após os sequestros. Voando acima das nuvens, Yamaguchi-san relembrou, como de costume, seus dias na China. Ela disse sempre ter admirado os judeus. Na verdade, sua melhor amiga na escola era uma judia da Rússia, cujo pai era dono de uma padaria em Mukden, mas que mais tarde revelou-se ter sido um espião soviético.

— Não eram os judeus que na verdade controlavam a Manchúria? — perguntei.

Ela ficou boquiaberta de espanto.

— Não — ela disse —, nós controlávamos. Nosso exército Kanto estava no comando.

Eu repeti o que havia me dito o professor Sekizawa, que os judeus manipulavam o poder nos bastidores.

— Bem — ela disse —, eles tinham de sobreviver, não tinham? Os judeus sofreram muito, afinal de contas. Os alemães, inclusive, nos pressionaram para prender os judeus. Mas não prendemos.

Eu lhe disse que talvez devêssemos ter prendido. Isso teria poupado o mundo de muitos problemas.

A primeira vez que saí de nosso hotel e senti o cheiro da pesada mistura de café, kebab e pipoca, fiquei apaixonado por Beirute, essa cidade cheia de cidades, onde se come a melhor comida do mundo e onde estão as mulheres mais bonitas: garotas maronitas com pele cor de oliva e saias curtas; garotas iraquianas de cabelos compridos; iranianas usando jeans justos; e beldades palestinas usando *keffiyehs*. Beirute pertencia ao mundo. Libaneses, sírios, palestinos, iraquianos, europeus, russos e asiáticos misturados livremente nos hotéis e bares da Hamra, a rua principal. Mas também havia outra cidade, logo abaixo do brilho superficial, e igualmente internacional, uma cidade revolucionária onde o futuro do mundo era forjado por homens e mulheres de todas as raças. Todos os dias era possível encontrar camaradas latino-americanos, combatentes da liberdade vindos da África do Sul ou do Chade, anarquistas franceses, maoístas dinamarqueses, alemães leninistas revolucionários, marxistas iranianos, nacionalistas curdos. Toda a teoria marxista, que sempre me entediou tanto no Japão, era demais para contar. O importante era a luta armada palestina. Não era apenas uma luta local, que não interessava a mais ninguém; era internacionalista em seu âmago. Ao se oporem aos sionistas, os palestinos se opuseram a todo o mundo ocidental e seu sistema capitalista imperialista.

Beirute fez Yamaguchi-san se lembrar de Xangai.

— Esse lugar cheira a liberdade — ela disse, inspirando o ar enquanto acelerávamos para chegar ao nosso primeiro compromisso, atravessando um labirinto de ruas em uma corrida de táxi suicida.

O escritório da FPLP ficava no sexto andar de um prédio branco de apartamentos no oeste de Beirute, uma área policiada pelos palestinos, então nos sentimos um tanto quanto seguros. A primeira coisa que vi, ao entrarmos no escritório, foi um enorme pôster do presidente Mao. Eu desprezo o fanatismo racial, e sei que o que estou prestes a confessar tem jeito de sentimentalismo burguês, mas aquele pôster retratando o maior asiático do século XX me deu uma sensação de orgulho étnico, como se algo da heroica revolução chinesa tivesse sido transmitido para mim, seu semelhante asiático. Fomos recebidos por um homem corpulento com um bigode grosso e sorriso amigável. Seu nome era Abu Bassam. Ele me beijou os dois lados do rosto, como fazem os árabes, e segurou minha mão entre as suas, que eram quentes e macias. Aquelas eram as mãos de um homem que conseguira sequestrar quatro aviões, incluindo um da TWA cheio de judeus.

— Vocês são meus bons amigos — disse ele com uma voz profunda e acolhedora, capaz de fazer as pessoas se sentirem em casa —, o que podemos fazer por vocês?

Contamos a ele que gostaríamos de entrevistar Leila Khaled, a sequestradora do avião da TWA. Ela tinha acabado de ser libertada pelos britânicos em troca de um prisioneiro sionista. Abu Bassam ficou reticente.

— Isso não deve ser tão simples — ele disse. — Olhe — apontou para fora da janela, onde uma trilha de fumaça pintava uma elegante faixa branca pelo céu azul —, as vidas de nossos comandos nunc^a estão a salvo. Os sionistas nos observam o tempo todo.

Ouvi uns poucos tiros do lado de fora e pequenas nuvens de fumaça, como se fossem pedaços de algodão, subiram lentamente.

— Inútil — disse Abu Bassam —, só serve como exibição, para levantar nosso moral.

Yamaguchi-san parecia desapontada.

— Seremos muito cuidadosos — ela prometeu.

Abu Bassam alisou o bigode e nos convidou a pegar alguns doces que eram servidos em uma bandeja redonda de prata.

Depois de ele próprio pegar um e lamber lentamente o açúcar dos dedos com uma língua consideravelmente rosada, apontou para o lenço palestino branco e preto que Yamaguchi-san usava.

— Você está usando nosso *keffyieh*. — Ele riu. — Temos muitos voluntários japoneses nos auxiliando em nossa luta contra os sionistas. Por que não faz um filme sobre eles? Isso seria mais interessante para a televisão japonesa, não?

Dissemos a ele que os voluntários japoneses certamente eram interessantes, mas o que nos interessava muito mais, na verdade, era a vida dos guerrilheiros palestinos. Talvez alguém pudesse nos levar em uma visita a um campo de refugiados. O mundo deveria saber sobre o heroísmo do povo palestino. Abu Bassam, reticente, disse:

— Não somos heróis. Somos seres humanos comuns. Tudo que queremos é viver como os outros povos, em liberdade e em paz.

Ele então nos disse que deveríamos falar com alguns dos voluntários japoneses primeiro. Eles poderiam nos deixar a par do que acontecia. Expressamos nossa gratidão por sua gentileza e consideração. Mas e Leila Khaled?

— Camaradas — ele disse —, nosso lar é seu lar. Seu filme vai ajudar nossa luta. E eu vou ajudá-los a fazer dele um bom filme. Vamos encenar um exercício militar para vocês. Vocês podem filmá-lo.

Mas e Leila Khaled?

Estava claro que Yamaguchi-san não aceitaria um não como resposta. Ela estava se tornando uma repórter de primeira linha. Eu nunca ousaria insistir como ela fez. Não quero que soe sexista, mas ela também era uma bela mulher. Quem lhe recusaria qualquer coisa depois de aqueles grandes olhos escuros lançarem seu encanto? Abu Bassam gritou alguma coisa em árabe e levantou-se da mesa. Eu nem havia tocado em meu café. Ele me beijou, virou-se para Yamaguchi-san e tocou o próprio peito em um gesto de respeito.

— Paciência, amigos — ele disse. — Se vocês podem andar, para quê correr?

Encontramos uma mensagem no hotel. Dizia para esperarmos, na manhã seguinte, no Café Balthus, na rua Jeanne d'Arc. Depois de ficarmos sentados lá por cerca de meia hora, um jovem magro de camisa azul-clara entrou, cumprimentou-nos e disse para o seguirmos. Pegamos um táxi para a periferia do oeste de Beirute, onde paramos, e, depois de olhar ao redor para ter certeza de que ninguém nos seguira, o jovem chamou outro táxi para nos levar a um condomínio branco um pouco mais a oeste. Um homem com óculos de aviador que estava na porta nos recebeu e nos levou para a parte de trás, onde um Renault azul todo amassado esperava para nos levar a mais outro lugar, a uns vinte minutos de distância. No carro, Yamaguchi-san contava histórias sobre Harbin nos anos 1940, como era perigoso andar pela cidade. Os japoneses sempre corriam risco de serem sequestrados ou mortos pelos guerrilheiros chineses.

— Costumávamos chamá-los de bandidos — ela explicou. — Como éramos estúpidos. Agora sei que eles simplesmente lutavam por seu país. Igual aos palestinos.

Leila Khaled era a mulher mais bonita que eu já havia visto. Um tanto quanto pequena, com mãos delicadas, ela tinha o mais doce sorriso — puro, como o de uma criança. Tinha um *keffyieh* enrolado ao redor da cabeça, quase como um *hijab*. Mas o que mais chamava atenção nela eram os olhos — escuros, estreitos, meio felinos, como os de um lince. Mesmo quando sorria, revelando uma fileira de perfeitos dentes brancos, seus olhos exprimiam um poço sem fundo de tristeza. Como todos os refugiados palestinos em Beirute, ela havia sido expulsa de seu lar pelos sionistas. A saudade que sentia de casa era tão grande que ela forçou o piloto do avião da TWA a planar sobre Haifa, para que pudesse ver o local onde havia nascido.

A entrevista não demorou muito. O tempo de Leila era limitado e demorar-se a colocaria em risco desnecessário. Mas Yamaguchi-san e eu ficamos tão tocados com sua sinceridade que mal falamos no caminho de volta ao hotel. A gentileza que havia nela tornava impossível imaginá-la como uma comandante, armada com granadas e uma Kalashnikov. Leila conversou conosco sobre seu ódio pela matança e pela guerra. Ela não odiava os judeus, disse, apenas os sionistas, por terem tirado seu lar e expulsado seu povo. Infelizmente, explicou, a luta armada era o único meio de recuperar a liberdade de seu povo. Yamaguchi-san perguntou a ela sobre as vidas de pessoas inocentes. Era justo colocá-las em perigo? Leila franziu as sobrancelhas, criando uma sombra sobre seus traços delicados.

— Toda morte é terrível — disse. — Eu choro até mesmo pela morte de um pássaro. Mas infelizmente não se pode lutar uma guerra sem que haja baixas. Somos fracos. Nosso inimigo é forte, tem um grande exército, apoiado pelos americanos. Ainda assim, temos de lutar. Pois não há outro jeito de fazer o mundo prestar atenção ao nosso sofrimento. Veja, estou preparada para morrer. Até receberia bem a morte. Morrer por seu povo é a coisa mais bela que uma pessoa pode fazer. O sacrifício em nome da justiça é o que separa os humanos das feras selvagens.

As palavras dela fizeram com que eu me sentisse indigno. Nunca estive preparado para me sacrificar por nada. Em vez disso, preocupei-me com minha carreira no cinema, com minha vida sexual, com dinheiro. Enquanto os palestinos morriam por sua liberdade, eu fazia *pinku eiga* para velhos imundos que frequentavam cinemas cheirando a mijo.

Yamaguchi-san compareceu ao jantar naquela noite com seu *keffyieh* enrolado na cabeça, no estilo em que Leila usava. Tivemos uma refeição libanesa, com um delicioso vinho tinto do vale de Bekaa. Podia ver que ela ainda estava abalada pelo que havia acontecido durante o dia. Falamos sobre a bravura de Leila. Contei a ela sobre minha sensação de ser indigno. Ela desviou o olhar. Eu podia ver lágrimas acumulando-se em seus olhos.

— Perder seu lar é a pior coisa que pode acontecer a um ser humano — ela disse. — Perdi o meu também, sabe. E traí meu povo.

Eu disse:

— Mas você é japonesa.

— Sim, sou japonesa, eu sei, mas o Japão nunca foi meu lar. Meu lar é a China. Quando se perde o lar, você se torna um errante sem raízes. As pessoas me chamam de cosmopolita. Dizem que o mundo é meu lar. Eu mesma disse isso muitas vezes. Gosto de pensar que é verdade. Mas no fundo, no meu coração, não tenho um lar, igual a um judeu. O que faz o sofrimento dos palestinos ainda mais surpreendente para mim. Como os judeus podem fazer algo assim a outro povo, os judeus que tanto sofreram com a perseguição? Como puderam fazer isso?

Eu disse que não eram apenas os judeus. Tentei explicar a ela que era todo o sistema do imperialismo ocidental, liderado pela América, e manipulado pelos judeus. Eles podiam ter sofrido no passado, mas extrapolaram seu sofrimento além da medida, como uma desculpa para se comportarem da mesma forma que os nazistas. Era sua revanche. A questão era se eles estavam manipulando os poderes ocidentais para executar sua vingança contra um povo inocente, ou se os poderes ocidentais estavam usando os judeus para controlar o Oriente Médio. Sem o petróleo árabe, o sistema capitalista entraria em colapso.

Yamaguchi-san observava as outras pessoas no restaurante enquanto eu falava. Ela me reprovou educadamente por estar sendo muito intelectual.

— Toda essa teoria — disse — é difícil demais para mim. Eu só penso no sofrimento das pessoas. A política é para acadêmicos. Um jornalista deve mostrar as vidas de pessoas reais, sua bravura, seu amor, seus sonhos.

Entendi seus sentimentos. Já havia me sentido assim. Mas era o bastante? Não havia o risco de cair no sentimentalismo burguês? O que são sentimentos se não forem seguidos por ações? Leila Khaled despertou algo em mim que eu não conseguia expressar em palavras, mas havia alguma coisa em sua postura que fazia uma acusação não somente contra os sionistas, mas contra todos aqueles que, como eu, recusavam-se a ajudar, viravam as costas, voltavam para casa para escrever seus artigos, ou fazer seus programinhas de TV, sem ter coragem de auxiliar uma causa que gritava por justiça. Sei que isso pode ter soado impertinente, mas expliquei a Yamaguchi-san que nós, japoneses, tínhamos uma responsabilidade em particular de lutar contra a opressão colonialista, uma vez que já havíamos sido opressores também.

Ela colocou de volta seus óculos. Não gostava que as pessoas percebessem que havia chorado. Senti-me um pouco culpado, como se tivesse exagerado. Mas ela então disse algo que nunca esquecerei:

— Odeio a violência e a guerra. Vi o bastante quando estava na China. Tudo que sempre quis foi paz. Não entendo por que as pessoas querem matar umas às outras. Sou uma jornalista, não uma ativista. Mas você é jovem. Ainda tem uma vida inteira pela frente. Você está certo. Nós, japoneses, temos de nos retratar. Você deve fazer o que acha certo. Não se limite a obedecer às autoridades. Não seja um sapo no poço japonês. Você deve pensar internacionalmente. Todo o tempo em que estivemos aqui, tenho pensado na China, a China dos meus dias de estudante em Pequim, quando os meus mais queridos amigos falavam em resistência contra o Japão. Era muito confuso para mim. Não conseguia ver com clareza o que os japoneses estavam fazendo. Agora eu vejo. Os judeus, que já sofreram com isso, agora tornaram-se os novos opressores. Mas nós, japoneses, que já fomos os opressores, devemos ajudar os oprimidos. Dessa vez, devemos ficar do lado certo.

Não acredito em coincidências. Tudo na vida acontece por um motivo. Meu encontro com um dos voluntários japoneses em Beirute aconteceu porque eu estava fazendo um programa de TV com Yamaguchi Yoshiko, mas este acontecimento teve consequências tão importantes para mim que sabia que estava em meu destino. Tão logo vi o doce rosto arredondado de Hanako, seus cabelos negros e sedosos que iam até o meio das costas, seus olhos gentis, eu soube que ela era diferente de qualquer mulher que já havia visto, mesmo nos filmes. Se eu fosse cristão, teria descrito seu rosto como o da Virgem Maria. A beleza de Hanako, como a de Leila, vinha de sua fé. Sua força era sua beleza. Ela irradiava um tipo de brilho interno que me atraiu instantaneamente, como se eu fosse uma criança indefesa.

Yamaguchi-san entrevistou Fujisawa Hanako na mesma sala em que antes havíamos nos encontrado com Abu Bassam. Aliás, Bassam estava lá, bebericando café sob o pôster do presidente Mao.

— Um dia — disse ele, transbordando boa vontade como um Buda rechonchudo —, quando tivermos recuperado nossa amada terra natal, viveremos em paz com todos, judeus, cristãos, muçulmanos. Sempre foi assim em nossa cultura. As pessoas dizem que odiamos os judeus. Estão totalmente erradas. O ódio pelos judeus é uma invenção europeia. Nós, os árabes, sempre tratamos os judeus com grande respeito, como um povo do livro sagrado.

Yamaguchi-san concordou com a cabeça enquanto ele falava. Ela então suspirou, como se sentisse o peso de uma grande tristeza. Por que, ela perguntou a Hanako, por que ela acreditava na luta armada? Não podíamos lutar por nossos ideais sem violência? Agora foi a vez de Hanako concordar. Ela entendia como Yamaguchi-san se sentia, mas disse com um caloroso sorriso:

— Armas são boas.

Yamaguchi-san ajeitou-se em sua cadeira com desconforto. Houve um momento de silêncio constrangedor. Ainda sorrindo, Hanako prosseguiu:

— Sem armas, não podemos ter uma democracia real.

Surpresa, Yamaguchi-san disse:

— O que diabos você quer dizer com isso?

Hanako olhou para Bassam.

— Bassam, já te contei a história das armas de Tanegashima?

Ele fez que não com a cabeça.

— Deixe-me contar, então. Na metade do século XVI, vários navios portugueses atracaram na ilha de Tanegashima. Eles trouxeram muitas coisas: Bíblias, especiarias, pães de ló, seda, vinho, atlas, telescópios e mosquetes. Dois dos últimos foram dados como presente ao senhor de Tanegashima, que ficou profundamente impressionado com aquelas armas inestimáveis e imediatamente as usou para caçar patos. Nós japoneses sempre fomos bons em copiar e aprimorar as invenções estrangeiras. E foi assim com as armas. Logo os ferreiros de Tanegashima estavam fazendo armas melhores que as dos portugueses. Os europeus não sabiam como fazer com que o sistema de disparo de suas armas funcionasse na chuva. Nós descobrimos um jeito de fazê-lo. Os senhores feudais passaram a equipar imensos exércitos de camponeses com mosquetes e entraram em guerra uns contra os outros. Enormes batalhas campais foram travadas nas planícies centrais do Japão. Soldados de ambos os lados marcharam na direção de tempestades de tiros, e morreram aos milhares.

"O manuseio de espadas não valia mais para nada. Pela primeira vez na história, um soldado camponês tinha os meios para matar o mais conceituado samurai. Mesmo um general usando uma armadura completa estava indefeso contra um camponês carregando um mosquete. Quando o mais poderoso xogum, Hideyoshi, unificou nosso país, ele decidiu dar um fim a isso. Todas as armas que não pertenciam aos samurais foram confiscadas. Os samurais voltaram a usar suas espadas. As armas de fogo tornaram-se obsoletas. Dentro de poucos anos, os japoneses nem sabiam mais que elas haviam existido. Alcançamos um estado de paz absoluta no Japão, que só terminou quando os americanos chegaram ao porto de

Shimoda duzentos anos depois com seus famosos navios negros, carregados com armas de fogo e canhões. Os japoneses viam aquela força destrutiva com tanta ingenuidade que acreditavam que as armas americanas eram algum tipo de magia do homem branco."

Yamaguchi-san bateu palmas com empolgação.

— Mas essa é uma história maravilhosa! — gritou. — Ela mostra que é possível se livrar das armas assassinas. É por isso que devemos apoiar a nossa constituição pacífica. Devemos mostrar ao mundo que há uma maneira de resolver nossos problemas melhor do que entrar em guerra.

Hanako balançou sua bela cabeça.

— Só um momento, Yamaguchi-san — disse, dando uma olhadela para Bassam, que escorregava um melado pedaço de baklava por entre os lábios. — A história ainda não terminou. Sim, os japoneses conseguiram se livrar das armas de fogo, isso é mesmo verdade. Mas ao preço de viver por mais de duzentos anos em um estado policial governado por uma facção militar. Tivemos paz à custa de nossa liberdade, ficando à mercê de qualquer samurai que sentisse o desejo de matar um plebeu simplesmente para praticar seu domínio do uso da espada. Abolir as armas nos tornou uma nação de escravos e uma presa fácil para imperialistas estrangeiros.

Fiquei impressionado com sua perspicácia, com a lógica de seu pensamento, a pureza de sua convicção, o som de sua voz, tão cheia de compaixão, e com a doçura de seus modos. Amei essa mulher de um jeito que nunca amei nenhuma outra antes. Sempre pensei que a expressão "amor à primeira vista" fosse ridícula, algo saído de um romance barato para garotas adolescentes. Mas não consigo pensar em outra forma de descrever meus sentimentos. Era isso. Uma faísca surgiu, uma flecha penetrou meu coração. Queria beijá-la, abraçá-la, segurá-la, naquele momento e lugar. Queria ficar com ela para sempre.

É claro que não a beijei. Éramos japoneses, afinal. Quando ela sugeriu, após o fim da entrevista, que visitássemos um dos campos de refugiados no dia seguinte, eu parecia feito de gelatina, gaguejando meus agradecimentos. Devia estar suando. Ela me perguntou se eu estava bem e ofereceu seu lenço. Achei que fosse derreter de vergonha, mas também do puro deleite de ter encontrado um anjo.

O campo era na verdade uma favela de pequenas casas de tijolos com telhados feitos com sacos plásticos ou, no caso dos mais afortunados, lâminas de aço corrugado. Havia lixo espalhado por todos os lados. Uma matilha de cães imundos alimentava-se dos restos de uma lixeira aberta. O campo foi alvo dos israelenses muitas vezes. Crianças vestidas com trapos brincavam nas crateras cheias de água suja onde haviam explodido as bombas sionistas. Parecia, na verdade, um inferno na terra. E, mesmo assim, as pessoas estavam sorrindo. Todos que entrevistamos estavam convencidos de que sua vitória um dia chegaria. O espírito dessas pessoas era tão extraordinário que nos deixava envergonhados. Aqui, cada homem, mulher e criança era um soldado. Mulheres lavavam a roupa com Kalashnikovs encostadas na parede atrás dos tanques. Crianças de 5 anos eram treinadas para serem combatentes. Vimos essas pequenas almas corajosas treinando com rifles de madeira.

Yamaguchi-san tomava notas em seu bloquinho quando um jovem casal foi trazido para conversar com ela. Estavam vestidos de forma muito simples, e nos receberam do modo árabe formal, perguntando de onde éramos. Hanako disse que todos éramos japoneses, o que pareceu agradá-los. Ambos haviam nascido em uma vila próxima a Tel Aviv, contaram. Embora ainda crianças quando foram brutalmente expulsos, nunca se esqueceram de seu lar, e passariam suas memórias para o filho ainda bebê, chamado Khalid. O pai, Abu Mohammad, brilhava de orgulho enquanto passava os dedos pelos curtos cabelos escuros do filho.

— Ele lutará pela nossa liberdade — disse.

Quando Yamaguchi-san perguntou aos pais se eles não ficavam preocupados com a possibilidade de ele se ferir, eles olharam para o filho com grande ternura. A mãe do garoto, Aisha, entregou-o para Yamaguchi-san, que colocou o bebê no colo.

— Por favor, aceite nosso filhinho como se fosse seu — disse Aisha. — Você vem de uma cultura ancestral de guerreiros. Sua bênção assegurará que ele vai crescer para se tornar um kamikaze e trazer honra a todos nós.

Yamaguchi-san, tocada pelo gesto, abraçou a criança antes de devolvê-la à sua mãe.

— Sempre estarei presente quando ele precisar de mim — disse.

Eles rabiscaram seu endereço no bloquinho dela. Dez anos depois, tanto o garoto quanto seus pais estariam mortos, assassinados pelos fascistas cristãos a serviço dos sionistas. E quando estivéssemos de volta a Tóquio, Abu Bassam, aquele Buda sorridente, viciado em café e *baklava* melada, teria sido feito em pedaços pela explosão de um carro-bomba em uma silenciosa rua do oeste de Beirute.

Quando nos despedíamos chorosamente dele, e de Hanako, ele me beijou e disse que eu seria bem-vindo para voltar a qualquer momento. Para mim, foram mais preciosas ainda as palavras de Hanako em nossa partida. Ela olhou para mim, séria, e disse:

— Eu sei que você voltará em breve.

Eu também sabia. Sabia que havia finalmente encontrado um lar.

8

EPOIS DE CONHECER BEIRUTE, fiquei profundamente insatisfeito com o país em que nasci. Claro, as ruas eram mais limpas,
e os trens chegavam no horário certo; nos estados fascistas, eles sempre
chegam. Os milhões de assalariados, aglomerando-se nas estações como
coelhos de terno cinza, voltavam toda as noites para suas gaiolas subur-
banas, onde as esposas os colocavam na cama, protegidos e confortáveis.
Tratava-se de uma sociedade viciada em segurança, onde os coelhos assalariados aprenderam a parar de pensar; uma sociedade que prezava
a mediocridade, sem nenhum senso de honra ou objetivo maior; uma
sociedade que cresceu fraca e egoísta; um local de onde a única fuga era
a falsa consciência da fantasia pornográfica. E os coelhos pareciam con-
tentes. Isso era o pior. Eles haviam trocado os cérebros e as almas, por...
o quê? *Conforto*. Já que a resistência política agora era inútil no Japão,
os poucos revolucionários que sobraram, e ainda tinham algum vestígio
de alma, haviam se voltado uns contra os outros como ratos presos em
um saco.

Novamente, nada na vida ocorre sem um propósito. Disso eu con-
tinuo plenamente convencido. Tudo começou apenas duas semanas
depois de nosso retorno a Tóquio: 12 soldados do Exército Vermelho
Unido mortos por seus próprios companheiros. Policiais trocam tiros
com cinco sobreviventes do massacre em uma pousada nas montanhas
em Karuizawa. A gerente da pousada é feita refém. Cobertura televisiva

em tempo integral, assistida por 85 por cento da população japonesa. Dois policiais mortos. Refém libertada. Cinco presos. O "Incidente do Exército Vermelho Unido"!

Desde o início, ficou claro para mim que a televisão japonesa havia se tornado a voz dos opressores, transformando a história da mulher que foi feita refém em um melodrama sentimental, apresentando os policiais como heróis nacionais e o Exército Vermelho como uma organização criminosa. O povo havia sofrido uma perfeita lavagem cerebral promovida pela classe dominante. Mas a forma como a mente japonesa havia sido colonizada pelas autoridades foi interessante: as notícias foram transformadas em espetáculos. O tiroteio de Karuizawa foi apenas mais um programa policial, com os heróis triunfando sobre os vilões. A política havia sido transformada em novela, e a luta armada em drama samurai. Os guerreiros do Exército Vermelho haviam interpretado perfeitamente seu papel, agindo como vilões de ficção, apontando armas pelas janelas da pousada nas montanhas.

E eu me senti cúmplice. Não trabalhava para a mesma estação de TV que se refestelou com o cerco em Karuizawa? O que era nosso programa sobre a luta pela libertação do povo palestino senão outro tipo de entretenimento para os coelhos vidrados na tela sagrada? Para eles, não passava de um programa de turismo, pornografia política, imagens para distrair a pequena burguesia. Mesmo assim, depois do incidente do Exército Vermelho Unido, David Niven ficou com receio de transmitir o programa. Teve medo de que os combatentes do Exército Vermelho pela justiça na palestina fossem retratados de forma muito positiva. E estava certo. Mas não precisava ter se preocupado, porque os japoneses sem cérebro, ávidos por espetáculo, não mostraram nenhum interesse pelos palestinos. Só prestaram atenção na presença glamourosa de Yamaguchi Yoshiko, em sua minissaia, as botas brancas brilhosas e o *keffiyeh* que usou no programa. Seu rosto estava em toda parte: nas capas de revistas de moda, em pôsteres no metrô, em lojas de departamentos e em programas de celebridades na TV. Ela ganhou o prêmio de Jornalista do Ano. A estrela de Yamaguchi Yoshiko havia renascido em Beirute. E eu fiquei indignado.

Mas eu não a culpava. Suas intenções eram sinceras. Quando conversamos sobre sua nova fama, ela me disse, como sempre fazia, que eu estava sendo "muito intelectual". Seu status de estrela, de certo modo enfadonho, apenas ajudaria a promover as questões em que acreditávamos. Ela até me pediu para ajudá-la a escrever um livro sobre a luta palestina. E havia outras coisas que podíamos fazer. Ela estava cheia de ideias. O que acha de um programa sobre o coronel Khadaffi, o maravilhoso líder revolucionário da Líbia? Ou uma entrevista com Kim Il Sung, o grande líder da Coreia do Norte? E quem sabe não conseguíamos permissão para ir à China e encontrar o presidente Mao?

Eu não queria desapontá-la. Mas a verdade é que estava perdendo meu tempo no Japão. Sentia-me muito impotente ali. Mal podia esperar para voltar para Beirute, pois lá precisavam de mim. Lá, tudo parecia real, importante, vital. Era impossível apagar da minha cabeça as imagens do rosto das crianças no campo de refugiados, o orgulho dos pais de Khalid, a determinação dos combatentes da liberdade no escritório da FPLP, e Hanako, é claro, com seu doce sorriso de santa, dedicação absoluta, amor pelos pobres e oprimidos. Hanako, que sabia que eu voltaria em breve.

Depois de Beirute, até Tóquio, a cidade de meus sonhos, parecia desinteressante. Ban-chan estava fora, fazendo outro *pinku eiga*, algo sobre sexo e política estudantil em Kioto. Era impossível falar com a maioria dos meus velhos amigos. Seus olhos se desviavam quando eu mencionava Beirute e a luta palestina. Talvez eu não devesse ser tão rígido com eles. Tinham suas próprias vidas para viver, e Beirute estava muito distante. Mas não foi exatamente assim que os japoneses se comportaram durante a guerra? Fingindo não saber, enquanto chineses civis eram massacrados por nossos soldados. Nanquim deve ter parecido bem distante também. Por que as pessoas nunca aprendem as lições da história? Nunca mudamos? A mudança é impossível?

Eu acho que não. Não quero pensar que seja assim. E por isso serei eternamente grato a Yamaguchi-san. Seu entusiasmo foi a única coisa que manteve vivas minhas esperanças. Ela era diferente da maioria dos japoneses, certamente por ter nascido fora do Japão. Talvez Okuni estivesse certo, e as paisagens impressas em nossa mente durante a infância realmente modelem nossas perspectivas. Pense na diferença entre crescer nas vastas planícies da Manchúria e crescer aprisionado em um pequeno e estreito arquipélago, cheio de arrozais, montanhas vulcânicas e cidades superlotadas. Uma criança criada em Dairen ou Harbin teria sido exposta a pessoas de todo o mundo, enquanto nós vemos apenas japoneses, exatamente como nós. A não ser que, por acaso, viva perto de uma base. Mesmo assim, os únicos estrangeiros que via eram os soldados ianques, e eles próprios eram interioranos, ainda fedendo a bosta de vaca.

Finalmente levei Yamaguchi-san para conhecer Okuni. Fomos ver sua última peça na tenda amarela, armada em um terreno vazio perto do lago de lótus, em Ueno. Era uma daquelas noites úmidas de verão em que as cigarras davam rasantes e os vaga-lumes iluminavam o lago. A tenda estava cheia, todos os lugares estavam ocupados. Um ventilador solitário corajosamente afastava um pouco do ar quente, e até ele parou quando um fusível estourou no meio da peça. Sentar no chão sujo, amontoado com centenas de jovens suados, era desconfortável. Mas eu não me importava. O bom teatro não deve ser confortável. As pessoas devem sacrificar o conforto em nome da arte. Notei que Vanoven, o homossexual americano, estava lá. Quando ele me viu, sorriu e ergueu o polegar. Senti um pouco de pena dele, mas não sei dizer o porquê. Havia algo triste no estrangeiro maluco no meio da multidão japonesa. Quando lhe perguntei se ficaria para uma bebida depois do espetáculo, ele fez que não com a cabeça.

— Fica para a próxima — gritou.

Yamaguchi-san, notando minha comunicação com Vanoven, perguntou se eu o conhecia. Expliquei que o havia conhecido na tenda de Okuni e perguntei a ela se eles se conheciam.

— Não tive o prazer — disse.

A peça era baseada no filme *Horizonte perdido*. Na versão de Okuni, os sobreviventes do acidente de avião no Himalaia não são britânicos, é claro, mas japoneses, sendo um deles um personagem famoso de um filme popular sobre um detetive com sete faces. Shangri-la não era parte do Tibete, e sim Asakusa depois dos bombardeios. O Grande Lama era um cantor de baladas japonesas e também um assassino em série. Na última cena, o fundo da tenda se abria e revelava todo o elenco cantando uma música da época da guerra, sobre pilotos kamikazes. Seus rostos estavam brancos e marcados com sangue, eram os fantasmas daqueles que morreram nos bombardeios de Asakusa.

Yamaguchi-san disse que não entendeu nada, mas que mesmo assim adorou a peça. Okuni riu e perguntou por que ela não havia ido ver *A história de Ri Koran*. Ela fez cara feia e disse:

— Sofri muito no passado. Não quero relembrar. Ri Koran está morta.

Okuni arregalou os olhos. Dava para ver que estava fascinado. Para ele, ela ainda era Ri Koran, não importava o que dissesse. Ela sempre seria Ri Koran. Yamaguchi Yoshiko não lhe interessava.

— Mas não podemos simplesmente descartar o passado — disse Okuni. — Somos feitos de nossas lembranças. Além disso, Ri era uma grande atriz.

— Não sou mais Ri, e nunca quis ser atriz. Queria ser jornalista. Uma atriz faz o que lhe mandam. Eu fui enganada. Ser repórter é diferente. O repórter é livre. Uma atriz não pode fazer nada para mudar o mundo.

Okuni balançou a cabeça, discordando:

— O jornalismo só trata dos fatos. É a verdade dos contadores. Nós, artistas, podemos mostrar uma verdade maior.

— Bem, prefiro a realidade.

Yamaguchi-san falou sobre nossa viagem para Beirute e a luta palestina. Okuni ficou visivelmente entediado. Dava para ver em sua cara. Essa era a reação da maioria de meus amigos quando eu falava sobre essas coisas. Um detalhe, no entanto, chamou sua atenção: a mãe de Khalid pedindo que Yamaguchi-san criasse seu filho como um kamikaze.

— Incrível — disse ele, com os pequenos olhos escuros brilhando. — Consegue imaginar uma paixão como essa no Japão de hoje? Aqui, quando os estudantes ocuparam o campus em protesto contra o Tratado de Segurança, as mães jogaram doces por cima do muro, ha, ha.

Yamaguchi-san sugeriu que "talvez não precisássemos mais de heróis".

— Mas precisamos — disse Okuni —, precisamos. Nos filmes. — Ele ainda estava rindo, e pediu que um dos atores fosse buscar seu violão. Acompanhamos com palmas enquanto ele cantava uma música de sua última peça: — "Do outro lado do rio Sumida fica a Terra Sem Volta, onde passeiam amantes e onde não é preciso se preocupar com nada, do outro lado..."

— Sabiam — disse Yamaguchi-san — que eu participei da versão em musical de *Horizonte perdido*? Na Broadway, em Nova York.

Yo Kee Hee, que quase não havia falado nada durante toda a noite, pediu que ela cantasse uma música da peça. Yamaguchi-san logo afastou aquela ideia. Não, ela não podia. Aquilo havia sido muito tempo antes. Ela perdera a voz. Mas Yo não se conformava com a negativa. Depois de um pouco mais de persuasão, ela cantou uma música chamada "The Man I Never Met". Sua voz de soprano estava bonita como sempre. Okuni enxugou uma lágrima dos olhos.

— Ri Koran ainda está viva! — gritou ele, rindo de empolgação.

— Ela está morta — disse Yamaguchi-san com firmeza. — Aquela foi Shirley Yamaguchi. E ela também não está mais entre nós.

— Que tal cantar "Noites chinesas"? — sugeriu Yo, sem um pingo de malícia.

Fiquei paralisado, esperando que ela não se ofendesse.

— Nunca — disse, com uma determinação que encerrou o assunto de uma vez —, eu *nunca* mais vou cantar essa música.

Mudando de assunto, ela perguntou a Okuni onde ele armaria a tenda seguinte. Ele mencionou Osaka, Kioto, Fukuoka e Kumamoto. Algo extraordinário sempre acontecia em Osaka, disse ele.

— Normalmente armamos a tenda em Tennoji, perto do zoológico. À noite, é possível ouvir o som dos animais selvagens. Uma vez, uma águia-pescadora escapou e voou para dentro da tenda bem quando Yo cantava uma música sobre um capitão fantasmagórico que vagava para sempre em seu submarino.

— Talvez — disse Yamaguchi-san — você devesse pensar em se apresentar no exterior, armar sua tenda em outros países, tornar-se mais internacional.

Os olhos de Okuni se iluminaram.

— Mas não na América ou na Europa — disse ele. — Que tal na Ásia? Seria bom. Em Seul. Ou Manila, ou Bangkok... — Ele alcançou a garrafa de saquê. Seu riso agudo soava quase como o berro de um daqueles animais selvagens do zoológico de Osaka. — Sato — urrou ele —, e Beirute? Por que não colocamos a tenda amarela no meio de um campo palestino?

— É muito perigoso — dissemos todos em coro. — Loucura. Nunca conseguirá permissão.

— Não temos dinheiro — disse Yo Kee Hee.

— E quanto à comida? — perguntou Nagasaki.

— E a língua? — alguém questionou.

— Fazemos em árabe — gritou Okuni, com um raio de loucura nos olhos. — Próxima parada, Beirute. O Teatro Existencial para os guerrilheiros palestinos. Será uma experiência e tanto!

Sim, pensei, e um atum algum dia escalará o monte Fuji.

9

SE O ASFALTO não estivesse derretendo no dia em que cheguei, teria beijado com prazer o chão do Aeroporto Internacional de Beirute. Uma semana depois, eu estava em um campo de treinamento aprendendo como disparar uma Kalashnikov e atirar granadas de mão. As granadas, francamente, não me impressionavam. Mas a arma era outra coisa. Não sou um tipo militar. No começo, meu ombro ficou dolorido pelo coice do fuzil, e queimei os dedos no metal. Mas não há nada, nada mesmo, mais gratificante do que segurar uma Kalashnikov quente e fazê-la funcionar. Usávamos imagens de Moshe Dayan e Golda Meir como alvos para praticar. Naquele dia, infelizmente, não os matei.

Havia gente de todos os lugares no campo de treinamento, da Argentina e do Peru, da África e das Filipinas. À noite, dividindo o pão e o homus com nossos instrutores palestinos, sentíamo-nos como uma família internacional, uma família de revolucionários. Meu inglês era precário, e alguns dos sul-americanos falavam ainda pior, mas eu adorava ouvir suas histórias de combates aos fascistas brancos para libertar os camponeses. Fiquei constrangido quando me perguntaram sobre os ainos ou os coreanos no Japão, pois nunca tinha refletido muito sobre eles. Sim, eu invejei meus colegas de escola quando partiram para a Coreia do Norte, mas não por motivos políticos. Suas vidas apenas pareciam mais interessantes do que as nossas. Acompanhei meu amigo Hayashi a bares coreanos porque ele gostava de frequentá-los, e eu gostava do *kimchi*, mas essa era a extensão do meu envolvimento com os coreanos. Hanako, que visitava o campo de tempos em tempos, havia falado a nossos camaradas sobre a discriminação das minorias no Japão, então eles também deviam saber mais sobre o assunto do que eu. Era preciso tomar cuidado. Estive atento para ficar sério e concordar com a cabeça quando falassem sobre racismo no Japão. O que mais eu poderia fazer sem parecer totalmente hipócrita?

Senti-me mais próximo dos alemães, especialmente Dieter e Anke, comandos da Facção Exército Vermelho. Como eu, eles não haviam recebido treinamento militar algum antes. Dieter tinha especialização em filosofia pela Universidade de Tübingen e Anke era professora de escola secundária. Ambos eram altos e magros. O rosto com ossos salientes e o filete de barba clara de Dieter sempre me lembravam Dom Quixote, um Dom Quixote nórdico. Anke tinha cabelos lisos, escuros, e olhos castanhos e sonhadores. Ela amava literatura alemã; contou-me tudo sobre Heinrich Böll e Günter Grass. Eu não havia lido nenhum dos dois. Também falávamos muito sobre a Segunda Guerra Mundial e o fato de nossos pais não terem resistido ao fascismo. Eu falei até sobre meu pai, mas só porque eles sempre mencionavam os deles. Senti que tinha de retribuir, para ser justo. O pai de Anke havia sido membro do Partido Nazista, e ela tinha muita vergonha dele. O de Dieter, como o meu, havia desaparecido durante a guerra, em algum lugar do front russo. Embora fossem estrangeiros, senti-me mais próximo deles do que de qualquer outra pessoa, exceto Hanako, é claro. Entendíamos uns aos outros em um nível profundo, na mente, mas especialmente no coração. Nossa amizade foi mais forte do que a que tinha com Okuni. Nenhuma conversa entre nós era fútil. Não havia tempo para isso.

O campo fechava cedo. As ruas eram muito escuras para nos demorarmos por elas. O fornecimento de eletricidade era limitado, e a maioria das pessoas ia para a cama assim que a iluminação pública se apagava. Tudo que se ouvia era o som de crianças chorando e, pela manhã, a chamada para a oração. Nossos instrutores davam pouca atenção a isso. Eram socialistas. A revolução árabe era sua crença. Dieter, Anke e eu frequentemente conversávamos até tarde da noite sobre história, política, arte e literatura, à luz de velas, quando todos já dormiam. Concordávamos sobre quase tudo, e eles me abriram um mundo totalmente novo de escritores alemães. Além de Böll e Grass, aprendi sobre Novalis, Hölderlin e Rilke.

Apenas uma vez tivemos uma discussão séria. Talvez não devesse chamar de discussão. Foi mais como um mal-entendido sobre algo que eu disse, inadvertidamente, e deixou meus amigos com raiva. Mas não discuti com eles de verdade. Eu não sabia como dizer em inglês. Estávamos discutindo estratégias de nossa luta armada contra Israel. Eu era a favor de raptos, enquanto eles viam mais vantagens em bombardeios a alvos israelenses. Dieter estava convencido de que "cada cidadão israelense deveria experimentar a dor do povo palestino". Eu não discordava, mas acrescentei, meio sem pensar:

— E aqui estão vocês novamente, lutando contra os judeus.

Pensei que Dieter fosse explodir. Seu rosto magro ficou terrivelmente pálido, fazendo com que parecesse ainda mais com um Dom Quixote nórdico. Socou o chão de barro e gritou comigo em alemão. Anke estava tremendo, e me encarou com um olhar horrorizado, como se eu tivesse engolido um rato vivo. Dieter estava fora de si:

— Não estamos lutando contra os judeus! Isso foi o que fizeram os nazistas! Como ousa insinuar que somos como os nazistas?!

Protestei, dizendo que não pretendia dizer nada daquilo, mas com minha gagueira e meu inglês capenga, talvez não tenha me expressado claramente.

— Você foi claro — berrou Anke —, bem claro! — E então começou a soluçar: — Pensamos que fosse nosso amigo e camarada. Por que tem que nos insultar?

As pessoas que dormiam à nossa volta começaram a despertar. Uma luz foi acendida. Um dos peruanos perguntou o que estava acontecendo.

— Ele nos insultou — disse Dieter. — Chamou-nos de nazistas.

Um italiano chamado Marcello, membro das Brigadas Vermelhas, que havia sido acordado pela confusão, perguntou por que eu tinha dito aquilo. De repente, senti-me muito sozinho e terrivelmente mal interpretado. Eu gaguejei algo sobre lutar contra os judeus. Marcello, um sujeito amigável e pacífico, tentou acalmar os camaradas alemães. Ele disse que, como japonês, eu podia não entender as nuances históricas. Não estávamos lutando contra os judeus, disse ele, apenas contra os sionistas. E eu devia me desculpar com nossos amigos alemães.

Então eu me desculpei, curvando-me aos meus amigos, pedindo que me perdoassem. Dieter disse que estava tudo bem, e aceitou meu aperto de mão. Anke ainda estava soluçando, puxando os lisos cabelos escuros com as duas mãos. Mas não fiquei satisfeito. Algo não estava certo. Eu não podia deixar o assunto suspenso desse jeito. Então, assim que as pessoas deitaram-se para dormir, eu disse:

— Mas e o capital dos judeus?

— O que tem? — disse Marcello.

— Bem — eu disse —, é evidente que o dinheiro dos judeus está pressionando as potências ocidentais a apoiarem os sionistas.

— Amanhã — disse Marcello. — Falaremos sobre isso amanhã.

— Não — exclamou Dieter, já bem calmo —, falaremos sobre isso *agora*. — E deu uma aula tipicamente "dieteriana", concisa e lógica, sobre o assunto em questão. — O capital dos judeus — explicou — é o capital americano. Devemos resistir aos Estados Unidos em nossa luta contra o fascismo. Mas isso não quer dizer que estamos lutando contra os judeus. Pelo contrário, os judeus são vítimas do fascismo. Nossa resistência contra o fascismo agora é parte de nossa solidariedade para com os judeus, para compensar pela covardia de nossos pais. *Gute Nacht.*

Eu não dormi quase nada aquela noite. Continuava discutindo com Dieter em minha cabeça. Havia algo errado com sua lógica. Mas decidi deixar por isso mesmo. Todos temos de viver com a carga de nossa própria história. Dieter e Anke precisam viver com um passado alemão que é difícil para nós, japoneses, entendermos. Ainda não compreendo por que o sofrimento dos judeus na Segunda Guerra Mundial deve servir como desculpa para que ajam como os nazistas hoje. Devíamos lutar contra os judeus justamente porque eles são como os nazistas. Essa é a forma honesta de resistir ao fascismo. Na verdade, acredito que Dieter e Anke concordavam secretamente comigo, mas não podiam dizer. Pelo bem de nossa amizade e pelo sucesso de nossa causa, decidi não falar mais com eles sobre os judeus

10

HANAKO ACREDITAVA NO amor livre. Assim como eu, no início. Mas saboreei cada segundo que pudemos passar juntos. Desejei que nossas noites no apartamento da rua Sanayeh pudessem durar para sempre. Pensei que soubesse tudo sobre fazer amor com uma mulher. Na verdade, não sabia nada. Ela foi minha professora, minha mentora, minha guia para além dos portais do paraíso. Nunca imaginei que tal prazer fosse possível. Mas ela também me fez perceber que eu, no fundo, ainda era um reacionário. Ao deitarmos juntos, fumando, contemplando o céu estrelado sobre a velha cidade, ela deixou claro que eu nunca a possuiria, pois ela era um ser humano livre, que me amava voluntariamente. Ela não pertencia a homem algum. Seu único mestre, dizia, era a revolução.

Claro que eu sabia que estava sendo hipócrita, nada diferente daqueles trabalhadores japoneses que voltavam para casa, para suas fiéis esposas, depois de se masturbarem vendo um *pinku eiga* sobre estupro de colegiais gostosas. Mas queria ter Hanako para mim. A ideia dela se derretendo nos braços de outro homem, oferecendo-se a ele, enchia-me de ciúme e ira. Eu sabia que ela havia dormido com Abu Bassam e que continuava dormindo com Abu Wahid, o chefe de propaganda, um homem grosseiro de pele escura que tomava mulheres por suas amantes como se fosse seu direito natural. Quando disse a Hanako que a amava, ela respondeu que me amava também, mas não só a mim. Uma vez, quando discuti sobre isso, ela ficou enraivecida.

— Quem você pensa que é? — ela gritou. — O que você pensa que está fazendo aqui? Não estamos em uma escola para garotas, sabia? Estamos lutando por nossa liberdade. Não só pela liberdade da Palestina. Liberdade para todos nós.

Sabia que não poderia discordar sendo honesto. Então tentei um rumo diferente.

— Mas Abu Wahid é um valentão — disse. — Ele *quer* possuir você.

Ela foi embora, furiosa. Dias depois, quando voltamos a nos falar, disse:

— Abu Wahid é um herói da revolução.

Por que exatamente isso dava a ele um direito especial de ter Hanako não ficou imediatamente claro, mas parei de discutir. Aprendi a viver com a ideia de compartilhá-la. Melhor um pássaro na mão do que dois voando.

Não que eu visse Hanako tanto assim, pois ela normalmente estava trabalhando em várias missões, mudando-se de um esconderijo para outro, muitas vezes com Abu Wahid, que na prática era meu chefe, já que os líderes da FPLP decidiram que eu seria mais bem-aproveitado como produtor de filmes propagandísticos. Eu gostava do trabalho, mesmo quando todas as cenas que filmava — comandos atirando em alvos sionistas, mulheres trabalhando no fronte doméstico, crianças cantando músicas revolucionárias — eram encenadas para mostrar os palestinos de forma privilegiada. Mas não me incomodava nem um pouco. A televisão burguesa também era feita de encenação, para promover o consumismo e o sistema imperialista capitalista. Via-me nos mesmos moldes que os primeiros cineastas soviéticos. Como Pudovkin. A arte nunca é neutra. Tudo é um reflexo das relações de poder. Meus trabalhos, filmados em 16 milímetros, foram feitos para dar poder aos impotentes.

Não sentia muita falta do Japão. A única coisa de que às vezes tinha saudades era de uma tigela fumegante de macarrão Sapporo nadando em missoshiru. Havia macarrão chinês em Beirute, mas o gosto não era o mesmo. E às vezes sentia falta dos meus amigos. Uma vez Hayashi nos visitou em Beirute, mas ficou com saudades de casa depois de três dias, não conseguia digerir a comida, e voltou para Tóquio. Recebi uma longa carta de Yamaguchi-san, cheia de entusiasmo, como era de costume. Ela estava orgulhosa por ser a primeira repórter da TV japonesa a entrevistar Kim Il Sung em Pyongyang.

Ela escreveu:

Foi uma experiência inesquecível ter encontrado esse grande homem, que lutou tão bravamente contra nós como guerrilheiro, sofrendo tantas privações em prol de seu povo. Sabe, Sato-kun, quando ele envolveu minhas mãos com suas mãos firmes, senti sua grande força. Foi como ficar diante do fogo, tão quente e poderoso. Seu olhar penetrante parecia me atravessar. Desculpei-me pelo que nosso país fez à sua nação, mas ele nem quis ouvir. Disse que sempre me admirou e que minhas canções confortaràm a ele e a seus camaradas durante a guerra. Não consegui me conter, Sato-kun, estava tão abalada que não consegui conter minhas lágrimas de alegria. Então, ele disse que me concederia todo o tempo que eu quisesse, sob uma condição: que eu cantasse "Noites chinesas" para ele no banquete oficial. Você bem sabe o quanto eu odeio essa música. É como se o fantasma de Ri Koran nunca parasse de me assombrar. Mas como poderia recusar o pedido? Senti que devia isso ao povo coreano, como um sinal de minha amizade. Teremos paz neste mundo algum dia, Sato-kun? Espero que sim, de todo o coração.

Lendo a carta, eu mesmo quase chorei. Havia tanta sinceridade em seus sentimentos, algo tão raro entre os japoneses. Aqui, entre os palestinos, era diferente. Não havia tempo para pensamentos egoístas, porque todos eram dedicados à mesma causa. Talvez sejam necessárias provações extremas para trazer à tona o que há de melhor em um povo. A paz enfraqueceu os japoneses, deixou-os amolecidos e egocêntricos, como bebês.

Não havia nenhuma possibilidade de ficarmos amolecidos. Alguns de meus camaradas, incluindo Dieter e Anke, deixaram Beirute para continuar a lutar na Europa ou em outro lugar qualquer. Seus nomes às vezes despontavam em manchetes de jornal. Quando isso acontecia, já se sabia que não podia ser boa notícia. Nossos comandos preferem ser anônimos. Aqueles de nós que ficaram para trás mantiveram-se ocupados nos campos, dando aulas sobre política mundial, praticando exercícios com rifles, aprendendo como detonar carros-bomba, trabalhando em clínicas gratuitas, fazendo propaganda. Se eu tinha uma queixa naquela época, era a de que estava cansado de treinar. Não via a hora de pôr em prática as habilidades que havia adquirido. Fazer filmes era bom. Mas filmes não mudam o mundo. Filmes não têm como atacar diretamente um inimigo. Filmes não podem matar.

Os homens no escritório da FPLP me tranquilizaram.

— Sua hora vai chegar, camarada Sato — disse, um dia, Abu Wahid, quando o perturbei mais uma vez para pedir que me arranjasse um trabalho mais importante. — Temos planos para você.

Mas ele não disse o que seria, e eu sabia que não era meu papel pressioná-lo por mais informação. Sigilo era essencial. Hanako sempre soube mais do que eu, pela proximidade que tinha com os líderes.

— Um dia ficaremos muito orgulhosos de você — ela disse com um doce sorriso, que sempre conseguia levantar meu espírito.

11

MEU DIA REALMENTE CHEGOU, mas primeiro devo relatar um acontecimento extraordinário que foi uma total surpresa para mim. No final do verão de 1972, recebi uma carta de Okuni. Estava escrita em seu estilo tipicamente exaltado, indo direto ao ponto, dispensando menções sobre o clima de Tóquio e outras afabilidades. Enquanto lia a carta, era capaz de imaginar sua expressão, os olhos brilhantes. Ele estava pronto para ir a Beirute, escreveu, com Yo e os outros. Eles encenariam *A história de Ri Koran* em um campo de refugiados palestinos. Eu poderia preparar o terreno e organizar um local apropriado? A peça havia sido reescrita, explicou, e traduzida para o árabe. Uma equipe de instrutores de língua já estava ensinando os atores a dizer suas falas de forma foneticamente correta. Com sorte e dedicação, em um mês estariam prontos.

A ideia me pareceu tão absurda que a princípio não soube como reagir. O que ele estava pensando? Ele não percebia quão séria era a situação nos campos? Não eram parques de diversões para experimentos teatrais. Estávamos em guerra.

Ainda assim, em nome de nossa amizade, senti-me na obrigação de pelo menos apresentar a proposta de Okuni a Abu Wahid. Tínhamos uma reunião em um escritório no campo de Shatila, no centro de Beirute. Hanako estava conosco. Tentei não olhar para o braço escuro e peludo de Wahid acariciando sua coxa esquerda. Eles tomaram café. Eu, chá de hortelã. Contei a ele sobre o plano de Okuni, e tentei descrever a peça, que já era bastante incomum para Tóquio, mas que, em Beirute, soava totalmente absurda. Uma estrela de cinema da Manchúria tentando se encontrar nas profundezas de Tóquio. O que aquilo poderia significar para um povo árabe que lutava por sua vida? Houve um doloroso silêncio. Hanako olhou para Abu Wahid, balançando a cabeça em descrença. Sentindo-me constrangido e um pouco culpado, olhei pela janela e vi um grupo de crianças com camisetas sujas brincando na rua. Um garotinho apontava um estilingue para algo. Outro disparava uma arma de plástico. Já estava esperando que Abu Wahid dissesse não. Então ouvi um risinho, que rapidamente se transformou em uma risada alta. A explosão de alegria, com gargalhadas, assovios e soluços, ganhou tanta força que as crianças pararam de brincar e olharam em nossa direção. Hanako, claramente aliviada, começou a rir também.

— Por que não? — gritou, entre espasmos de tosse e tapinhas no joelho. — Deus sabe que nosso povo precisa de entretenimento. Um teatro japonês! Sobre uma estrela de cinema da China! Por que não? Por que não?

E devo confessar, pensando melhor, que embora não tenha conseguido entender o que era tão hilário, a ideia do teatro de Okuni em um campo de refugiados palestinos tinha um certo apelo surrealista. A questão era onde encená-la. Havia poucos espaços abertos no campo, e eles eram vulneráveis a ataques israelenses. Seus Phantoms estavam sempre passando pelos céus de Beirute, como pássaros prateados da morte. Nada escapava de seus olhos espreitadores.

Vários locais foram considerados — um cinema abandonado no oeste de Beirute, um mercado em Sabra — e rejeitados por não serem nada práticos. Teria de ser fora da cidade, pensou Abud Wahid. E então ele teve uma ideia. Por que não íamos para onde o inimigo menos suspeitasse? Existia um campo perto das linhas de frente no sul do Líbano onde havia um parquinho escolar abandonado em um local razoavelmente isolado. Os israelenses haviam bombardeado o campo várias vezes, mas os escombros haviam sido removidos, e não havia ataques fazia quase um ano. Se os atores japoneses não se importassem em correr o risco de morrer em um bombardeio, poderiam montar seu palco ali. Aquele pensamento também o encheu de felicidade. A mão que estava apertando a coxa de Hanako agora batucava na mesa de madeira com alegria.

Quando vi meu velho amigo de universidade passar pela sala de alfândega do Aeroporto Internacional de Beirute, com seus olhos radiantes e seu sorriso largo, achei que fosse chorar de felicidade. Era a segunda vez que ele viajava para fora do Japão. A primeira havia sido uma visita a Taiwan com Yo. E devo confessar, mesmo na cosmopolita Beirute, Okuni e seus atores — Nagasaki usando um quimono feminino roxo e Shina Tora com tamancos japoneses, como um sushiman — eram de fato um grupo muito estranho.

Sentados no quarto, bebendo uísque Suntory, comendo biscoitos de arroz japonês (não havia me dado conta do quanto sentia falta deles) e fofocando sobre os velhos amigos, até eu senti uma onda de nostalgia pelo mundo que havia deixado para trás. Em meio à espessa fumaça azul de seus cigarros Seven Stars, era como se uma pequena parte de Tóquio ganhasse vida em um sombrio hotel executivo no oeste de Beirute.

Mesmo sendo sua primeira vez no Oriente Médio, Okuni não teve vontade de conhecer nossa esplêndida cidade, tratada por ele com um ar de total indiferença. Quando sugeri um passeio, ele disse:

— Se Tennessee Williams fosse a Tóquio, acha que ele sairia para ver a paisagem?

Considerei a analogia um tanto quanto forçada, mas ainda assim Okuni não seria convencido. Quando não estava bebendo com seus atores, estava trabalhando na próxima peça, sozinho em seu quarto de hotel. Ainda vivia dentro de sua própria cabeça, pensei, com uma ponta de inveja de um homem que conseguia ser tão autônomo. Sempre admirei sua intensidade, a forma como se concentrava em seus atores durante os ensaios, balbuciando silenciosamente cada palavra das falas que ele havia escrito, com os olhos vidrados no palco. Imaginei se um dia seria capaz de tamanha concentração.

A viagem para o sul, em um ônibus alugado, passando por uma das mais surpreendentes paisagens do mundo, deixou-o igualmente desinteressado. Okuni mal olhou para os exuberantes vinhedos ou para as montanhas ocre. Apenas Nagasaki olhava pela janela de tempos em tempos. Okuni, Yo e os outros conversavam sobre a peça e ensaiavam suas falas em um árabe que fez Khalid, nosso motorista, rir alto. Depois desse ensaio improvisado no ônibus, Okuni pegou o violão e tocou músicas de suas peças mais antigas, enquanto os outros cantavam com ele. Para eles, daria no mesmo estarmos viajando de Osaka a Fukuoka.

Mesmo assim, quase nada escapava à atenção de Okuni. Ele observava sem mostrar que estava olhando, e o que ele via normalmente não era o que os outros veriam. Os banheiros públicos, por exemplo, eram peculiarmente fascinantes para ele. Ele veio até mim, logo depois de chegarmos no campo, para comentar, em seu tom de voz agudo, sobre as interessantes diferenças entre a merda árabe e a japonesa.

— Nosso cocô — apontou ele — é pequeno e duro, enquanto o deles é mais mole, porém mais encorpado. Você acha que somos diferentes por dentro? Ou é apenas o que comemos?

Disse-lhe honestamente que nunca tinha parado para pensar nisso. Ele saiu insatisfeito, cheirando o dedo, ainda pensando no assunto.

Ele insistiu em disparar uma Kalashnikov. Os palestinos estavam entretidos com Okuni e felizes em levá-lo para a área de treinamento de tiro. Ele parecia uma criança com brinquedo novo. Alertei-o para não queimar os dedos no cano e tomar cuidado com o coice.

— Fantástico! — ele gritou para Yo, enquanto mirava em um alvo marcado com a Estrela de Davi. — Fantástico! Acha que conseguimos contrabandear uma dessas por Haneda? Ban-chan ia adorar! O que acha, Yo?

Yo disse para ele deixar de ser ridículo. Ele franziu os lábios, como uma criança privada de seu brinquedo.

Enquanto isso, o palco estava sendo montado no parquinho abandonado. Os atores eram seguidos por centenas de olhos arregalados e famintos de crianças esfarrapadas, que ficavam ali observando todos os movimentos da montagem da tenda amarela. Os idosos também observavam os procedimentos, com aparência cansada e confusa. Havia um pequeno prédio de concreto que sobrevivera aos ataques israelenses, usado pelos atores como vestiário. Tínhamos de começar às 16 horas, pois seria muito arriscado apresentar o espetáculo à noite; as luzes chamariam muita atenção. Além disso, a eletricidade era racionada no campo, e os apagões eram uma constante.

Uma leve brisa vespertina abrandou o calor do dia quando a apresentação teve início dentro da tenda lotada de gente de todas as idades — eram pessoas que nunca haviam visto uma peça de teatro antes, muito menos uma peça japonesa. Eles pareceram gostar da música e dos efeitos de iluminação. Pelo menos algumas palavras devem ter sido entendidas, e mesmo se não foram, os atores exageraram tanto na atuação que fizeram os palestinos rirem de qualquer jeito. Eles riram, riram, muito mais do que já vi uma plateia rir no Japão, como se esses árabes estivessem com fome de riso, e sua alegria natural jorrou como se vazasse por uma barragem rompida.

Não reconheci muito do original de *A história de Ri Koran*. As mudanças deixaram a peça irreconhecível. Ri Koran procurava a chave para sua amnésia em um campo de refugiados palestinos, e não em Asakusa. O titereiro malvado, Amakasu, interpretado por Shina Tora, usava um tapa-olho, como o de Moshe Dayan, e tinha uma Estrela de Davi presa no peito. Quando o titereiro é derrubado, os atores cantam o hino dos guerrilheiros palestinos, com Ri ao centro, vestida como uma guerrilheira palestina, empunhando uma arma.

Tudo correu bem até mais ou menos a metade do último ato. Nenhum dos presentes nunca se esquecerá. Nem Okuni, se tivesse tentado, teria conseguido encenar efeito mais dramático. O palco se apagou. Um sinistro holofote azul foi apontado para as pessoas que cantavam o hino; Shina Tora, como Moshe Dayan, surgiu no palco segurando Ri como um marionete com barbantes. O arqui-inimigo havia entrado no campo. Primeiro, as crianças gritaram, depois atiraram pedras, que pegaram no chão, no pobre Shina Tora. Yo, como Ri, tentou ao máximo ficar calma, mas era possível ver o pânico em seus olhos. Shina Tora desviava enquanto fazia caretas para a plateia, o que os agitou ainda mais. Perto do canto do palco estava Abu Wahid, balançando os grandes braços peludos, tentando acalmar as pessoas, dizendo-lhes que era apenas teatro. Mas a multidão estava muito exaltada para prestar atenção em detalhes. Todos estavam prontos para linchar o vilão judeu com a Estrela de Davi. Foi quando Okuni mostrou seu talento para o improviso. Parado atrás de Shina Tora, como um de seus escudeiros, ele mandou os atores abaixarem atrás do cenário. O palco escureceu mais uma vez, e, depois de um ou dois minutos, Yo reapareceu, vestida como uma guerrilheira palestina, segurando a estrela do vilão em uma das mãos e uma Kalashnikov na outra, enquanto o elenco cantava o hino palestino.

Foi um golpe de mestre. Cada homem, cada mulher e cada criança que estavam na tenda começou a cantar junto, alguns chorando muito. Alguns jovens atiraram para cima. Eu havia aprendido a música também, durante meu treinamento, e podia me ouvir gritando a letra: "O uivo das tempestades e o fogo das armas, nosso solo natal banhado no sangue dos mártires, Palestina, ó, Palestina, minha terra de vingança e resistência." Lágrimas escorriam pelo rosto de Abu Wahid. Eu nunca havia passado por nada parecido com aquilo: o teatro havia finalmente entrado na vida real. Yamaguchi-san certamente teria adorado. Eu gravei tudo, mas o filme se perdeu em um bombardeio. A maioria dos palestinos que estavam na tenda naquela noite hoje está morta.

12

BOAS NOTÍCIAS NORMALMENTE chegam quando você menos espera. Talvez eu devesse saber que havia algo acontecendo quando Hanako passou uma noite inteira comigo sem dormir nem por um instante. Sempre uma mulher apaixonada, nesta ocasião em particular ela simplesmente não conseguia parar. Parecia um demônio do amor. Eu estava completamente exausto, e ela ainda pedia mais. Quando perguntei o que havia acontecido com ela, se tinha tomado alguma poção do amor, apenas me apertou com as pernas e sussurrou que me amava, que era minha, toda minha. Quando lhe perguntei sobre Abu Wahid, colocou o dedo diante dos lábios e fez:

— Shhh.

Senti como se de repente tivesse crescido alguns centímetros. Beirute nunca parecera tão bela — o céu era de um glorioso azul Kodachrome; rostos sorridentes para todos os lados; o cheiro de kebabs. Nem me importei quando o taxista me perguntou sobre a China enquanto fazíamos o caminho pelas ruas do oeste de Beirute em direção ao café Abi Nasr, onde outro motorista me pegaria e me levaria para uma reunião com Georges Jabara e Abu Wahid.

Jabara era uma figura sombria, que eu quase nunca via. E mesmo quando o via, era difícil decifrar exatamente qual era sua aparência, já que sempre estava sentado no canto mais escuro, atrás de uma cortina de fumaça feita pelos fortes cigarros franceses de que gostava. Como ele nunca tirava os óculos escuros, não me lembro de alguma vez ter visto seus olhos. Jabara era a única pessoa a quem Abu Wahid respeitava de forma humilhante, até mesmo servil. Podia sentir o cheiro do medo quando ele se submetia a seu mestre. Sei que é indigno de minha parte, mas gostaria que Hanako estivesse lá para ver.

Fui levado para dentro de uma sala privada nos fundos de um pequeno e lúgubre café. Havia alguns poucos velhos, silenciosamente fumando narguilé, produzindo um suave som de borbulhas. A sala dos fundos era pouco iluminada por uma luminária de mesa. Abu Wahid ofereceu-se para buscar café e petiscos doces para Jabara, que o dispensou como se ele fosse uma mosca inconveniente. Jabara, usando uma jaqueta preta de couro, falava tão baixo que eu tinha de me inclinar para ouvi-lo. No entanto, como ele falava também devagar, em sentenças perfeitamente corretas, não tive problemas para compreendê-lo.

— Camarada — disse ele —, você conhece a história de Lydda? — Eu disse que não conhecia. — Então vou lhe contar. Lydda era uma bela cidade palestina, entre Yafa e Al Quds. O primeiro assentamento foi construído pelos antigos gregos. Eles o chamavam de Lydda. Nós, árabes, chamamos de al-Lud. Por um tempo, foi ocupado pelos cruzados, que acreditavam que aquele era o local de nascimento de São Jorge. Meus pais escolheram meu nome por esse motivo. Nossa família viveu em Lydda, como cristãos, por muitos séculos. Como você sabe, camarada, nós árabes somos um povo hospitaleiro e não fazíamos distinção entre muçulmanos, cristãos e judeus. Todos viviam em paz em al-Lud. Até o dia daquela catástrofe, que nenhum árabe de verdade jamais esquecerá, 11 de abril de 1948.

"Eu era um jovem estudante de medicina e visitava meus pais naquele dia. Estávamos sentados no jardim da casa em que nasci, comendo figos e apreciando a beleza serena das oliveiras que meu pai havia plantado com suas próprias mãos. Tínhamos orgulho de nosso azeite, famoso em toda a Palestina pelo sabor sutil e aroma divino. Muitos tentaram imitá-lo, ninguém teve sucesso. Seja como for, camarada, eram 14 ou 15 horas quando ouvi os primeiros gritos de terror, que se aproximavam cada vez mais de nossa casa, como uma onda. Corri para o portão da frente e vi uma nuvem de poeira no fim da rua. Aos gritos se juntaram estampidos de tiro e sons de motores. A filha mais nova de nossos vizinhos correu para a rua, seguida pela mãe que gritava para ela voltar. Ouvi o som repetitivo de uma metralhadora e a menininha caiu como uma boneca de pano derrubada por uma rajada de vento. Sua mãe, uivando como um bicho, tentou alcançar a filha quando outro tiro a atingiu também. Uma piscina de sangue abriu-se como um leque ao redor de sua cabeça coberta.

"Então vi a fileira de veículos blindados acelerando na direção do nosso portão. No primeiro carro havia um homem, de cujo semblante de assassino frio não me esquecerei até meu último dia na terra. Ele usava um tapa-olho. Eu ainda não sabia, mas se tratava do tenente-coronel Moshe Dayan. Ao passarem por nossa cidade, os soldados atiravam em pessoas inocentes, como se estivessem em uma expedição de caça. No rastro dessa caravana da morte, camarada, ficaram os primeiros mártires de Lydda, como presas. Não pudemos nem recolher nossos mártires e dar-lhes um enterro digno. Os homens foram cercados e enviados para campos, e as mulheres e crianças foram reunidas em igrejas e mesquitas, com a garantia de que ali estariam seguras, enquanto os judeus despiam nossa cidade de qualquer coisa que chamasse sua atenção.

"As mulheres e crianças sofreram, mas pelo menos suas vidas foram poupadas. Até 12 de julho. Dois judeus foram baleados em uma troca de tiros com nossos camaradas jordanianos. Foi quando o monstro arreganhou os dentes mais uma vez e os sionistas demonstraram ao mundo que podiam ser piores do que os nazistas. Como ratos assassinos, seus soldados entraram nas igrejas e mesquitas e mataram as mulheres e as crianças a sangue-frio. Alguns de nós que sobrevivemos ao ataque, incluindo eu e meus pais, fomos obrigados a marchar pelos campos por muitos quilômetros sob o sol ofuscante, até chegarmos à cidade árabe mais próxima. As crianças foram as primeiras a morrer de sede e exaustão. Vi uma criança se afogando em um poço fétido, enquanto as outras tentavam lamber o lodo da parede interna. Os retardatários eram baleados ou espancados até a morte. Meu querido amigo Salim estava carregando uma almofada. Fora a única coisa de sua casa que ele havia conseguido salvar. Os soldados, talvez pensando que ele estivesse escondendo dinheiro deles, atiraram em sua cabeça. Bem do meu lado, camarada. Ele caiu no chão com um suspiro, os olhos revirando-se como os de um animal abatido. Tentei segurar meu amigo, mas a base de um rifle atingiu-me na região lombar e fui forçado a deixá-lo, para apodrecer ao sol.

"Estrangeiros testemunharam essas atrocidades. Um deles era um repórter americano. Ele descreveu a 'Marcha da morte de Lydda' como uma onda de humanos deixando uma longa trilha de detritos: primeiro, os grupos de bens abandonados, depois os cadáveres de crianças, de idosas e idosos, e finalmente dos mais jovens, que haviam sido mortos simplesmente porque os soldados estavam irritados com eles, ou entediados, ou embriagados pelo sentimento de poder."

Abu Wahid estava em prantos enquanto Jabara relatava aqueles acontecimentos repugnantes. O próprio Jabara parecia estranhamente impassível. As palavras eram vivazes, mas ele as dizia suavemente, de forma ritmada, como se recitasse um poema. Eu senti uma raiva profunda brotando dentro de mim, uma raiva que só precisava ser focada em um alvo para ele explodir.

— Agora vamos às boas notícias — disse Jabara, no mesmo tom de voz baixo. — Estamos preparados para, pelo menos, pagar os assassinos na mesma moeda pelo que fizeram. A antiga cidade árabe de al-Lud, conhecida pelos gregos como Lydda, é onde fica atualmente o aeroporto internacional que os sionistas chamam de Lod. Em 30 de maio, um cientista judeu desembarcará com planos para construir uma bomba judaica que ameaçará a vida de todos os árabes. Teremos de impedi-lo não apenas pelo bem do povo árabe, mas de toda a humanidade. E você, camarada Sato, foi escolhido para essa tarefa sagrada. Você, o camarada Yasuda e o camarada Okudaira.

"Você chegará de Paris em um voo da Air France, vestido como um executivo japonês. Eles não suspeitarão de nada. Estará carregando maletas com granadas de mão e armas automáticas leves. Terá poucos minutos para montá-las no banheiro. Então, andará até a área da alfândega, onde o cientista judeu, Aaron Katzir, estará pegando sua bagagem na esteira do voo da El Al. Você saberá onde encontrá-lo e eliminá-lo, juntamente com qualquer um que se colocar em seu caminho. Lembre-se de que nessa guerra todos os sionistas são combatentes inimigos. A luta armada é a única forma humanista de promover a causa de todos os povos oprimidos."

Eu sabia que provavelmente morreríamos, mas a morte não era real para mim, mesmo quando desembarcamos no aeroporto inimigo, de onde não teríamos como escapar. Mesmo naquele momento de perigo supremo, não conseguia imaginar minha própria morte. Era como se eu fosse um espectador de meu próprio filme, profundamente envolvido, e ainda assim estranhamente afastado. Fiquei imaginando ser havia sido assim com nossos pilotos kamikazes. Eles eram muito jovens quando morreram. O que passava em suas cabeças quando bebiam o saquê de despedida com os camaradas? Muitas das mesmas coisas, imagino, que passaram na minha. Ou seja, muito pouco, exceto a tarefa a ser executada. O futuro é uma lacuna. Ouvi dizer que a proprietária de um famoso bar próximo a uma base kamikaze dormia com os jovens pilotos em sua última noite. Ouvi dizer até que esse último favor às vezes era concedido pela própria mãe dos pilotos. Hanako prestou-me esse serviço, em Paris, em um quarto de hotel perto do aeroporto. Lembro-me de ter pensado que nunca esqueceria aquilo, e de depois perceber que, sim, esqueceria, pois eu não teria mais memória para me lembrar. Estaria morto. Meu tempo teria terminado. Seria extinto. Mas os outros se lembrariam de mim como alguém que havia ajudado a indicar o caminho da liberdade. Enquanto meu nome fosse lembrado, algo de mim permaneceria vivo.

Tudo aconteceu tão rápido que a lembrança que tenho da batalha em si é turva. Lembrei de uma coisa que Ban-chan havia me dito: quando chegar o momento, não pense, apenas aja. Não consigo lembrar quem deu início ao tiroteio. Okudaira, talvez. Ou posso ter sido eu. O barulho era ensurdecedor. Vi pessoas caindo por todo o lado. Senti um rompante de entusiasmo tão grande que está além da minha capacidade de expressar em palavras. Pessoas haviam comparado a excitação do combate ao sexo, mas é muito mais do que isso. É mais intenso, melhor do que sexo. Naqueles poucos momentos de poder total, perde-se todo o senso de medo. De certa forma, perde-se o "eu", funde-se com o universo. Talvez seja como morrer, mas não tenho como saber, pois não morri.

Não vi Yasuda morrer, mas recordo tê-lo ouvido gritar que estava sem munição. Ele morreu como um soldado, nas mãos do inimigo. Okudaira — novamente eu não presenciei — correu do prédio para a pista e conseguiu matar alguns inimigos que saíam de um voo da El Al antes de morrer como um guerreiro, segurando uma granada de mão perto do peito e puxando o pino. Ele foi o mais corajoso de nós todos. Eu não sei se teria coragem de fazer o que ele fez. Frequentemente penso se teria passado no último teste. Vivi durante alguns anos atormentado pelo medo de que pudesse não ter passado. Eu me explodiria em vez de me entregar? Lideraria um ataque suicida? Se eu visse homens armados prestes a estuprar Hanako, e eles não me vissem, eu me esconderia, fugiria, sairia correndo ou arriscaria ser feito em pedaços?

De qualquer forma, caí nas mãos do inimigo. Quando a batalha terminou, havíamos matado 26 pessoas. Meu único arrependimento é não terem sido todos judeus. Alguns cristãos peregrinos foram pegos no fogo cruzado. Foi lamentável, mas na guerra os inocentes sofrem junto com os culpados. É assim que são as coisas. Podemos lamentar, mas isso não muda nada. Na prisão, os sionistas fizeram o que puderam para me deixar maluco. Não vou descrever como foi, apenas dizer que, em vários momentos, cheguei perto de enlouquecer. Durante três dias e três noites, amarraram-me em uma cadeira em uma sala escura, expuseram-me a um barulho terrível e me chacoalharam até eu achar que minha cabeça fosse explodir. Fui colocado na "cela refrigerador", depois de ser obrigado a ficar nu dentro de um barril de água gelada. Algemaram-me à parede e aplicaram uma rajada de ar muito gelado. Fizeram-me agachar — em "posição de sapo" — até desmaiar, e fui reanimado com mais água fria. Forçavam-me a lamber minha própria sujeira depois que vomitava ou me cagava. Perdi toda a noção de tempo. O sono era raro e sempre curto, atormentado por pesadelos. E nem sempre sabia se estava ou não acordado; o delírio era um estado constante. Tinha visões de Hanako sendo violentada por um árabe enorme enquanto eu estava amarrado a uma cadeira. Ela gritava com um prazer obsceno, era um instrumento indefeso em seus braços peludos e grossos. Eu tentava escapar das amarras, mas não conseguia me mexer. Hanako virava-se para mim, rindo de minha impotência, mas não era Hanako. Era Yamaguchi-san, cuja risada ainda ecoava em meus ouvidos, e eu acordava banhado em suor, em uma cela fria e fétida.

Cheguei perto da morte, mas não me entreguei. Mesmo no pior momento, ainda sentia que me agarrava a um fragmento de mim, do tamanho suficiente para sobreviver. Eu não quero parecer místico, ou sentimental, mas havia outra imagem de Yamaguchi-san que passava por minha cabeça repetidas vezes, como uma espiral, oposta à imagem satânica de meu pesadelo, dizendo-me que eu estava compensando pelos erros de sua geração. Minha resistência era uma forma de redimir a honra do povo japonês. Ela tinha orgulho de mim. Era meu anjo da guarda. Nós, japoneses modernos, não temos mais deuses. Diferentemente dos gregos antigos, não acreditamos na intervenção divina. Ainda assim, lá estava ela, quando mais precisei. Seu espírito certamente salvou minha vida.

13

IMPRENSA JAPONESA nos chamou de "terroristas". Não era esse o modo como éramos tratados no mundo árabe. Em Beirute, Damasco, Amã ou qualquer outra cidade árabe, nós — Okudaira, Yasuda e eu — tornamo-nos lendas. Eu tive a solitária distinção de ter me tornado uma lenda ainda vivo. Todos nos conheciam como os "japoneses que venceram em Lydda". Crianças árabes recebiam o nome de nossos mártires, Okudaira e Yasuda. Pais orgulhosos me pediam para abençoar as almas inocentes daqueles Okudairas Yussuf ou Yasudas Al Afghani.

Fui libertado em troca de um soldado israelense. Quase que imediatamente, ainda fraco e mais do que confuso em virtude de minha repentina mudança de sorte, fui levado em uma excursão pelo Oriente Médio. Lembro quando os Beatles vieram ao Japão, em 1966. Era como eu me sentia quando pousava em Damasco, ou Amã, ou Beirute. Completos estranhos vinham falar comigo na rua e agradecer pelo que eu havia feito. As pessoas voltavam para casa felizes por terem olhado nos meus olhos por apenas um segundo, ou por terem tocado a manga da minha camisa. Estava orgulhoso do que havíamos conquistado, é claro. A nossa foi a primeira vitória real na luta armada pela liberdade dos palestinos. Mas também me senti desconfortável, até mesmo constrangido por toda a adulação. Eu era tratado como se fosse uma divindade. Era como se eu não fosse mais um ser humano. Além disso, assim como aconteceu com os primeiros homens que pousaram na lua, o que eu poderia fazer para superar nosso momento de triunfo? Agora eu era famoso demais para voltar a fazer filmes propagandísticos. A FPLP me sustentaria pelo resto da vida. Mas o que mais eu poderia fazer? Queria viver novamente.

Durante a temporada que passei no inferno sionista, tentei não pensar muito em Hanako, pois era doloroso demais. Concentrar-me no passado ou pensar no futuro teriam me enlouquecido. Tinha que viver um minuto por vez. Mas é claro que pensei nela. Como poderia evitar? Só que sempre em relação ao passado. Eu não podia me permitir ter ilusões sobre o futuro. Como resultado disso, talvez, distanciei-me sem querer. Ela se tornou mais uma imagem distante do que uma presença viva. Quando a encontrei novamente, em Beirute, foi como se houvesse surgido uma parede invisível entre nós. Tinha acontecido muita coisa. Eu não podia compartilhar minhas experiências com ela. Ela não entenderia. O mais doloroso talvez tenha sido o fato de ela também me tratar como uma figura pública, um herói. Ela queria que eu descrevesse como foi estar na linha de frente, em Lydda. Eu disse que não conseguia lembrar exatamente. Tudo aconteceu rápido demais. Tentei transmitir a sensação de poder que senti. Isso a confundiu. Não deveria ser desse jeito. Ela me perguntou se eu me referia ao poder do povo palestino. Respondi que eu era japonês. Sim, ela disse, mas a causa é que tinha me dado o poder. Eu disse que não foi bem assim. Não queria que terminasse desse modo, mas estava claro que não conseguiríamos retomar do ponto em que havíamos parado, como amantes. E mesmo que conseguíssemos, não seria possível. Ela estava com Georges Jabara agora. Ele não compartilhava suas amantes com ninguém.

Nunca mais vi Yamaguchi-san. Ela veio duas vezes a Beirute, enquanto eu ainda estava na prisão. A primeira vez foi logo após a batalha de Lydda, quando entrevistou Hanako, na posição de comandante sênior do Exército Vermelho japonês no local. Só o fato de ter conseguido se encontrar com Hanako já foi considerado um grande feito jornalístico. Por um tempo, ela foi o primeiro lugar na lista de mais procurados da Interpol. Yamaguchi-san era motivo de inveja entre seus colegas. Seu programa ganhou o prêmio mais alto da televisão japonesa naquele ano. Ela voltou apenas mais uma vez, agora para uma entrevista com o presidente Arafat. O pessoal da OLP pareceu ter gostado do resultado. Eu mesmo nunca vi o programa.

Mas tive notícias dela, pois era uma correspondente leal, e uma entre os poucos amigos que me mantinham informado sobre o que acontecia no Japão. Não que fôssemos completamente ignorados pela imprensa de Beirute. As pessoas às vezes falavam de nós como se vivêssemos do outro lado da lua. Na verdade, nossas vidas eram um tanto normais. É a mais pura verdade, no entanto, que notícias sobre o Japão raramente chegavam aos jornais ou às emissoras de televisão de Beirute. O que acontecia no Japão não nos afetava muito. Mas o que acontecia aqui afetava o Japão. Quando o governo japonês servilmente seguiu o Ocidente, dando apoio a Israel durante a guerra de 1973, provocada pelos sionistas, as potências árabes rapidamente puniram o país com um embargo do petróleo. Os fracos têm de usar todas as armas que tiverem à disposição. Apenas alguns meses após o embargo, recebi a seguinte carta:

Caro Sato-kun,

O inverno em Tóquio tem sido mais frio que de costume. Caiu muita neve em fevereiro. As primeiras flores das ameixeiras ainda não abriram.

Espero que você esteja se recuperando bem dos tempos difíceis que enfrentou. Penso em você frequentemente, sempre com afeto e gratidão. Sem seus talentos como escritor e analista político, eu nunca poderia ter alcançado tanto sucesso. Sinto que muito do crédito pelos prêmios que tive sorte o bastante para receber, apesar de minha grande ausência de méritos, na verdade lhe pertence. Foi um privilégio trabalhar com você, e seria um enorme prazer fazê-lo de novo. No entanto, devemos seguir em frente na vida e fazer qualquer coisa que pudermos para atingir nossos objetivos. Minha principal meta sempre foi promover a paz e a compreensão entre as nações. Você fez muito ao me ajudar a entender as tragédias do mundo árabe, especialmente do povo palestino. Quanto à paz... bem, nunca entenderei por que os homens continuam a travar guerras. Talvez esteja em sua natureza. É por isso que acredito que nós mulheres devamos tomar uma posição mais ativa nas causas públicas.

Como você já deve saber, meus dias de jornalista chegaram ao fim. Não me arrependo disso. Ser jornalista sempre foi uma das minhas grandes ambições. Mas, como eu disse, devemos seguir em frente, e sei que meu próximo passo me dará uma chance ainda melhor de realizar as tarefas que estabeleci para mim neste curto período de tempo que me foi concedido. A vida é algo fugaz, e devemos aproveitá-la o máximo que pudermos.

Você tem sido naturalmente muito crítico em relação às políticas de nosso governo durante a guerra de Israel. Entendo perfeitamente seus sentimentos. Aliás, em grande parte, até compartilho deles. Mas somos uma pequena nação insular que não possui recursos naturais, totalmente dependente do petróleo para nossa sobrevivência. Também somos uma fraca nação asiática, dedicada à paz mas vivendo em um mundo perigoso. Isso significa, infelizmente, que nossa segurança tem que ser garantida pelos Estados Unidos. Como a opinião dos judeus tem forte influência naquele país, fomos forçados a apoiar Israel na última guerra, independente de nossos sentimentos pessoais, e agora estamos pagando por isso. Não pode ser evitado.

Se eu ainda fosse uma jornalista, sem nenhuma responsabilidade pelas políticas de nosso país, seria tão crítica em relação a nosso governo quanto você. A liberdade de pensamento é a prerrogativa do escritor. Eu mesma vi, nos dias negros de minha tola juventude, o que acontece quando governos tiram essa liberdade. Devíamos ser gratos pelo Japão ser um país livre agora, e por escritores poderem continuar a pensar como quiserem, mesmo que seus pensamentos sejam irresponsáveis → o que, é claro, frequentemente são. Isso também não tem como ser evitado.

De qualquer forma, agora que entrei para a política, tenho que pensar mais sobre as consequências das minhas palavras. A vida de pessoas pode depender disso. Como uma mulher da política, não é bom apenas criticar do lado de fora dos acontecimentos; temos que lidar com problemas reais no mundo real e encontrar soluções. Não posso mais me permitir ser levada pelo coração. Tenho que manter a cabeça fria, pesar os diferentes interesses e criar políticas práticas e proveitosas para o nosso país. Acredito que eu tenha experiência o suficiente para assumir essa tarefa. Então, quando nosso primeiro-ministro me pediu para concorrer à Câmara dos Representantes como candidata pelo seu partido, como eu poderia recusar? O dever me chamou, e eu tinha de fazer o que é melhor para o nosso país.

Sei que você acha que nosso partido é reacionário, mas se ouvir o que tenho a dizer, talvez não pense em sua velha amiga de forma tão dura. A primeira coisa que nosso governo deve fazer é aproximar-se dos países árabes, bem como de outras partes do Terceiro Mundo. Não se trata apenas de uma questão conveniente em relação aos recursos naturais, dos quais carecemos gravemente, mas também de nos retratarmos pelos erros passados. Depois de mais de um século tentando agradar o Ocidente, imitando seu brutal sistema de competição pelo poder, devemos agora assumir uma postura mais gentil, mais espiritual, mais asiática, e expressar nossa solidariedade aos nossos amigos no mundo em desenvolvimento. A política de poder nos levou em direção à catástrofe uma vez. Devemos nos certificar de que esse erro nunca será repetido. Aqui, eu acredito, minhas credenciais são melhores que as da maioria de meus colegas. A China foi meu lar. Morei com meu marido na Birmânia. Fiz amizade com Kim Il Sung e com outros líderes. E conheci os problemas do povo palestino em primeira mão.

Uma vez que você escolheu o caminho da luta armada, pode me considerar ingênua, mas em minha opinião nossa fraqueza militar poderá ser nossa maior virtude. Os ocidentais, cujas culturas não são tão profundas ou antigas quanto a nossa, não têm alternativa a não ser pensar em termos de força militar e expansão econômica. Eles são racionalistas. Isso talvez faça com que sejam mais eficientes do que nós asiáticos, mas lhes falta a dimensão espiritual que devemos usar para fazer amigos pelo mundo. A Ásia tem um passado glorioso. Agora o Japão deve liderar o Oriente na direção de um futuro igualmente glorioso. O poder da cultura é muito maior do que o poder das armas.

Infelizmente, você ainda estava na prisão quando visitei Beirute para me encontrar com o presidente Arafat. Ele me causou uma forte impressão. Que pessoa maravilhosa! A modéstia de seus hábitos pessoais. A dedicação de vida e de alma à causa da libertação de seu povo. Sua personalidade cordial. Sua franqueza. E a honestidade de seus sentimentos de amizade pelo povo japonês, sentimentos com os quais gosto de pensar ter contribuído um pouco. Sinceramente considero o presidente um grande homem, talvez um dos maiores na história da humanidade. Tenho certeza de que você compartilha de meus sentimentos a esse respeito.

Também tive o grande privilégio de me encontrar com o coronel Muammar Khadaffi para celebrar o sexto aniversário de sua Revolução Verde. É claro que você sabe tudo sobre seu empenho heroico em ajudar os palestinos. Eles o chamam de "estrela de esperança". Devo confessar que fiquei um pouco nervosa quando fui apresentada a ele em Trípoli. Acho que estava esperando por um tipo de revolucionário violento, que teria pouco tempo para uma simples mulher do distante Japão. Ele vem de um mundo masculino, afinal. Seus traços angulares, lembrando um falcão, são bastante intimidadores. E embora eu tenha estudado seu Livro Verde, achei grande parte dele muito difícil de entender. Então

402

meu pobre coração estava acelerado quando ele jogou seu olhar penetrante sobre mim.

Mas minha apreensão não poderia ter sido mais infundada! Ele foi absolutamente encantador, com um caloroso aperto de mão e amigáveis olhos escuros, cheios de sinceridade. Primeiro, deu uma entrevista coletiva a jornalistas do mundo todo. Eles queriam saber quando o embargo do petróleo seria encerrado. E ele respondeu: "Quando Israel desistir de ocupar territórios árabes." Então ele conversou comigo em separado e me levou à sua tenda particular, onde sentamos em almofadas e bebemos doces sucos de fruta. Ele ficava tão bonito naquele uniforme verde, e embora eu tenha idade o bastante para ser sua irmã mais velha, fui tratada como se fosse a mulher mais importante do mundo. Não me entenda mal. Apesar de suas credenciais de revolucionário, Khadaffi é um homem muito religioso, e comportou-se como um perfeito cavalheiro. Ele me perguntou sobre minha religião. Isso me causou certo constrangimento. Suponho que eu seja budista, mas tentei explicar a ele que os japoneses não são um povo muito religioso. Ao contrário dos muçulmanos, nossas vidas cotidianas não são normalmente ligadas à fé. Ele olhou para mim com uma mistura de seriedade e preocupação genuína: "Um ser humano deve acreditar em Deus. Sem fé em nossos corações, estamos perdidos."

Pensei em suas palavras durante todo o caminho de volta para Tóquio. Na verdade, penso nelas até hoje. Talvez ele esteja certo. Nós japoneses somos muito envolvidos pelas exigências materiais da vida moderna. Vivemos vidas muito superficiais. Acho que perdemos algo profundamente valioso que os árabes conseguiram manter. No fundo, acredito que temos muito o que aprender com a simplicidade do pensamento árabe. Bem, esses foram alguns dos pensamentos aleatórios que brotaram na mente dessa mulher tola voltando da Líbia para o Japão.

Por sinal, um dos convidados na festa de Khadaffi era Idi Amim, presidente de Uganda. Nossa, ele é um homem grande! Ao lado dele, com o topo de minha cabeça na altura de seu peito imenso, senti-me como uma pequena boneca oriental. O presidente tinha o corpo de um boxeador peso-pesado, mas não era nem um pouco assustador. Estava mais para um gentil urso negro. Fiquei encantada com ele. E ele pareceu ter gostado de mim também, pois logo me convidou para conhecer seu país. Sempre quis conhecer o continente escuro, e fiquei muito feliz em aceitar. Sato-kun, não vai acreditar como é bonita a capital Kampala. Afortunada com um clima agradável, há flores por todos os lados. O presidente me contou coisas maravilhosas sobre a cultura de seu povo. "Meu povo ama a beleza", ele disse. "Eles amam demais a beleza." E então apontou para várias jovens na sala e desatou a gargalhar. (Acredito que eram suas esposas, mas a timidez me impediu de perguntar.) Foi servido um frango inteiro. Fiquei um pouco assustada com os modos do presidente à mesa. Ele comeu tudo, até os ossos, que faziam um barulho seco ao estalar nos dentes. Acho que é por isso que seus dentes são tão brancos. Mas apesar das diferenças de cultura e tradição, nossos corações eram um só. Nós japoneses devemos realmente estudar as culturas africanas com mais atenção. Elas são muito mais ricas do que as pessoas pensam.

Agora você sabe o que andei fazendo ultimamente. Acho que nosso primeiro-ministro ficou satisfeito com o resultado de minhas viagens, e me transformou em enviada especial ao Terceiro Mundo. Está falando até em organizar um Comitê de Amizade Japão-Palestina, e eu serei a primeira presidente! Isso certamente deve agradar você. Sei que há críticas em relação ao primeiro-ministro Tanaka. Dizem que ele gasta muito dinheiro nas eleições, e coisas assim. Mas tenho certeza de que ele é um bom homem, que deseja sinceramente viver em paz com nossos vizinhos asiáticos. Seu sonho — e o meu — é um dia visitar a China e novamente fazer amizade com o povo a que devemos nossa civilização. Quando esse dia chegar, meu maior desejo é ir com ele, e apertar a mão do presidente Mao, o maior líder asiático do século XX. Para mim, seria como finalmente voltar para casa.

Por favor, fique em segurança e cuide de sua saúde. Não sei quando nos veremos novamente, mas você sempre terá um canto especial em meu coração.

Atenciosamente,

Yamaguchi Yoshiko

Eu não sabia se ria ou chorava. Pobre, pobre Yamaguchi-san. Durante toda a vida foi explorada por homens cínicos que a usaram para seus próprios objetivos desprezíveis. Tanaka Kakuei, o mais corrupto dos políticos, o homem que cobriria o Japão de concreto, ex-comerciante do mercado negro que comprou sua ascensão, líder do partido que inventou o termo "política monetária", amigo e sócio de fascistas e gângsteres, agora, como seus predecessores, explorava as qualidades que tornavam Yamaguchi-san tão especial: seu desejo sincero de fazer o bem, seu internacionalismo, sua pureza. Ele é apenas o mais recente de uma longa linhagem e titereiros manipulando-a como uma boneca de Bunraku. E para quê? Bem, vou dizer o motivo: petróleo. Essa é a única razão pela qual ele se preocupa com os árabes. Espero que a Opep nunca mais venda uma gota de petróleo para o Japão. Que Tanaka e sua gangue apodreçam no inferno!

Escrevi a ela. Não tive resposta, então escrevi novamente, e ainda uma terceira vez, até perceber que era inútil. Devem tê-la incomodado. Eu era muito perigoso, mesmo para trocar correspondência. Mesmo assim, eu não sentia amargura em relação a ela. Sabia que suas intenções eram boas. Até fiquei satisfeito quando li nos jornais que seu desejo havia sido concedido. Ela realmente voltou à China, com Tanaka, para apertar a mão do presidente Mao. Os chineses a receberam como uma criança desaparecida havia anos. Ela foi fotografada, no Grande

Salão do Povo, brindando com Chu En-lai. Eles devem ter tido suas razões. A revolução funciona de formas misteriosas. Assim como os chineses.

Outra notícia chamou minha atenção não muito tempo depois que Yamaguchi voltou para casa. Um amigo da companhia de produção de Ban-chan havia me enviado alguns exemplares do *Asahi Shimbun*. A manchete dizia: "Ator de direita derruba avião em ataque suicida." Foi em Tóquio. Um maluco de direita havia jogado seu avião sobre a casa de Taneguchi Yoshio, criminoso de guerra e mediador fascista. O fato em si não era de meu interesse. Tóquio está cheio de malucos de direita e Taneguchi mais do que merecia ser atacado. O que me prendeu instantaneamente, no entanto, foi o nome do louco: Maeno Mitsuyasu. Eu o havia conhecido como ator nos *pinku eiga* de Ban-chan. Maeno não era bonito, e não tinha talento para atuar, como todos podiam perceber, mas tinha um pênis extraordinariamente grande — se conseguisse usá-lo para o propósito para o qual fora concebido, o que não era garantido de forma alguma. Maeno era um sujeito sério. Uma vez, quando nada — nada mesmo — conseguia deixar seu membro no estado de prontidão desejado, nem mesmo as técnicas mais sofisticadas de Yuriko-chan, nossa estrela mais atraente — técnicas que envolviam um vibrador duplo, cubos de gelo e suas próprias aplicações orais —, ele ainda tentou desesperadamente obter algum tipo de intumescência por meio de uma punitiva sessão de masturbação. Finalmente, a equipe não aguentou mais e começou a rir. Fora de si, ele gritou:

— Façam silêncio enquanto estou trabalhando!

Esse Maeno, então, esse fracassado do circuito pornô, havia se vestido com um uniforme de piloto kamikaze da Segunda Guerra Mundial, provavelmente surrupiado de algum estúdio de cinema, alugado um monomotor Piper Cherokee e se explodido em uma bola de chamas depois de gritar: "Vida longa à Sua Majestade, o Imperador!" Taneguchi, infelizmente, nem se feriu. De acordo com a reportagem, a política de extrema-direita de Maeno era idêntica à de Taneguchi. Ambos queriam restaurar a autoridade divina do imperador e reconstruir o Estado fascista. Mas Taneguchi fez algo imperdoável aos olhos de seus companheiros ultranacionalistas: ele havia aceitado suborno de uma empresa da indústria aeronáutica em nome de seu amigo, o primeiro-ministro Tanaka Kakuei. O intermediador era um americano chamado Stan Lutz, identificado pela imprensa como "ex-ator de cinema".

Maeno provavelmente havia enlouquecido. Mas às vezes até os loucos devem ser levados a sério. Senti um pouco de empatia por ele. Qualquer um com um pouco de senso moral acha repugnante a corrupção do Japão moderno. Ser subornado por executivos americanos para comprar seus aviões é sintoma de uma doença ainda pior. Nosso sistema é completamente podre. Maeno deveria, no mínimo, ter sido glorificado por sua coragem. Ele deu a vida por aquilo em que acreditava. Quantos de nós fariam o mesmo? Quem pode dizer que sua vida tem algum sentido? O japonês moderno não é nada além de um consumidor cego de coisas de que não precisa. Na sociedade consumista, até a morte perde sua força redentora. A morte de um consumidor é tão sem sentido quanto sua vida. Perdemos nossa honra. Maeno, a seu modo confuso, tentou recuperar um pouco da sua.

Mas que bem fez seu ato de autossacrifício? Receio que nenhum. Pois ninguém deu atenção. As pessoas continuaram seguindo em frente, vivendo nas trevas, pois seus olhos eram cegos à realidade. Na peça de Okuni sobre Ri Koran, descobre-se que o titereiro era um fantasma. Mas não passava de ilusão. Os terríveis titereiros não estão mortos. Nada mudou desde a guerra. Os mesmos criminosos ainda dão as cartas. A grande tentação é acreditar que as coisas estariam melhores se os marionetes tomassem o poder e assumissem o lugar do titereiro. Mas essa é mais uma ilusão. Tudo o que teríamos seria uma nova geração de titereiros com uniformes diferentes. Para que a revolução desse certo, não bastaria matar os titereiros, mas também seria necessário destruir os marionetes. Só assim podemos nos livrar das ilusões alimentadas pelos poderosos para nos manter escravizados. Para encontrar o caminho de volta pra o mundo real da vida, devemos acabar com os filmes e com todas as fantasias que eles alimentam. Eles são o ópio que nos deixa impotentes pra agir, para tomar as rédeas de nosso próprio destino. Devemos exigir realidade daqueles que colonizam nossa mente.

=== 14 ===

PENSEI QUE FICAR trancado em uma cela de prisão no Líbano pelo menos tivesse a virtude do isolamento. Esperava que pudesse entrar em contato com algum centro de autenticidade, em algum lugar dentro de meu "eu" profundo, desprovido de todas as ilusões mundanas, como um místico ou um monge.

O simples fato de estarmos presos já era totalmente absurdo. Quando a União Soviética ruiu, em 1989, o governo libanês foi pressionado pelos imperialistas ocidentais a nos prender. Então nós, que levávamos vidas comuns em Beirute por mais de vinte anos, de repente viramos alvo da polícia especial armada. Fui imobilizado no chão de meu próprio apartamento por três gorilas com metralhadoras que gritavam:

— Onde está Sato?

Mesmo com uma mão hirsuta em volta de meu pescoço, consegui grunhir que na verdade eu era o homem que eles procuravam. Acusaram-me de todo tipo de coisa: conspiração para o assassinato de fulano ou sicrano, planos de ataques terroristas a essa e aquela embaixada. Era ridículo demais até para os promotores, que tinham ordens de nos condenar, então nos pegaram por um detalhe: falsificação de visto de saída nos passaportes. Como nossos passaportes eram falsos havia anos — o meu era brasileiro, o de Morioka era, eu acho, costa-riquenho —, a acusação era tecnicamente verdadeira.

As pessoas dizem que a prisão é o local ideal para se cultivar a fé religiosa. Dois de meus camaradas, Nishiyama e Kamei, eram a prova viva dessa ideia. Eles decidiram se converter ao islamismo. A imprensa libanesa fez muito barulho em cima do assunto. Não era permitido que equipes de TV e jornalistas entrassem em Roumieh, mas uma exceção foi feita nessa ocasião. Foi um circo, com a presença de toda a imprensa de Beirute para testemunhar a cerimônia de conversão conduzida por um xeque, que chegou em uma Mercedes-Benz branca.

Seis meses depois, Morioka casou-se com sua namorada árabe e decidiu converter-se à fé cristã ortodoxa. Isso também atraiu a atenção pública, e mais uma vez os jornalistas apareceram nos portões do Presídio de Roumieh para testemunhar a conversão de um herói de guerra japonês. Mas dessa vez as autoridades prisionais não os deixaram entrar. Talvez tivessem preconceito contra o cristianismo, ou não quisessem repetir o circo. De qualquer forma, as câmeras e os repórteres de rádio foram deixados de fora, transmitindo suas notícias desde o portão principal, até que um tanque foi enviado pelo Exército para forçá-los a sair. Mas esse não foi o fim da questão. A religião é um assunto sensível no Líbano, então o sacerdote recusou-se a continuar com a cerimônia sem a presença da imprensa. Se o xeque pôde ter toda a publicidade, por que não aconteceria o mesmo com um padre cristão? Então Morioka teve que esperar por uma outra ocasião, quando um padre menos exigente pudesse introduzi-lo a Cristo.

Quanto a mim, eu pensava sobre religião, sobre o significado de nossa existência efêmera e tudo isso. Mas não encontrava nada. Talvez me faltasse um componente necessário, o gene da religião. Talvez eu não tenha o impulso humano para acreditar em deuses. Sou incapaz de venerar a religião, não tenho nem mesmo a fé primitiva que minha mãe tinha nos poderes das velhas bruxas no monte do Medo. Às vezes invejo meus amigos, que se voltaram para dentro de si mesmos e encontraram Deus. Eu também, como disse, tentei voltar-me para dentro, uma vez que não há outro lugar para onde ir quando se está em uma prisão. Mas tudo o que consegui desenterrar das profundezas de minha alma foram fantasmas. Encontrei imagens piscando dentro de minha cabeça, como se meu cérebro fosse algum tipo de cinema. No isolamento de nossa prisão, sou transportado de volta à minha infância, afundado em minha cadeira do outro lado da tela. Lembro-me de diálogos, monólogos, tomadas longas, closes, em cores ou em branco e preto, imagens granuladas ou nítidas, mulheres submissas em cadeiras de dentistas, Belmondo fazendo caretas no espelho, Jean Seberg vendendo o *Herald Tribune*, a tenda de Okuni em Shinjuku, Okuchi Denjiro mostrando sua espada de samurai, Jean Gabin como rei do casbá, e assim por diante, até eu achar que estava enlouquecendo. Uma vez, passei um dia inteiro imitando Katharine Hepburn, repetindo infinitamente uma fala que me parecia muito engraçada: "Ah, Londres." Eu repetia:

— Ah, Londres.

Não sei por que achava tão cômico. Acho que eu estava um pouco doido. Certamente estava enlouquecendo meus colegas de cela. A colonização de nossa mente pelos filmes oferece um certo consolo (nunca se está sozinho), mas também é aterrorizante, pois suas vozes abafam a própria voz do indivíduo.

Todo japonês conhece a história de Amaterasu, a deusa do Sol, da qual supostamente descendemos. Minha mãe costumava contá-la para mim antes de eu ter visto uma tela de cinema pela primeira vez. Embora eu considerasse essa ideia de ancestralidade divina uma bobagem, promovida no passado como propaganda racista, sempre adorei a história da caverna de Amaterasu. Susanoo, seu irmão, o deus do Vento, havia criado uma tempestade em seu reino, destruindo os arrozais e urinando durante os ritos sagrados para o Sol. Furiosa, a deusa do Sol retirou-se para sua caverna, deixando o mundo na escuridão. Desesperado sobre o que fazer, os deuses fizeram uma assembleia e traçaram um plano. Uma tina foi colocada na entrada da caverna, e Uzume, a Temível Mulher dos Céus, subiu no alto dela para apresentar uma dança. Lenta no início, a dança ficava mais rápida conforme ela batia os pés e revirava os olhos. Finalmente, Uzume, animada pelas divindades, descobriu os peitos e revelou suas partes privadas, fazendo os deuses gritarem de alegria. A deusa do Sol, ainda em sua caverna, não conseguiu mais aguentar e colocou a cabeça para fora para ver o que provocava tanto júbilo. Instantaneamente, um espelho foi colocado à sua frente, e Uzume anunciou que uma nova deusa havia nascido. A deusa do Sol, irada e com inveja, pegou o espelho, tentando tocar o próprio reflexo. Seu braço foi agarrado por Tajikarao, o Homem de Mãos Fortes, que a tirou da escuridão, trazendo a luz ao mundo novamente.

Talvez meu amor por essa história revele minhas raízes camponesas, arraigadas no solo do monte do Medo. Okuni devia estar certo sobre isso, no fim das contas. Assim como o sol sai todos os dias para nos dar a luz e as estações sempre vão e voltam, até depois de nossa morte, as imagens que criamos têm um tipo de permanência. São nossa única chance de imortalidade. É por isso que não consigo apagar os filmes de minha cabeça, embora tente. Lutei com meu anjo e perdi. Pois são parte de mim, são o que me forma. No isolamento de minha prisão, finalmente fiquei em paz comigo mesmo. Pois eu também sou capaz de venerar. Venero o que os religiosos chamam de ídolo. É por isso que Ri Koran nunca morrerá. Nem Yoshiko Yamaguchi, ou mesmo Shirley Yamaguchi. Bem depois que minhas Yamaguchi-san virarem pó, elas continuarão vivendo onde quer que haja um filme, uma tela e um projetor.

AGRADECIMENTOS

Esta é uma obra de ficção baseada em acontecimentos históricos. Alguns foram inventados, outros realmente aconteceram, mas não exatamente como aparecem no livro. Devo muito a Otaka Yoshiko, anteriormente conhecida como Yoshiko Yamaguchi, que gentilmente permitiu que eu a entrevistasse em várias ocasiões, em Tóquio. Sua biografia, *Ri Koran, Watashi no Hansei* [Metade de minha vida como Ri Koran] (Shincho Bunka, Tóquio, 1987), foi uma fonte inestimável de informações sobre sua extraordinária vida na China. Foi uma conversa que tive com o admirável coautor de suas memórias, Fujiwara Sakuya — cuja própria biografia, *Manshu no Kaze* [Ventos da Manchúria] (Shueisha, Tóquio, 1996), também foi de grande utilidade para mim —, que plantou a primeira semente deste romance em minha cabeça. Por esse motivo, devo agradecer-lhe.

Donald Richie, romancista, crítico e o mais distinto estrangeiro a escrever sobre cinema japonês, vivenciou grande parte da ocupação dos Aliados no Japão. Seu livro *The Japan Journals: 1947-2004* (Stone Bridge Press, 2004) é o melhor relato pessoal sobre o período. Mentor e amigo querido de muitos anos, ele me ensinou muito do que sei sobre o Japão.

Agradeço também a excelente orientação de meus editores, Vanessa Mobley, em Nova York, e Toby Mundy, em Londres. Meu amigo John Ryle foi um leitor cuidadoso do manuscrito e evitou que várias passagens infelizes fossem publicadas. Jin Auh, Jacqueline Ko e Tracy Bohan, da Wylie Agency, forneceram um apoio constante e extremamente necessário.

Minha mais amada crítica, que muito me apoiou durante o processo de escrita do livro, foi Eri Hotta, minha esposa, cujo estímulo me fez seguir sempre em frente, especialmente quando ansiedades de autor ameaçaram bloquear meu ímpeto. Não há palavras para agradecê-la o suficiente.

Este livro foi composto na tipologia Bell MT,
em corpo 11,5/16,3, e impresso em papel off-white 80g/m²
no Sistema Cameron da Divisão Gráfica
da Distribuidora Record.